호접몽전

호접몽전 13

1판 1쇄 발행 2022년 12월 27일

지은이 최영진 | 펴낸이 윤혜준 | 편집장 구본근
디자인 오필민디자인

펴낸곳 도서출판 폭스코너 | 출판등록 제2015-000059호(2015년 3월 11일)
주소 서울시 마포구 월드컵북로 400 문화콘텐츠센터 5층 9호(우 03925)
전화 02-3291-3397 | 팩스 02-3291-3338 | 이메일 foxcorner15@naver.com
페이스북 /foxcorner15 | 인스타그램 /foxcorner15

종이 일문지업(주) | 인쇄·제본 수이북스

ISBN 979-11-87514-97-8 04810

호접몽 전

2부
왕들의 시대

13
천하대전의 개막

청빙 최영진 장편소설

폭스코너

주요 등장인물

- **조비 자환** 조조의 셋째 아들. 이 책에서는 장남 조앙이 조개에게 영혼이 강탈되어 아군을 배신하고 진용운의 편에 선 것으로 되어 있고, 차남 조식은 일찍 죽어버려, 그가 장남 대우를 받고 있다. 실제 정사에서도 조앙이 조조를 지키다 전사해 조비가 장자가 된다.

- **화흠 자어** 원술이 패망한 후 조조의 가신이 되었다. 이 책에서는 조비의 최측근으로서 조조의 후계구도 싸움에 뛰어들었다. 조조의 충성스러운 신하이자 조비의 조력자로 행세하고 있지만, 사실은 성혼교의 명을 받아 암약하고 있는 중이다.

- **조식 자건** 조조의 다섯 번째 아들. 예술가적 기질을 지닌 천재로, 주로 시문을 읊고 그림에 조예가 깊다. 원래는 조조의 후계구도에 그다지 관심이 없었고 지도자로서의 자질보다는 예술가 자질이 강했으나, 양수가 측근으로 붙어 이끌면서 조조의 후계구도 싸움에 본격적으로 끼어들었다.

- **양수 덕조** 사모하는 채문희를 진용운에게 빼앗긴 분노와 증오를 가진 남자. 이제는 조조와 화영, 궁기, 성혼교 등 세상 모두에 대한 분노에 사로잡힌 광기의 인물이다. 자신의 분을 표출하기 위한 발판으로 조식을 지원해 조조의 후계구도 싸움에 뛰어들었다.

- **금창수 서령** 천강 제18위로 현재 유표의 총관이다. 현대에 있을 땐 국가에서 특별 관리를 받을 정도로 뛰어난 공학자였다. 천기도 '제작'이어서 이 시대에서는 상상조차 하지 못할 무기들을 만들어낸다. 뛰어난 책사이기도 하고 심리전에도 능하며 전투력도 강해 유표의 세력을 좌지우지하고 있다.

- **제갈량 공명** 정사에서 촉의 승상이자 삼국시대 최고의 정치가 겸 군략가로 평가받는 인물. 용운 휘하에 있었으나 업성 침공 때 이별하여 형주로와 유비의 수하가 되었으나, 형주로 온 용운과 재회하고 그간의 사정을 알게 된 후, 다시 진용운의 품으로 돌아온 상태이다.

- **낭자 연청** 천강 제36위. 소수민족 출신으로 현대에서부터 노준의의 비서 겸 집사 같았던 존재이다. 노준의가 죽고 방황하던 중, 형주에서 제갈량을 만나 그의 호위가 되어 함께한다.

- **위연 문장** 흑영대원 2호.《삼국지연의》에서는 장수로서의 능력과 용맹을 갖춰 유비와 제갈량의 신임을 받았던 인물이다. 용운이 위연을 알아보고 흑영대에 배치하여 훈련을 받아 본래 역사보다 훨씬 유연하고 충성심 강한 성격으로 변모했으며, 이번 형주 원정에 용운과 함께하며 또 한차례 성장한 무장이다.

- **마충** 정사에서는 오나라의 마충으로 언급되는 인물. 형주 공방전 끝에 장향에서 관우, 관평, 조루를 사로잡은 바 있을 정도로 대단한 무위를 자랑했을 것으로 보이나, 기록이 너무 없어 오히려 의혹을 자아내는 인물이다. 이 책에서는 3미터에 달하는 거구로 괴력의 소유자이나 정신은 아이와 같은 인물로 나오며, 제갈량을 호위하고 있다.

- **조진 자단** 호표기를 이끌던 조순의 죽음 이후 조조가 새로이 호표기의 지휘관으로 임명한 사내. 뚱뚱한 체구를 가진 비만 장수. 정사에 따르면 위나라의 대장군 직에 오르며 제갈량의 북벌을 저지한 명장이다.

- **황개 공복** 손가의 충신이자 공신. 고지식하고 고집스러운 면이 있지만 뛰어난 무공과 충성심을 두루 갖춘 장수이다. 정사에서는 손견은 물론 손견 사후 대를 이어 손책, 손권을 모셨다.

- **한수** 정사에서는 십만 대군으로 난을 일으켜 파란을 일으킨 인물이다. 이 책에서는 성혼교주 송강의 지령을 받고 있다. 유표와 마찬가지로 패왕공을 익혀 몸집이 거대하게 보인다. 십 년간 마등과 동탁의 남은 세력을 흡수하여 삼십만 군사를 키워왔으며, 마침내 움직이기 시작한다.

- **유기** 유표의 장남. 정사에서 그는 불운한 삶을 살았다. 유표의 후처 채씨가 제 아들 유종을 후계자로 삼으려 했기 때문이다. 《삼국지연의》에서도 소극적이고 병약한 인물로 묘사되나 정사에서는 본래 유표와 닮은 풍모가 있어 사랑받았다고 전한다. 이 책에서는 서령의 등장으로 오히려 유표의 관심에서 벗어나 형주의 재사들을 비롯한 자기 세를 구축할 수 있었으며, 형주의 위기에 맞서 분연히 일어난다.

- **소선풍 시진** 천강 제10위. 진한성과 싸우던 중 한 팔을 잃고 퇴각하여 익주에 머무르다 송강의 명을 받고 형주에 모습을 드러낸다. 병마용군은 현대의 약혼녀였던 희매이다. 진용운에 대한 분노가 뼈에 사무친 상태이다.

- **소이강 화영** 천강 제7위. 유물 나찰궁을 쓴다. 임충의 복수를 꿈꾸며 진용운과 싸워왔으며 태사자와 백영을 죽인 장본인이다. 진용운과는 서로 강력한 분노와 살의를 느낄 정도로 악연이다.

- **반준 승명** 이십 대부터 형주 일대에서 명성을 떨친 강서 지역의 종사. 정사에서는 유표 밑에서 엄격한 법 집행으로 높은 평가를 받다가 유비를 섬기면서 관우 휘하에 들었고, 형주가 오에게 넘어갔을 때 손권이 직접 설득해 오나라에 귀속, 이후 오의 태상이 된다. 현재 유기의 참모가 되어 유주-손가 연합군에 맞선다.

- **정봉 승연** 손권의 장수. 어릴 때부터 용맹하여 소장(小將)으로 감녕, 육손, 반장 등을 수행했다고 한다. 정사에서는 제갈량 사후부터 제대로 활동했으며, 전투가 벌어지면 항상 앞장서서 싸우고 매번 적장을 참살해 깃발을 빼앗았다고 한다. 오나라 말기 최강의 장수이다.

- **장소 자포** 손책 대부터 손가를 섬겨 손권을 보좌해 오나라의 기틀을 닦은 중신이다. 손책이 문무의 일을 모두 그에게 물어 처리할 만큼 정치, 행정에 능통하고 학식이 높았다. 이 책에서는 유표의 아들 유기를 지원해 유주-손가 연합군에 맞선다.

- **마량 계상** 여럿 중 가장 뛰어난 사람이나 물건을 가리키는 '백미(白眉)'라는 고사의 주인공. 젊은 나이에도 두 눈썹이 하얗게 세었다. 형주의 숨

은 인재 중 하나이다.

- **최균 주평** 후한에서 사도를 지낸 최열의 차남. 형주에 학문을 익히러 왔다가 눌러앉았다. 형주의 숨은 인재 중 하나이다.

- **마속 유상** 마량의 동생이다. 그 유명한 '읍참마속(泣斬馬謖)' 고사의 주인공. 재기와 총명이 넘치나 다소 제멋대로인 면이 있다.

- **곽회 백제** 명문가의 자식이다. 정사에서는 조조의 아들 조비 아래에서 처음 임관해 하후연의 사마와 장합의 사마가 되었다가 제갈량의 부장 마속을 격파하고 양무장군이 되었다. 위나라의 명장이다. 이 책에서는 몸은 허약하나 백발백중의 암기술을 지녔으며 왕윤의 휘하에 들게 된다.

- **왕민** 복양성에서 조조와 맞서다 죽은 왕굉의 딸. 후한의 사도이자 현재 장안의 통치자인 왕윤의 조카로, 곽회와 인연을 맺게 된다.

- **장완 공염** 《삼국지연의》에서 제갈량의 후계자로 등장한다. 이 책에서는 의심 많고 소심하며 결벽증까지 있는 까다로운 소년으로 등장하지만, 탁월한 지략과 재기를 가지고 있다.

- **유봉** 정사에서 유비가 양자로 들인 청년이다. 무예와 용맹이 뛰어난 맹장이었으나 관우가 위험해졌을 때 구원하지 않은 죄로 밉보였는데, 맹달과도 불화하여 그를 위나라로 귀순케 한 데다 유비의 친자가 태어나면서 입지가 불안해졌고, 결국 자결을 명받은 인물이다. 이 책에서는 역사가 바뀌었음에도 유비와 만나 수하에서 활약하고 있는 중이다.

- **급시우 송강** 천강 제1위. 과거의 역사를 바꿔 21세기 중국을 최강대국으로 만드는 과업을 받아 삼국시대로 왔다. 무에서 물질을 생산해내는 신적인 천기를 비롯해 강력한 천기들을 다수 보유하였다. 한 몸에 두 인격이 공존하고 있다. 익주에서 조용히 천하의 판세를 조율하다가 마침내 성황이라 칭하고 군사를 일으켜 천하대전의 중심에 선다.

차례

1

떠나보내다

유표와 서령은 내실에서 여느 때와 마찬가지로 기를 주고받았다. 그 과정에서 기의 보유량이 더욱 커지는 패왕공의 특성 때문이었다. 한바탕 뜨거운 시간을 보낸 뒤, 서령을 품에 안은 유표가 말했다.

"이제 나의 기 보유량이 거의 3갑자에 달한 듯하네."

1갑자란, 육십 년 동안 매일 수련했을 때 쌓이는 내공의 양을 의미했다. 즉 현재 유표는 백팔십 년 수련한 무인에 해당하는 내공을 가졌다는 의미였다. 그의 나이 올해로 예순여덟이었으나 얼굴은 주름 하나 없이 팽팽했다. 머리카락이 모두 검어졌으며 눈빛도 형형했다. 겉모습만 봐서는 스물여덟이라고 해도 믿을 정도였다.

말끝에 유표는 팔을 뻗어 침대 귀퉁이를 쥐어 보였다. 침대는 대리석을 깎아 만든 돌판 위에 여러 겹의 천과 양털 가죽 등을 깐 것이었다. 대리석 침대가 두부처럼 떨어져나가 유표의 손바닥 안에서 가루가 되었다. 유표는 검지로 부서진 귀퉁이를 문질러 둥글게 갈았다.

서령은 그의 가슴에 얼굴을 기대며 답했다.

"다 주공께서 열심히 수련하신 덕이죠."

"후후, 이 정도면 천하에 나를 당해낼 자가 없을 것이네."

서령은 그 말에 약간의 불안감이 들었다. 오만함을 드러내는 모습에 불현듯 누군가 겹쳐진 것이다. 하지만 굳이 유표의 기분을 상하게 하고 싶지 않아 맞장구를 쳤다.

"그럼요, 당연하지요."

유표는 이미 정신적·육체적으로 완벽하게 자신에게 종속되어 있다고 확신했다. 자신이 한때 노준의에게 그랬었던 것처럼. 패왕공이라는 무공의 기반을 잡아주고 거듭되는 정사로 강화시키는 과정에서 벌어지는, 당연한 현상이었다. 결국 그가 진한성과의 전투에서 죽기까지, 서령은 그에게서 완벽하게 벗어나지는 못했었다. 멸시당한 끝에 이별한 연인에게 휘둘리는 게 지긋지긋하여, 회를 떠나 먼 형주까지 몰래 내려왔을 정도로.

"한데 염려되는 일이 하나 있소."

유표의 말에, 서령은 가벼운 상념에서 깨어났다.

"뭔데요?"

"황금철기대 말이오, 그대가 그토록 심혈을 기울여 키워냈는데 광기에 빠져서 백성들을 도륙했다니…. 자칫 일을 그르치는 건 아닌지…."

"저도 그 부분이 염려되어서 한때는 잠깐 흥분하기도 했습니다만, 그자가 제 발로 찾아와 부대에 합류한 후이니 다행이지 뭐예요. 그가 어떻게든 해줄 거예요. 만에 하나 황금철기대를 다 잃어도 진용운을 제거하면 우리가 이긴 셈이죠."

"그 오용이라는 자, 믿을 만한 자요? 제정신이 아니기는 그도 황금철기대와 마찬가지인 것 같던데."

"그와 손잡고 뭔가 추진해야 한다면 저도 고민됐었겠지만, 부탁하지도 않았는데 스스로 싸움에 참여했으니 문제없지요. 그는 복수에 눈이 멀었어요. 오랜 시간 준비해온 과업이 진용운에 의해 무너지고 그때까지 쌓아온 모든 걸 잃었기 때문이죠."

"흐음."

"그러니 적어도 진용운을 무너뜨리는 일에 대해서라면 염려 안 하셔도 될 거예요. 그런 능력을 갖춘 사람이기도 하고요."

말하던 서령이 짐짓 샐쭉한 표정으로 일어나 앉았다.

유표는 집중해서 듣고 있다가 어리둥절해서 물었다.

"왜 그러시오?"

"모처럼 우리 둘만의 시간인데 계속 다른 사람들 얘기만 하시니, 이만 총관 서령으로 돌아가려고요."

"하하."

유표는 팔을 뻗어 그녀의 가느다란 맨 허리를 끌어당겨 안았다. 마냥 풍만하고 말랑말랑하며 부드럽기만 한 이 시대의 여인들과는 다른, 탄탄하고 탄력 있는 근육질의 육체. 무공뿐만 아니라 이것 또한 유표를 미치게 하는 요소이기도 했다.

"미안하오. 이리 오시오."

내실 안은 다시금 뜨거운 숨소리로 가득 찼다.

"오용!"

용운은 전장에 이변을 일으킨 장본인을 마주했다. 그리고 즉시 대인통찰을 발동했다.

	오용	
무력 武力 : 64		정치력 政治力 : 86
통솔력 統率力 : 72	천기자 天技者 천변만화 天變萬化 비기, 천변광풍 祕技 天變光風 심안 心眼 모략 謀略	매력 魅力 : 75
지력 智力 : 94		호감 好感 : 1

용운은 분노한 와중에도 한편으로는 냉정하게 상대의 능력을 살폈다. 일단, 날씨를 바꿔 찬바람을 일으킨 능력은 '천변만화'라는 천기가 분명했다. 또한 '심안'이라는 천기도 요주의 대상이었다.

'1이라는 호감도 수치도 가능하구나. 저 정도로 나에 대한 호감도 수치가 낮은 건 처음 보는군. 적장들도 저렇진 않았는데.'

확인을 마친 용운이 한 발 앞으로 나섰다.

'피차 마찬가지겠지만.'

오용은 냉기를 일으킨 자신도 추운지, 몸을 와들와들 떨고 있었다. 이것은 사실 모든 천기에 따라오는 부작용 중 하나였다. 용운이 한 번 대인통찰을 썼던 대상에게 재사용하거나, 지나치게 많은 인원을 상대로 사용하면 극심한 두통에 시달리듯, 오용 또

한 천변만화를 사용한 뒤에는 부작용이 있었다. 막강한 힘에 따르는 일종의 제약으로 페널티라고도 칭했다.

원래 천변만화는 그가 소지한 유물, '묵철천상선(墨鐵天上扇)'에 붙은 능력이다. 그것을 제 기운과 정신력으로 끌어내는 것이다. 바꿀 수 있는 날씨는 염(炎), 우(雨), 한(寒), 풍(風)의 네 가지, 즉 더위, 비, 추위, 바람이다. 염을 쓰면 더워지고 우를 쓰면 비가 오는 식. 그 네 가지 날씨는 다시 극(極), 폭(暴), 평(平), 미(微)의 네 단계로 나뉘었다. 극이 가장 정도가 강하고 미는 약하다.

천변만화는 비교적 좁은 범위에만 적용되므로 대륙 전체에 비를 내린다거나 하는 일은 불가능했다. 또한 최대 두 시진(약 네 시간) 동안 유지되는 게 한계였다. 어떤 날씨로 바꿨는가에 따라 각기 다른 페널티를 받았는데, '염'을 썼다면 한동안 고열이 들끓고 '우'를 썼을 때는 극심한 졸음이 쏟아졌다. '한'을 쓰면 몸속에 오한이 들어 떨게 되며, '풍'을 쓴 후에는 일시적으로 마비되어 움직일 수 없다.

오용은 그중 '풍'과 '한'을 가장 높은 '극'의 수준으로 발동했다. 극한의 극풍! 이제 바람이 불기 시작한 지 반 시진(약 한 시간) 정도 지났는데, 벌써 동사자가 나오기 시작했을 정도였다. 그 대가로 오용 자신도 뼛속까지 얼어붙을 것 같은 한기를 맛보는 중이었다. 또한 몸이 마비되어 한 발짝도 움직이지 못했다. 용운에 대한 증오와 초인적인 의지로 간신히 서 있을 뿐이었다. 마음대로 움직일 수 있는 유일한 부위는 입과 혀 정도였다. 그는 그 부위를 적극 활용했다.

"흐흐, 이제야 네게 복수할 날이 왔구나."

용운은 어이없다는 듯 웃었다. 차가운 냉소였다.

"복수? 네가 나한테? 그 반대겠지."

뒤늦게 용운의 존재를 알아챈 황금철기대원들이 달려들었다. 픽, 퍼퍽! 용운은 깔끔한 동작으로 그들을 한 수에 쓰러뜨려버렸다. 그의 주변으로 순식간에 수십에 달하는 사체가 널렸다. 오용은 그 광경을 보며 혀를 내둘렀다.

"셋이면 특급 장수 하나를 감당할 수 있는 황금철기대를 저토록 쉽게? 많이 강해졌구나, 진용운. 역시 그 아비에 그 아들이라 이건가."

방해자들을 없앤 용운이 다시 오용과 마주 섰다.

"눈에 띄지 않으려고 동떨어져 있었던 모양이지만, 후회하게 될 거야. 널 지켜주던 자들이 다 사라졌으니까."

"그리고 많이 변했고. 제법 손속이 매워졌구나."

용운은 잠자코 오용을 노려보았다. 지난 일들이 바로 오늘 일처럼 선명하게 떠올랐다.

"넌 동평에게 지시하여 조조의 아버지 조숭을 살해하고 그 죄를 조운에게 덮어씌웠어. 그로 말미암아 조조가 복양성을 침공, 수십만의 무고한 사람들을 학살했고. 그뿐인가? 내가 아끼던 가신들인 전풍과 진궁도 너 때문에 죽었다."

"하하, 변한 줄 알았는데 본질은 여전해서 안심이다. 그리고 학살 하니까 생각나는구나."

오용은 히죽히죽 웃으면서 말했다.

"이번 일도 내가 꾸민 것이다."

"…뭐?"

"들었을 텐데? 오는 도중에 벌어진 몰살 행위. 그거, 서령이 아니라 내가 꾸민 짓이라고. 서령은 유표의 세를 넓히는 데 혈안이 되어 있는데, 일부러 그의 치하에 있는 백성들의 수를 줄일 리가 없지."

"왜…."

"난 성수를 만드는 법은 모르지만, 성분에 조금 변화를 주는 법은 알아냈거든. 그걸 먹여서 황금철기대의 호전성을 극대화했다. 성혼교인이 아니면 무조건 죽일 정도로."

"왜냐고 물었다."

오용은 진심으로 황당하다는 표정을 지었다.

"몰라서 묻나? 그야 당연히 네놈들이 성에 틀어박혀서 싸우지 않고 기어 나오도록 하기 위해서지. 그래야 진용운, 네놈과 이렇게 대면하기도 쉬워질 테고. 실제로 한양성 하나라도 구하려고, 수비에 최적화된 강하성을 버리고 나오지 않았는가."

"미쳤구나, 너는."

해묵은 원한이 있는 데다 목적을 위해서라면 수십만의 목숨도 가벼이 여기는 자다. 또한 지금도 용운의 가신과 군사들을 위험으로 몰아넣고 있다. 이제 더 길게 말할 필요조차 없었다. 용운은 그대로 오용에게 쇄도하며 오른쪽 정권을 뻗으려 했다.

"멈춰! 네 부하들이 죽는 꼴을 보고 싶지 않다면."

오용의 외침에, 그는 순간적으로 동작을 멈췄다. 용운의 주먹이 오용의 명치 바로 앞에서 멎었다. 그것만으로도 명치가 집중된 풍압에 의해 움푹 들어갔다가 나왔다. 오용은 강제로 허리를 깊숙이 굽히면서 토했다.

"우웩! 우웨엑!"

단순히 외침 때문에 멈춘 것만은 아니었다. 어느 틈에 오용의 등 뒤 허공에 두 사람이 축 늘어진 채 둥실 떠 있었다. 한 사람은 정신을 잃고 온몸이 피투성이가 된 장합. 다른 하나는 슬프고 미안해하는 표정으로 용운을 바라보고 있는 성월이었다. 그녀가 작게 속삭이듯 중얼거렸다.

"미안해요, 전하…. 붙잡혀버렸어."

둘 다 양팔이 뒤로 꺾여 단단히 결박되어 옴짝달싹할 수 없는 상태였다.

킥. 오용은 구토하다 말고 웃음을 흘렸다. 그게 시작이었다. 그는 토사물을 흩뿌려대며 미친 듯이 웃었다.

"킥, 킥. 하하. 우하하하!"

"…닥쳐."

"와하하핫! 역시 네놈은 어쩔 수 없어. 변했다고 착각할 뻔했네. 그 나약해 빠진 심성 탓에 모든 일을 그르칠 것이다."

픽! 순간 용운은 강한 충격을 받고 비틀거렸다. 뒤쪽에서 다가온 황금철기대원 하나가 그의 뒤통수를 후려친 것이다. 오용이 이죽거렸다.

"이놈들은 어설프게 죽여선 죽지도 않거든. 저 한 녀석은 살짝 공격을 빗맞은 모양이다."

성월이 비명을 질렀다.

"꺄악! 전하!"

"난 괜찮아, 성월."

오용은 의기양양해졌다.

"어떠냐, 이제야말로 외통수겠지?"

"…."

용운은 그런 와중에도 장합과 성월의 상태를 살폈다. 둘 다 부상이 심하긴 해도 생명에는 지장이 없는 듯했다.

'대체 어떻게 저 지경이 된 거지? 분명 뭔가가 붙잡고 있는 것 같은데. 그런데 아무것도 보이지도, 느껴지지도 않아. 오용의 천기 중에는 저런 것이 없었는데….'

그렇다면 답은 하나였다. 병마용군. 오용의 병마용군이 가진 능력이었다.

그 눈길을 알아챈 오용이 재미있다는 듯 말했다.

"저 장수, 장합인가? 과연 역사에 남은 명장답게 대단하더구나. 잘 숨겨둔 지휘관의 위치를 용케 파악하고 그리로 돌격해왔다. 덕분에 아깝게도 채모를 잃었지 뭔가. 꽤 쓸 만한 자였는데."

아까 용운은 대화하면서 시간을 끌 필요 없이 바로 오용을 제거하려 했다. 그러나 이제 용운 쪽에서 시간이 필요해졌다.

'이럴 줄 알았다면 시공권의 사용 시간을 조금 남겨두는 건데….'

다 소모해버렸으니 꼼짝없이 오늘 하루는 쓰지 못한다. 단 오초, 아니 삼 초. 그 시간만 주어져도 눈앞의 오용을 죽일 자신이 있었는데.

오용은 신나서 말을 이었다.

"다른 부대였다면 그걸로 끝이겠지. 하지만 황금철기대는 다르거든. 좀 흔들리긴 했어도 마지막 한 명만 남을 때까지 끝까지 싸운다네. 거기다 진정한 지휘관은 나였으니, 장합이란 자는 제 발로 불구덩이에 뛰어든 셈이다. 한데 좀 이상한 게 있단 말이야."

서걱.

그때 보이지 않는 날카로운 칼날 같은 것이 성월의 왼쪽 목을 베었다.

"윽."

그녀가 몸을 꿈틀하며 경련했다. 치명상은 아니었으나 제법 상처가 깊었다. 금세 피가 흘러내려 쇄골 근처를 흥건히 적셨다.

용운은 오용과 대치한 이래 처음으로 언성을 높여 외쳤다.

"멈춰!"

"이상해. 아무리 생각해도 모르겠어. 저년은 병마용군이 분명한데, 어째서 네가 아닌 다른 자를 구하려고 거기로 뛰어든 거지? 아아, 그리고 화낼 쪽은 너인데, 왜 내가 복수하려 드느냐고 했나?"

퍽! 묵직한 파육음이 울렸다.

"전하!"

성월은 제 목에서 피가 뿜어지는 것도 잊고 안타깝게 소리 질렀다. 황금철기대원이 들고 있던 창으로 용운의 왼쪽 허벅지를 깊숙이 찌른 것이다. 비틀거리는 용운에게 오용이 무시무시한 목소리로 말했다.

"네놈은 내가 일군 모든 걸 망쳐놓고서도 그것조차 몰랐다는 말이냐?"

"무슨…."

"조조에게 내가 위원회임을, 그러니까 성혼교도임을 알린 게 너지?"

"내가 아니다."

"거짓말하지 마!"

오용이 발악하듯 외쳤다. 그 소리가 신호인 양 황금철기대원이 용운의 반대편 허벅지마저 찔러 꿰뚫었다.

"으윽!"

용운은 더 견디지 못하고 무릎을 꿇었다.

오용이 미친 사람처럼 정신없이 중얼거렸다.

"내 모든 것을 걸고 왕으로 키워내려 했던 조조가 날 배신했어. 은혜도 모르고 나를 죽이려고까지 했지. 처음에는 나도 다 쓸어 버리고 떠나려고 했었는데, 머리가 식은 뒤에야 그 생각이 들었다. 누군가 나의 왕을 부추긴 게 아니겠냐고 말이다."

"…."

"해서 조조의 가신 중에서도 유독 날 몰아붙이던 만총의 행적을 조사해봤다. 그러자 수하들을 시켜 날 미행한 증거가 나왔다. 조조의 아비가 죽었던 곳에도 다녀왔고."

"…."

"그 만총은 흑영대와 접촉하고 있었다. 그 잘난 시커먼 놈들.

네가 부리는 정보 조직!"

용운은 무릎을 꿇고 앉은 자세에서 또 한 차례 뒷머리를 가격 당했다. 피를 뿌리면서 옆으로 쓰러졌다가 일어나 앉은 그가 말했다.

"맞아. 내가 시킨 거야. 그러니 그 두 사람은 풀어줘. 부탁한다."

"역시, 그랬군."

"그래, 네 예측이 맞았어. 넌 대단해."

"경(鏡)."

오용이 건조한 목소리로 말하자, 우드득 성월의 한 팔이 기이한 방향으로 꺾였다. 그녀는 입술을 깨물고 비명을 지르지 않았다. 그때, 정신을 잃었던 장합이 천천히 눈을 떴기 때문이다.

"으음…."

성월은 애써 침착한 목소리로 말했다.

"정신이 드셨어요?"

"성월, 이건… 대체?"

장합은 자신이 뭔가에 붙잡혀 허공에 떠 있음을 깨닫고 어안이 벙벙해졌다. 그러다 한발 늦게 용운을 보고 눈을 부릅떴다.

"전하!"

"준예, 다행입니다. 무사… 하진 않지만, 살아 있어서."

"전하, 어찌 이런…. 저자는…."

영민한 장합은 눈앞에 펼쳐진 광경을 보고 상황이 어떻게 된 것인지 단숨에 이해했다.

'내가 인질이 되는 바람에 전하께서 위험에 처하셨구나.'

그는 깨닫는 즉시 혀를 깨물어 자진하려 했다. 자신으로 인해 용운과 정인(情人)이 고초를 겪는 상황을 용납할 수 없었기 때문이다.

하지만 그의 뜻은 이뤄지지 못했다. 콱! 보이지 않는 뭔가가 입안을 쑤시고 들어와 혀를 깨물 수 없게 강제한 까닭이었다. 장합은 고통스레 꺽꺽댔다.

"컥, 커억…."

"어허, 안 되지. 그렇게 싱겁게 죽어버리면. 진용운이 가장 괴로워하는 일은 가까운 이들의 고통과 죽음이다. 아직 제대로 괴롭혀주지도 못했는데 말이야. 더구나 넌 내 목숨줄이기도 하고."

오용은 장합에게 으름장을 놓았다.

"한 번만 더 허튼수작을 부리면 바로 네 왕을 죽여버릴 테다. 옆의 계집도 갈가리 찢을 거고."

그런 뒤에야 장합의 입에서 뭔가가 빠져나갔다. 그는 지친 눈으로 허공을 노려보며 생각했다.

'손, 이었다. 분명… 투명한 손 같은 것이었어. 요괴인가?'

장합이 뭘 하려 했는지 눈치챈 용운이 말했다.

"준예, 명령이다. 절대 스스로를 해하지 마라. 그런 짓을 하면 넌 더 이상 내 가신이 아니다."

"전하, 크흑…."

오용은 '심안'을 통해 장합의 마음에서 '자진'이라는 단어를 읽었다. 이에 한발 먼저 경에게 명하여 막은 것이다. 오용이 붉어진 눈으로 내뱉었다.

"이것 참, 눈물겹군그래. 나도….'

퍽! 퍼퍽! 황금철기대원의 창이 이번에는 용운의 양어깨를 연이어 찔렀다. 바로 죽이지 않고 최대한 고통을 주며 무력화하려는 것이다.

"윽, 크윽!"

"나도 조조와 그런 군신지간이 될 수 있었다. 그를 천하의 주인으로 만들어 왕을 탄생시킨 자가 될 수 있었단 말이다!"

어떤 목표에 광기가 느껴질 만큼 맹목적으로 몰입하는 사람. 오용이 바로 그런 종류의 인간이었다. 그 목표가 외부 요인에 의해 좌절될 경우, 그 좌절로 생성된 분노는 고스란히 원인으로 향한다. 그 분노를 다 쏟아붓기 전에는, 오용은 용운을 죽일 마음이 없었다. 아직까지는.

한편, 성월은 조용히 어떤 결심을 굳히고 있었다.

'적의 정체는 아마도 완벽하게 투명한 병마용군. 숨죽이고 있자니 희미하게 호흡이 느껴져. 뒤에서 붙잡고 있는 손의 형태도 알겠고.'

용운의 대인통찰이 사천신녀들에게 안 통하듯 오용의 심안도 마찬가지였다. 정보나 심리 계통의 천기는 인간에게만 적용된다. 따라서 오용은 성월의 속셈을 몰랐다.

성월은 생각했다. 이대로라면 용운도, 장합도 죽는다. 그녀가 가장 사랑하는 두 남자가 모두.

'내가 이 병마용군을 쓰러뜨려야 돼. 그래야 용운이의 운신이 자유로워질 수 있어. 마침 기회가 온 것 같기도 하고.'

성월은 용운을 '전하'라 칭하지 않고 이름으로 생각했다. 어쩌면 이게, 이 세계에서의 마지막 순간임을 직감했기에. 죽은 뒤 영혼이 가는 세상을 이미 경험한 바 있어 두렵지는 않았다. 다만, 사랑하는 사람을 두고 가야 한다는 게 슬플 뿐이었다.

'준예, 미안. 날 너무 원망하지 말아요. 하지만 천 년 후의 미래에서도 당신처럼 좋은 남자는 만나보지 못했어요.'

성월에게서 심상치 않은 분위기를 느낀 것일까. 장합이 문득 그녀의 이름을 속삭였다.

"성월…?"

성월은 대답 대신 가만히 고개를 저어 보였다. 그 표정이 너무나 심각하고 진지하여 장합은 저도 모르게 입을 다물었다.

"후우…."

오용은 긴 한숨을 뱉으면서 허공을 가만히 올려다보았다. 이제야 마비가 어느 정도 풀린 듯했다. 그래 봤자 고개가 조금 돌아갈 정도였지만. 그런 그에게서는 여전히 차가운 바람이 불어 나오고 있었다. 그토록 꿈꾸던 복수의 순간이 왔는데, 생각만큼 후련하거나 짜릿하지는 않았다. 이런다고 해서 다시 조조의 신뢰를 얻을 수도, 그에게 돌아갈 수도 없으니까.

"하지만 할 일은 해야겠지…."

중얼거린 그가 앞을 똑바로 바라보며 말했다.

"죽여."

서걱!

하지만 목에서 피를 내뿜으며 쓰러진 것은 용운을 핍박하던 황금철기대원이었다. 동시에 반갑기 짝이 없는 목소리가 용운의 귓가에 들려왔다.

"늦어서 송구합니다, 전하."

바로 조금 전부터 용운과 성월이 동시에 감지하고 있던 기척의 주인. 용운의 호위로 전투에 참여한 흑영대원 2호. 위연 문장이었다.

일이 틀어졌음을 깨달은 오용이 부르짖었다.

"경, 죽여라. 두 연놈을 당장 다 죽여!"

지잉! 허공을 부유하던 날카로운 거울이 장합과 성월의 목으로 날아오는 순간. 성월은 온 힘을 다해 몸을 비틀면서 목에 난 상처가 뒤쪽을 향하게 했다. 동시에 미리 끌어모아두었던 전신의 기를 목으로 보내 일시에 배출했다. 폭주한 기운은 목의 찢어진 상처를 통해 거세게 뿜어져 나갔다. 그녀의 피와 함께.

촤악! 분수 같은 피를 덮어쓴 오용의 병마용군 경은 위연의 등장에 이은 생각도 못 한 일에 당황해서 순간적으로 움직임이 멎었다.

"아…?"

덮어쓴 피로 인해 경의 형체가 또렷이 드러났다.

"이제 보이네."

피투성이가 된 성월이 생긋 웃었다.

"어딜 공격하면 될지도."

픽! 푸슉! 작지만 소름 끼치는 소리가 연이어 울렸다. 하나는 성월이 발끝으로 차올린 부러진 창대 하나를 입에 물고, 고개를 비틀어 경의 왼쪽 눈에 찔러 넣는 소리. 다른 하나는 성월의 행동에 위기감을 느낀 경이 장합 대신 그녀에게만 공격을 집중, 두 개의 거울이 목젖과 가슴에 꽂히는 소리였다.

"아, 아아! 누, 눈이…."

경은 고통과 당혹감에 허우적거리다 손을 놓았다. 장합과 성월이 함께 바닥으로 떨어졌다. 동시에 용운과 위연이 이를 갈며 튀어 나갔다.

천기 발동,
비기(祕技) 천변광풍(天變光風, 예측할 수 없는 빛의 바람)

다급해진 오용은 얼음 폭풍을 멈추고 다른 천기를 발동했다. 한 가지 천기의 두 가지 효과를 동시에 발휘할 수는 있으나, 두 가지 천기를 동시에 사용할 수 없는 제약 탓이었다. 그의 몸에서 섬뜩한 빛줄기가 마구잡이로 쏟아져 나왔다. 빛줄기 몇 개가 경의 몸에 부딪혀 반사됐다. 하지만 그중 하나가 창이 꽂힌 눈에 적중했다. 부르르 떨던 경이 쓰러져 있던 장합과 성월의 뒤쪽에 추락했다.

"쏙!"

어느새 위연은 죽은 황금철기대원의 흉갑을 주워들고 있었다. 그는 그것을 전면에 내세우고 용운보다 앞서 뛰었다. 허벅지를 찔린 용운은 제 속도를 내지 못했다. 펑, 피잉! 빛줄기가 황금 갑옷에 부딪혀 튕겨 나갔다. 그래도 둘은 거의 오용 앞에 근접했다.

"이놈들!"

피융! 빛줄기가 드러나 있던 위연의 발목을 관통했다. 그는 바닥을 뒹굴면서 외쳤다.

"지금입니다, 전하!"

아무 소리도, 충격도 없었다. 오용은 제 몸을 멍하니 내려다보았다. 용운의 손이 닿은 곳을 중심으로 반경 1미터 정도의 범위가 사라지고 없었다. 뜯겨나가거나 도려내진 것도 아니다. 말 그대로 동그랗게 사라지고 없었다. 몇 초 뒤, 마치 그 허전한 부위를 메우려는 듯 원의 위쪽에서부터 피가 후드득 떨어져 내렸다. 끊긴 혈관과 장기가 뒤늦게 반응한 것이다.

"커헉!"

오용은 피를 토하고 중얼거렸다.

"이건, 또 뭐냐. 괴물 같은 놈…."

공간 자체를 파괴하는 천기, 공파권으로 오용에게 치명상을 입힌 용운이 대꾸했다.

"진짜 괴물은 너였다, 오용."

"크큭. 칭찬으로 듣지."

"아니야, 칭찬."

파스스스스― 오용의 몸은 구멍이 뚫린 곳에서부터 빠르게 풍화하여 사라지기 시작했다.

용운은 그 광경을 바라보며 말했다.

"그토록 조조에게 집착했는데도 불구하고 이 세계에 완전히 받아들여지지 못했었구나."

"주인님! 주…."

일어나 앉으려고 애쓰며 안타깝게 외치던 경이 움직임을 멈췄다. 그녀의 몸이 빠르게 줄어들더니 수정이나 크리스털로 만들어진 것 같은 인형이 되었다. 오용이 사라지자 혼의 연결이 끊겨 본래 모습으로 돌아간 것이다.

말로 형언하기 어렵던 용운의 감정은 장합의 절규로 깨졌다.

"성월, 안 돼. 성월!"

용운은 서둘러 그쪽으로 달려갔다.

위연에 의해 결박이 풀린 장합이, 성월을 무릎에 누이고 양손으로 그녀의 목과 가슴을 누른 채 어쩔 줄 몰라 하고 있었다. 그런 그의 손은 피로 흠뻑 젖어 있었다. 한눈에 보기에도 어마어마한 출혈이었다.

위연은 조금 떨어진 곳에 서서, 감히 장합을 위로할 생각조차 못 하고 침통한 표정으로 바라보고 있었다.

"준… 예."

성월이 간신히 입을 열어 바람 빠지는 소리로 말했다. 목젖이 베인 탓에 말할 때마다 그리로 피가 울컥 솟아 나왔다.

장합은 눈물 젖은 얼굴로 답했다.

"말하지 마시오, 성월. 말하면 아니 돼. 그리고 조금만 참으면 화 선생이 고쳐줄 거요."

"지금… 말해야, 해요. 지금, 아니면, 말 못 할…."

"성월!"

"연, 모, 했어요. 연모, 해요…. 준예, 당신을…."

"크아아아악, 성월!"

냉철한 장합이 짐승처럼 울부짖었다.

용운은 아무것도 할 수 없었다. 자신이 이처럼 무기력하게 느껴진 게 벌써 두 번째였다. 어머니, 검후의 죽음을 눈앞에서 본 이후. 그는 성월의 눈동자가 점점 텅 비어가는 걸 보면서 멍하니 서 있기만 했다.

그때 문득 한 가지 생각이 번개처럼 뇌리를 스쳤다. 몹시 가능성이 희박한, 아니 아예 증명되지 않은 발상이지만.

어쩌면?

2

한양성 전투, 종장

사천신녀에 대해, 그 외의 병마용군들에 대해.

주인 된 자들 대부분이 평소에는 잊고 있는 사실 한 가지가 있었다.

'사람이 아니야, 그들은.'

엄밀히 말해서 그녀 혹은 그들은 사람이 아니다. 기술의 유래는 알 수 없으나, 고도로 정밀하게 만들어진 인조 육체에 혼이 깃든 결과물이었다. 용운의 발상은 거기에서 비롯되었다.

'완전히 파괴된 원래의 몸 대신, 그것을 대체할 다른 육체가 있다면?'

용운은 크리스털 인형으로 변한 병마용군 경에게로 눈을 돌렸다. 한쪽 눈이 부서지긴 했지만 다른 곳은 멀쩡했다. 그러나 더는 말하지도 움직이지도 않는 물건이 되었다. 내부가 아무리 초월적인 기술의 결과물로 채워져 있다 해도, 동력인 '혼'과 '주인과의 연결'을 잃은 병마용군은 단순한 인형에 불과했다. 억대에 달하는 최고급 스포츠카라 해도 연료와 운전자가 없으면 아무 쓸모가 없는 것처럼.

'여기 담겨 있던 혼이 완전히 사라진 후니까.'

용운은 어머니, 검후가 깃들었던 도자기 인형을 지금도 소중히 간직하고 있었다. 파손된 배와 명치 부위를 석고로 메운 다음, 장인을 시켜 섬세하게 채색하도록 했다. 당연히 그런다고 해서 어머니는 돌아오지 않았다. 혹시나 하는 마음이 아주 없었다면 거짓이지만, 그런 것을 기대하고 손본 건 아니었다. 그저 어머니의 기억을 간직하고 유품처럼 소장하려는 목적이었다. 애초에 너무 늦은 데다 부서진 곳을 고치지도 못했다.

내부를 들여다본 안도전도 두 손을 들었다. 그녀는 나노머신에 대한 지식이 있는 의사이지, 기계공학자나 과학자라고 하긴 어려웠다.

그래도 그 일을 겪으면서 병마용군이라는 존재에 대해 많은 것을 알게 되었다. 용운은 병마용군 경의 인형으로 성월의 혼을 옮길 셈이었다. 정확히는 현대에서 그의 첫사랑이었던 보건 선생님의 영혼이다.

지금 성월의 상황은 '죽음'은 아니다. 장합과 위연 등이 보기에는 영락없는 죽음이지만, 그보다는 기능 정지에 가까웠다. 그릇이 정도 이상으로 파괴되면 물이 새어 나간다. 그런 원리로 이 인조 육체에 혼이 머무르는 게 불가능해진 것이다.

'엄마가 그랬던 것처럼.'

경험상 혼이 그 몸에서 떠나면 계약은 끝나고 몸은 인형 같은 형태로 되돌아간다. 경 또한 마찬가지. 오용과의 계약이 끝나고 영혼까지 아예 사라졌다.

원래는 용운 자신이 다시 성월과 계약할 생각이었으나 그러기에는 변수가 너무 많았다. 일단 한 번 계약이 끝난 사람과 재계약이 가능한지 여부조차 정확히 알지 못했다. 또한 성월이 자신의 부름에 다시 응하리라는 법도 없었다.

'하지만 한 번도 계약한 적이 없는 성월과 장합이라면? 둘은 깊이 사랑하는 사이가 아니던가. 거기에 비교적 상태가 양호한 다른 인형까지 준비되어 있다면?'

이것도 확실하진 않지만 비슷한 선례가 있긴 했다. 서황의 병마용군이 된 요원이 그 예다. 그녀는 본래 천강위 삭초의 병마용군이었다. 그러나 삭초의 부름에 응해 매여 있긴 할망정 혼의 연결이 단단하진 않았다. 둘이 악연으로 얽힌 관계였던 탓이다. 그결과, 삭초가 죽었을 때, 요원의 영혼은 어느 정도 타격을 받긴했지만 바로 사라지진 않았다.

'그사이 서황이 한발 먼저 요원을 집었다고 했었지. 그리고 재계약이 되었고.'

다만, 지금은 그 경우와 한 가지 다른 점이 있었다. 요원은 본체 자체는 멀쩡했다. 주인 격인 삭초가 죽은 탓에 링크가 끊겨 계약이 해지된 게 다였다. 주인이 살아 있기만 하다면, 둘 사이의 거리가 아무리 멀리 떨어져도 계약은 유지되었다. 영혼은 시간과 공간 모두를 초월하는 개념이다. 아버지 진한성이 어딘가 다른 세계에 살아 있으리라고 용운이 확신하는 이유였다. 좀 약해지긴 했을망정 그의 병마용군인 이랑이 건재하는 까닭이었다.

반면, 성월은 같은 육체에서의 재계약이 아니라 육체 자체를 바꿔야 하는 상황이었다. 과연 성월의 혼이 완전히 명계로 가기 전에 계약을 시도하면, 경의 몸을 저절로 인식하여 진행이 될까? 마치 블루투스 기기가 주변에 통신이 가능한 대상을 검색하여 저절로 감지하듯이.

　'그걸 이어주기만 한다면.'

　무엇보다 성공할 수 있을까?

　'지금은 일단 뭐라도 해볼 수밖에 없다. 더 지체했다가 늦으면 이도 저도 안 되니까.'

　용운은 크리스털 인형을 들고 성월의 옆에 앉았다가 멈칫했다. 그리고 그것을 얼른 장합의 손에 쥐여주었다. 한 손으로 성월의 목젖을 덮고 있던 장합은 무의식중에 용운의 손을 뿌리치려 했다.

　그를 향해 용운이 빠른 투로 말했다.

　"준예, 잘 들어요! 지금, 바로 지금이라면, 어쩌면 성월을 살릴 수도 있어요."

　"저, 전하? 어떻게…."

　"다만, 이전의 그녀하고는 모습이 많이 다를 거예요. 어쩌면 완전히 생김새가 달라질지도 몰라. 최악의 경우 준예를 기억하지 못할 수도 있고요. 그래도 괜찮다면 내 말을 들어요."

　다른 사람의 말이었다면 허무맹랑한 소리나 사술이라고 무시했을 것이다. 하지만 상대는 지금까지 기적처럼 느껴지는 힘이나 신비한 능력을 여러 번 보여준 주군이었다. 장합은 힘껏 고개를 끄덕였다.

"상관없습니다! 그녀를 살릴 수만 있다면."

"좋아요. 이 인형에게 계약하겠다고 말해요. 아니, 인형을 쥐면 어떤 목소리가 들릴 거예요. 그 목소리가 시키는 대로 하면 돼요."

크리스털 인형을 건네받은 장합이 움찔했다. 그의 눈이 크게 떠졌다가 반개하길 반복했다. 그러다 어느 순간, 성월의 육체였던 그것이 빠르게 쪼그라들었다. 반대로 병마용군 경이었던 크리스털 인형은 장합의 손을 벗어나 허공으로 떠올랐다. 이어서 환한 빛을 내뿜으며 사람만 하게 커지기 시작했다.

'됐다!'

용운은 주먹을 불끈 움켜쥐었다.

위연은 입을 헤벌린 채 그런 광경들을 지켜봤다.

'대체 무슨 일이 일어나고 있는 것인가.'

그의 상식으로는 도저히 이해할 수 없는 일이었다.

이윽고 크리스털 인형은 완전히 투명해져서 자취를 감췄다. 부서진 눈이 있는 부분만 얼핏 보이는 정도였다. 대충 얼굴이 있으리라 예상되는 지점에서 낯선 목소리가 흘러나왔다.

〈계약의 최종 단계입니다. 이름을 지정해주십시오.〉

장합이 얼른 대꾸했다.

"성월."

〈…기존에 존재하던 이름이나 데이터가 삭제되었으므로 사용 가능합니다. 새로운 성월로 덮어쓰기합니다.〉

그 말을 듣는 순간, 용운은 가슴이 덜컥했다.

'설마?'

〈병마용군, 성월로 재등록 완료되었습니다.〉

잠시 후, 원래의 성월과 비슷한 듯하면서도 뭔가 다른, 차분한 목소리가 허공에서 들렸다.

"처음 뵙겠습니다, 주인님. 성월이라고 합니다."

"…반갑소, 성월."

처음…이라. 답하는 장합의 목소리는 환희가 느껴지면서도 처연했다.

"앞으로 성심을 다하여 주인님을 모시겠습니다."

"으음, 한데 그… 모습이 보이게 할 수는 없는 거요?"

"죄송합니다. 투명화는 저의 고유 기능입니다. 제 육체와 내부의 모든 부품 자체가 가시광선을 투과하도록 만들어져 있습니다. 현재 왼쪽 눈 부위가 부서져 빛을 반사하는 상태입니다만, 72시간 내로 자가 수복이 가능하니 염려 마세요."

"성월…."

"예, 주인님."

장합은 가만히 손을 뻗었다. 눈이 부서져 있었던 탓에 성월의 새로운 몸 중에 유일하게 드러나 보이는 부분이었다. 그저 둥그스름하고 시커먼 구멍일 뿐인, 파손된 그 자리를 장합은 애정 어린 손길로 쓰다듬었다. 그러다 손을 조금 옆으로 이동했다. 장합의 눈에 미미한 기쁨의 빛이 떠올랐다.

"반듯한 이마가 느껴지는구려. 당신의 그것과 똑같은, 오똑하고 쭉 곧은 콧날도."

"…주인님?"

말하던 장합은 투명한 뭔가를 끌어당겨 안았다. 아무것도 없는 허공에 대고 혼자서 양팔을 벌린 것 같은 우스꽝스러운 모양새였다. 그러나 그는 조금도 아랑곳하지 않고 말했다.

"고맙소, 고맙소, 성월. 이렇게라도 돌아와줘서."

"무슨 말씀이신지 이해할 수가 없습니다. 주인님의 박동 수치와 혈압이 지나치게 높아졌습니다. 안정을 취하시는 게 좋겠습니다."

용운은 잠시 눈물을 삼키며 그 모습을 보다가 몸을 돌렸다.

'과연 이게 잘한 일일까?'

그가 우려한 대로였다. 주인도, 몸도 바뀐 탓인지 성월은 요원과는 달리 이제까지의 모든 기억을 잃은 듯했다. 그만 안식에 들고 싶었을지도 모를 그녀의 영혼을 억지로 붙잡아둔 걸지도 몰랐다. 또 장합에게 좋은 추억을 간직한 채 영원히 헤어지는 것만 못한 아픔을 안겨준 꼴이 됐는지도 몰랐다. 하지만 등 뒤에서 들려온 떨리는 목소리에 용운은 이 결정을 후회하지 않기로 했다.

"감사합니다, 전하. 이 은혜는 평생 잊지 않겠습니다. 이 몸이 가루가 될 때까지, 몸 바쳐 전하께 충성할 것을 맹세합니다."

"…성월은 새롭게 갓 태어난 후라 아직 안정적이지 못해요. 눈 부위의 부상도 있고요. 준예 그대도 여기저기 다친 곳이 많으니, 이대로 함께 전선을 이탈해서 쉬도록 해요. 이미 적장 채모의 수급을 취하는 큰 전공을 세웠으니 그 정도면 충분해요."

"하지만… 아직 전투가….""

"이건 명령입니다."

"알겠습니다. 부디 옥체 보전하시기를."

용운은 더는 돌아보지 않고 조금씩 걸음을 빨리했다.

'그래, 장합의 말대로 아직 전투는 끝나지 않았다.'

그런 그의 옆으로 위연이 재빨리 따라붙었다. 위연의 얼굴에는 용운에 대한 무한한 존경의 감정이 담겨 있었다.

'죽은 이의 혼백마저 붙잡아두시다니. 역시 전하께서는 천하 제일인이시다!'

조금 오해의 소지가 있었으나 완전히 틀린 생각은 아니었다. 둘은 곧 한 줄기 바람이 되어 다시 전장 한복판으로 향했다.

전선은 한창 교착상태였다.

채모와 오용의 죽음으로, 황금철기대는 실질적인 지휘관을 모두 잃었다. 그러나 개개인의 역량이 워낙 뛰어난 데다 호전성은 여전히 극대화된 상태여서 전투의 양상은 난전(亂戰)으로 치달았다.

손가의 장수, 진무는 위태로운 상황이었다. 용운을 도와 싸우고 있었는데, 그가 갑자기 사라져버렸다. 그 탓에 적들의 공격은 고스란히 그에게 쏟아졌다. 황금철기대는 세 명이면 위연급 장수 하나를 감당해낸다. 그런 자들 네다섯이 한꺼번에 덤벼드니 진무는 금세 정신이 산만해지고 곳곳에 생채기가 났다. 그가 이 끄는 백인대 또한 반 이상이 죽거나 중상을 입은 절체절명의 상황이었다.

"큭!"

결국 진무는 어깨를 제법 깊게 베여 대검을 떨어뜨리고 말았다. 황급히 애병을 주워들려 했지만, 황금철기대의 공격이 한발빨랐다. 막 그의 목이 떨어지기 직전이었다. 챙! 날카로운 쇳소리와 함께 철봉 하나가 그의 목과 황금철기대의 검 사이로 절묘하게 끼어들었다. 동시에 우렁찬 웃음소리가 울려 퍼졌다.

"파핫핫! 진무 형님, 어떻습니까? 이만하면 제 솜씨가 쓸 만하지 않나요?"

"…네 녀석의 웃음소리가 이토록 반갑기는 처음이구나."

"와하하! 저야 늘 모든 사람이 반가워하는 존재지요."

철봉으로 진무를 구한 이는 바로 능통이었다. 손가의 신세대 장수 중 가장 젊은 자다. 그 뒤를 따라온 반장과 장흠이 진무의 양옆을 막아서듯 하며 황금철기대에 맞섰다.

"답답이, 괜찮냐?"

반장의 퉁명스러운 물음에, 진무가 대꾸했다.

"아직 살 만하다. 내 검이나 좀 주워줘라."

반장을 대신해 늪 바닥에 박힌 진무의 검을 절묘하게 쳐올려 건넨 장흠이 우울한 목소리로 말했다.

"무사해서 다행이군. 와보길 잘했네. 솔직히 안 내켰지만…."

"하하, 이게 다 제가 앞장서서 달린 덕이 아니겠습니까?"

허세스러운 언행과는 달리, 능통의 눈은 날카롭게 빛났다. 그는 철봉을 뒤로 쭉 빼서 바닥을 짚었다. 직후 튕기듯 땅을 쳐내면서 그 반동을 이용, 철봉의 반대쪽 끝으로 황금철기대원 하나의 안면을 찔렀다. 뭉툭한 철봉 끝이 마치 송곳이라도 된 듯 투구를 파고들어갔다. 황금철기대원은 그대로 낙마하여 절명했다.

"하하하하, 나의 새로운 기술, 지공탄에 맞아본 소감이 어떤가?"

장흠은 그 모습을 보며 고개를 저었다.

"그냥 땅 짚고 튕겨 찌르기지 않나. 이런 혹평을 하기는 싫지만…."

그때, 땅바닥에 바짝 붙다시피 할 정도로 자세를 낮춘 반장이, 양손의 철조를 휘두르며 돌격했다.

지공참(地攻斬)

황금철기대는 전투마까지 황금색 갑주로 감쌌다. 그러나 말 무릎 아래의 다리까지 보호하진 못했다. 그 부위를 강철 손톱이 자르고 지나갔다. 여러 마리의 말들이 고통에 미쳐 날뛰었다. 그 서슬에 타고 있던 황금철기대원들도 자세가 무너졌다. 장흠은 마치 현대의 펜싱용 칼 같은, 길고 가늘며 뾰족한 검을 사용했다. 그는 그렇게 자세가 무너진 자들 사이를 누비면서 목 근처, 투구와 몸통 갑주 사이의 벌어진 틈새를 쿡쿡 쑤시면서 우울하게 중얼거렸다.

"잔인하지만 죽여야겠지…."

한바탕 바닥을 휩쓸고 일어난 반장에게 능통이 웃음을 터뜨리며 외쳤다.

"아니, 형님! 와하핫! 그거, 제 기술명을 베낀 것 아닙니까?"

"뭔 소리냐. 네 건 지공탄이고 내 건 지공참이잖아."

"하하핫! 재미있네요. 너무 비슷한데요?"

"그보다 장흠 저 자식! 내가 다 잡아놓은 걸 끝장내고 있네?"

허우적대는 황금철기대원 다섯 명을 찔러 죽인 장흠이 어둡게 대꾸했다.

"좋아서 하는 게 아니라고 설명하고 싶지만, 못 알아듣겠지….'

유주군 못지않게 손가의 장수들도 활약하기 시작하면서 양측은 다시 팽팽하게 맞섰다. 그러나 숫자에서 너무 차이가 났다. 그것을 개개인의 기량과 책략으로 메꾸고 있었다. 애초에 이 작전은 유인책의 일부였기에 당연했다. 그렇게 얼마나 시간이 흘렀을까.

"아오, 이러다가 쭉 소모전으로 흘러서 힘만 빼겠어!"

급기야 싸움에 미친 감녕까지 앓는 소리를 냈다. 그는 이미 황금철기대 수백 명을 죽였다. 그럼에도 불구하고 놈들은 눈도 깜빡 않고 계속해서 달려들었다. 더 난감한 것은 이쯤에서 다음 작전으로 이행하기 위해 후퇴해도 놈들이 따라붙지 않는다는 거였다. 작전을 눈치채서라기보다 뭔가 무의식중에 이 장소에 머물러 있으려는 듯한 분위기였다. 이는 오용이 천기를 발하기 전, 미리 내려둔 명령 탓이었다.

— 절대 이 자리를 떠나지 말고 머무르며 싸워 지켜라.

오용은 천강위 중에서도 고위였다. 그에게서는 당연히 성혼마석의 전파가 강렬하게 발산된다. 그 체감 정도는, 채모와 같은 성혼교의 일반 신도와 비교했을 때 반딧불과 태양 빛의 차이였다. 그런 오용의 명령은 죽은 뒤에도 황금철기대를 강하게 속박했다. 마지막 명령이라 더 그랬다. 그 명령을 해제할 사람이 사라져버렸기 때문이다.

그런 사정을 모르는 연합군 장수들은 당황스러울 수밖에 없었다. 이는 제갈량이라고 해도 예외가 아니었다.

'대체 놈들의 저의가 뭐지? 갑자기 불어닥치던 한파도 거의 그쳤고 늪지대는 곧 다시 녹아내릴 터. 한데 물러나는 것도, 전진해 오는 것도 아니고…. 자신들에게 불리한 지형을 왜 고수하는 것인가?'

아무런 작전도 보이지 않았다. 적은 혼란 그 자체였다. 포위하고 화살을 퍼부었으면 딱 좋을 것 같았다. 하지만 최초의 매복 공격에 화살을 대부분 소진했다. 버려두고 가자니 그다음의 행동을 예측할 수 없어 그러기도 어려웠다. 황금철기대는 유표군의 주력 철기병을 대부분 투입한 최정예였다. 양양성으로 돌아가게 두면, 전력의 반 이상을 고스란히 보전시켜주는 셈이 되었다. 결국, 또 한 차례 힘겨운 전투를 자초하는 것이다.

양양성이 아닌 강릉성으로 달아나도 문제였다. 아직 출전하지 못한 강릉성의 삼만 병력과 합류, 더 큰 재앙이 되어 돌아올 테니까. 행여나 이곳 한양 바로 아래의 사이현으로 향할 것도 걱정되었다. 사이현까지는 말을 달려 고작 한 시진 거리. 게다가 백성들이 아직 다 대피하지도 못했다.

'행동이 예측 불가이니 변수가 너무 많아.'

제갈량은 어금니를 악물었다. 첫 시험 치고는 너무도 혹독하다. 이래저래 이 황금철기대는 이곳에서 멸절해야 했다.

전열을 조금 물러나게 하여 한숨 돌리게 하려고 하면, 또 악착같이 들러붙어 싸움을 강제해왔다. 결국, 놈들을 가운데 둔 채로 끊임없이 싸울 수밖에 없었다. 소수가 다수를 포위한 비정상적인 진형이 됐다. 그러는 사이, 연합군 가운데서도 부상자와 사망자가 속출했다. 이런 식으로 대응해오는 적은 처음이었다.

'이러다 강릉성의 적군이 북상해오기라도 하면 그때는 돌이키기 어려워진다. 놈들을 움직이게 해야 해. 조자룡 장군? 장료 장군? 아니, 그 둘을 빼내면, 겨우 유지하고 있는 측면의 압박마저 무너질 터. 다수의 적이 사방으로 퍼져 오히려 아군을 각개격파할 것이다.'

제갈량이 골머리를 앓을 때였다. 전장 바깥, 양옆으로 크게 우회하는 두 무리의 부대가 있었다. 중진을 맡았던 관우와 장비가 각각 이끄는 백인대였다. 두 백인대는 황금철기대의 뒤로 돌아가, 그곳으로 송곳처럼 전력을 집중했다.

"요망한 사교에 빠져 죄 없는 백성들을 해치는 놈들. 내 오늘 이곳에 너희의 뼈를 묻어주리라!"

위엄 어린 노호와 함께 청룡언월도를 휘두르면서 몰아쳐 오는 관우. 전신(戰神)과도 같은 그의 자태에 힘입어 휘하의 백인대도 사기가 크게 올랐다.

특기, 고무(鼓舞) 발동

장비도 질세라 목청을 높였다. 평소에는 얌전하고 낯가림이 심하지만, 전장에서는 누구보다 용맹한 그였다.

"적을 모조리 쳐 죽여라!"

특기, 포효(咆哮) 발동

관우처럼 절로 이끌려오게 하는 위엄은 부족했으나, 대신 그의 외침에는 아군의 피를 끓게 하는 패기가 있었다. 장비의 백인대는 야수처럼 황금철기대를 공격하며 날뛰었다.

두 부대가 후미에서 밀어붙이자 황금철기대의 진형이 비로소 조금씩 움직이기 시작했다.

'아직 중진이 나설 때가 아니지만, 필요하다면 변칙적인 움직임도 마다하지 않는다는 건가.'

제갈량은 쓴웃음을 지었다.

'한 수 배웠구나. 과연 방사원.'

그는 이것이 방통의 병력 운용임을 알아보았다. 그리고 방통의 의도대로 전열을 양쪽으로 갈라지라 명하고 양 측면을 공격하기 시작했다. 방통이 뒤를 막아줬으니 양옆을 눌러서 짜주면 내용물은 나머지 한 방향, 즉 정면으로 쏟아지게 마련이다.

말 등에 앉은 방통은 유비 곁에 자리했다.

"유인당해 오지 않을 때는 강제로 밀어붙이면 되는 겁니다. 이 뒤는 함정이나 매복의 염려가 전무하니까요. 운장 님과 익덕 님의 용맹이라면 그 정도는 가능하겠지요."

유비는 방통의 의도대로 움직이는 적군을 보며 감탄을 금치 못했다.

"과연 방 선생! 식견이 탁월하오."

"과찬이십니다."

그의 검고 못생긴 얼굴이 오늘따라 유난히 귀여워 보였다. 탄복하는 유비에게 방통이 독백처럼 말했다.

"그나저나 공명도 역시 대단하군."

"응? 뭔 소리요? 방 선생이 내 아우들을 뒤로 보내 밀어붙이기 전까지는 쩔쩔매고 있었는데."

"그건 그렇습니다만, 그게 최선이었습니다. 더 운용할 병력이 없었으니까요. 제가 조금 나서 주니, 즉시 제 뜻을 알아채고 거기 맞춰 대응하고 있지 않습니까."

"흥, 그것조차 못하면 군사(軍師) 자격이 없지."

"하하…."

웃던 방통이 정면을 응시하며 눈을 가늘게 떴다.

"어라. 이제 슬슬 이 자리를 떠야 할 것 같습니다. 흐름을 탄 적이 파도처럼 밀려오는군요."

유비는 놀라서 얼른 말머리를 돌렸다.

"그러게. 여기 있다가 휩쓸리면 답 없겠소."

"이제 나머지는 후열에게 맡깁시다."

사실, 이는 관우와 장비에게 용운까지 합세한 덕이었다. 관우,

장비 두 장수는 강력하게 적군을 밀어붙였지만, 황금철기대는 그 와중에도 오용의 마지막 명을 이행하려고 애쓰고 있었다. 그 것은 거의 이성을 잃은 그들을 마지막으로 붙잡아주는 나침반 같은 것이었다.

'이 자리를 떠나서는 안 된다.'

'물러서지 말고 지켜야 한다.'

'성혼교도 외의 인간은 모조리 죽여야 한다.'

그들은 무수한 희생자를 내면서도 늪지대에 버티고 있으려 했다. 성혼교인이 아닌 적과 동귀어진(同歸於盡)을 해가면서. 한 사람이 한 명만 죽여도, 결국 그들의 승리다.

'뭐 이런 놈들이….'

관우와 장비가 질린 기색을 내비칠 때였다.

콰앙!

굉음과 함께 후미에서 저항하던 황금철기대원 셋이 쭉 밀려났다. 그 서슬에, 그들의 뒤에 있던 자들도 뒤엉켜 쓰러지거나 덩달아 밀려나버렸다. 갑자기 나타난 용운이 쌍장을 내지른 결과였다.

"진… 유주왕."

관우는 내심 경악했다. 저 호리호리한 체구의 어디에서 저런 파괴력이 솟아난단 말인가? 용운은 긴 은발을 휘날리면서 황금철기대를 노려보았다. 하마터면 장합과 성월을 둘 다 잃을 뻔한 그는 인정사정없이 힘을 발휘하고 있었다.

'시공권, 여기서 원 없이 사용해주마.'

쾅! 텅! 퍼석! 그가 가는 곳마다 황금철기대가 낙마하고 투구와 갑옷이 부서져 깨졌다. 결국, 못 견딘 황금철기대는 서서히 전선을 이탈하기 시작했다. 한번 발을 떼자 그 속도는 급격히 빨라졌다. 방통이 유비에게 일러 후퇴를 명한 게 바로 이때였다.

　"중진! 중진을 통과했습니다. 적이 곧 이리로 몰려옵니다!"

　전령의 말에, 후미에 버티고 있던 사마의는 눈을 서늘하게 빛냈다.

　"드디어 오는가. 내가 신호하기 전까지는 절대 경거망동하지 마라."

　잠시 후, 과연 지축을 울리는 말발굽 소리와 함께 금빛의 철기대 수천이 모습을 드러냈다. 그들은 자연스럽게 사마의가 예상한 경로로 이동했다. 거기로밖에 길이 나 있지 않았기 때문이다. 나머지는 모두 바람에 흔들리는 무성한 억새밭. 겨울을 보낸 억새들은 노랗게 말라서….

　"아주 좋은 땔감이 되어 있지."

　사마의는 웃었다. 더없이 차갑지만 동시에 불꽃 같은 뜨거움이 느껴지는 그런 웃음이었다. 그는 총군사 수레에 타고 있었다. 유주군의 총군사를 상징하는, 특수하게 제작된 수레다. 전투 참모는 전장에 직접 뛰어들어 작전을 지시하는 까닭에 빠르고 정확한 대응이 가능했다. 반면, 상대적으로 무력이 약한 그들이 적의 위협에 노출되어 있다는 약점이 존재했다. 용운은 그런 약점을 보완, 곽가와 사마의 등을 보호하기 위해 심혈을 기울여 이 총군사 수레를 설계했다.

제작은 지살 제66위, 옥비장 김대견이 맡았다. 그는 금속, 나무, 암석 등 온갖 자재를 정교하게 다루는 장인이었다. 천기 또한 거기에 특화되어 일정 시간 동안 공구 없이 맨손으로도 쇠나 나무를 깎고 주물렀다. 어찌 보면 서령의 마이너 버전이라 할 수 있었다.

총군사 수레를 본 황금철기대가 말에 박차를 가했다. 동시에 단창을 던지거나 활을 쐈다. 사마의는 총군사 수레의 덮개를 닫았다. 쟁! 채챙! 철판을 덧댄 덮개에 창과 화살이 부딪혔다. 작은 창을 통하여 바깥 상황을 보던 사마의는, 수레 뒤편 천장의 작은 문을 열었다. 그리고 거기를 통해 녹색 깃발을 올려 흔들었다. 즉시 수레 뒤편에 있던 무장한 철기 두 기가 수레를 끌고 천천히 후퇴하기 시작했다.

"붙잡아라!"

"부숴라!"

황금철기대는 뭐에 홀린 것처럼 수레를 추격했다. 수레 앞부분에 조각된 용머리의 입에서 살살 흘러나오는 연기가 그들을 더 자극했다. 그렇게 황금철기대 대부분이 억새밭 안으로 진입한 직후였다.

획! 수레로 올라온 깃발의 색이 변했다. 불꽃과 같은 주홍색의 깃발이었다. 그러자 즉시 사방의 억새밭에 불이 붙었다. 억새밭 속에 미리 숨어 있던 복병이 불을 지른 것이다.

화르륵! 화악! 가뜩이나 바짝 말라 있던 억새에, 미리 기름과 역청까지 뿌려졌다. 불은 무서운 기세로 타올라 퍼졌다. 심지어 불을 지른 유주군 중에서도 미처 피하지 못하고 타죽는 자가 나올 정도로 불길이 거셌다. 좀 전까지 오용이 기상을 조종, 차가운 바람을 불어냈던 것이 더욱 화근이 되었다. 그는 없는 대기를 만들어낸 게 아니라, 이미 존재하는 것을 차게 식히고 조종한 것이다. 차게 변한 바람이 빠져나가 사라졌던 자리로, 정상적인 대기가 밀려들었다. 황금철기대는 맞바람을 맞으면서 사방에 붙은 불길도 고스란히 함께 맞이했다.

"부, 불이다!"

"후퇴… 으아악!"

그들의 화려한 금빛 갑주는 불을 대하자 독이 되었다. 열 전도성이 좋은 금이 순식간에 내부까지 열을 전달했다. 황금철기대원들은 안에서부터 살이 익어 고통에 미쳐 날뛰었다. 흩어져서 피하려고 해봐야 사방이 억새밭이니, 오히려 불 속으로 뛰어드는 셈이었다.

후미에서 압박해오던 연합군은 불길에 휩싸인 황금철기대를 지켜보았다. 사방에 고기 타는 악취가 가득했다. 그토록 찬란하던 금색의 철기대원들은 불에 타서, 열기에 익어서, 혹은 질식해서 발광하다 쓰러져갔다. 그 처참한 광경에 모두 말을 잃었다. 그래도 가끔 빠져나오는 자들은 가차 없이 쳐 죽였다. 삼만 대 오천이던 싸움이 일방적인 학살로 변하는 순간이었다.

사마의는 조금 떨어진 곳에 수레를 세우고 덮개까지 열고서 그 광경을 바라보고 있었다.

"위험합니다, 총군사. 좀 더 후퇴하시는 게…."

사마 가문이 운용하던 비밀 조직의 수장이자, 그 이름을 물려받은 비월. 호위와 마부를 겸하던 그가 사마의에게 조심스레 후퇴를 권했다. 그러다 주인의 표정을 보고 입을 다물었다. 사마의의 입은 비틀어져 일그러진 모양이었다. 반면, 그의 두 눈에서는 눈물이 흘렀다. 그 모습이 기괴하기 짝이 없어, 감히 말을 걸기 어려웠다. 잠시 후, 사마의의 입에서 나온 조용한 읊조림을 들은 비월은 저도 모르게 어깨를 떨었다.

"이 얼마나 아름다운 광경인가⋯."

사마의는 하늘을 우러르며 한 사람을 떠올렸다.

'보고 계십니까, 스승님?'

비틀어졌던 입이 점차 웃는 모양으로 변했다.

'지금, 저는 이미 당신을 뛰어넘었습니다.'

3

나비 효과

밤이 가고 날이 밝았으며 그 해가 또 저물었다. 하루 반나절을 꼬박 싸운 처절했던 전투가 끝났다. 결과는 유주, 손가 연합군의 대승이었다. 적은 총 삼만 중 만 명 정도가 연합군 전열과 싸우다 전사했다. 추가로 만 명 이상이 유비 삼형제와 방통의 압박에 밀려와 사마의가 준비한 화공에 타죽었다. 나머지 만여 명 중 팔천 이상이 거동이 불가능한 중상이었고, 그중 오천은 기식이 엄엄했다. 결국, 살아서 포로가 되거나 달아난 자를 다 합쳐도 이천에 불과했다.

한양성 일대와 그 주변 늪지대는 매캐한 연기며 악취로 가득 찼다. 거기서 나는 냄새가 오 리 밖까지 퍼져나갔을 정도였다. 다 셀 수도 없을 정도의 인간과 말이 억새를 땔감 삼아 함께 구워졌으니 그럴 만도 했다. 더구나 그 형태는 그냥 탄 게 아니라 훈제된 것과 흡사했다. 열을 고스란히 전달하는 갑옷 안에서, 뜨거운 열기와 연기에 몸부림치다가 쪄 죽은 것이다. 차라리 그냥 곧장 불타 죽은 것만 못했다. 황금철기대들의 이성이 완전치 않아, 한

번 움직이기 시작하면 맹목적이었던 탓에 피해가 더욱 컸다.

"우욱."

전리품을 수거하던 손가의 병사들이 여기저기서 구역질을 해 댔다. 황금철기대의 갑옷은 그 자체로도 성능이 뛰어난 데다, 겉 에는 금박을 덧대어놔서 차마 버릴 수 없는 물건이었다. 갑옷뿐 만 아니라 그들이 쓰던 창, 검, 하다못해 전투마가 착용한 안장과 등자도 범상치 않았다. 문제는 그런 것들이 당연히 시체 가운데 있는 데다, 눌어붙은 살점 따위로 엉망이라는 거였다.

"맙소사…."

무기를 줍던 한 병사는 허리를 폈다가 망연자실한 표정을 지 었다. 늪지대를 가득 메우다시피 널려 있는 시체들. 그 사이 늪 아 래로 천천히 잠겨 손만 위로 내민 시체도 있었다. 마치 여기서 꺼 내달라고 애걸하는 것처럼. 까마귀와 독수리들만 때아닌 만찬을 벌였다. 놈들은 갑옷 틈새로 부리를 집요하게 밀어 넣어 살점만 물고 당겨 끄집어냈다. 간혹 살아 있는 병사 중에서도 더 값져 보 이는 전리품을 놓고 서로 칼부림을 벌이기도 했다. 살육의 흥분 에서 다 깨어나지 못한 탓이었다. 그런 광경들이 한 폭의 지옥도 를 연상케 했다.

그 사이로 수레 한 대가 천천히 나아갔다. 덮개를 열어서 안에 탄 사람이 똑똑히 보였다. 무표정한 얼굴로 주위를 둘러보는 젊 은 총군사. 바로 사마의 중달이었다. 그는 마치 자신이 벌인 참사 를 확인이라도 하듯, 시체의 바다 사이를 헤치며 느릿느릿 이동 했다. 수레가 다가오면 병사들은 얼른 고개를 조아렸다. 감히 눈을 마주칠 엄두도 못 냈다. 죽은 적군보다 어쩐지 총군사가 더 무서웠다.

비월은 수레를 끄는 말을 몰면서 보고했다.

"대승입니다. 적의 생존자는 거의 없다시피 합니다."

"비월."

"예, 주공."

"내가 두려운가?"

비월은 그 물음에 저도 모르게 어깨를 흠칫했다. 그러나 곧 태연한 신색으로 답했다.

"그럴 리가 있겠습니까?"

"그래, 날 두려워할 필요는 없다. 난 내 머리를 아군을 해치기 위해서 쓰지는 않아. 하지만…."

사마의는 착 가라앉은 목소리로 말을 이었다.

"앞으로 행동과 선택에 주의해야 할 것이다. 계속 나를 두려워할 일 없이 살고 싶다면."

"…명심하겠습니다, 주공."

비월은 사실, 은밀하게 성혼교의 간자와 접촉한 적이 있었다. 전장에서 자주 마주치는 장수들끼리는 서로 적대적인 관계라도 낯이 익듯, 간자의 세계도 그랬다. 서로 끊임없이 감시하고 추적하다 보니, 자연스레 기억하게 되는 상대가 생겨났다. 그중 하나였다. 그가 비월에게 말했다.

"그대 주인의 가문이 풍비박산 났다는 소식은 총관님께서도 잘 알고 애석해하고 있소. 이에 좋은 제안을 드린 적도 있고. 이제 가까이에서 모시는 비선이라곤 그대밖에 남지 않았으니, 주인을 잘 설득하여 가문과 그대 수하들의 복수를 하도록 이끌고 더 승산 있는 쪽에 의탁하게 하는 것도 진정한 충신의 의무일 것이오."

비월은 그 제안을 놓고 한동안 고심했다. 그는 성수를 마시거나 하여 세뇌당한 건 아니었으나, 유표의 세력이 훨씬 우세하다고 판단했다. 또 사마 가문을 멸문시킨 용운의 처사에 불만이 깊었고 사마의 또한 그러리라 짐작했다. 하지만 이번 전투, 훗날 한양성의 대참화라 불린 이 싸움을 겪으면서 그는 마음을 정했다.

'나대지 말자.'

진용운이고 성혼교고 다 필요 없었다. 새 가주가 된 젊은 주인은 그의 상상 이상으로 무서운 사람이었다. 괜히 다른 데 한눈팔지 말고 그에게 충성을 바쳐야 했다. 그것이 그나마 수명이 짧은 이 바닥에서 최대한 오래 살 수 있는 길이었다. 이후, 비월과 총관 서령 사이의 비밀 연통은 완전히 끊겼다.

마음이 달라진 건 비월뿐만이 아니었다. 황금철기대원 중에서는 불구덩이를 뻔히 보고서도 사마의가 탄 수레를 끝까지 쫓아온 자들도 일부 있었다. 그런 자들은 사마의를 호위하던 비월과 흑영대원들 그리고 귀순하여 후군에 포함된 세 장수, 황충, 문빙, 이엄 등이 처리했다.

전투가 끝나고 며칠 뒤, 세 장수는 따로 모였다. 같은 처지에서 각자 마음을 확인하고 앞으로의 일을 의논하기 위해서였다. 황금철기대와의 전투가 당연히 화제에 올랐다. 당시 일을 떠올리던 황충은 등골이 오싹해졌다.

"자네들도 봤겠지만, 몸에 불이 붙고 팔 하나가 잘려나간 상태에서도 쫓아오더군. 어찌 사람이 그럴 수가…."

"사교에 눈이 멀면 그리되는 게 아니겠습니까. 중막(仲邈, 곽준의 자), 그 사람만 봐도…. 설마 중막이 처음부터 성혼교에 포섭됐을 줄은 꿈에도 몰랐습니다."

셋 다 원래의 관직을 잃고 투항한 상태라 나이와 경험순으로 자연스레 서열이 다시 정해졌다. 셋 중에서는 황충이 제일 맏형이 되었다.

"사교라는 건 끔찍하군그래."

진저리치는 황충의 말을 이엄이 받았다.

"그 갑옷은 분명 총관의 솜씨였습니다. 금과 금색을 좋아하는 것도 그렇고요."

문빙도 굵직한 음성으로 한마디 거들려 했다.

"안륙성은 완전히 무방비한 상태에서 당했기에 몰살됐지만…."

말하던 그가 아차 했다. 안륙성에서 황충의 일가도 함께 희생됐다는 사실이 뒤늦게 기억난 것이다.

황충은 침음을 내며 뒷말을 재촉했다.

"으음… 괜찮으니 말하게."

"예, 송구합니다. 그 아래의 석양현에는 한 차례 풍문이 돌았기에 간신히 빠져나와 살아남은 이들이 있었습니다. 그자들, 소위 '황금철기대'의 모습은 석양현의 백성들이 증언한 모습 그대로

입니다."

"주공께서 그런 간악한 사교의 꾐에 빠져 백성들마저 저버리시다니…."

세 사람은 황금철기대의 귀기 어린 모습을 직접 보고 더욱 용운의 말을 신뢰하게 되었다. 또 그즈음에는 황금철기대가 백성들을 학살한 이유가, 연합군을 강하성에서 끌어내리려는 목적이었다는 것도 알게 되었다. 전투에서 이기기 위해 통치의 근원인 백성을 십수만 명이나 제물로 삼았다는 사실에 그들은 경악했다. 마침 시기 좋게 조서 한 장이 내려온 것도 그 무렵이었다.

나, 한 제국의 천자인 백화(伯和, 헌제 유협의 자)는 원공로의 핍박에서 벗어나, 유주에 새로이 조정을 만들고 유주왕 진용운에게 의탁하노라. 이에 진용운에게 정식으로 왕의 작위를 내리며, 유주, 기주 일대를 봉토로 하사한다.

사신이 소리 높여 읽은 이 조서는 연합군 진영뿐만 아니라 형주와 양주 일대를 발칵 뒤집었다. 아무리 유명무실한 황실이라해도 천하의 백성들에게 갖는 상징성은 여전했다. 하물며 황제가 직접 용운을 왕으로 인정하고 자신을 지켜줄 것을 간접적으로 부탁했다. 명분과 당위성을 준 대신, '일인지하만인지상(一人之下萬人之上, 단 한 사람만을 위에 둔 자리. 보통 영의정이나 재상을 가리킴)'의 자리를 주겠다고 공표한 것이다.

이로써 용운과 적대하는 세력은 자연히 역적이 될 처지에 놓여

버렸다. 지금의 유표처럼. 이제 황충 등은 형주를 떠나, 용운의 가신이 되겠다는 결심을 완전히 굳혔다. 사교에 홀린 데다 백성들을 학살하고 제 일가까지 몰살한 주인을 끝까지 섬길 의무는 없었다.

이튿날, 강하성에서는 수뇌부 회의가 열렸다. 큰 고비를 한 차례 넘겼으니 이후의 일을 논의할 때가 되었던 것이다. 이 자리에는 이례적으로 용운과 사마의, 조운 그리고 손책과 주유의 다섯 사람만 참여했다. 원탁에 적당히 앉은 손책이 특유의 호쾌한 투로 말했다.

"이야, 이거 한때는 어찌 되나 했는데 결국 이겨버리고 말았군."

"그러게 말이야."

"그나저나 축하하네, 용운. 대승을 거둔 데다 칙서까지 받고. 이제 천하에서 제일 광대한 토지를 가진 왕이 된 거네."

"하하… 그게 큰 효력이 있겠냐마는."

손책의 말대로 대승을 거뒀음에도 용운의 표정은 그리 밝지만은 않았다. 늘 그렇듯 큰 싸움일수록 아군에도 피해가 없을 수 없기 때문이다. 병사 한 사람, 한 사람의 이름과 얼굴, 신상까지 다 기억하는 용운에게는 그런 피해가 더욱 아프게 다가왔다.

'장호, 아문, 진강, 이용…. 모두 죽었구나. 청광기를 천 명이나 잃은 건 뼈아픈 타격이다. 적이 예상보다 너무 강했어.'

게다가 애초에 손가를 돕기 위한 싸움이었다. 그 과정에서 강하성을 얻긴 했으나 큰 실익은 없었다. 다만, 손가는 삼천 명에 달하는 병사를 잃었다. 장수 중에도 전사자가 나왔기에 손책 앞에서 이 정도 피해로 한탄까지 하긴 어려웠다. 그나마 다행스러운 점은 유주의 장수들은 부장급까지 전원 무사했다는 것이다. 용운은 그게 황제를 확보한 것보다 더 기뻤다. 이는 기적과도 같은 일이었다. 또 그만큼 유주 장수들의 무력과 생존력이 강하다는 반증이기도 했다. 장합과 방덕이 중상을 입었지만, 나머지는 모두 경상이거나 멀쩡했다.

'그리고 성월.'

그녀의 이름을 떠올린 순간, 용운은 가슴이 지끈거렸다.

'그냥 영혼을 옮길 뿐이라고 생각했는데, 설마 이제까지의 기억을 다 잃어버릴 줄은….'

며칠이 지났지만 성월의 상태는 여전했다. 깍듯하나 완전히 낯선 사람처럼 대하는 태도에 장합도 조금씩 힘들어하는 눈치였다. 과학적으로는 오직 뇌에서만 기억을 관장한다고 알려져 있지만 그게 전부가 아니었다. 가끔 심장이식 등을 받은 환자가 해당 심장의 주인이 갖고 있던 기억을 떠올리는 일이 있다. 몸이 교체되면 당연히 뇌에 해당하는 부위, 머리도 함께 바뀐다. 컴퓨터의 메인보드를 교체하면 하드디스크를 포맷해야 하는 것처럼, 병마용군의 육체를 제어하는 뇌도 새롭게 프로그래밍 되는 것이다. 기존 육체의 주인이었던 경의 행동 패턴과 성격 등은 새 영혼의 그것과 다른 까닭이다.

한데 그 과정에서 성월의 혼이 가지고 있던 기억마저 대부분 사라져버린 듯했다. 지금 그 몸에 있는 것은 장합의 취향에 맞춰진 새로운 인격인지, 아니면 그저 기억을 잃었을 뿐인 성월인지, 혹은 완전히 다른, 새로 태어난 인격인지 정확히 알 수가 없었다.

'그런데 몸도 다르고 기억도 없다면, 과연 그녀를 예전의 성월이라고 할 수 있을까?'

우울한 생각에 잠겼던 용운은 주유의 물음에 정신을 차렸다.

"뭔가 근심이라도 있으십니까, 용운 님. 이렇게 좋은 날에…."

그러는 주유야말로 아직 부상에서 완쾌되지 못하여 창백했다. 하지만 예전보다 예민한 태도는 훨씬 완화됐다. 화타 덕에 목숨을 건졌다는 사실을 알았기 때문이리라. 그 물음에 대한 답은 갑자기 뛰어들어온 청몽이 대신한 격이 됐다.

"전하!"

"처, 청몽 님. 지금 회의 중…."

당황한 보초병이 그녀를 붙잡으려 했지만, 애초에 여포 정도가 아니면 불가능한 일이었다. 다행히 손책과 주유는 사천신녀에 대해 잘 알고 있었다. 그녀들이 용운에게 특별한 존재라는 것도. 또 이랑으로 인해 그녀들에게 호감을 품고 있었으므로, 별로 놀라거나 불쾌해하지 않았다.

"오오, 청몽 소저. 무슨 일이 생겼기에 이렇게 사색이 되어서 온 거야?"

청몽은 손책의 능청을 거들떠보지도 않았다. 아니, 실제로 눈에도 귀에도 들어오지 않는 듯했다. 곧장 용운의 앞까지 달려온 그녀가 물었다.

"전하, 그게 정말이에요? 성월… 성월이 죽었다는 게?"

"헉, 그, 그런 일이 있었어?"

듣고 있던 손책이 오히려 당황해서 입을 다물었다. 용운은 그저 묵묵히 청몽을 응시했다.

"에이, 헤헤, 아니죠? 요즘 저희가 다, 그러니까 연애를 하잖아요! 심지어 원조 막내인 사린이까지. 그래서 전하하고의 연결이 많이 약해졌지만, 솔직히 우리끼리의 감지력도 약해졌거든요. 그래서, 그래서…."

살인과 성욕, 식욕은 하나로 이어져 있다고 하던가. 전투가 끝난 뒤, 그 열기가 채 식지 않은 청몽과 여포는 단둘이 황야를 뒹굴며 뜨거운 밤을 보냈다. 그리고 돌아왔을 때, 성월과 장합이 둘다 보이지 않았기에 그들도 그러려니 했다. 힘겨운 싸움에서 무사히 살아남았다는 기쁨. 전력상으로도 압도적이며 무도한 적을 물리쳤다는 쾌감. 그런 감정들을 정인끼리 풀고 있다 여긴 것이다.

그러다 며칠 뒤, 문득 이상함을 느꼈다. 사린의 기운은 분명하게 감지되는데, 성월은 계속 잠잠했다. 마치 존재하지 않는 것처럼. 그때, 밖에 나갔던 여포가 매우 곤란한 표정으로 돌아왔다. 장합의 중상 소식을 뒤늦게 듣고 문병을 다녀오는 길이었다.

"성월 소저가 보이질 않더군. 준예의 곁에도. 어디 갔느냐고 물어도 답해주질 않고. 혹시 무슨 일이라도…."

여기까지 듣자마자 청몽은 곧바로 용운에게 달려온 것이었다.

"전하, 아니죠? 그렇죠?"

용운은 침중하게 입을 열었다.

"청몽, 성월은….."

분위기를 살피던 손책이 주유를 끌고 나갔다.

"어차피 아직 전후 수습도 덜 끝났고 당장 싸울 수도 없으니, 오늘까지만 하루 더 쉬자고, 공근. 자네 몸 상태도 정상이 아니고."

"그러지요."

뒤이어 주유는 목소리를 낮춰 속삭였다.

"강하성 문제에 대해 여쭤볼 것도 있고 말입니다."

"아, 아하하. 그건, 드, 들었어?"

"대체 그 합의는 어떻게 도출된 건지 꼭 제대로 들어야겠습니다."

그 뒤를 조운이 사마의를 데리고 뒤따랐다. 그는 용운이 걱정되어 살짝 뒤를 돌아보았다. 문득 검후가 죽었다는 소식을 들었을 때의 기억이 조운의 뇌리를 스쳤다.

'이제 많이 괜찮아졌다고 생각했는데.'

몇 년이 흘렀음에도 그녀의 이름을 떠올리는 것만으로도 심장이 찢기는 듯 아팠다. 조운이 여태 다른 여자를 만나지 못하고 있는 이유이기도 했다. 언젠가 용운은, "형님이 빨리 혼인해서 아들을 낳아, '통(趙統, 정사에서 조운의 후사를 이은 장남 조통을 의미)'이라는 이름을 지어줘야 할 텐데요" 하고 알 수 없는 말을 했었다.

하지만 그는 이제 혼인 따위 상관없었다.

'어쩌면 이대로 그대를 가슴에 품고 평생 홀로 살아가는 편이

나을지도 모르겠소.'

조운은 오늘따라 유난히 그리운 정인의 이름을 입안으로 가만히 불러보았다.

'검후, 검후….'

회의장에는 용운과 청몽, 둘만 남겨졌다.

"왜 대답이 없어요?"

심상치 않은 분위기를 감지한 청몽은 얼굴이 새파랗게 질려 있었다. 이제 다들 내색은 안 했지만, 아직 검후가 떠난 슬픔과 충격에서도 완전히 헤어 나오지 못했다.

'그런데 성월마저?'

중간에서 적절히 가교 역할을 해주고 사교성이 좋아 누구하고든 곧잘 어울렸으며, 그러다가도 한마디씩 따끔하게 충고해주던 성월. 그녀가 없는 이 세계는 상상조차 하기 싫었다.

"왜 대답이 없냐고, 용운아."

둘만 남고 감정이 격해지자 청몽은 용운의 친구인 민주로 돌아갔다.

한동안 침묵이 흐른 뒤, 마침내 용운이 말했다.

"성월은 심하게 다쳤었어. 천강위 오용 그리고 오용의 병마용군과 싸우다가."

"우린 어지간한 부상은 그냥 둬도 나아!"

"그 정도가 아니었어. 어머니… 검후의 부상 그 이상이었어. 도저히 회생하기 어려울 정도로."

"그래서?"

"그때 마침 오용이 먼저 죽는 바람에, 그의 병마용군과 그 사이의 링크가 끊겼어. 오용의 병마용군이었던 인형만 덩그러니 남았지. 난 거기다가 성월의 혼을 옮겨보자고 생각했어."

"…!"

계약의 과정을 아는 청몽은 용운의 발상을 금세 이해했다. 그 상황에서는 최선의 선택이었다는 것도. 그녀들의 육체는 인간과 달라서 화타가 와도 치료하지 못한다. 간혹 외상을 입으면, 사람들에게 이상하게 보이지 않으려고 화타를 찾아가곤 했었다. 하지만 부상이 나은 것은 화타의 의술 덕이 아니라, 그녀들이 자체적으로 가진 수복 및 재생 능력 덕분이었다. 화타는 매번 사천신녀의 치유력이 놀라울 정도로 빠르다며 신기해했다. 넷 중 재생력이 가장 강한 개체는 사린이었고 다음으로 검후와 청몽이 비슷했다.

'성월은 자가 수복 능력이 제일 약해.'

청몽은 저도 모르게 침을 꿀꺽 삼켰다.

"그래서? 계속 얘기해."

"그 인형에게 시켜 장합과 재계약을 하도록 했어. 다행히 그 방법은 성공해서 성월은 새로운 몸에서 장합을 모시는 병마용군이 되었지."

"아아, 다행이다…! 그럼 됐네! 어차피 전하는 이제 더 이상 저희가 필요 없잖아요."

청몽은 다시 이 세계에서의 말투로 돌아갔다. 그러면서 너무 긴장했다가 마음이 놓인 때문인지, 그만 평소의 속내를 털어놓고 말았다. 용운이 울적해 보인 이유가 성월의 주인이라는 자격을 잃어서 그런 건가 하고 억측한 것이다.

용운은 쓴웃음을 지으며 고개를 저었다.

"필요 없다니…. 단순히 내가 예전보다 강해진 것뿐이야. 그리고 아직 얘기는 끝난 게 아냐."

"네? 그 뒤에 뭐가 더 있어요?"

"성월은… 우선, 모습이 보이지 않게 됐어."

"그게 무슨…. 아!"

청몽은 순간 오용에 대한 기억이 떠올랐다. 용운이 처음이자 마지막으로 흑영대원으로 하여금 암살 명령을 내렸던 대상. 진궁의 죽음에 분노하여, 그 원인으로 지목된 오용을 죽이라고 명했을 때였다. 그 임무를 맡았던 흑영대원 6호는 타고난 살인자였다. 게다가 청몽이 인정했을 정도로 기척을 숨기는 데도 뛰어났다. 그럼에도 불구하고 그는 끝내 돌아오지 못했다.

나중에 6호의 시신을 찾아냈을 때, 그는 왜인지 몰라도 옷이 다 벗겨진 채였다. 그리고 죽기 직전에 마지막 힘을 끌어내어 쓴 듯, 오른손 근처의 땅바닥에 '투명(透明)'이라는 두 글자가 피로 적혀 있었다. 그때는 오용 자신의 능력이 투명해지는 것인지, 혹은 병마용군이 그런 능력을 가졌다는 건지 정확하게 판단할 수가 없었다. 이제 그 의문이 풀렸다.

"오용의 병마용군이 투명화하는 특성을 가진 거였군요."

"그래."

"자의로 조절이 안 되는 거예요?"

"응. 계속 완벽하게 투명한 상태 그대로야."

"왜 그따위 쓸데없는…."

잠깐 생각하던 청몽이 애써 쾌활한 척 말했다.

"그거야 딱 붙는 옷을 입으면 되죠. 얼굴은 화장을 하거나, 천하제일의 화가를 불러서 칠해달라고 하면 되고요. 어차피 여자는 화장발이니까. 그렇게 하면 성월의 얼굴과 몸매가 고스란히 드러날 테니 괜찮아요. 준예는 좀 불편해할 수도 있겠지만…."

"그게 다가 아니야, 청몽."

"또 뭔데요?"

크게 한숨을 내쉰 용운이 힘겹게 말했다.

"기억을 잃었어."

"기억…이요? 어디서부터… 언제부터의 기억이요?"

"아마도 나와 계약한 순간부터의 모든 것들을."

"아…."

청몽은 잠깐 멍해졌다. 그녀의 한쪽 눈에서 기어이 눈물이 주르륵 흘러내렸다.

"일시적인 거 아니에요? 돌아올 수 없는 거예요?"

"어려울 것 같아, 지금으로서는…."

"아… 아아!"

청몽은 그대로 주저앉으면서 울음을 터뜨렸다.

"그럼 그건 성월이 아닌 거나 마찬가지잖아요! 다른 몸에, 얼굴도 안 보이고 기억까지 없다니. 어떡해…. 준예는 또 어떡해요. 성월이랑 준예가 너무 불쌍해요."

"청몽…."

용운은 당황해서 그녀에게 다가갔다. 그리고 맞은편에 쪼그리고 앉아 어깨를 조심스레 안았다.

"울지 마, 청몽. 돌아가면 곧장 안도전에게 보일 거야. 뭔가 뇌세포를 자극한다거나 해서 기억을 재생할 방법이 없는지 물어볼게. 그러니까 그렇게 울지 마…."

"어허엉엉, 흐아아아아앙…."

그러고도 청몽의 울음은 한참이나 그치지 않았다. 무슨 일인가 걱정되어 찾아왔던 여포가 울음소리를 듣고 회의실 문 앞에서 멈칫했다. 그리고 문틈으로 청몽을 포옹하고 있는 용운을 보았다. 그의 눈동자가 잠깐 흔들렸다.

"…."

곧 여포는 소리 없이 몸을 돌려 그 자리를 떠났다. 문득 용운이 제 여자를 빼앗았다고 떠들었다던 양수의 일이 떠올랐다. 뒤이어 초선과의 사이를 질투하여 자신에게 창을 던졌던 동탁도 생각났다. 그는 피투성이가 된 얼굴로 웃으며 말했다.

― 너는 결국 그때와 똑같다, 아들아. 계집 때문에 네 주인을 다시 한번 벨 것이다.

여포는 세차게 고개를 저어 그의 얼굴을 흩어버렸다.

"웃기지 마. 달라졌다, 나는."

그 무렵, 양양성에는 무거운 분위기가 감돌고 있었다. 느낌만 그런 게 아니라 실제로 공기가 무거웠다. 체력이 약한 문신들은 숫제 바들바들 떨고 있었다.

"전멸?"

유표의 분노로 인해, 그에게서 새어 나온 투기가 일대를 짓누른 탓이었다.

"전멸이라… 고?"

유표는 대전의 옥좌에 앉은 채 양 팔꿈치를 각각 무릎에 대고 허리를 굽힌 구부정한 자세였다. 이제 그렇게 숙였는데도, 새로 고쳐 지어서 높이가 거의 서른 자(약 10미터)에 달하는 천장에 머리가 닿을락 말락 했다.

그런 유표의 모습 자체가 가신들에게는 공포의 대상이었다. 하필 그를 제어해야 할 총관 서령도 자리에 없었다. 그녀 또한 황금철기대가 전멸한 데 당황하고 분노하여 작업장에 틀어박힌 채였다.

유표의 앞에는 불에 그슬린 갑옷 차림의 사내가 서 있었다. 간신히 살아서 돌아온 황금철기대원 중 한 사람이었다. 그가 조심스레 답했다.

"그렇습니다."

그는 이제 겨우 조금씩 이지(理智)가 되돌아오는 참이었다. 원정을 떠난 이후 성수를 더 섭취하지 않았고 전장의 찌르는 듯한 살기와 죽음에의 공포가 정신을 맑게 한 탓이다.

"그렇습니다?"

중얼거린 유표가 팔을 가볍게 휘둘렀다.

"그렇습니다, 라고?"

픽! 파삭! 유표의 손바닥에 뺨을 맞았을 뿐인데, 황금철기대원의 머리가 떨어져 날아갔다. 두 번째 소리는 그 머리가 대전 복도 왼편에 서 있던 한 가신의 가슴뼈를 뚫고 박히는 소리였다. 사람의 머리가 통째 가슴에 반절이나 박혔으니 어찌 성하겠는가. 그는 비명도 못 지르고 쓰러졌다. 한발 늦게 다른 가신들이 대신 비명을 질렀다.

"흐엑! 흐아아악!"

그 끔찍한 광경에, 유표가 총애하는 괴월, 괴량 형제마저 입을 다물고 숨죽였다.

"닥쳐라."

유표가 으르렁댔다. 대전은 일시에 조용해졌다. 심약한 문신들은 제 손으로 입을 틀어막아 자꾸 비어져 나오려는 비명과 구역질을 억지로 참았다. 유표는 머리가 몸통에 박혀 죽은 가신을 가리키며 말했다.

"저자는 패전 직후 손가의 첩자와 접촉했다더구나. 그래서 죽인 것이다."

"아아, 그러셨군요."

가신들은 안도의 한숨을 내쉬었다. 유표가 이성을 잃고 신하들을 함부로 죽이기 시작하는 거야말로 그들이 제일 두려워하는 일이었다. 일찍이 궁지에 몰린 동탁이 그랬듯이.

"아직 강릉성에는 삼만의 군사가 건재하다. 또 이곳 양양에도 이만의 병사가 남았다. 최대한 서둘러 병력을 편성하여, 놈들이 안륙성 북쪽까지 진출해오기 전에 무너뜨린다."

유표가 분노에 불타 전의를 다질 때였다. 작은 문으로 들어온 하인이 최대한 조심조심 괴월에게 죽간 하나를 건넸다. 겉에 봉인이 찍힌 급보였다.

'황금철기대의 전멸 말고, 또 급보랄 게 있단 말인가?'

이마를 찡그리면서 죽간을 펴본 괴월이 눈을 부릅떴다.

그가 하는 양을 본 유표가 말했다.

"무슨 일인가?"

"그것이…."

"어서 고하라. 어차피 나한테까지 올라와야 할 일 같으니까."

"예…."

숨을 고른 괴월이 죽간의 내용을 알렸다.

"여남과 남양의 병력이 신야 일대로 집결하고 있다고 합니다."

"뭐…?"

유표는 잠깐 어리둥절한 표정을 지었다.

신야는 한때 제갈량이 은둔해 있던 곳으로, 유비가 그를 등용하기 위해 세 번에 걸쳐 찾아간 '삼고초려'의 무대로 잘 알려진 지역이다. 크기는 작으나 지리상으로는 북쪽의 남양, 남쪽의 양양성 사이에 위치한 요지였다.

"그곳으로 무슨 병력이 집결한단 말인가?"

"그것이 아무래도 조조군인 것 같습니다."

"…."

잠깐 침묵했던 유표는 곧 상황을 이해했다. 조조가 원술을 무너뜨렸다는 소식은 이미 들었다. 그때 황제를 놓친 일을 비웃기도 했다. 한데 유주와 기주를 치는 일이 여러모로 어렵게 되자, 그 창끝을 전쟁 중인 형주로 돌린 것이다.

"허허. 하하하!"

어이없다는 듯이 웃던 유표가 내뱉었다.

"조조, 이 새끼가 미쳤구나."

4

일어서는 패왕

210년 초여름, 형주 남양군 신야현.

한 청년이 토성 위에서 먼 곳을 바라보고 있었다. 이는 조조가 즐기는 습관이었는데, 심지어 한 발을 성벽 안쪽 계단에 올린 자세까지 비슷했다. 청년의 나이는 대략 이십 대 초반 정도로 보였다. 날카로운 눈매에, 머리카락을 뒤로 깨끗이 빗어 넘겨 반듯한 이마가 드러났다. 어깨를 덮은 검은색 피풍의가 바람에 펄럭였다. 청년이 나직한 목소리로 중얼거렸다.

"저 벌판 너머가 양양성이로군."

조조를 아는 이라면 누구나 청년에게서 그를 떠올렸을 것이다. 단, 청년은 조조보다 훨씬 젊었고 키도 조금 더 컸으며 말랐다. 조조와 닮을 수밖에 없는 것이, 청년의 정체는 바로 조조의 아들, 조비(曹丕) 자환(子桓)이었다. 원래 조비는 셋째 아들이나, 장남 조앙(曹昂)이 아군을 배신하고 진용운 쪽에 섰고 차남 조삭(曹鑠)은 병으로 일찍 죽어 그가 장남 대우를 받고 있었다.

정사에서도 조비는 비슷한 과정을 거쳐 장자가 되는데, 조앙이 조조를 지키려다 전사했다는 점만 달랐다. 실제 내막은 조개의 영혼탈취에 당해 몸을 빼앗긴 것이다. 죽은 거로도 모자라 배신자로 오명을 남기게 된 조앙에게는 매우 억울한 일이었다. 그나마 다행이라면, 조개가 거의 여성화되면서 조앙의 모습이 사라진 것이었다. 그 결과, 순간적인 충동으로 배신했지만, 아버지에 대한 죄책감을 못 이겨 자살했다고 소문이 퍼질 수 있었다. 조조 또한 그편이 차라리 낫다고 여겼는지, 은밀히 소문이 퍼지게 조장하기도 했다.

"바람이 셉니다, 공자님. 조심하십시오."

등 뒤에서 누군가의 목소리가 들려왔다. 원술의 중신이었다가 조조에게 투항한 화흠이 토성 위에 올라온 것이다. 화흠은 마지막 순간, 원술의 시기를 사 옥에 갇혔었다. 그때 하마터면 죽을 뻔했는데 그게 오히려 전화위복이 되었다. 원술이 질투할 정도로 능력이 뛰어났고 인망이 높다는 점, 거기다 숨겨둔 원술의 재산을 조조에게 바쳐서 환심을 산 덕에 의심받지 않고 무사히 조조 세력에 녹아들었다.

현재 화흠은 군사로 임명되어 조비를 수행하는 중이었다. 그러는 동안 조비와 꽤 친밀한 사이가 되었다. 조비가 묻는 족족 답해주는 뛰어난 학식과 머리 덕도 있었지만, 그보다는 그의 열등감을 잘 파악하고 가려운 부분을 긁어준 덕이었다. 조비는 실제로 성격이 매우 예민한 편이었으나 이를 숨기려고 무진 애를 썼다. 아버지에게 장남으로서 대범한 면모를 보여, 후계자의 자리를 굳히고 싶었던 것이다.

화흠은 일찌감치 조비의 그런 성격을 파악했다. 이에 비위를 거스르는 말은 일절 하지 않고 꼬박꼬박 공자라 칭하며 예를 지켰다. 또 그러면서도 진심으로 조비를 위한 조언을 아끼지 않았다. 덕분에 의심 많은 조비도 빠른 시간 내에 그를 신뢰하게 되었다. 또 조비는 아버지 조조와는 달리, 인재 보는 눈이 매우 부족했으며 사람을 외모로 판단하는 버릇이 있었다.

일례로 정사에서 촉나라의 맹달은 관우의 죽음에 일조한 탓에 위나라로 도망쳐와 귀순했다. 한번 배신한 자는 상황이 불리해지면 같은 일을 반복하기 마련이다. 더구나 다른 사람도 아닌 관우의 원수였으므로, 언제고 유비의 분노가 향할 것이 분명했다. 이래저래 위나라의 입장에서는 경계해야 마땅할 인물이었다. 한데 조비는 맹달이 잘생겼다는 이유만으로 상용태수 자리에 임명하는 등 극진히 대우했다.

또 정의(丁儀)라는 문관은 문장이 빼어났고 그의 아버지 정충(丁沖)이 조조와 매우 친하여, 조조가 장녀 청하공주를 그와 혼인시키려 하였다. 그러자 조비가 말하길, "여자는 사내의 용모를 중시하는데 정의는 애꾸눈에다 추하니, 청하공주가 상심이 클 것입니다. 하후돈의 아들 하후무가 훨씬 낫습니다"라고 하여 무산시킨 적이 있었다.

훗날 정의를 서조연(西曹掾)으로 삼은 조조가 그와 대화를 나눠본 뒤, "정의는 훌륭한 선비이니, 애꾸눈이 아니라 장님이었다 해도 그를 사위로 삼았어야 했다. 내 아들(조비)이 일을 그르쳤구나!"라고 탄식하고 정의의 재주를 칭찬했다.

정의 또한 그 일에 앙심을 품고 조비가 아닌 다른 아들을 태자로 밀면서 최염, 모개, 서혁 등 중신들을 무고하길 일삼았다. 결국, 조비가 위의 왕위를 이은 뒤, 정의를 포함한 일족은 모두 멸문당했다. 하지만 이는 조비의 외모지상주의에서 비롯되어, 정의 본인을 비롯한 여러 인재들을 죽거나 귀양 가게 만들었으니, 결국 위나라의 국력 자체를 좀먹는 결과를 낳았다.

한데 화흠은 위엄 있는 풍모에 외모가 훌륭했다. 이 시대는 인물의 외모도 품평대상이 되어 인격의 일부인 것처럼 여겨지기도 했는데, 화흠은 천하의 사대부가 흠모할 정도였다. 자연히 조비의 마음에 흡족할 수밖에 없었다. 이에 까다로운 조비도 화흠의 앞에서는 본래 성격을 곧잘 드러냈다. 뿐만 아니라 종종 속내를 털어놓는 일도 생겼다.

지금만 해도 그랬다. 뭔가에 토라진 조비는 뒤도 돌아보지 않고 화흠에게 말했다.

"그대는 아무래도 줄을 잘못 잡은 것 같소, 자어(子魚, 화흠의 자)."

또 시작이군. 화흠은 내색하지 않고 부드럽게 반문했다.

"무슨 말씀이신지…."

"아버지께서는 날 싫어하시는 게 분명하오."

"왜 그런 말씀을 하십니까?"

휙 돌아선 조비의 눈이 붉게 충혈되어 있었다.

"난 여덟 살 때 이미 말에 탄 채 활을 쏠 수 있었고 붓을 들면 막힘 없이 문장을 써내려갈 수 있었소."

"대단하십니다."

"또 열일곱 살 때부터 전장에 나와 아버지를 도와서 적과 싸웠소. 형님이 배신한 뒤로는 더욱 노력했소. 이는 오직 아버지의 눈에 들기 위함이었소."

"…."

"한데 아버지는 그런 나를 제쳐두고, 얼마 전까지만 해도 어린 애에 불과한 창서(倉舒, 조조의 여덟 번째 아들, 조충의 자)를 후계자로 염두에 두셨소."

"그에 대해 공식적인 발표는 없지 않았습니까?"

화흠의 조심스러운 말에, 조비는 코웃음을 쳤다.

"재작년 창서가 병으로 죽었을 때, 아버지께서 뭐라고 하셨는지 아시오? 나와 황수아(조창)를 비롯한 형제들이 모두 모인 자리에서, 얼굴이 눈물로 흠뻑 젖은 채 이리 말씀하시더이다. 이 아이(조충)의 죽음은 나에게는 지극한 불행이지만, 너희 모두에게는 행운일 거라고. 그게 무슨 뜻이겠소? 창서가 살아 있었다면 후계자로 삼았을 거란 말이 아니오?"

"이미 죽었으니 상관없는 일이 아니겠습니까?"

"문제는 그런 뒤에도 내가 아닌, 또 다른 아들에게 눈길을 주신다는 거요. 그대는 내 기분을 이해할 거요. 거의 혼자서 남양을 안정시키는 큰 공을 세우고서도 그 공을 덕조(德祖, 양수의 자)에게 빼앗긴 꼴이 되었으니까. 안 그렇소?"

"하하…."

화흠은 도발 같은 조비의 말을 듣고도 잔잔하게 웃을 뿐이었다.

화흠이 세운 큰 공이란 이랬다. 원래 원술은 남양태수 자리에 있었기에, 남양성에도 상당한 병력이 주둔해 있었다. 그러나 그 병력을 제대로 동원해보지도 못하고 임성현에서 조조에게 패배하고 말았다. 길게 늘어진 전선과 쓸데없이 넓었던 영토가 오히려 화근이 된 것이다.

남양성의 병력은 원술의 패망 소식을 듣고 혼란에 빠져 하마터면 폭도나 도적이 될 뻔했다. 그때, 화흠은 투항하자마자 곧장 조조에게 남양의 중요성을 읍소한 끝에 직접 가서 남은 병력을 수습하고 혼란을 가라앉히라는 명을 받았다. 당시 조조는 임성현 일대의 수습은 물론, 달아난 황제와 가후, 정립 등을 쫓는 일에 정신이 없었기 때문이다. 이는 결코 쉽지 않은 임무였으며 화흠에 대한 조조의 시험이기도 했다. 한데 막상 뚜껑을 열자, 일은 싱거울 정도로 쉽게 해결되어버렸다. 남양성의 병력이, 맨몸으로 직접 설득에 나선 화흠을 보자마자 안정된 것이다.

그때 양수가 상대하기 어려운 북부 대신 강남을 먼저 도모하고 그 힘을 바탕으로 장차 북부까지 치자는, 소위 '강남정벌론'을 장계로 올렸다. 조조는 양수의 전략을 극찬하는 한편, 조비를 보내어 남양성을 확실히 접수하고자 했다. 그 과정에서 화흠이 남양의 병력을 평정한 전공은 묻혀버렸다. 양수가 계획한, 훨씬 큰 규모의 전쟁이 착시현상을 일으킨 탓이었다. 그래도 화흠은 그 병력을 고스란히 조비에게 바쳐 그를 흡족게 했다.

"어차피 다 같은 주공의 신하들인데, 목표만 같다면야 누구의 공이 크고 작음을 따져 뭐하겠습니까?"

"흥, 그대의 마음은 마치 최근에 유행한다는 부도(불교) 신자들처럼 넓구려. 난 자건(子建, 조조의 다섯째 아들, 조식의 자)이 온다는 소식에 기분이 더러운데 말이오."

"자건 님이 이리로 오신답니까?"

조비는 발까지 굴러가며 울분을 토했다.

"내가 선발대로 궂은일은 다 해놨더니, 녀석은 남양과 여남의 병력을 모두 이곳, 신야성으로 집결시켜서 양양을 치자는 계책 하나만으로 또 아버지의 극찬을 받았다 하오. 그러니 내 어찌 분통이 터지지 않겠소?"

'그래서 토라진 거였군.'

이유를 알게 된 화흠은 늘 그랬듯 좋은 말로 조비를 달랬다.

"자건 님은 공자님과 달리 몸이 허약하니 나중에 보내신 걸 겁니다. 또 그 계책은 분명 양수, 그 사람의 머리에서 나온 것일 테지요."

"양덕조…."

조비는 입술을 잘근잘근 깨물었다.

남양이 완전히 평정됐다는 전갈을 받은 조조는, 뒤이어 아끼는 또 다른 아들을 보냈다. 그 아들이 바로 조비가 말한 조식이었다. 원술을 무너뜨리는 데 결정적인 공헌을 하여, 조조의 신임을 얻은 양수가 조식을 보좌했다. 조식은 천재라 할 정도로 총명하고 외모도 빼어나 조조의 총애를 받았다. 다만, 그 천재성이 군략보다는 문학과 예술 쪽으로 치우쳐 있었다.

조비가 조조의 냉정함과 정치가적 기질을 이어받았다면, 조식은 예술가의 재능을 물려받았다. 예술가들이 흔히 그렇듯 열정

적이며 즉흥적이었고 선천적으로 우울한 기질의 성격에, 기존 체제에 대한 반항심이 강했다. 이런 점들이 조조가 그를 선뜻 후 계자로 결정하지 못하게 하는 걸림돌이 되어왔다.

한데 최근 조식이 양수를 가까이하면서 상황이 달라졌다. 양수 의 적극적인 조언과 조식에 대한 홍보, 현대식으로 표현하자면 '이미지 마케팅'으로 인해, 조조의 마음이 점차 조식에게 기울고 있었던 것이다. 자연히 양수에 대한 조비의 감정이 고울 리 없었 다. 양수라는 이름을 들은 조비는 씁어뱉듯 말했다.

"난 어쩐지 그자가 마음에 들지 않소. 신뢰도 안 가고."

그때, 병사 하나가 급히 뛰어올라와 전했다.

"두 분, 서둘러 내려가보셔야겠습니다."

마침 조식이 도착할 무렵이 되었으므로 조비는 지레 발끈해서 말했다.

"뭐? 내가 앞장서서 자건을 맞이하기라도 해야 한다는 건가?"

"그, 그게 아니라…."

당황한 병사가 숨을 고르고 답했다.

"위왕께서 오셨습니다."

"…!"

깜짝 놀란 조비와 화흠의 시선이 마주쳤다. 그리고 둘은 누가 먼저랄 것 없이 허둥지둥 토성을 내려갔다. 화흠이 송구하기 짝 이 없다는 어조로 말했다.

"제 잘못입니다. 먼저 알고 말씀드렸어야 했는데…."

조비는 이를 악물고 대꾸했다.

"아니, 아무런 통보도 없이 비밀리에 행차하셨는데 어찌 알겠소?"

위왕은 다름 아닌 조조였다.

조조는 황제를 놓친 뒤, 원술의 잔당을 격파하고 영토를 평정하며 숨 고르기를 하고 있었다. 그러다 헌제가 진용운을 정식으로 유주왕에 봉했다는 소식을 들었다. 분노한 조조는 스스로를 위왕(魏王)으로 봉했다. 그의 주 영토인 복양성, 진류성 등 연주일대가 과거 전국시대 위 왕조의 근거지였기에, 거기에 바탕을 둔 것이다.

마침 신비에 싸인 성혼교주 송강도 자신이 성왕(星王)임을 천명하고 나섰으므로, 바야흐로 천하는 '왕들의 시대'가 되었다. 송강은 익주에 성혼교도의 왕국을 건설했고, 양주 및 병주를 손에 넣은 한수와도 손을 잡았다. 익주의 지세가 워낙 험하여 도모하기 어려운 데다, 다른 제후들이 중원에서 다투는 사이 조금도 공격받지 않은 덕에 그 세가 얼마나 강대해졌는지 짐작조차 하기어려웠다. 이에 뜻 있는 선비들은 송강이야말로 장차 천하의 화근이 되리라고 여겨 근심하고 있었다.

각설하고, 조비는 위왕 조조가 친히 행차했다는 말에 안색이 파래질 정도였다. 화흠에게 말로는 대범한 척했으나 역시 두려웠던 것이다. 미리 맞이할 준비를 못 했다는 이유로 어떤 꼬투리를 잡힐지 몰라서였다. 수틀리면 자식이라 할지라도 가차 없는인물이 조조였다.

"이것도 자건, 그놈의 얕은꾀가 확실해."

으드득. 이를 가는 조비를, 화흠이 무심한 시선으로 바라보았다.

'일단 이자를 후계자로 삼도록 하는 편이 확실히 좋겠군. 제 사람에게는 논공행상을 아끼지 않지만, 작은 원한은 혈족이라 하더라도 결코 잊지 않고 반드시 복수하는 성격. 또 후계자 자리에 대한 열망이 누구보다 강하니 그만큼 움직이기도 쉬울 터.'

문제는 양수였다. 그는 공교롭게도 화흠과 비슷한 시기에 조조에게 투항했다. 그리고 원술의 붕괴에 일조하거나, 이번 강남 정벌과 같은 허를 찌르는 발상, 조조의 구미에 맞는 장대한 책략들을 연이어 내놓았다. 자연히 군사에 목말랐던 조조로부터 빠르게 신임을 얻었다. 특히, 화흠을 혼란스럽게 하는 것은, 분명 교의 세례를 받은 자 같은데 무슨 생각을 하는지 알 수가 없다는 점이었다.

'마치 가후, 그자 같다.'

돌이켜보면 가후도 비슷했다. 성혼교도였기에 그를 신뢰했는데, 이제는 확실히 알 수 있었다. 자신은 그저 가후의 진정한 목적을 위한 징검다리의 돌 중 하나였음을. 그 증거로 가후는 화흠에게도 끝까지 말하지 않고 있다가, 마지막 순간 황제의 도피를 도와 달아나버렸다. 그것도 교의 주적, 유주왕 진용운에게로. 가후를 믿었던 탓에 직전까지 교에 보고조차 하지 못했다.

'그것까지 노린 거였다면, 적과 아군을 떠나 가후는 실로 무서운 자다. 교의 힘을 이용하기 위해 여포를 버리고 스스로 입교했으며 마지막에는 보란 듯 벗어난 게 아닌가. 그 가후가 진용운과 손잡았으니, 설마⋯.'

아니. 거기까지 생각하던 화흠은 고개를 저었다. 이런 생각을 하는 것조차 불경했다. 그는 성혼교에 세뇌되어 복종하는 게 아니었다. 오래전, 하규현의 현령으로 부임하여 동탁에게서 벗어나려 했을 때, 중병에 걸려 쓰러졌었다. 나중에는 병세가 심해져서 오히려 동탁이 문제가 아니게 되었다. 하루가 다르게 피골이 상접하고 혈변을 싸니, 보다 못한 일족들이 화흠을 가마에 태워 태백산으로 향했다. 주봉이 해발 3,700미터에 달하며 장안 일대에서 가장 영험하다고 알려진 산이었다. 거기서 화흠은 '그분'을 만났다.

"한중에 왔다가 성도로 가기 전에 잠깐 들렀는데, 예상치 못한 인물과 마주쳤네. 이제 들어가면 한참 틀어박혀서 안 나올 건데. 이것도 운명인가? 뭐, 마침 잘됐어. 성수도 시험해볼 겸."

천진한 소녀 같기도 하고 색기 어린 요부 같기도 한, 붉은 눈의 여인. 성혼교의 교주이자 성녀, 송강이었다.

화흠은 태백산에서 그녀의 세례를 받고 성혼교도가 된 다음, 큰 세력 하나를 포섭하라는 명을 받아 남양으로 향했다. 거기서 원술을 섬기게 된 것이다.

'그분이 진정한 능력을 발휘한다면 진용운과 가후 따위는 상대가 못 된다.'

고개 들었던 불안은 송강을 떠올리자 사라졌다. 화흠은 마음을 가다듬고 조조를 대면하기 위해 다른 생각을 떨쳐냈다. 이제 성문 앞이다. 긴장해야 할 때가 되었다. 예상은 했지만, 조조는 결코 만만한 인물이 아니었다. 더구나 오용의 일도 있으니 더 주의해야 했다. 눈앞에서는 조비가 바닥에 몸을 내던지다시피 부복하고 있었다.

"어찌 이 먼 곳까지 친히 행차하셨습니까, 전하!"

조조는 그런 아들을 차가운 눈으로 내려다보며 답했다.

"내가 와서 방해라도 되는 게냐?"

"그, 그럴 리가 있겠습니까."

그때, 조조가 탄 가마의 뒤쪽에서 말 한 필이 걸어 나왔다. 아무 장식도 없이 안장만 걸친 말이었다. 안장 옆에는 먹물이 반쯤 찬 가죽 주머니가 달렸다. 하얀 피부에 붉은 입술 그리고 어딘지 먼 곳을 바라보는 듯한 눈동자를 가진, 아직은 청년이라기보다 소년에 가까운 사내가 그 말 등에 앉아 있었다. 바로 조조의 다섯 번째 아들이자 조비가 강력한 경쟁자로 여기는 조식이었다.

"오오, 오오."

조식은 한 손에는 붓, 다른 한 손에는 양피지를 든 채였다. 그는 조조와 조비를 번갈아 바라보다가 양피지에 뭔가를 빠르게 써 내려갔다. 그러다 중간중간 가죽 주머니의 먹물을 찍어 붓을 적시기도 했다. 잠시 후, 조식은 완성한 문장을 청아한 목소리로 읽었다.

"날개를 크게 펼친 대붕이 날아올라 신야 땅에 내려앉으니, 그림자가 천 리에 이르고 초목이 벌벌 떤다. 그 위엄에 감복한 새끼 새가 마중 나와 납작하게 엎드리는구나."

당연히 대붕이란 조조를 가리켰고 새끼 새는 조비였다. 조조의 싸늘하던 얼굴이 풀어지고 웃음기가 떠올랐다.

"녀석, 너무 과장한 게 아니냐?"

"오히려 절제한 것입니다, 전하. 형님께서는 전초 기지에서 전쟁 준비에 여념이 없으셨을 테니, 이렇게 전갈도 않고 불쑥 오시면 방해가 될 수밖에 없지요."

"하하! 그렇구나. 적들의 이목을 속이려 한 게 자식부터 속인 게 아닌가. 정보를 잘 차단해주었다, 덕조. 내가 갑자기 신야에 나타난 걸 알면 유표도 기가 죽겠지. 아들조차 저리 납작 엎드리는데 말이다."

조식의 뒤편에 그림자처럼 서 있던 사내, 양수가 고개를 조아리며 답했다.

"여부가 있겠습니까."

"일어나라, 자환, 자야. 이만 들어가자. 가는 길에 현재까지의 진행 상황을 보고하도록."

"예, 전하."

조비는 조금 전까지만 해도 어금니를 지그시 악물고 있었다. 그러다 흙투성이로 일어선 그의 표정이 무섭도록 태연하여, 화흠은 내심 놀랐다. 오랜 수련 덕인지, 아니면 타고난 것인지는 몰라도 그는 제 감정을 숨기는 데 놀라울 정도로 탁월했다.

'역시 범 새끼는 범이라 이건가.'

반면, 태평한 얼굴로 주위를 두리번거리는 조식에게서 비범한 천재성은 느껴질지언정 주군으로서의 위엄은 찾아보기 어려웠다.

'그런데도 덕조는….'

화흠은 조식과 웃으며 뭔가 대화를 나누는 양수를 힐끗 보았다.

'무슨 생각인지는 모르겠으나 그를 후계자로 밀려는 거라면…
쉽지만은 않을 거요, 덕조. 아무리 조조의 총애를 받고 있다고 해
도, 결국 마지막에는 자질이 결정하는 법. 게다가 나와 성혼교가
공자의 뒤에 있으니.'

조조와 조비 그리고 화흠 등이 성내로 들어간 뒤.

"…말이다. 그래서 …를…."

조식의 말을 들으면서 대충 맞장구쳐 주던 양수의 눈동자가 흔
들렸다. 또다. 또 그 환영이 떠올랐다.

환영 속에서 양수는 빗장에 붉은 천이 묶여 있는 초옥 문을 열
고 들어서고 있었다. 환영은 늘 거기서부터 시작되었다. 한눈에
보기에도 작고 초라한 방. 방문을 천천히 열었다. 그 안에 뭐가
있는지 이미 알면서도 멈출 수가 없었다. 방 안에는, 벽에 기대앉
은 자세로 죽은 어머니가 있었다. 칼에 맞았다. 고통 없이 단숨에
벤 게 아니라, 한눈에 보기에도 가지고 놀듯 죽였다. 어머니의 얼
굴, 어깨, 가슴 등 거의 전신이 그물 같은 칼자국으로 뒤덮여 있
었다. 그 바람에 어머니는 전신이 깍둑썰기하듯 잘린 끔찍한 형
상이 됐다. 바닥은 피가 흥건했다. 무섭도록 정교한 솜씨를 가진
검객의 짓이었다.

'왜?'

투항하는 조건으로 어머니만은 살려달라고 했었다. 직접 나서
서 원술의 중심 병력을 유인하는 위험도 무릅썼다. 그런데도 죽
였다. 눈먼 칼에 맞거나 실수로 죽인 것도, 어머니가 반항해서 죽
인 것도 아니었다. 양수는 알 수 있었다. 어머니가 자신의 말을

듣고 문에다 붉은 천을 묶어둔 다음, 구하러 와주기만을 기다리면서 방구석에서 떨고 있었음을.

'그런데 왜?'

그 죽음에 대하여 조조는 보고받고도 양수에게 제대로 된 사과 한마디 하지 않았다. 관승의 병마용군 궁기의 '심암증폭'에 당한 뒤, 진정한 내면의 욕망에 눈을 뜬 양수였다. 한데 최근 들어 갑자기 진용운과 채문희를 향한 증오심이 사그라짐을 느꼈다. 아니, 정확히는 사그라졌다기보다 성질이 바뀌었다고 해야 할 것이다. 질투에서 비롯된 음험한 증오에서, 적으로서의 이글거리는 분노로. 또한 그 분노는 누군지 알 수 없는 흉수와 조조에게도 향했다.

그게 다가 아니었다.

몸과 마음을 나눈 사이라고 생각했건만, 끝내 자신을 저버리고 떠난 화영에게도. 애초에 자신의 마음을 뒤흔들어 용운을 배신하고 채문희를 떠나게 만든 궁기와 관승에게도. 그런 화영, 궁기, 관승 등이 속한 성혼교에도. 어리석게도 그런 성혼교를 신봉하여 세력을 키워준 백성들에게도. 세상 모든 이에게도.

양수는 살아 움직이는 모든 인간을 없애버리고 싶은, 광기에 찬 분노에 휩싸이곤 했다. 이 환영을 볼 때마다.

'강남 정벌은 그 시작이 될 것이다.'

구석에 비참한 꼴로 죽어 있던 어머니가 눈을 번쩍 떴다. 눈이 포함된 토막만 살아 있는, 기괴하기 짝이 없는 모습이었다. 그 어머니의 조각이 양수를 바라보며 말했다.

— 전쟁을 일으키거라, 덕조. 더 많은 사람을 죽게 해라. 성혼교를 파멸시키고 널 버린 진용운은 물론, 약속을 어긴 조조도 패망케 해라. 그래서 내 원한을 달래다오. 그것이, 날 죽음으로 몰아넣은 네 임무다.

"…그러겠습니다."

궁기의 소멸로 심암증폭의 효과가 흩어졌다. 양수는 제 무의식을 똑똑히 대면하게 됐다. 본래 무의식이란 가장 추한 욕망을 숨기는 곳. 그런 와중에 마지막으로 남은 혈육인 어머니마저 자신으로 인해 죽게 됐음을 깨달았다. 급기야 양수의 정신은 폭주할 기미를 보였다. 거기 한 존재가 관여하면서, 그 폭주는 겉으로는 드러나지 않되 내면에서는 더욱 가열차게 됐다. 그 존재는, 양수에게 이 환영을 계속해서 보여주는 장본인이기도 했다. 환영도, 실제 인간의 형상도 취할 수 있으며 현재는 양수의 어머니, 원 부인의 모습을 한 그 존재가 중얼거렸다.

— 너무 안 죽었어. 내가 자리를 비운 사이, 너무 적게 죽었잖아? 오용이라는 녀석을 움직여서 한 차례 학살을 벌인 거로는 부족하다. 더 많은 죽음이 필요해. 안 그러면 삶과 죽음의 균형이 무너져서 이 세계 자체가 사라져버릴 거다.

원래 이 세계에 머물러 있던, 재미로 죽음을 유발하는 초월자 하나가 갑자기 사라졌다. 그 공백만큼 이미 세계의 균형이 깨졌다. 원래 죽었어야 할 무수한 생명이 건재했다. 반면 먼 미래의 다른 시공에서는 거대한 학살이 벌어지고 있었다. 그걸 느낀 그 존재는 시공을 뛰어넘어 돌아왔다.

— 거기 맞춰 줘야지. 붕괴되지 않으려면.

긴 방황 끝에 돌아온 그 존재가, 원 부인의 입이 포함된 고기 토막을 움직여 말했다.

양수는 뜻도 모르면서 멍하니 대꾸했다.

"예, 그럴게요."

"그런다고요? 덕조, 정말 내가 후계자가 될 수 있는 거예요? 이런 행동으로?"

조식의 물음에, 양수는 퍼뜩 정신을 차렸다.

"그럼요, 공자님. 물론입니다. 더구나 이번 전쟁에서 아주 큰 공을 세우실 거거든요."

"전쟁에서요? 하지만 나는 피가 무서운데…. 앗, 잠깐! 전쟁과 피라. 시상이 떠올랐어요."

바삐 시문을 적는 조식을 보며, 양수는 소리 없이 웃었다.

한편, 형주 양양성의 분위기는 흉흉했다. 조조군이 신야에 집결하고 있다! 이 급보는 유표와 가신들에게 큰 충격을 주었다.

'완전히 허를 찔렸다. 설마 조조가 장수를 처리하기도 전에 우릴 먼저 목표로 삼을 줄이야.'

유표의 군사 중 한 사람인 괴량은 입맛이 썼다. 조조의 눈은 어디까지나 북쪽을 향해 있다고 보았다. 그러자면 낙양성에 굳건히 버티고 있는 장수와 하내태수 왕광, 한호 등을 반드시 처리해야 했다. 그들은 독립된 형태이면서 한편으로는 원술에게 협력하고 있었기 때문이다. 또 조조에게도 적대적인 세력이었다. 한데 거길 버려두고 급작스레 형주로 칼끝을 돌린 것이다.

'평소였다면 충분히 대응할 수 있었겠지만….'

현재 상황으로는 문제가 한두 가지가 아니었다. 첫 번째는 역시 연합군과 대치 중이라는 것이다. 유주의 맹장들과 손가의 세력이 손잡은 결과는 무서웠다. 그들은 극도의 열세를 몇 차례나 극복하고 오히려 차근차근 형주군을 격파해왔다. 거기에 믿었던 유비의 배신과 제갈량, 서서, 방통 등 인재들의 이탈도 타격이 컸다. 믿음직했던 아군은 그만큼 두려운 적이 되었다.

두 번째로는 연합군을 상대하느라 북쪽을 방어하던 장수와 병력까지 모조리 내려보냈다는 점이었다. 철벽의 수호신이라는 평판을 가진 문빙에, 아직까지 화려한 전공은 없으나 귀신같은 활솜씨와 두려움을 모르는 패기의 소유자인 황충까지. 모조리 연합군과의 전투에 투입되었다가 행방이 묘연해졌다. 아마도 전사했을 가능성이 높았다.

'혹은 이미 그쪽에 투항했거나.'

이런 상황이니 회의를 며칠째 계속해도 뾰족한 수가 나오지 않는 것이다. 최근 부쩍 흉포해진 유표조차 사태의 심각성을 깨달았는지 조용해졌다. 소식을 들은 첫날, 조조를 욕하면서 길길이 날뛴 이후로는. 괴량은 그게 오히려 더 불길하게 보였다. 괴월 또한, 자신과 비슷한 감정이라는 게 느껴졌다. 교의 힘을 받아들인 이후, 괴량은 괴월과 어느 정도 생각을 공유할 수 있게 됐다. 말 한마디까지 정확하게 알 수는 없지만, 상대의 의사 정도는 파악하는 게 가능했다.

"차라리 연합군에 휴전을 요청하는 게…."

"말도 안 되는 소리. 성문을 굳게 닫아걸고 싸우면…."

"육가로 사람을 보내서…."

온갖 의견이 분분했으나 마땅한 게 없었다.

쭉 침묵을 지키던 유표가 무거운 입을 뗀 것은 그때였다.

"내가 직접 나서겠다."

"옛?"

유표는 말과 동시에 화려한 옥좌에서 일어섰다. 가신들의 고개가 일제히 위로 향했다.

"신야는 성의 규모가 작고 사방이 트여 수비하기에 좋지 않다. 내가 친히 양양성의 병력을 이끌고 신야를 선제공격하겠다."

괴월이 그의 비위를 거스르지 않도록 조심스럽게 물었다.

"주공, 하지만 그리되면 유주군과 손가는 어찌합니까?"

대답은 마침 대전으로 들어온 총관 서령이 대신했다.

"놈들은 제가 맡아 처리하지요. 아직 강릉의 병력이 고스란히 남아 있으니까."

좌중의 시선이 일제히 그리로 쏠렸다. 오랫동안 틀어박힌 채로 안 보이던 그녀는, 처음 보는 찬란한 금빛의 갑주를 입고 있었다.

또한 마찬가지로 기이한 모양의 새로운 창 한 자루를 들었다. 화병이라도 난 줄 알았더니 새 갑주와 무기를 만든 모양이었다.

유표가 반색하며 물었다.

"오, 서령! 그 갑옷과 창은 뭐요?"

"저의 새 작품이지요. 혼신을 기울인 마지막 작품이기도 하고요. 이 갑옷은 새당예라 하며, 창의 이름은 구겸창입니다. 이제 저도 진지해져야겠다는 생각이 드네요."

신작을 소개한 서령이 서늘하게 웃었다.

5

조조라는 변수

일단 마음을 정한 유표의 행동은 신속했다. 감히 그에게 딴죽을 걸 만한 사람이 주변에 없어서이기도 했다. 그는 양양성에서 대대적으로 징병함과 동시에 병력을 재편, 친히 오만 군사를 이끌고 출진을 결정했다.

"신야로 진격한다."

괴월과 괴량을 거느리고 선두에 나선 유표의 모습은 거대해 보이는 착시현상으로 인해 마치 신장(神將)과 같았다. 대신 말을 탈수 없었지만, 이미 그런 건 별문제가 안 될 정도로 그는 강해져 있었다.

"감히 형주까지 넘본 조조를."

괴월의 말을 반대편에 있던 괴량이 받았다.

"속전속결로 쳐부숩니다."

성수의 작용일까. 둘의 정신 감응은 이제 상대의 기분이나 의사를 희미하게 알아차리던 수준에서 무슨 말을 하려는지 깨달을 정도로 강해졌다.

'양양에서 조조를 기다려 맞아 싸웠다간 자칫 강하성에 있는 연합군한테까지 양쪽으로 공격받을 우려가 있다.'

괴월이 떠올리자, 그 생각을 괴량이 이었다.

'연합군 측에서 움직임을 보이기 전, 준비가 덜 된 조조군을 먼저 친다. 설령 놈들이 공격해온다 해도 총관님이 알아서 맡아주실 것이다.'

유표의 본대는 보무당당하게 북으로 진군했다.

서령은 서령대로 이제껏 선보인 적 없는 유물들과 직접 만든 병기로 전신을 두른 채 강릉으로 향했다. 태수 제갈근의 갑작스런 부재로 발이 묶인 삼만의 병력을 지휘하기 위해서였다. 강릉성의 부대는 황금철기대의 패전 소식을 듣고 점차 초조해하고 있었다. 그러던 차에 서령이 직접 찾아오니 일시에 사기가 올랐다. 흉흉하던 강릉은 금세 활기를 되찾고 본격적인 전시 체제로 들어갔다.

그로부터 며칠 후.

양양성과 강릉성에 잠입해 있던 간자들로부터 연락이 왔다. 강하성 대전에서는 대규모의 작전회의가 열렸다. 연합군 재장들이 모인 자리에서 여범이 말했다.

"유표가 이상한 움직임을 보인다고 합니다."

여범은 중상을 입은 주유를 대신하여 손가의 임시 군사를 맡던 자다. 그 김에 손책은 주유를 아예 도독으로 앉히고 여범에게는 계속해서 군사 직을 수행케 했다. 무난하게 군사 역할을 해낸 데 대한 승진이다. 손가의 도독은 유주로 치면 대장군과 위치가 비슷했다. 도독이 된 주유는 독립된 군사를 이끌 수 있게 되어, 현재 수군을 거느리고 하구에 주둔해 있었다.

"따라서 부득이하게 공근 님을 제외한 모든 분을 소집했습니다."

여범은 품위를 중시해서 거처와 옷차림은 화려했으나, 매우 부지런하고 법도를 중시했다. 이에 사람들의 공경을 받았으며, 빼어난 용모와 자태로 인해 주유 못지않게 이목을 끄는 힘이 있었다. 지금도 소매 끝에 금실 자수를 놓은 붉은색 비단 장포를 입고 있었다. 허리에는 금속 장식이 달린 가죽 복대를 찼다. 하다못해 상투를 묶은 머리의 끈 하나조차 재질을 알 수 없는 보라색의 화려한 천이었다.

가까이에 앉은 장흠과 반장, 능통 등은 그런 여범을 보면서 각자 한마디씩 속삭였다.

"저런 건 대체 어디서 구해 입는 거야?"

반장의 말에, 장흠이 나직하게 대꾸했다.

"확실히 시선을 끄는군. 난 안 입겠지만…."

그런 둘을 향해 능통이 웃었다.

"와하하, 형님들한테는 어차피 어울리지도 않습니다!"

"뭐야, 이 자식아?"

"방금은 기분 나쁜 소리군. 난 진짜 화가 난 건 아니지만…."

반장과 장흠이 울컥하고 진무가 둘을 비웃었다.

"너희 한 쌍은 여전히 능통에게 휘둘리는구나."

"휘둘리긴 누가!"

손을 들어 소란을 가라앉힌 손책이 말했다.

"자세히 설명해보게."

"예, 주공. 대략 열흘 전, 유표는 양양에서 대대적으로 징병을 단행했습니다. 이에 강하성을 향해 진격해오려는 게 아닌가 짐작됐으나, 뜻밖에도 북쪽으로 이동했습니다."

"북쪽이라면⋯."

"신야와 양성 방향입니다."

손책은 여범이 옆에 걸어둔 지도를 응시하며 고개를 갸웃거렸다.

"흠. 무슨 수작이지? 남양성을 치기라도 하려는 건가? 우리와 전쟁 중인 상황에 그럴 여유가 없을 텐데."

"그게 다가 아닙니다. 총관이라는 서령 또한 양양성을 떠나 어디론가 이동했다고 합니다. 혼자 움직이다시피 했기에 끝까지 추적하진 못했지만, 아마도 강릉성으로 향한 게 아닌가 짐작됩니다."

그 말에, 회의장에 있던 제갈량이 답했다.

"그 예상이 맞을 겁니다. 강릉성은 현재 공백 상태로 삼만의 정예병이 대기 중입니다. 서령이 직접 그 병력을 지휘하려고 간 거겠지요."

돌이켜 생각하니 형 제갈근을 데리고 급히 빠져나오느라 그 병력을 처리하지 못한 게 아쉬웠다.

'위보(僞報, 거짓 정보)를 내려 흩어버릴 수도 있었는데.'

하지만 그 덕에 마충을 얻었으니 손해만은 아니다.

손책은 또 한 번 고개를 갸웃거렸다. 손책은 용맹했으나 지략이 매우 뛰어난 장수라 하긴 어려웠다. 그러나 의문점이 생기면 즉각 참모에게 물어 이해하는 장점이 있었다.

"왜 함께 움직이지 않고 유표는 북쪽, 서령은 남쪽으로 흩어진 거야? 유표가 안륙성으로 갔다면 이해를 하겠는데…."

잠시 생각하던 사마의가 입을 열었다.

"조조로군요."

"응? 그게 무슨 말이오? 갑자기 조조라니."

예상치 못한 말에, 좌중의 시선은 일제히 사마의에게로 쏠렸다. 사마의는 천천히 일어서서 말을 이었다. 자리가 사람을 만든다고 했던가. 그는 총군사가 된 뒤로, 아직 젊은 나이였음에도 불구하고 언행에 더욱 무게감이 느껴졌다.

"아시다시피 조조는 얼마 전 원술을 격파, 현재 남양성은 그의 치하에 들어갔습니다. 한데 그쪽으로 유표가, 그것도 오만이나 되는 병력을 이끌고 움직였다는 건 신야를 선점하거나 조조와 싸우겠다는 뜻입니다."

"그렇지…."

"그러나 앞서 백부 님이 말씀하신 대로 현 상황에서 유표가 굳이 그런 부담을 키울 필요가 없습니다. 즉 그럴 수밖에 없게 된 겁니다."

사마의의 말뜻을 알아챈 용운이 신음하듯 나직하게 중얼거렸다.

"조조가 형주를 노리고 남양 혹은 신야로 병력을 집결시키는 거로군. 그걸 유표가 눈치챘고."

좌중이 일시에 술렁였다. 한발 늦게 이해한 유비가 어이없다는 투로 말했다.

"아니, 그 인간은 원술을 무너뜨린 지 얼마나 됐다고 벌써 형주까지 넘보는 거야?"

그의 옆에 있던 방통이 설명했다.

"충분히 해볼 만한 시도입니다. 조조는 분명 유표가 손가와 싸우고 있다는 사실을 알 겁니다. 그러니 유표의 전력이 분산됐다고 생각할 테지요. 게다가 원술이 무모한 선택을 해준 덕에 남양성에 있던 원술의 병력은 고스란히 남다시피 한 터. 그것을 흡수하여 곧장 남하해온다면…."

유비는 고개를 끄덕였다.

"충분한 전력에, 양양은 코앞이군. 거기다 우리까지 나서서 양양성에 갇혀 앞뒤로 둘러싸이기 전에 한쪽을 격파하기로 한 거야. 우리가 아닌 조조를 공격 대상으로 택한 건 강하성이 부담되기도 하고 황금철기대가 저지른 대학살의 여파가 있어서겠지."

유비의 표정이 살짝 어두워졌다. 아직 유표를 완전히 무너뜨리지도 못했는데 그 판에 조조까지 끼어든 셈이었다. 결정적인 공헌을 한 덕에 형주를 받기로 약속하긴 했지만, 이행 여부는 사실 불안했다. 용운은 그렇다 치고 손책이 얼마든지 트집 잡을 수 있는 문제였기 때문이다. 거기에 조조도 이곳을 넘본다고 생각하니 마음이 편할 수가 없었다. 조조의 능력은 유비도 잘 아는 터였다.

'저 진용운에게 유일한 패배를 안긴 자.'

운이 나빠 몇 차례 삐끗했음에도 불구하고 복양성과 업성을 빼앗은 데 이어 원술까지, 무서운 기세로 세를 확장하고 있었다.

'제길, 왜 이렇게 무서운 놈들이 많은 거야? 형주를 기반으로 다시 뜻을 펴보려 했더니만. 역시 순순히 내 맘대로 되진 않는군.'

손가의 노신들 중 한 사람인 주치가 말했다.

"그 사실을 알게 된 이상, 곧장 양양성으로 치고 들어가면 되지 않겠소?"

여범이 그의 말에 정중하게 답했다.

"그러면 좋겠지만, 그런 위험은 유표도 생각했겠지요. 서령이 아마 그 대비책일 것이고."

"그렇다면 역시 여기서 서령과 싸우게 되겠군."

"아마도 그럴 겁니다."

상황을 다 파악한 손책이 정리하듯 단언했다.

"어쨌거나 우리에게는 호재다. 어차피 싸워야 할 상대의 힘이 분산됐으니까. 유표가 져서, 양양성이 조조의 손에 들어가는 불상사만 생기지 않으면 된다. 그런 일을 막기 위해서라도 서령을 최대한 빨리 깨뜨려야 한다."

"그 말씀은⋯."

"이제 시간 싸움이 됐다. 조조를 공격하러 떠난 유표가 돌아오기 전에, 혹은 유표를 무너뜨린 조조가 양양성으로 들어오기 전에⋯ 우리가 먼저 양양을 친다."

벌떡 일어선 손책은 성큼성큼 걸어가 지도에다 목탄으로 선을 그었다.

"안륙으로 진격. 공근에게는 하구에서 서령이 강하성으로 진입하는 걸 막도록 하고, 우리는 그사이 안륙을 거쳐 양양성을 공격하는 것이다."

여범은 지도를 보면서 턱을 어루만졌다.

"흐음, 그러면 근거지를 빼앗길 처지가 된 서령은 어쩔 수 없이 하구에서 물러나 다시 양양으로 갈 공산이 크군요."

사마의가 그 생각의 위험성을 지적했다.

"만약 그러다가 서령이 아군의 뒤를 치게 되면 어쩌려고 그러십니까?"

손책의 얼굴이 굳었다. 덩달아 대전의 공기도 차갑게 가라앉았다. 그 말은 곧 하구에서 주유가 서령에게 패배함을 전제로 하는 것이기 때문이다.

"그런 일은 일어나지 않는다."

내뱉듯 말한 손책이 한마디를 덧붙였다.

"공근은 물에서 패한 적이 단 한 번도 없어."

사마의는 비웃는 듯한 눈빛을 지었지만 잠자코 입을 다물었다.

이렇게 해서 긴급회의는 끝났다. 조조라는 예기치 못한 변수의 등장으로 유표가 움직인 까닭에 연합군도 대응하기로 한 것이다. 손가는 도독 주유가 지휘하는 수군으로 하여금 하구에서 서령을 막아 강하성을 방어하도록 했다. 동시에 손책 자신은 본대를 이끌고 진무, 장흠, 반장, 능통 등 젊은 장수들과 더불어 안륙성을 공략할 셈이었다. 한 차례 피바다가 일었던 데다 방어 병력도 없는 만큼 무주공산이리라. 문제는 그 뒤부터였다. 그 밖에 황개, 주치, 정보 등 노장 중 일부는 강하성을 지키고 일부는 주유를 돕게 되었다.

용운을 필두로 한 유주군도 손가의 본대와 더불어 진격, 안륙을 거쳐 양양성을 칠 예정이었다. 다만, 부상에서 완전히 회복하지 못한 장합, 방덕, 감녕 등 일부 전력이 제외되었다. 그들 또한 강하성에 남아서 수성과 보급을 맡았다. 역할이 정해진 연합군은 각자의 진영으로 흩어졌다. 이제부터 서둘러 출진 준비를 해야 하는 것이다.

"잘하면 조조 덕에 원군이 오기도 전에 양양을 무너뜨릴 수도 있겠습니다, 전하. 그러면 조조는 닭 쫓던 개 꼴이 되는 것이지요."

옆에서 함께 걷던 조운이 말했다.

그러나 용운의 표정은 썩 밝지만은 않았다.

"뭔가 염려되는 일이라도…?"

조운의 조심스러운 물음에, 용운이 답했다.

"대장군도 알다시피 총관 서령이라는 자는 회의 천강위입니다. 그들은 기괴한 능력을 보유했고요. 공근(주유)이 뛰어난 장수임은 분명하나, 그가 서령을 맞아 싸워 이길 수 있을지 걱정입니다."

"공근 혼자가 아니라, 손가의 여러 노장들이 돕는다니 승산이 있지 않겠습니까? 더구나 하나같이 수전의 달인들인데 전장은 하구가 될 테니 말입니다. 더 유리한 조건에서 싸우기도 힘듭니다. 너무 심려치 마십시오."

"그건 그렇지만…"

용운에게는 조운한테조차 말하지 못한 근심의 이유가 한 가지
더 있었다.

'정사에서 주유의 수명은 바로 올해, 즉 210년이 끝이다. 이미
한 차례 죽을 고비를 넘겼다곤 하나…. 후, 어쩔 수 없지. 그렇다
고 손가 부대만 양양성으로 보내면 전력도 부족할뿐더러 양양성
을 차지한 뒤에는 태도가 달라질지도 모르니까.'

용운은 이런 실익을 따지는 자신이 낯설었다. 하지만 이제 어
쩔 수 없는 일이었다. 유주군 또한 이 전투에서 큰 손실을 입었
다. 아무리 손책을 도우러 왔다곤 해도 아무런 대가 없이 수하들
의 희생까지 강요할 순 없었다.

모두 각자의 역할을 맡아 움직이는 지금.

육손만은 아직 거취를 확정하지 못하고 있었다. 그 개인 자격
으로 강하성 공략까지 도왔지만, 양양성을 직접 치는 것은 가문
전체가 정할 문제였다. 아무리 그가 가주라 해도 가문의 명운이
달린 일을 독단으로 결정할 수는 없었다. 고심하던 육손은, 일단
돌아가서 가주회의를 열기로 결심했다.

회의를 마치고 떠나기 전, 육손은 사린의 거처를 찾아갔다. 열
심히 뭔가 먹던 사린이 깜짝 놀라 그를 맞이했다. 근처 강에서 잡
은 듯한 물고기였다.

"헉, 백언! 아냐, 이건 혼자 몰래 먹으려던 게 아니라…."

"괜찮으니까 다 먹어."

"헤헤."

사린은 그녀가 익힌 무공의 영향으로 끊임없이 열량을 섭취해야 했다. 지금은 큰 전투가 임박했음을 느끼고 에너지를 축적하는 중이었다. 육손은 다시 부지런히 구운 생선을 뜯기 시작하는 사린의 옆에 털썩 주저앉았다.

'내가 단단히 빠지긴 한 모양이구나. 저렇게 게걸스레 먹는 모습마저 사랑스러워 보이는 걸 보니….'

잠시 멍하니 사린을 바라보던 육손이 말했다.

"사린, 나와 같이 가자."

"응? 육손도 우리 부대에 낄 테야?"

"아니, 난 이번에는 참전 못 해. 양양성, 그러니까 유표에게 직접 칼끝을 들이대는 일이니까."

"어차피 유표랑 싸웠잖아."

"그건 내 개인행동이나 마찬가지였어. 또 병력을 동원하지도 않은 데다, 어디까지나 봉효 님이 주가 되었었고. 이번에는 달라."

육손은 뭐가 다르냐는 듯 물끄러미 바라보는 사린에게 설명을 계속했다.

"만에 하나 연합군을 도왔다가 패하기라도 한다면 육가까지 그 여파를 고스란히 감당해야 해. 우린 유표와 손가 사이에서 중립을 지키면서 지금의 세를 유지해왔거든. 물론, 언제까지나 그런 위치를 지킬 수는 없다는 걸 알지만, 최소한 가문 전체의 의견을 수렴하기는 해야겠지. 그게 가주로서의 내 임무…."

고개를 갸웃거린 사린이 말했다.

"그럼, 그렇게 하면 되잖아."

"…네가 나와 같이 나의 영지로 가길 원해."

"하지만 난 전하를 도와서 싸워야 하는걸?"

"네가 아니라도 유주군에는 강자들이 많잖아."

"검후 언니가 죽고 성월 언니까지 이상해져서, 이제 전하 옆에는 청몽 언니랑 나뿐이야. 그러니까 내가 없으면 안 돼."

"왜 그게 꼭 너여야 해? 언제까지?"

조금 격앙된 육손의 말에, 사린은 담담하게 대꾸했다.

"그게 내 사명이니까. 전하를 도와서 지키며 싸우는 것. 이제 다들 사랑하는 사람이 생겨서 예전처럼 곁에 있진 않지만, 그래도 전하와의 끈은 이어져 있어. 우리 사명도 변함이 없고."

육손은 말문이 막혔다. 사린이 다가와 그런 그의 머리를 가슴에 품으면서 부드럽게 포옹했다.

"그런 부담이 있다면 우리를 도와달라는 말은 안 할게. 대신, 이기고 꼭 너한테 돌아갈 거야. 그러니까 기다려줘."

잠시 침묵하던 육손이 툴툴거렸다.

"…지금 내 머리에 뭐가 떨어지는 것 같아. 다 삼키고 얘기할래?"

"응…."

사린이 떨어지자, 육손은 오물거리는 그녀의 입술에 대뜸 입을 맞췄다. 기름인지 뭔지 미끈거리는 게 묻고 고소한 맛도 났다. 그래도 하나도 더럽지 않았다. 이 모든 게 처음 느껴보는 생소한 감정이었다. 역시, 도저히 포기할 수 없어. 그녀에게 나보다 우선인 존재가 있다고 해도. 그래, 나 역시 지금 가문을 우선시하고 있지 않은가.

"꼭 돌아와, 사린. 기다릴게."

"응!"

육손은 힘차게 고개를 끄덕이는 사린의 머리를 쓰다듬었다.

210년 8월, 유주 계현.

계현은 유주국 주도인 유주성이 자리한 곳이다. 춘추전국시대에 연나라의 수도가 되면서 처음으로 부각됐다. 도중 진시황에 의해 한 번 초토화되기도 했다. 후한 말 유주의 주도가 된 뒤부터 쭉 경제적·군사적 요지로 기능하다가 명대에 북경(北京)으로 개명했다. 북경이란, 즉 베이징이다. 용운은 공교롭게도 현대 중국의 수도에 자신의 본성을 만든 셈이었다.

그곳, 유주성의 북쪽에는 얼마 전 새로운 궁전이 완공되었다. 황제를 모시기 위한 장소였다. 작지만 튼튼하고 실용적으로 잘 지어진 궁이었다. 수많은 장인과 숙련된 일꾼들의 작품이었다. 유주성에는 유독 뛰어난 장인(匠人)들이 많았다. 처음에 쇠를 잘 다루는 자들을 불러 모은 데서 시작되어, 지금은 각 분야의 장인들이 수없이 눌러앉아 살고 있었다. 기본적으로 안전하고 살기 편한 데다 장인들의 실력을 존중하고 제대로 대우해주는 분위기가 정착된 까닭이었다.

다만, 그렇다 보니 공방 거리에는 장인이 발에 치일 정도로 많았다. 우스갯소리로 하북이나 산동에서 이십 년 일한 장인도, 유주성의 공방에 가면 도제부터 시작한다는 말이 있을 정도였다. 그런 장인들에 더해, 이 시대의 기술로는 다루기 불가능한 재료는 지살위의 김대견이 처리했다. 자연히 오직 유주성에서밖에 볼 수 없는 건물이나 시설, 도구가 무수했다.

예를 들자면, 대로 양옆을 따라 쭉 파여 도시 전체로 연결된 하수 시설이나, 크고 청결한 공용 목욕탕 등이 그랬다. 하나같이 다른 주나 현에서는 절대 찾아보기 어려운 것들이었다.

반면, 정작 유주성 시가지는 주도치고 수수한 느낌을 주었다. 쓸데없이 거대하고 화려한 것을 싫어하는 용운의 성격 때문이었다. 넓게 탁 트인 길은 단정했고 상점가의 간판들은 자유분방하되 지나치게 튀지 않았다. 중간중간 널찍한 광장과 공원이 있어, 여백의 미를 줌과 동시에 아이들과 백성들의 휴식처가 되기도 했다. 새로 짓는 궁전에도 이런 분위기가 영향을 줬다. 또 규모가 크지 않아 빠르게 완공할 수 있었다.

용운에게 의탁한 지 반년 만에 황제는 '용거궁(龍居宮, 용이 머무르는 궁전)'이라 이름 붙은 새로운 궁에서 생활을 시작하게 되었다.

"덥구나."

커다란 창을 활짝 열고 밖을 내려다보던 황제가 말했다.

시녀들은 열심히 부채질하면서 조심스레 물었다.

"세족하실 약물을 가져다드릴까요, 폐하?"

"되었다."

"아니면 하연(河沿)으로 나들이라도 가시겠습니까?"

하연은 전해(前海), 후해(后海), 서해(西海)를 한꺼번에 일컫는 말로, 바다 해(海) 자가 붙었지만 호수였다. 워낙 광대하다고 하여 바다 해 자를 썼다. 현대 중국에서는 스차하이(什刹海, 십찰해)라 불리는 관광 명소다. 계현 북부, 용거궁 근처에 위치했으며 운하로 연결되어 있어 배로 갈 수 있었다. 유주 백성들의 주요 식수원이자 생계 수단인 동시에 나들이 장소로도 인기가 좋았다.

"되었다고 하지 않느냐! 너희까지 내 말을 무시하는 게냐?"

헌제는 분통을 터뜨리면서 손에 잡히는 대로 말 채찍을 들고 휘둘렀다. 쫙! 얼굴을 채찍으로 맞은 시녀는 터져 나오는 비명을 억누르려 숨을 삼켰다. 시녀들은 일제히 동작을 멈추고 두려움에 떨었다. 헌제가 버럭 소리를 질렀다.

"멈추지 말고 부채질을 계속해라!"

"네…. 네, 폐하."

겁에 질린 시녀들이 서둘러 부채질을 재개했다.

유주성은 문화, 환경, 경제, 군사 등 여러 가지 면에서 다른 곳과 차이가 점점 커졌다. 특히, 가장 두드러지는 것은 인권 문제였다. 이 시대의 여성은 일부 권력층을 제외하곤 매우 비참한 환경에서 살아가야 했다. 천하가 혼란하고 어지러운 탓에 더욱 그랬다. 그러나 유주성에서는 사뭇 달랐는데, 고위 관리라 해도 함부로 시녀에게 폭언이나 손찌검을 하면 관직이 박탈되었다. 또 강간이라도 했다간 삭탈관직 후 추방은 기본이요, 상황에 따라 사형을 당할 수도 있을 정도였다. 당장 왕부터가 신하들에게 함부로 반말조차 하지 않으니 아랫사람이라 해도 존중하는 분위기가 고착되었다.

'왜 저러시지….'

'어떻게 비위를 맞춰야 할지 모르겠어.'

이 시녀들은 대개 십 대 후반에서 이십 대 초반. 따라서 생의 대부분을 유주성에서 보냈다. 그런 유주성의 환경에 익숙해져 있다가, 황제를 모시기란 몹시 곤혹스러웠다. 황제가 대단하고 높은 존재란 건 들었지만, 막상 직접 대한 그는 골칫거리 중년 사내일 뿐.

고귀한 성품에, 상대가 어린아이라 해도 존중하며 나이를 가늠키 어려운 아름다운 외모까지, 모든 걸 갖춘 용운만 접하다가 황제를 보자, 세간에서 말하는 용의 환생은커녕 유주성의 말단 관리만도 못하게 느껴졌다.

'차라리 전하가 훨씬….'

자연 용운과 황제를 비교할 수밖에 없었다. 놀란 시녀들이 서로 눈치를 보고 있을 때였다.

"잠깐 나가들 있게."

마침 궁에 들른 순욱이 온화한 목소리로 말했다.

"예, 나리."

시녀들은 잘됐다는 듯 얼른 방을 나갔다.

순욱은 고개를 깊이 조아리고 물었다.

"폐하, 뭔가 옥체에 불편한 점이라도 있으신지요?"

"음, 문약…. 아니, 아니오."

헌제는 채찍을 놓고 무안한 표정으로 대꾸했다. 아무리 방약무인한 그라도 순욱을 함부로 대하긴 어려웠다. 사실, 황제는 이런 저런 불만이 많았다. 당장 지나치게 작고 검소하다고 느껴지는 궁전부터 그랬다.

'흥, 원술도 날 이렇게 홀대하지는 않았다.'

다만, 이는 규모나 쓸데없는 장식품에 국한한 말이었다. 원술이 황제를 기거하게 한 궁전은 큰 대신 휑했고 외풍이 셌다. 면적은 넓은데 관리하는 사람은 적으니 곳곳이 먼지투성이에 지저분했다. 또 낡아서 군데군데 무너져 금 간 곳도 있었다.

반면, 이 용거궁은 심혈을 기울인 설계 덕에, 여름에는 바람이 술술 통해 시원했으며 겨울에는 따뜻했다. 새로 지은 궁이니 깨끗한 것은 당연지사. 조금만 움직이면 궁전 내의 원하는 장소로 쉽게 이동할 수 있도록 동선도 만들어져 있었다.

그러나 사람 마음이 뒷간 들어갈 때 다르고 나올 때 다르다고, 황제에게 짧은 동선은 궁전이 좁은 걸로만 느껴졌다. 여덟 명밖에 안 되는 시녀와 밤 시중을 드는 시녀가 따로 없는 것도 불만이었다. 하지만 이런 것들은 모두 대놓고 말하기에는 난감한 부분이었다. 원술은 헌제를 홀대하면서도 미약이나 여자, 술 등은 얼마든지 제공했는데, 이는 그가 딴생각을 하거나 달아나지 못하게 하기 위해서였다. 가후가 눈치껏 차단한 덕에 어느 정도 자제하긴 했지만, 유주로 와서 아예 그런 쾌락들이 사라지자 짜증이 늘고 자꾸 생각나는 것이었다.

순욱은 황제를 달래듯 부드러운 어조로 말했다.

"여기는 지금 폐하와 저, 둘뿐입니다. 어떤 얘기라도 괜찮으니 허심탄회하게 말씀해보십시오. 불편하신 게 있다면 바로 조치해

드리겠습니다."

"음, 문약이 그렇게까지 말하니….."

머뭇거리던 헌제는 하나둘 요구사항을 늘어놓기 시작했다.

순욱은 미미하게 고개를 끄덕이면서 잠자코 듣고 있었다. 다 듣고 난 그가 말했다.

"미리 그런 부분들을 세세하게 살펴드리지 못해 송구합니다."

"다른 걸 떠나서 이 궁은 명색이 천자가 기거하는 곳인데 너무 작은 거 아니오? 아마 유주왕은….."

"유주왕의 저택은 이 궁보다 훨씬 작습니다."

"…."

"궁을 새로 짓거나 이전하기는 어렵습니다만, 그 밖에 말씀하신 것들은 적극 반영해보도록 하겠습니다, 폐하."

헌제는 그제야 조금 밝아진 얼굴이 되었다.

"그럼, 그대만 믿겠소."

"노여움 풀고 편히 쉬십시오."

잠시 후, 궁을 나온 순욱은 깊은 한숨을 내쉬었다.

"하아….."

짜증이 났다. 그는 황제의 불평을 듣는 사이, 실망한 기색을 얼굴에 드러내지 않으려고 애써야 했다. 너무 오랫동안 용운 같은 주군을 모셔온 탓일까. 머리로는 알면서, 헌제의 저런 태도가 좀체 받아들여지지 않았다.

'지금 나라가 어떤 꼴인데, 고작 그런 걸로 불만을 품고 아랫사람들에게 분풀이를 한단 말인가. 따지고 보면 천하가 이렇게 된

것도 황실이….'

여기까지 생각하던 순욱은 얼른 고개를 저었다.

'불경하다. 그분은 천자가 아닌가.'

그래도 제국을 지탱하는, 하늘에서 내려준 대들보였다. 좀 썩었다고 해서 대들보를 아예 뽑아버린다면 제국 전체가 붕괴될 것이다.

그는 궁 앞에서 주위를 둘러보았다. 황제를 모셨다는 방문을 널리 붙인 후, 확실히 사람이 늘었다. 정자에서는 선비들이 더운 날씨에도 불구하고 뭔가 열심히 토론 중이었다. 상점가 입구로는 상인과 백성들이 부지런히 드나들었다. 순욱이 사랑하는 활기찬 광경이다.

백성들이야 예전부터 꾸준히 이주해왔다. 하지만 용운을 역적이라 치부하거나, 오랑캐와 손잡아 유가를 모욕했다고 믿던 선비와 학자들의 유입이 근래 크게 늘어난 것이 중요했다. 그들은 그저 천자가 이곳에 있다는 이유만으로 먼 길을 마다 않고 찾아와 가진 바 재능과 재주를 쏟아붓고 있었다. 그러다가 서서히 유주국이 얼마나 살기 좋은 곳인지 깨달아갔다. 일반 백성들뿐만 아니라 학문을 익히는 이들에게도, 무술을 수련하는 이들에게도, 장사를 하고자 하는 상인에게도 유주국은 최적이었다.

거대한 도서관과 수련장. 중원의 장사꾼들은 물론, 오환족과 강족, 더 나아가 멀리 고구려의 물건들까지 취급하는 공판장과 상인들. 이는 취급하는 상품의 종류가 다양하고 물량이 풍부한 까닭도 있지만, 온갖 명목으로 세금을 떼어가지 않을뿐더러, 일단 교역로가 구축되면 안전을 보장해주는 까닭이었다. 세금 혜택 등 아낌없는 지원에 탄탄한 치안까지. 무엇보다 투명하고 공정한 관리들의 행정 절차는 압도적이었다. 그렇다 보니 거리가 더 멀어도 굳이 유주까지 와서 거래하는 상인들이 많았다.

유주국의 공정함은 용운을 포함하여 순욱, 사마의, 전예, 조운 등 문무의 고위 관료에게도 어김없이 적용되었다. 태학이나 청무관 등 교육기관에의 단순 입학까지는 범죄자가 아닌 유주국 백성이라면 누구나 가능하다. 그러나 임관은 철저하게 졸업 당시의 성적과 감독관들의 평가에 의해 정해졌다. 유주국에서는 설령 용운의 지인이라고 해도 그런 부분에서 조금의 이득도 취할 수 없었다.

— 천하에 이런 곳이 존재한다니.

— 난세가 유주만 비켜 가기라도 한 것인가?

— 유주왕은 대체 무슨 짓을 한 거지?

선비들은 새로운 세상을 접한 듯한 기분이었다. 그런 정보들이 그들 나름의 인맥을 통해 서서히 전역으로 퍼져나갔다. 용운에 대한 선비들의 평판이 바뀌고 있었다.

'그래. 천자의 존재는 역시 필요하다. 그분을 위해서라도.'

여기까지 떠올린 순욱은 깜짝 놀랐다. 무심결에 황제를 그저 이용 수단으로, 용운을 그보다 위에 놓고 있었다. 성인이 되기 전까지 쌓아온 가치관이 흔들렸다. 그는 문득 이런 생각을 해보았다. 만약 용운 대신 황제가 유주성을 다스리겠다고 요구한다면? 용운은 어디까지나 헌제의 신하인 만큼 당연히 물러나야 옳았다. 실제로 황제는 그런 마음을 어느 정도 품은 듯싶었다. 유주를 돌아보면서 눈이 휘둥그레질 때마다 은은한 탐욕과 질투가 함께 깃들었다.

하지만 그런 상황을 도저히 용납할 수 있을 것 같지 않았다.

'나는….'

어쩌면 마음속에서는 이미 오래전부터 알고 있었는지 모른다. 황실 중흥의 기치는 구시대의 낡은 유물이요, 진정한 군주의 재목은 용운이라는 것을. 하지만 이제 순욱의 나이 올해로 마흔일곱. 평생을 믿어온 가치를 한순간에 버리기란 쉽지 않았다.

'나는 대체 누구의 신하인가….'

순욱의 경호를 맡은 흑영대원이 이상한 표정으로 망연자실하게 서 있는 그를 보며 고개를 갸웃거렸다.

'왜 저러시지?'

그런 뒤에도 순욱은 한참이나 용거궁 앞에 우두커니 서 있었다.

6

신야 전투, 서장

신야의 분위기는 급박하게 돌아가고 있었다. 유표군이 출진했다는 정보를 입수한 것이다. 양양성에서 신야까지의 거리는 대략 이백 리. 강행군할 경우, 불과 이틀이면 닿는 거리다. 급보를 받았을 때 조비는 어지간히 대비를 한 후였다. 그러나 생각 이상으로 기민한 상대의 대응에 당황했다.

"유표도 우리의 움직임에 신경 쓸 거라고 생각은 했지만, 이렇게 대뜸 쳐들어올 줄은 몰랐는데."

섭어뱉듯 하는 조비의 말에, 급히 불려온 화흠이 답했다.

"바꿔 생각하면 그만큼 유표도 상황이 좋지 않다는 거겠지요. 우리까지 공격해오면 버티기 어려울 정도로. 그래서 그 엉덩이 무겁던 자가 먼저 나선 게 아니겠습니까?"

"으음, 그런가. 그나저나 자어(子魚) 공의 충고대로, 남양의 병력을 규합하자마자 정찰대부터 운용해서 다행이오. 그 덕에 그나마 적의 동태를 빨리 파악했소."

조비 또한 병법을 모르는 바 아니라, 정보와 정찰의 중요성은 잘 알았다. 그러나 전장에 자주 참여하긴 했으되 부대 전체를 아우르는 건 이번이 처음이었다. 이에 가뜩이나 신경 쓸 일이 많았는데, 화흠이 그 상당 부분을 해결해주어 부담을 크게 덜었다. 정찰대 운용도 그런 일 중 하나였다.

"군사(軍師)로서 당연히 해야 할 일을 한 것뿐입니다. 그보다 저는 위왕 전하의 혜안에 놀랐습니다."

"아버님 말이오?"

"예. 감히 한 말씀 올려도 되겠습니까?"

"편히 말하시오."

"제가 보기에 전하께서는 오공자(조식)를 참전시켜 전공을 세울 기회를 주려고 일부러 여기까지 오신 건 아닌 듯합니다."

화흠은 조심스러운 투로 조비가 품고 있던 의심을 지적했다.

"그럼?"

"그보다는 이번 전투의 중요성과 어려움을 꿰뚫어보시고 두 분 공자와 저 그리고 양덕조(양수)의 역량까지 필요하다고 판단하여 오셨다고 보는 게 옳습니다."

조조는 신뢰하는 여러 장수를 중요한 임무에 투입한 상태였다. 황제 일행을 추격하거나, 저항 중인 원술의 잔존 세력을 토벌하거나, 손에 넣은 영토를 평정하는 일 등이었다. 또 원술과 전쟁을 치르는 도중 입은 부상에서 회복하지 못한 자들도 있었다. 그 바람에 형주 공략을 맡아 행할 장수는 조비를 비롯하여 몇 명 되지 않았다. 그래서 자신이 선택되었다고 조비는 생각해왔다. 어쨌든 기회는 기회니까. 따라서 조조가 불시에 신야로 온 것도 다른 이유가 있어서라고 여겼다. 한데 화흠은 그만큼 중차대한 전투이기 때문이라고 말하고 있는 것이다.

"무엇보다 가장 큰 아군은 전하 당신이십니다. 실제로 전하께서 오신 것만으로도 아군의 사기가 크게 올랐습니다."

"음, 아버님께서 친히…. 유표가 그 정도로 강한 상대였소?"

사실, 형주의 전력은 이제까지 정확히 드러난 바가 없었다. 서령의 주도하에 내실을 다지는 데 주력한 까닭이었다.

"손가 및 유주 원군과 맞서 싸우는 사이, 점차 그 면면이 외부로 알려지고 있습니다."

조비는 화흠의 말을 주의 깊게 들었다.

유주의 총군사 곽가가 그 목숨과 맞바꿔 강하성을 함락한 일. 또 그의 후계자 사마의가 유표의 첫 번째 대군을 사망곡으로 유인하여 불태워 죽이고 정예 철기 삼만마저 한양성의 억새밭으로 유인, 불을 질러 몰살한 것. 대부분의 사람들은 그런 일들에 놀랐다. 그 덕에 천하인들의 입에 오르내리는 사마의의 별칭은 화신(火神)이었다. 화공을 즐기며 또 잘 쓴다는 이유에서였다.

반면, 소수의 인사들은 그럼에도 불구하고 유표의 영향력이 여전하며 두 세력을 맞아 싸우고 있다는 데 주목하고 있었다. 문빙, 황충, 이엄 등 주요 장수들의 이탈, 동맹이었던 유비 세력의 배신, 합비, 시상, 강하 등 주요 거점의 함락, 자신만만하게 출격시킨 정예부대의 몰살 등 어지간한 제후라면 한 가지만으로도 기반이 흔들렸을 정도의 사건들이 연속되었다.

"악재란 악재는 다 겹쳤는데도 유표는 굳건합니다."

사실, 그것이 오랜 세월에 걸쳐 유력한 호족들을 미리 제거하거나 세뇌한 서령의 밑 작업에 더해, 유표의 초인적인 무공과 패도적 언행에서 오는 절대적인 공포로 유지되고 있음을 아는 이는 거의 없었다. 설명하고 있는 화흠조차 잘 모르는 일이었다. 그 공포 정치에 반발하거나 벗어나려는 자는 예외 없이 죽임을 당한 까닭이었다. 도적 무리와 이민족은 일찌감치 몰살했다.

"손가의 도전이 있기 전까지는 큰 분쟁조차 없이 꾸준히 군사력과 경제력을 비축해왔습니다."

사마휘를 필두로 한 선비들의 정치는 덤이었다. 말하자면, 동탁과 손책 거기다 원소의 통치를 더한 격이니 어지간해선 흔들릴 리 만무했다.

화흠은 이런 내용을 차근차근 설명했다.

"유표는 아군의 움직임을 보고 금세 오만의 병력을 편성하여 진격해오고 있습니다. 양양을 아예 비울 리는 없으니, 손가와 유주군을 감당할 여분의 전력도 있다는 뜻이겠지요. 그러니 어찌 강적이 아니겠습니까?"

"과연, 듣고 보니 그렇구려. 그렇다면…."

"예. 전하께서는 정말 이 전투 자체를 중히 여겨 오신 것이지, 다른 목적 때문이 아닙니다. 만약 정말 이번 전투를 오공자를 돋보이게 하려는 기회로 삼으실 요량이었다면, 진작 보직부터 바꾸셨겠지요."

"아!"

"허나 여전히 이 형주공략군의 총사령관은 일공자이십니다.

공자께서는 누가 뭐래도 전하의 신임을 받고 계시니 흔들리지
마십시오."

조비는 비로소 눈앞이 밝아지는 듯한 느낌이었다. 그의 눈동자
가 감격으로 흔들렸다. 이제까지는 다들 자신과 조창 그리고 조
식 사이에서 적당히 중립을 지키거나, 일찌감치 줄을 대고 일방
적으로 아부하는 자들뿐이었다. 화흠처럼 명확하게 현재 상황을
짚어주는 동시에 자신감을 준 참모는 처음이었다. 조비는 화흠
의 손을 굳게 잡으며 말했다.

"자, 앞으로도 나를 잘 이끌어주시오. 그대의 말이라면 뭐든
경청하고 따를 터이니. 내 훗날 반드시 보답하리다."

"성심을 다해 보좌하겠습니다."

조비는 화흠의 진언과 조조의 응원에 힘입어 신야성을 중심으
로 빠르게 수성 태세를 구축했다. 야전으로 요격하기보단 이쪽
이 유리하다는 판단이었다.

유표군은 다음 날 오후 무렵에 모습을 드러냈다. 그리고 신야
성에서 좀 떨어진 벌판에 진을 쳤다. 대군인 까닭인지, 사방에 먼
지구름이 가득하고 발소리와 말발굽 소리가 성내에까지 울렸다.
조비와 화흠은 함께 성벽 위에서 그들을 지켜보고 있었다.

"흠, 저런 거대한 진영이라니. 과연 오만 대군이라 이건가. 한데
곧장 공격해오진 않을 모양이구려."

"아무래도 공성전으로 들어가게 되니, 저쪽도 나름대로 준비
가 필요하겠지요."

성을 공격하게 되는 쪽은 간혹 공성병기를 분해하여 운반해 오기도 하지만, 근처에서 자재를 조달해 만드는 경우가 더 많았다. 둘은 한동안 대화를 나누면서 유표군의 움직임을 계속 관찰했다.

"수가 많아서 그런지 뭔가 느리군."

"진채를 차리고 공성병기를 조립하는 데만 이틀은 걸릴 겁니다. 그사이 아군도 만반의 준비를 갖추면 됩니다."

화흠의 말에, 조비가 고개를 끄덕일 때였다.

"전하께서 행차하셨습니다!"

호위가 외쳤다. 조조가 친히 성벽 위로 오른 것이다. 조비와 화흠은 깜짝 놀라 고개를 조아렸다.

"오셨습니까, 전하."

조조는 이제 반백에, 얼굴에는 주름이 가득했다. 그래도 날카롭고 형형한 눈빛은 여전했다. 친아들인 조비도 아직 눈을 정면으로 마주 보는 걸 어려워할 정도였다. 뒤에는 다섯째 아들 조식과 새 참모 양수도 있었다. 조식이 조비에게 인사했다.

"노고가 많으십니다, 형님."

"오냐. 와줘서 고맙구나."

평소와 달리 전혀 날이 서 있지 않은 조비의 여유로운 대답. 조식은 고개를 살짝 갸웃거렸고 양수의 눈에는 이채가 흘렀다. 화흠은 입가에 옅은 미소를 떠올렸다. 찰나의 순간, 네 사람 사이에 각자의 감정이 오갔다.

그러거나 말거나 조조는 나들이라도 나온 듯 태평스러운 걸음으로 누벽(壘壁, 성 바깥쪽에 공격과 방어를 위해 세운 두터운 벽) 앞에 섰다. 호위대장 허저가 말없이 그 옆에 붙어 서서 만일을 대비했다. 누벽 끝에서 유표군 진채까지는 힘 좋은 자가 강궁을 쏘면 닿을 수도 있을 거리였기 때문이다. 자연히 신야성 누벽에서도 진채의 형태가 어느 정도 보였다. 조조는 그런 적의 진채를 내려다보며 말했다.

"이제 어떤 방식으로 전투를 이끌어갈 거냐?"

누구에게랄 것도 없는 질문이었으나, 조비가 얼른 답했다.

"적은 서둘러 진군해온 데다 아군이 당연히 성에 의지하여 수비할 거라 믿고 공성전을 준비할 것입니다. 아군은 전하께서 친히 납신 덕에 사기가 충천해 있습니다. 수성에 들어가기 전, 소수 정예로 야음을 틈타, 완전히 정비되지 않은 적을 친다면 큰 타격을 입힐 수 있을 듯합니다."

"흠."

조조는 가타부타 말은 않고 다른 질문을 했다.

"적도 비슷한 생각을 했을지 모른다. 만약 야습에 대비하고 있다면?"

거기에 대한 답은 조식이 대신했다. 그는 마치 시를 읊는 듯한 특유의 어투로 말했다.

"병법서에서 이르기를, 대기가 정갈하지 못하고 돌풍이 일어 동남쪽 대장기가 부러지면 야습의 조짐이라 하였습니다. 그러나 금일은 바람이 없고 기운이 맑습니다. 이를 역으로 이용하면 야습에 성공할 수 있을 것입니다."

"병서를 참고하는 것은 좋으나, 맹신하게 되면 반드시 패배한다."

조식은 꿈꾸는 것 같은 표정으로 멀리 유표군 진영을 가리켰다.

"또한 적군 일부는 근처의 나무를 베기 바쁘고 밥 짓는 연기도 오르고 있으며, 목책조차 세우지 않았습니다. 이는 야습을 경계하지 않았거나 대비가 소홀함을 드러냅니다."

조조가 비로소 흡족한 표정을 지었다. 그는 한 소리 크게 껄껄 웃고 말했다.

"내 아들 둘이 장성하여 이토록 믿음직하니, 앞으로 대업을 이루기가 어렵지 않겠구나!"

조조가 손짓하자, 홀연히 한 사내가 모습을 드러냈다.

"부르셨습니까, 전하."

사내는 전신을 검은 장포로 감싸고 제 옆구리에 찬 한 자루 칼처럼 잘 벼려진 기운을 풍겼다. 그러면서도 멋들어진 수염을 길러 풍채가 훌륭했다. 그 조화가 인상적이었다. 그는 원술을 베는 데 결정적인 공훈을 세워, 조조의 신임을 받는 장수로 성장한 주동이었다.

천강위 주동. 기괴망측한 검술을 사용하며, 송강의 명으로 신선 자허상인을 찾아가 베기도 한 자였다. 얼마 전부터는 제후들 간 힘의 균형을 맞추기 위해 조조를 섬기는 중이었다. 그 바람에 원술 편에 서 있던 무송 및 노지심과 싸운 적도 있었다. 주동을 본 양수의 눈빛이 잠시 기묘하게 번들거리다가 곧 가라앉았다.

조비의 앞에 바짝 다가선 조조가 말했다.

"소수정예를 이끌 자라면 이 사람보다 더 나은 무인이 없을 게다. 내 숨겨진 검인 주동이다. 데려가거라, 자환."

"망극하옵니다, 전하!"

조비는 깊이 포권하며 큰 소리로 말했다. 그도 주동의 검술 솜씨를 잘 아는 바였다. 조조가 그 주동을 내주며 출진을 명했다. 조비에게는 이보다 좋은 기회가 없었다. 아버지에게 후계자로서 자신의 역량을 드러낼 기회가.

그날 사위가 어두워지자 조비는 병사들 중 특별히 힘세고 날랜 자 오백을 가려 뽑았다. 선두에는 당연히 주동이 섰다. 그는 늘 그렇듯 장포 차림에 한 자루 검만 든 채였다. 조비가 그에게 조심스레 물었다.

"갑옷을 입지 않아도 되겠소, 장군?"

"전 이게 몸이 가벼워서 편합니다."

"뭐, 그렇다면야."

조금 머쓱해진 조비는 주동의 뒤에 자리한 소녀에게 신기하다는 듯한 눈길을 주었다. 파란색 무복을 입은, 열다섯 살 정도 되어 보이는 소녀였다. 가녀린 몸이라 날래 보이긴 했으나 전장과는 어울리지 않게 느껴졌다. 조비의 시선을 느낀 주동이 말했다.

"저의 전투 시녀입니다. 제 앞가림은 하는 녀석이니 염려 마십시오."

"흠… 그렇구려. 이름이 뭐냐?"

주동의 병마용군인 소녀, 청청은 콧방귀를 뀌며 고개를 돌렸다.

"흥!"

"어허, 이 녀석."

주동이 꾸짖자, 청청은 당혹해하는 조비에게 마지못해 대꾸했다.

"청청이요."

"청청이라, 재미있는 이름이구나."

그런 조비의 눈에 기이한 열기가 스쳤다. 그의 나이 올해로 스물셋이나, 아직 혼인을 하지 않았다. 이 시대 기준으로는 많이 늦은 셈이었다. 그의 신분과 처지로 볼 때 더욱 그랬다. 하지만 조비는 '진정으로 내 마음을 사로잡은 여자가 나타나지 않았다'는 요상한 말로 혼인을 계속 미뤘다. 그랬던 조비가 여자에게 관심을 보인 것은 실로 오랜만이었다.

반면, 청청은 조비에게 조금도 관심이 없었다. 그녀는 답하자마자 찬바람을 씽씽 일으키면서 조비를 외면했다. 그리고 내내 주동에게 바짝 붙어서 움직였다.

"공자."

그녀의 뒷모습을 뚫어져라 응시하던 조비는, 화흠이 나직하게 부르자 고개를 끄덕였다.

'거사를 앞둔 지금 이럴 때가 아니지. 청청이라…. 기억해두겠다.'

목소리를 가다듬은 그가 낮고 굵직하게 명했다.

"전원, 최대한 기척을 드러내지 말고 이동하라. 목표는 유표군 진영 외곽이다. 잊지 마라. 욕심부리지 말고 바람처럼 치고 빠지는 거다."

"옛!"

신야성 뒤쪽 성문이 열렸다. 그리고 천강위 주동을 앞세운 오백의 별동대가 조용히 움직이기 시작했다. 그들이 가까워질 때까지 유표군 진영에서는 별다른 움직임이 없었다. 진채 안은 쥐 죽은 듯 조용했고 입구에서는 횃불을 든 보초 두 명이 꾸벅꾸벅 졸고 있었다. 그 광경을 본 순간, 조비는 성공을 확신했다.

"컥!"

"커허…."

주동은 그림자같이 쇄도하여 거의 동시에 두 보초의 목을 베었다. 그게 시작이었다.

"돌격!"

두두두두두! 조조군 별동대 오백이 유표군 진영 내부로 난입했다. 병사들은 뒤늦게 이상을 느꼈는지 제대로 옷도 입지 못한 채 막사에서 뛰쳐나왔다. 그들은 곧 날카로운 창칼 아래 고혼이 되었다.

"모두 죽여라! 막사에는 불을 질러라!"

조비는 한껏 기세가 올라 외쳤다. 금세 여기저기서 불길이 올랐다. 유표군의 대비 상태는 그의 예상보다 훨씬 엉망이었다. 그는 종횡무진하며 적병을 닥치는 대로 베었다. 그러다 문득 이런 생각이 그의 뇌리를 스쳤다.

'이 상태라면 중심까지 가서 유표를 잡는 것도 불가능하진 않다.'

그대로 형주 전체를 손에 넣는 거나 마찬가지다. 덩달아 조비 자신의 지위도 한층 탄탄해지리라.

"이럇!"

조비는 말에 채찍질을 가하여 진영 깊숙이 들어갔다. 그의 뒤에 따라붙은 주동이 말했다.

"공자, 이쪽에서 빠지시는 게 좋을 듯합니다."

"그게 무슨 말이오, 장군? 보다시피 적은 무방비 그 자체요. 이대로 들이친다면 대어를 낚을 수도 있소."

"지나치게 무방비합니다. 아무리 야습을 생각지 않았다 해도…."

"처음부터 대비가 허술한 걸 보고 야습하기로 한 게 아니오?"

조비가 의아하다는 듯한 투로 물었다.

"으음…."

주동은 자신의 느낌을 정확히 설명하기가 어려웠다. 진영에 뛰어든 얼마 뒤부터 이상한 위화감이 들었다. 한데 적병들이 당황해서 우왕좌왕하는 꼴은 분명 연기가 아니라 진짜였다. 주동을 상대하기는커녕 오백 명 별동대의 공격조차 감당하지 못하고 썩은 짚단처럼 쓰러졌다.

'그런데 왜?'

그러다가 문득 그는 위화감의 정체를 깨달았다. 분명히 적 부대는 오만에 달한다고 들었다. 한데 진채의 규모에 비해….

'수가 너무 적다!'

아무리 불시에 야습당했다 한들, 머릿수 자체가 적어질 리 만무했다. 원래대로면 그야말로 개미 떼처럼 까맣게 쏟아져 나와 야 정상이었다. 하지만 별동대의 앞을 가로막는 적의 수는 그들 보다 좀 많은 수준이었다. 함정이 분명했다.

"공자…."

주동이 그 사실을 조비에게 알리려 할 때였다.

"와하하하, 걸려들었구나. 조조의 개들아!"

우렁우렁한 웃음소리와 함께 태산 같은 거인이 땅속에서 솟아 난 것처럼 나타났다. 그는 미리 진채 가운데쯤에 매복해 있던 유 표였다. 패왕공의 기운을 갈무리하고 있다가 일시에 발출하는 바람에, 마치 거인이 갑자기 나타난 듯 보인 것이다. 유표의 병사 들은 주군의 그런 모습에 익숙해 있었지만, 조조군은 당연히 그 렇지 못했다. 그들은 거의 졸도할 지경으로 크게 놀랐다.

"히, 히익!"

"맙소사, 저게 뭐지?"

굳어버린 그들의 머리 위로 유표의 주먹이 인정사정없이 떨어 졌다. 쾅! 굉음과 더불어 말과 사람이 함께 피떡이 됐다. 실제로 는 주먹이 아니라 유형화된 기의 덩어리에 적중당한 것이다. 그 러나 대부분 사람들에게는 마치 진짜 주먹으로 내리치는 것처럼 보였다. 단둘, 주동과 청청을 제외하곤.

"선생님, 저 무공은!"

청청의 말을, 주동이 이었다.

"패왕공…. 서령의 짓이군."

그의 표정이 심각해졌다. 거대화된 정도로 짐작할 때, 유표가 익힌 패왕공의 수준은 극의(極意, 최고 단계)에 가까웠다. 이로 보아 상당히 오래전부터 무공을 수련해왔음이 분명했다. 패왕공은 무려 천강 제2위였던 노준의가 익힌 상승의 무공이다. 천강위인 주동에게도 패왕공을 극성에 가깝게 체득한 상대는 위협적이었다.

그러는 사이, 조비가 거느린 별동대는 유표의 손에 속수무책으로 죽어 나갔다. 조비는 공포에 질린 눈으로 유표를 보고 있었다.

'세상에 어찌 저런 인간이 존재한다는 말인가?'

그는 거인의 정체가 유표라는 사실조차 몰랐다. 유표의 무공 수준이 높아지면서, 이십 대 초반에 가까운 모습으로 젊어진 까닭이었다. 넋 놓고 떨던 조비는 화흠의 부름에 퍼뜩 정신이 들었다.

"공자, 저건 눈을 속이는 환술이 분명합니다!"

"환술…."

"그렇습니다. 걸려들지 말고 어서 이 자리를 모면해야 합니다!"

"…그대의 말이 옳소. 모두 정신 차려라! 눈속임에 당황하지 말고 각자 최선을 다해 퇴각하라!"

조비는 크게 외친 다음, 화흠과 함께 진채 밖으로 말을 몰아 달리기 시작했다. 가운데서 거인이 날뛰고 있었으나, 유표군 병사의 수는 아직 적었다. 이에 조조군 별동대가 사방으로 흩어져 달아나려 할 때였다. 마치 모든 상황을 하늘에서 내려다보기라도 한 것처럼 유표의 나머지 병력이 정확하게 때를 맞춰 나타났다. 그리고 즉시 진채 바깥쪽을 포위하듯 둘러쌌다. 이는 유표 근처에 책사 중 한 사람인 괴월이, 진채 밖 본대에는 괴량이 속했기에 가능한 일이었다. 유표가 거대화하기 조금 전, 괴월의 생각을 읽은 괴량이 때맞춰 본대를 진격시킨 것이다.

'일부러 진채를 크게 만든 다음, 거기에는 소수의 병력을 주둔시키고 외부에 나머지 병력을 대기하게 해 야습을 유도한 거로구나! 발소리와 말발굽 소리는 진채의 병사가 적음을 감추기 위함이었다. 심지어 진채에 주둔해 있던 제 아군 병력에게는 작전도 일러주지 않고 실제로 희생시켜 가면서!'

화흠은 어떻게 된 일인지 대충 파악이 됐다.

'비정하기 짝이 없는 책략이지만, 이토록 정확한 부대 운용이라니. 적군에 상당한 수준의 책사가 있는 게 분명하다. 혹시 소문으로만 들은 복룡과 봉추 둘 중 한 사람의 솜씨인가?'

조조군 별동대는 사면초가의 위기에 처했다. 거인과 함께 오만 병력 안에 갇힌 꼴이 된 그들은 빠르게 죽어 나갔다. 조비는 분전했지만 탈출하기에는 역부족이었다. 몸에 자잘한 상처가 늘었고 점차 지쳐갔다. 그는 어금니가 으스러질 만큼 이를 악물었다.

'이 내가, 장차 천하를 물려받을 조조 맹덕의 장남이 이런 데서 허무하게 죽을 수는 없다!'

조비는 그야말로 일생의 공력을 다 쏟아내어 돌파를 시도했다. 용운이 있었다면, 그가 발동한 두 개의 특기를 볼 수 있었을 것이다. 바로 분전과 돌파였다. 분전은 근처 아군의 수가 적을수록, 또 위기의 정도가 심각해질수록 본신의 능력 수치를 올려주는 특기. 돌파는 이름 그대로 밀집한 적 부대를 뚫고 지나갈 수 있는 특기였다. 단, 돌파의 경우 무조건 성공하는 것은 아니었다. 본인의 무력 수치에 따라 돌파 가능한 적병의 수가 달라졌다.

운 좋게도 조비는 포위망 중 비교적 얇은 부분을 포착했다. 그리고 그 지점을 미친 듯이 집요하게 공격했다. 덕분에 그의 앞을 막아서는 적병의 수가 점차 줄어들고 있었다. 그런 그가 거인, 유표의 주의를 끌었다. 유표는 발을 높이 들어 조비를 짓밟으려 했다. 부웅! 그의 발이 조비의 머리를 향해 떨어져 내릴 때였다.

작고 날렵한 뭔가가 무서운 속도로 날아오다시피 하여 조비를 말 위에서 잡아챘다. 조비는 말에서 떨어져 보기 흉하게 나뒹굴었다. 직후, 유표의 발, 정확히는 발 형태로 보이는 기의 덩어리가 조비가 탔던 말을 짓밟았다. 픽! 말은 피와 내장을 뿜으면서 폭발하듯 터졌다.

"이익!"

조비는 아끼던 말의 비참한 죽음을 보자, 오히려 두려움이 가라앉고 분노가 치밀었다. 한 바퀴 굴러 일어난 그가 돌진하려 할 때였다. 콱! 누군가가 그의 요대를 잡고 움직임을 저지했다. 청청이었다. 뒤를 돌아본 조비가 노하여 말했다.

"놔라! 어찌 날 못 가게 막느냐?"

"당신, 덤비면 죽어요."

"이대로 돌아가면 아버님을 뵐 면목이 없다."

"아, 거 진짜 멋대로네."

청청이 성가시다는 투로 중얼거리더니 대뜸 조비를 옆구리에 꼈다. 조비는 가느다란 팔에 붙잡혀 허공에 수평으로 들린 채 꼼짝도 할 수 없었다. 허우적거려도, 몸부림을 쳐도 마찬가지였다. 그 상태로 청청은 유표군을 돌파해 나가기 시작했다.

"이게 무슨 짓이냐!"

소리치는 조비에게, 그녀는 달리면서 핀잔을 주었다.

"누군 좋아서 구해주는 줄 알아요? 선생님이 명하셔서 어쩔 수 없이 구하는 거니까, 얌전히 있어요. 나까지 죽기는 싫으니까요."

"크윽… 유표 놈, 저런 무공을 숨기고 있었다니."

그 와중에도 소녀의 몸에서 나는 달콤한 향이 정신을 어지럽혔다. 조비는 한탄한 후에 입을 다물었다.

한편, 주동은 유표의 본신과 싸우고 있었다.

'어쩔 수 없군. 청청이 조비를 데리고 안전한 곳으로 피할 때까지는 시간을 벌어야 하니.'

그가 검을 내리치자 유표도 지지 않고 손발을 휘둘러 맞섰다. 쾅! 콰쾅! 검과 손발이 부딪칠 때마다 굉음이 일었다. 유표는 곧 주동이 보통 인간이 아님을 깨달았다. 어마어마한 괴력을 가진 자신의 공격에 조금도 밀리지 않았기 때문이다.

"조조에게 너 같은 자가 있었다니, 제법이구나."

"…"

주동은 대꾸하지 않고 주변 상황을 파악했다. 유표군 본대가 사방을 가득 메우고 있었다. 그가 주위를 살핀다는 걸 눈치챈 유표가 말했다.

"크큭, 늦었다. 포기해라. 재주가 아까워 항복한다면 받아줄 터이니. 설령 내 손에서 벗어난다 쳐도, 너 혼자 오만 대군을 가르고 나아갈 순 없을 게다. 아까 달아난 애송이 녀석도 마찬가지다."

주동은 여전히 입을 다물고 있었다. 그저 유표에게 더욱 맹렬히 달려들 뿐이었다. 유표의 병사들은 둘의 싸움에 함부로 끼어들지 못했다. 기세가 워낙 흉흉한 데다 유표가 거인으로 보여 그에게 밟히거나 맞아 죽을까 두려워서였다. 그런 거인에게 맞서 용케 손발을 받아넘기면서 싸우는 주동이 그들의 눈에는 대단해 보였다.

그렇게 몇 합이나 주고받았을까. 별안간 유표군 병사들이 술렁이기 시작했다. 멀리 바깥쪽에서부터 싸우는 소리와 비명 소리, 쇠끼리 부딪치는 소리 등이 들려왔다.

"뭐지?"

이변을 감지한 유표의 손발이 조금씩 어지러워졌다. 주동은 한순간의 작은 틈을 놓치지 않고 솟구치며 수십 차례 찌르고 베었다. 기어이 유표의 얼굴에 긴 상처가 났다. 피가 솟아 흘러내렸다.

"크악!"

유표가 분노와 고통에 찬 고함을 질렀다.

좀 떨어진 곳에 착지한 주동이 히죽 웃었다.

"더 빨리 왔어야지. 이 돼지 녀석, 하마터면 청청과 조비가 빠져나가지 못할 뻔했잖아."

유표군은 별동대를 몰살하다시피 했지만, 곧 혼란에 빠졌다. 진형이 다소 무질서하게 뒤섞인 사이, 신야성에서 출진한 새로운 부대가 짓쳐들어온 탓이었다. 새 부대는 보라색 피풍의를 두른 철기대로 무섭도록 강했다. 모르긴 해도 병사 개개인이 황금철기대에 조금 못 미칠 정도. 황금철기대가 힘을 폭주시키고 이성을 마비시켜 두려움을 없애는 성수를 복용했음을 감안한다면, 엄청난 정예가 아닐 수 없었다.

"응?"

유표군의 포위망 바깥쪽에서 보라색 피풍의를 두른 철기대를 지휘하던 장수가 고개를 갸웃거렸다. 옆에서 그를 경호해가며 싸우던 부장이 물었다.

"왜 그러십니까, 장군?"

"아니, 아니야. 방금 아군 중에 누가 내 욕을 한 것 같아서. 분명 돼지 어쩌고 하는 소릴 들었는데."

그런 장수는 확실히 최정예를 지휘하는 것치곤 유난히 살이 쪄 둔중해 보였다. 머리와 얼굴은 커다란 투구를 꽉 채웠으며, 사슬로 조인 철편 갑옷도 터져나갈 것 같았다.

부장은 황망한 표정이 되어 서둘러 말했다.

"그럴 리가요. 유표군 놈들이 한 소리겠지요."

"흐응, 그런가. 그나저나 자환 형은 무사히 빠져나갔겠지?"

"옛. 주동이 데려온 전투 시녀가 모시고 나간 걸 확인했습니다."

"좋아. 다행이군. 자환 형한테 무슨 일이 생기면 전하께서 슬퍼하실 테니까."

어린애처럼 웃은 비만 장수는 곧 표정이 돌변하여 수라처럼 외쳤다.

"가자! 형주의 허수아비들을 모조리 쓸어버리는 거다!"

보라색 물결이 노도처럼 밀려들어 자신들보다 훨씬 수가 많은 유표군을 흩어버리기 시작했다. 조조는 성벽 위에서 다소 위험할 정도로 상체를 내밀고 그 광경을 바라보고 있었다. 양수가 감탄한 어조로 말했다.

"과연, 신생 호표기. 병사 한 사람 한 사람이 능히 일기당천이라 할 만합니다."

"자단(子丹)이 지휘를 잘해준 덕도 있지. 고아가 된 녀석을 거두어 친자식처럼 돌봐준 보람이 있군. 살만 좀 더 빼면 좋을 텐데."

자단은 원래 호표기를 이끌던 조순의 죽음 후, 조조가 새로이 호표기의 지휘관으로 임명한 사내. 뚱뚱한 체구를 가진 장수, 조진(曹眞)의 자였다. 조진은 정사에서 위나라의 대장군 직에 오르며, 제갈량의 북벌을 저지한 명장이기도 했다.

양수는 희미하게 웃는 조조의 옆얼굴을 훔쳐보며 생각했다.

'설마, 제 장자(조비)마저 적 본대를 끌어낼 미끼로 삼은 건 아니겠지?'

절대 아니라고 확신하기가 어려웠다. 양수는 자신이 이 조조라는 자를 입맛대로 움직여 뜻을 이룰 수 있을지 조금 불안해졌다.

두 개의 전투

유표의 얼굴에 길게 난 상처에서 피가 흘렀다. 그는 내심 적지 않게 당황했다. 패왕공을 체득한 뒤, 실전에서 써보기 위해 몇 차례 출진한 적이 있었다. 주로 도적이나 해적 떼가 토벌 대상이었다. 그들은 모조리 죽여 몰살해도 상관없었기 때문이다. 보다 강한 적들, 예컨대 손가나 유주군과 싸우게 될 때 비장의 무기로 삼으려면, 아군을 제외한 목격자를 최대한 없애는 편이 좋았다. 그러면서 무공도 수련하고 칭송도 받으니 그야말로 일석삼조였다.

그 성과는 만족스러웠다. 적들은 공포에 질려 변변히 저항해보지도 못하고 죽어 나갔다. 그들의 눈에는 주먹 하나가 제 몸뚱이만 한 천인(天人)이 나타나서 동료를 파리 잡듯 때려죽이는 것처럼 보이니, 어찌 겁먹지 않겠는가. 공식전에서는 예상했던 연합군이 아니라, 조조군과의 전투에서 패왕공을 처음 선보이게 됐으나 결과는 매한가지였다. 괴월과 괴량은 아군 부대 일부를 제물로 바치다시피 하여 유인책을 폈다. 거기 넘어가 멋모르고 야습해온 조조군 정예를 신나게 학살하던 참이었다.

가뜩이나 위험에 처한 별동대는, 거대한 유표의 형상을 보자 걷잡을 수 없는 혼란에 빠졌다. 그런 와중에도 한 청년을 필사적으로 탈출시키려 하는 게 유표에게 포착됐다. 이에 그를 잡으려는 찰나, 갑자기 나타난 조조군 장수에게 불의의 일격을 당한 것이다. 패왕공을 익힌 이래 부상을 당한 건 이번이 처음이었다.

'어디서 이런 놈이….'

유표는 한 자루 검을 들고 표흘하게 서 있는 주동을 노려보았다.

주동은 전혀 위축되거나 겁먹지 않았다. 이미 패왕공의 실체를 아는 까닭이었다. 그 전투력을 알기에 경계는 할망정 '거인의 형상'을 두려워하지는 않는다는 의미였다.

'외부 상황에 문제가 생기자 빈틈이 드러난다. 아직 패왕공을 완벽하게 체득하지는 못했구나.'

그는 검 끝을 유표에게로 비스듬히 겨누었다.

'그렇다면 대성하기 전에 죽여야지. 패왕공을 대성하면 진짜 귀찮아지니까. 적군은 돼지(조진)에게 맡기고 난 유표와의 싸움에 집중한다.'

그의 검에서 흘러나온 찌르는 듯한 투기가 유표를 압박했다.

"놈!"

유표는 마음속으로 다짐하듯 외쳤다.

'나는 패왕이다. 천하를 지배할 패왕이란 말이다!'

그는 압박감을 떨치려는 듯 포효하며 주동을 덮쳐갔다.

"우와아아아!"

"와라."

쾅! 쩌엉! 투기와 검기가 충돌하며 인근의 공기가 떨렸다. 둘 사이에 다시 격렬한 싸움이 벌어졌다.

그사이 조진이 지휘하는 신생 호표기는, 유표군 외곽을 싸고돌면서 끊임없이 치고 빠졌다. 그들은 2장(약 6.6미터) 가까이나 되는 삭(朔, 기병용의 긴 창)을 하나같이 능숙하게 다뤘다. 저만치 떨어진 거리에서 푹푹 쑤시고 지나가니, 유표군 입장에서는 속수무책이었다. 더구나 피할 구석도 마땅치 않았다. 한순간 진형이 무너져 뒤엉킨 게 이런 치명적인 결과를 낳았다.

결국, 호표기는 수가 훨씬 적은데도 일방적으로 상대를 도살하다시피 했다. 거대한 물고기 떼를 얇은 그물로 둘러싼 것과 비슷한 원리였다. 물고기들은 그물 안에서 좌충우돌하며 우왕좌왕할 뿐 그물 자체를 찢고 나갈 생각은 하지 못했다.

"제법이군."

내려다보던 조조가 중얼거렸다.

아무리 호표기 개개인의 역량이 유표군보다 높다 하나, 다섯 배 가까이 되는 적을 그런 식으로 상대하기란 결코 쉬운 일이 아니었다. 이는 최초의 공격으로 적 진형을 무너뜨린 다음, 즉각 연환진을 펼쳐서 정신을 쏙 빼놓은, 조진의 능숙한 지휘 덕이었다.

조조는 가만히 혀를 찼다. 저 녀석이 내 친자식이었다면 좋으련만.

"헥헥, 덥구나."

조진은 호표기 가운데 섞여 함께 공격하다가 뒤로 빠졌다. 유난히 뚱뚱한 몸집 탓에 쉬이 지쳐버린 것이다. 그래도 호표기들은 아무도 그를 비웃지 않았다. 속으로 비웃는 자조차 하나 없었다. 이 비만의 젊은 지휘관을 진심으로 존경하는 까닭이었다. 조진은 엄청난 무력을 가진 것도 아니었고 천지를 울리는 책략을 발휘하지도 못했다. 하지만 그는 극에 달한 통솔력의 소유자인 동시에, 수하들의 충성을 이끌어내는 덕장이었다. 용운이 대인통찰로 조진을 확인했다면, 그 통솔력 수치에 깜짝 놀랐을 것이다.

조진의 통솔력은 무려 100. 이는 일만 명의 병사를 지휘한다고 가정할 때, 한 사람 한 사람의 상태를 다 파악할 정도의 수준이었다. 90에 달하는 높은 매력 수치가 통솔력을 극대화했다. 지금도 그랬다. 그는 육중한 몸뚱이와 더위에 지쳐서 비 오듯 땀을 흘렸다. 그런 가운데서도 날카로운 눈으로 호표기를 지켜보다가, 대상이 자신의 앞을 달려 지나가는 순간 정확히 지시를 내렸다.

"장이, 달리는 속도가 빠르다. 두 호흡만큼 늦춰라."

"옛, 장군."

"이용, 팔을 다쳤나? 찌르는 게 반 박자 늦다."

"살짝 긁혔습니다. 괜찮습니다!"

한동안 정신없이 유표군을 몰아세우던 조진은 때가 됐다 싶을 때 즉각 퇴각을 명했다.

"지금이다. 다음 회차 연환에서, 돌던 그대로 속도를 줄이지 말고 성내로 달려들어가라!"

쥐도 궁지에 몰리면 고양이를 문다고 했다. 하물며 상대는 훨씬 수가 많고 덩치도 큰 쥐였다. 까딱했다가는 잘못 물려서 낭패를 당할 수도 있었다.

정신이 든 괴월과 괴량이 상황을 파악하고 진형을 수습해가기 시작했다. 여기서 욕심을 낸 전투를 끌면 반드시 사상자가 나온다. 조진은 그 사실을 본능적으로 눈치챘다. 야습을 지휘한 조비를 구했고 오백 명 별동대의 몇 배에 달하는 적을 죽였다. 출격의 성과는 이 정도면 충분했다. 마침, 그때는 사력을 다한 유표에게 밀린 주동이 몸을 빼려는 참이었다.

'쳇. 여기서 끝장냈어야 했는데….'

다음번 만났을 때, 유표는 더욱 강해져 있을 것이다. 그래도 어쩔 수 없었다. 주동은 퇴각하기로 마음먹었다.

두두두두두두!

호표기는 유표군 주변을 마지막으로 돌면서 공격을 퍼부은 다음, 선두에 선 자의 말머리가 신야성 쪽을 향한 순간 그대로 달려서 성문 안으로 쏙 들어가버렸다. 타타탓! 주동 또한 한 차례 거센 검격을 퍼부어 유표를 주춤케 하더니 그 틈에 몸을 빼내어 그 대열에 합류했다. 유표 자신을 비롯한 유표군은 잠깐 멍해졌다.

"크아악, 뭐 하나! 놈들을 쫓아라!"

분노한 유표가 소리쳤다. 유표군은 퇴각하는 호표기를 추격하여 그대로 성문을 뚫으려고 했다. 그러나 여전히 대열이 뒤엉켜 속도가 안 나는 데다 공성 준비가 된 것도 아니었다.

"그대의 예상대로 내 순서가 왔군요."

조조의 다섯 번째 아들, 조식이 양수에게 말했다. 그리고 자신의 패를 꺼냈다.

"모두 돌을 던지고 화살을 날려라! 돌과 화살에 적을 쓰러뜨리겠다는 일념을 실어라. 적 군마를 쓰러뜨리고 그 피가 대지를 적시게 하라!"

그의 패는 바로 적의 공격에 대비한 수성(守城, 성을 지킴). 문학, 그중에서도 시를 사랑하는 조식은 공격 명령조차 예술적으로 표현했다. 언뜻 들으면 닭살이 돋을 지경이었으나, 거기에는 아군이 잠재력을 발휘케 하는 힘이 있었다. 조식의 시와 목소리에는 사람의 마음을 움직이는 뭔가가 있었기 때문이다. 그는 이미 제 예술로써 듣는 이를 반하게 하고 심금을 울리는 경지에 도달했다.

미리 준비해둔 머리통만 한 돌덩이와 화살이 성벽 위에서 마구 쏟아졌다. 성벽 근처에 함부로 접근하던 유표군은 짧은 시간에 큰 피해를 입었다.

'병력 소모가 너무 심하다.'

'이러다 병력의 우위마저 잃겠어.'

괴월과 괴량은 서둘러 생각을 교환한 뒤 퇴각을 결정했다. 유표가 얼굴의 상처를 치료하려고 후퇴하는 바람에 그나마 사기도 떨어졌다. 결국, 유표군은 성벽 한번 올라보지도 못하고 하릴없이 물러나는 수밖에 없었다. 달아나는 그들의 머리 위로 천천히 아침 해가 떠올랐다. 밤새 이어진 첫 번째 교전이 끝난 것이다.

후퇴하는 적을 향해 성을 지키던 조조군 병사들이 함성을 질렀다.

"와아! 적이 물러간다!"

"위왕 전하 천세! 천세!"

전장을 지켜보던 조조가 몸을 돌렸다.

'자환(子桓, 조비), 자건(子建, 조식), 자단(子丹, 조진)의 역량과 적성을 확인했다. 앞으로 몇 차례 더 지켜보겠지만, 크게 바뀌는 건 없을 듯하군. 가서 눈 좀 붙여야겠다. 이제 나도 나이가 들어 밤새 전투를 지켜보긴 피곤하구먼.'

이 순간, 그는 후계를 정했다.

모두가 기뻐 날뛰는 가운데 마냥 웃을 수만은 없는 이가 있었다. 아니, 웃지 못하는 정도가 아니라 비통했다. 그는 바로 조조의 장자 조비였다.

'다 끝났다.'

야습에 성공하여 아버지에게 확실한 눈도장을 받으려 했다. 하지만 눈도장을 받기는커녕 죽을 뻔한 위기에서 간신히 살아나는 추태를 보였다. 그것도 여자에게 구원받아서.

'더구나 아버지는 나를….'

청청의 팔에 안겨 올 때는 잠깐 황홀했으나, 꿈에서 깨자 차가운 현실이 기다리고 있었다.

'…미끼로 삼으신 게 분명하다.'

그나마 위안이 되는 일은 혼전 중에 떨어지게 되어 염려했던 화흠이 조금 다쳤을 뿐 무사하다는 소식이었다.

"기껏 구해줬더니 왜 그렇게 쨰려봐요?"

소식을 전해준 청청이 입술을 삐죽거렸다.

조비는 괜히 그녀에게 화풀이를 했다.

"왜 날 구했느냐?"

"아까 말했잖아요. 주동 선생님이 시켰다고."

"차라리 그냥 내버려두지 그랬느냐…. 그랬다면 명예롭기라도 할 것을."

조비가 고개를 푹 떨어뜨렸다.

한숨을 내쉰 청청이 그에게 다가갔다. 그리고 잠깐 망설이다가 머리를 살며시 쓰다듬었다. 어쩐지 딱한 사내였다.

"…!"

당황한 조비에게, 청청이 말했다.

"살아 있으면 반드시 또 좋은 일이 생겨요. 죽으면 다 끝이고요. 죽는 것보다 나쁜 일은 없어요."

"너…."

"그러니까 못난 소리 좀 하지 말아요."

말을 마친 청청은 쑥스러움을 감추려는지 후다닥 뛰어가 사라져버렸다.

"살아 있으면 반드시 또 좋은 일이 생긴다고?"

조비는 그녀의 말을 곱씹으면서 한동안 그 자리에 서서 아침 햇살을 받고 있었다.

유표군과 조조군의 첫 번째 교전은 야습에 실패한 별동대가 몰살되면서 조조군이 손해 보는 듯했으나 결국 그들의 승리로 끝났다. 적확한 시기에 투입된 호표기의 활약 덕이었다. 그리고 알고 보니 그것은 다름 아닌 조조의 작품이었다. 유표군이 소규모 병력을 미끼 삼아 야습 부대를 몰살하려 했을 때, 조조는 이미 제 장남을 먹잇감으로 하여 유표군 전체를 끌어내려는 계획을 실행한 후였다.

그리고 호표기의 힘이 극대화하는 시점에 비장의 무기로 데려온 조진을 출격시켰다. 조조의 진짜 한 수는 조식이나 양수가 아니라 조진과 호표기였다. 조비의 좌절은 그 사실을 눈치챈 데서 기인했다.

'아버지께 나는 대체 무엇인가?'

그는 한동안 거처에 틀어박혀 술만 마셨다.

그러던 어느 날, 조조가 보낸 하인이 왔다.

"전하께서 부르십니다."

조비는 마음의 준비를 하고 조조 앞으로 나아갔다.

조조는 신야성 대전에서 조비를 기다리고 있었다. 어째서인지 허저만 대동하고 가신을 모두 물린 채였다.

조비는 조조 앞에 무릎 꿇고 앉으며 쓴웃음을 지었다.

'최소한의 체면은 지켜주시려는 건가.'

그런 그를 잠시 내려다보던 조조가 툭 던지듯 말했다.

"지난 며칠간 생각을 좀 해보았다."

"…."

"일단, 후계자는 너다. 자환."

조비는 놀라서 저도 모르게 고개를 번쩍 들었다.

"예…?"

"내 뒤를 이을 후계는 너라고 말했다. 현재로서는."

말을 마친 조조는 그대로 대전을 나가려 했다. 그때 조비가 다급히 그를 불렀다. 신하로서가 아니라 아들로서였다.

"아, 아버지!"

"뭐 더 할 말이 있느냐?"

"이유를… 여쭤봐도 되겠습니까?"

"네가 적합하다고 생각했기 때문이다."

"하지만 저는 야습에 실패해서 병력을 다 잃었고 못나게도 여인의 도움을 받아 간신히 살아 돌아왔습니다. 반면, 자단은 호표기를 이끌어 제가 살길을 열어주고 적에게 타격을 주었으며, 자건은 미리 수성전을 준비하고 있다가 적군을 패퇴시켰습니다. 한데 어째서 저를…."

잠시 아들을 바라보던 조조가 말했다.

"세 가지 이유가 있다. 첫 번째는 네가 악운에 강했기 때문이다."

"악운… 말씀입니까?"

"네 형 조앙은 적에게 포섭된 뒤로 행방이 묘연해졌다. 또 둘째인 조삭도, 내가 후계로 점찍었던 조충도 네가 알다시피 병으로 요절했다."

"예…."

"한데 너는 함정에 빠져 적진 가운데서 죽을 위기에 처했는데도 털끝 하나 안 다치고 살아 돌아왔다. 내가 예전에 종종 그랬듯이 말이다."

"아…."

"한 세력의 주인이 되려는 자는 악운에 강해야 한다. 나도, 진용운도 그랬다. 또 아까 같은 반격을 당하고서도 주동의 손에 죽지 않은 유표도 마찬가지다. 죽어버리면 천하고 뭐고 다 소용없으니까 말이다."

문득 조비는 청청이라는 소녀가 했던 말이 떠올랐다.

— 살아 있으면 반드시 또 좋은 일이 생겨요.

술을 퍼마시던 며칠 동안 그녀가 자꾸 생각났다. 주동의 전투시녀만 아니었다면 불렀을 것이다. 운명, 이라는 단어가 그의 뇌리를 스쳤다.

조조의 말은 계속 이어졌다.

"두 번째 이유는 모두가 너를 살리려 했기 때문이다."

"…"

"사실 자단 녀석은 애초에 후계 다툼 따위에 관심이 없다. 자단은 그저 내가 키워준 은혜에 보답하고 친형이나 마찬가지인 널 돕겠다는 생각으로 가득하지. 처음부터 싸움을 포기한 거다. 전투에 미친 황수아(조창) 녀석이 그렇듯이. 그런 놈들은 왕이 되지 못한다. 그 자단이 널 살리는 데 최선을 다했고 주동도 그랬다. 여차하면 혼자서라도 빠져나오라고 미리 말해뒀음에도 불구하고 네가 달아날 시간을 벌려고 적진 가운데서 버티더구나. 내게 장자 같은 건 아무 의미가 없다고 말했는데도."

조비는 침을 꿀꺽 삼켰다. 가슴이 벅차오르는 와중에도 아버지의 비정함과 철저함이 동시에 느껴졌다.

"게다가 오백의 병사들. 그들은 모두 널 살리기 위해 몸을 던져 죽었다. 처음부터 널 모셔온 자들이 아니었는데 말이다. 은연중에 너를 주인이라고 인식하고 있었다는 뜻이다."

"예, 알겠습니다."

"마지막 세 번째는….."

조조는 말하다 말고 휙 몸을 돌려 그대로 대전을 나갔다.

"네가 스스로 생각해봐라."

조비는 아버지의 뒷모습을 바라보며 멍하니 무릎 꿇고 앉아 있었다.

대전을 나온 조조가 얼마간 걸음을 옮겼을 때였다. 허저는 잠자코 조조의 뒤를 따르다 몹시 궁금하여 못 참겠다는 투로 물었다.

"저, 전하."

"뭔가, 호치."

"마지막 세 번째가 뭔지 아무리 생각해도 모르겠습니다. 저한 테만 살짝 알려주시면 안 됩니까?"

"푸하하하! 여태 그걸 생각하고 있었나?"

조조는 허저의 물음에 박장대소했다. 그리고 그에게 답을 일러주었다.

"그건 바로 여인에게 사랑받아야 한다는 거네."

"아… 네?"

허저는 이해가 안 간다는 듯 고개를 갸웃거렸다.

조비는 조조가 나간 뒤에도 한동안 대전에 앉아 있었다.

이 상황이 실감이 안 나고 머릿속이 복잡했다. 물론 완전히 안심하기에는 일렀다. 조조는 그를 후계라고 말하면서도, '현재로서는', '일단'이라는 단서를 붙였다. 언제 눈 밖에 나서 후계가 바뀔지 모른다는 뜻이다. 그래도 완전히 틀렸다고 여겼던 것에 비하면 믿기 어려울 정도의 일이었다.

잠시 후.

벌떡 일어선 조비가 어딘가를 향해 달렸다. 그는 도중에 마주친 자에게 물었다.

"주동은 어디 있느냐?"

주동은 성 뒤쪽 연무장에서 가볍게 몸을 풀고 있었다. 유표와의 싸움에서 느꼈던 점들을 완전히 제 것으로 만들기 위해서였다. 그리로 숨이 턱에 닿은 조비가 찾아왔다.

"헉, 헉. 주동!"

"어쩐 일이십니까? 그리 급하게."

조비는 의아해하는 주동에게 다짜고짜 말했다.

"청청을 내게 주시오."

이런 미친 새끼. 기껏 살려줬더니. 주동은 하마터면 욕을 할 뻔했다. 그러다 겨우 성질을 누르고 물었다.

"갑자기 그게 무슨 말씀이신지요."

"청청, 청청을 내 반려로 맞이하고 싶소."

"반려라 하심은⋯."

조비는 다급히 말을 쏟아냈다.

"방금 아버지한테서 날 후계로 임명하겠다는 말씀을 들었소. 그게 다 청청의 덕이오. 또 청청은 아버지께서 내게 한 것과 일맥상통하는 충고를 해줬소. 그녀는 내 운명이자 행운의 상징이나 마찬가지요. 청청을 나에게 보내준다면 왕이 된 뒤에도 왕후로 삼아 평생 아껴주리다."

"허허…."

주동은 잠시 생각에 잠겼다.

'청청 이 녀석, 조비에게 무슨 짓을 한 거야?'

그와 청청은 영혼의 연결로 이어진 사이다. 하지만 다른 여러 천강위가 그렇듯 연정은 아니었다. 그보다는 사업적 신뢰 쪽에 가까웠다. 청청은 주동을 존경했으며 주동은 믿을 수 있는 짝으로 그녀를 아꼈다.

본래 정사에서 조비는 지금쯤 문소황후, 생전에 견씨라 불리던 여인과 혼인했어야 했다. 견씨는 원소의 차남 원희의 아내였다. 조조가 원소를 칠 때, 그녀를 목격한 조비가 첫눈에 반해 제 아내로 삼았다. 일설에는 견씨를 본 조조가, "이번 싸움에서는 저 녀석(조비)에게 좋은 일만 해줬구나"라고 볼멘소리를 했을 정도로 미인이었다고 한다.

'하지만 원소는 조조가 아닌 진용운에게 격파당했고 견씨의 행방은 알 수 없다.'

따라서 조비의 정부인 자리도 빈 채였다.

'날 무조건 따르는 아이가 훗날 위나라 초대 황제의 황후가 된다면? 또 그 황제가 아내에게 꼼짝 못 한다면….'

주동의 입꼬리가 슬쩍 올라갔다. 안 그래도 위원장의 입지가 점차 좁아지는 듯하다고 느끼던 참이었다. 다른 길을 하나 마련해둔다고 해서 큰일이 날 것 같진 않았다.

'뭔가 재미있어질 것 같기도 하고.'

신야가 잠시 소강상태에 들어간 사이.

형주에서는 다른 전투가 막 시작되려 하고 있었다. 바로 강릉성에서 삼만의 병력을 이끌고 온 서령과 하구를 지키던 주유 사이의 전투였다. 서령이 놀라울 정도의 강행군으로 하구 인근에 다다른 것이 이틀 전. 마침내 오늘, 배를 물에 띄우고 다가오기 시작했다. 배 중에는 주변에서 징발한 것도 있고 강릉에서 하수의 물길을 따라온 것도 있었다. 그렇다 보니 배의 모양과 크기가 제각각이었다.

주유는 대장선 뱃머리에 서서 적 함대를 바라보며 생각했다.

'유표가 돌아오기 전에 연합군이 양양성을 치는 것이 목표다. 그 전에 서령을 보내줘서도, 그녀에게 강하성을 빼앗겨서도 안 된다. 다행히 함대 꼬락서니를 보니 수전에는 익숙지 않은 모양이군.'

어제 연합군이 안륙에 무사히 입성했다는 전갈을 받았다. 준비가 덜 된 서령이 공격해온 것도 그 소식을 듣고 초조해진 까닭일지도 몰랐다.

"출발하라."

주유의 명이 떨어지자, 선두에 있던 낮은 배 몇 척이 서령의 선단을 향해 미끄러지듯 나아갔다. 짚과 염초를 가득 실은 배였다. 미리 불을 붙여둔 후였다. 쾅! 적 함대의 선두에 충격하는 순간, 배는 불꽃을 일으키면서 서령의 배를 파손시키고 덩달아 불을 붙였다.

"다음!"

파파파파파파팟! 수많은 화살이 하구 상공을 가득 메우다시피 하며 서령의 선단 위로 떨어져 내렸다.

"컥!"

"으악!"

갑판에 있던 형주 병사들이 비명을 지르며 쓰러졌다.

"다음!"

철컹철컹. 쇠 부딪치는 소리와 함께 하구 남쪽, 곧 서령의 선단이 지나야 할 지점에 걸쳐진 쇠사슬이 팽팽하게 당겨졌다. 몇 척의 배가 거기 걸려 침몰했다.

"다음."

첨벙! 주유 함대에서 끝을 뾰족하게 깎은 통나무를 강물에다 투척했다. 통나무는 빠르게 흘러내려가 서령의 선단에 부딪혔다. 끝의 뾰족한 부위가 꽂히면 여지없이 구멍이 뚫려 배가 가라앉았다. 현대의 어뢰와도 흡사했다. 통나무 옆면과 충돌해도 곤란하긴 마찬가지였다. 긴 통나무 여러 개가 가로로 무수히 밀리면서 배가 상류로 올라오는 걸 막는 탓이었다. 멈춰버린 서령의 함대를 향해 주유가 재차 명했다.

"다음."

피융! 파파파팟! 또 화살이 쏟아졌다. 단, 이번엔 불화살이었다. 주유 함대는 멈춰 있는 서령의 배들이 과녁이라도 되는 양 닥치는 대로 불화살을 쏴댔다. 숨 쉴 틈 없이 이어지는 다양한 공격들. 과연, 도독 주유가 지휘하는 함대다웠다. 그가 괜히 수전의 최강자라 불리는 게 아니었다.

'이 정도라면….'

예상보다 시원찮은 저항에 주유는 속으로 자신감이 생겼다. 그는 아직 몸 상태가 완전히 회복되지 않아 안색이 창백했다. 거의 죽다 살아났을 정도의 부상이었으니 무리도 아니었다. 그래도 손책은 주유가 분명 하구에서 서령을 막으리라고 판단, 그를 믿고 임무를 맡겼다.

'주공의 믿음에 보답해야 한다. 설령 싸우다 쓰러져 죽는 한이 있더라도.'

그때, 이변이 일어났다.

불이 붙어 횃대처럼 타오르던 배 한 척에서 누군가가 가벼운 몸놀림으로 뛰어내렸다. 사방에서 타오르는 불빛을 받아 번쩍거리는 갑옷 차림의 무사였다. 다른 병사들은 살기 위해 타오르는 배에서 강물로 뛰어들었으나, 예의 금빛 무사는 통나무를 밟아가며 전진, 똑바로 손가의 선단을 향해 다가왔다.

그 가벼운 몸놀림을 본 순간 주유는 이상하게 불길한 예감이 들었다.

'저자는 뭐지?'

이에 주유는 병사들을 시켜 문제의 무사를 저지하도록 명했다.

몇몇 병사들이 그를 노리고 활을 쐈다. 한데 이어진 일은 더욱 놀라웠다.

쳉! 채엥! 금빛 갑옷에 부딪힌 화살들이 모조리 튕겨 나갔다. 그가 계속 다가오자 마음이 조금 급해진 주유가 서둘러 외쳤다.

"갈고리를 던져서 물에 빠뜨려라!"

휘잉! 획! 사방의 배에서부터 끝에 갈고리가 붙은 밧줄들이 금빛 갑옷 차림의 적장을 향해 무수히 날아갔다.

그 직후였다. 주유는 눈을 크게 떴다. 아무것도 갖고 있지 않은 것처럼 보이던 적장이 단창 두 개를 연결하여 긴 창 한 자루로 만들었다. 자루 끝에 갈고리가 붙은 특이한 모양의 창이었다. 그 창을 허공에 휘저어 갈고리 달린 밧줄을 모두 치워버린 것이다. 그 때쯤 적장과 주유의 거리는 배 세 척 길이 정도밖에 되지 않았다.

"쇠그물을 던져라! 활을 쏘고!"

그러나 소용없었다. 적장은 창으로 쇠그물마저 걷어내버리고 화살은 날아오는 족족 쳐냈다. 그 모습만 봐도 그의 무공 수준을 짐작할 수 있었다. 그가 입은 갑옷이며, 들고 싸우는 창 또한 예사 물건이 아닌 게 분명했다. 금빛 갑옷의 적장은 배에서 배로 건너뛰며 단숨에 거리를 좁혀왔다. 이제 남은 거리는 배 한 척만큼에 불과했다.

"도, 도독을 지켜라!"

병사들이 경악하여 주유의 앞을 막아섰다.

"호호호호호! 네깟 것들이 감히?"

금빛 갑옷 장수는 소리 높여 웃더니 한 차례 창을 휘둘렀다.

"으악!"

"아악!"

그 한 수에 손가의 정예 병사들이 우르르 나가떨어졌다. 손가는 오래전부터 유표와 전투를 거듭해왔다. 따라서 지금까지 생존해 있던 자들은 나름대로 역전의 용사라 할 만했다. 그런 자들이 손 한번 못 써보고 당한 것이다.

웃음소리를 들은 주유가 표정을 굳혔다.

'여자? 설마…. 이리로 진격해오는 군사를 지휘하는 총관 서령 이라는 자가 여자라고 하더니.'

그의 예상대로 금빛 갑옷을 입은 무사의 정체는 바로 형주의 총관 서령이었다. 서령은 주유의 절묘한 지휘로 인해 선단이 괴 멸되다시피 하자 잔뜩 독이 올랐다. 이에 분노를 참지 못하고 직접 나선 것이다.

그러는 사이에도 병사들은 서령을 저지하기 위해 속속 덤벼들었다. 그러나 번번이 털끝 하나 건드리지 못하고 죽고 말았다.

주유는 그 광경을 보며 입술을 깨물었다.

노장 한 사람이 그런 주유의 옆을 지키고 서 있었다. 비록 나이 들어 머리카락이 다 빠지고 수염이 허옇지만, 여전히 단단한 체구에 만만치 않은 기도를 풍기는 장수. 바로 손가의 충신이자 공신인 황개였다.

황개는 손견이 의병을 일으켰던 시절부터 그를 모셨다. 《삼국지연의》에서는 일부러 주유에게 채찍질을 당한 다음, 거기 불만을 품고 조조에게 거짓 투항하는 척하면서 배에 불을 지른 고육계의 주인공으로도 유명했다. 고지식하고 고집스러운 면이 있지만 뛰어난 무공과 충성심을 두루 갖춘 장수다.

주유가 황개를 향해 나직하게 말했다.

"어르신께선 이 자리를 피하십시오."

"도독을 두고서는 한 발자국도 움직일 수 없습니다."

"저자를 막을 수가 없으니, 오늘 길보다 화가 많을 것 같습니다. 어서 피하세요."

그러자 황개가 주유에게 호통을 쳤다.

"갈! 내, 공근 네가 어린아이일 때부터 널 봐왔던지라 너의 밑에서 부림을 받는 것이 치욕스러웠던 시절도 있었다. 허나 이제 너 외에 손가의 도독을 맡을 수 있는 인물은 없다고 생각한다. 주공께서는 이 늙은이에게, 한 침상을 쓰고 함께 밥을 먹을 정도로 소중히 여기는 너를 지키라는 막중한 임무를 부여했다. 뼈가 부서지고 살이 뜯길망정 어찌 널 두고 달아나라는 소리를 할 수 있단 말이냐?"

이어서 황개는 어조를 바꿔 말을 이었다.

"도독이야말로 제가 저 요망한 년을 막는 사이에 이 자리를 모면하십시오."

"어르신…."

그 순간 마침내 서령이 서슬 퍼런 기세로 대장선에 내려섰다. 근위병들이 우르르 달려들었지만, 어떻게 당하는지도 모르고 고혼이 되었다. 그녀는 주유와 황개를 향해 애병인 구겸창을 겨누고 비웃듯 말했다.

"늙은 쪽, 젊은 쪽. 어느 쪽이 주유인가?"

"…."

"아니, 알 필요 없겠네."

기이잉. 뱀처럼 살아서 꿈틀거리는 듯한 기이한 모양으로 창을 휘두르며 서령이 내뱉었다.

"어차피 둘 다 죽을 테니까."

8

또 다른 마왕

황개, 자는 공복(公覆).

원래 영릉현의 군리였다가, 손견이 반동탁연합군 결성에 호응하여 군사를 일으켰을 때 그를 따랐다. 손견 사후에는 대를 이어 손책, 손권을 모셨다.

적벽 전투에서 주유에게 화공을 제안했는데, 확실한 성공을 위해 스스로를 해치는 고육지계를 감행하였다. 주유에게 대들었다가 태형을 당한 것처럼 소동을 일으켜 조조의 눈을 속인 것이다. 황개가 손견 대부터 손가를 모셔온 충신이라는 사실 정도는 조조도 잘 알고 있었다. 그런데도 의심 많고 머리 좋은 조조가 속아 넘어갔을 정도이니, 얼마나 처절하게 고육계를 실행했는지 짐작할 수 있다. 결국, 거짓 투항한 황개는 군량선으로 위장한 가벼운 배를 타고 조조의 함대에 접근하여 불을 붙이니, 그 피해는 어마어마했다. 이는 곧 손권, 유비 연합군이 적벽에서 조조의 대군을 물리치는 결정적인 요인이 되었다.

또한 황개는 노장의 대표 격인 인물이기도 했다. 촉에 황충이 있다면, 오에는 황개가 있다는 느낌이라고나 할까.

이 세계에서는 바뀐 역사로 인해 적벽대전이 일어나지 않았다. 따라서 그만큼 황개가 두각을 드러내지 못했다. 그래도 손견에 이어, 손책에게도 충성을 다하는 우직한 가신임은 마찬가지였다. 주공 손책의 형제와 같은 벗이자 손가를 지탱하는 두뇌, 주유를 지키기 위해 황개는 지금 이 순간 죽음을 각오했다.

자유자재로 휘어지는 기이한 창을 든 요녀가 노래하듯 가락을 붙여 말했다.

"늙은 쪽, 젊은 쪽. 어느 쪽이 주유인가?"

노구에도 불구하고 여전히 손가의 주축 장수인 만큼 황개의 무력은 상당했다. 용운이 보는 방식으로 표현하자면 무력 수치는 91 정도. 무력이든 지력이든 정치력이든 90에 도달하는 순간, 그 아래와는 수준이 달라진다. 그래서 더욱 황개는 확실히 깨달았다. 자신이 유표의 애첩이자 형주 총관이라는 눈앞의 여자를 도저히 이길 수가 없음을.

'이 투기는…. 이런 자가 있다니!'

안면 피부가 찌릿하고 배가 가늘게 진동했다.

주유와 황개는 침묵을 지켰다. 두려워서가 아니라 서로를 보호하기 위해서였다.

"아니, 알 필요 없겠네."

금창수 서령이 팔을 가볍게 휘둘렀다.

"어차피 둘 다 죽을 테니까."

기이이잉! 굉음과 함께 창이 한순간 쭉 늘어나면서 갑판 전체를 휩쓸었다. 창이라기보다는 채찍에 가까운 모양새였다. 돛대와 뱃머리의 장식 등이 단숨에 잘려나갔다. 살아남아 서 있던 병사 몇 명도 갑옷째 양단되어 버렸다.

"헉…."

주유는 숨을 몰아쉬었다. 서령의 창을 전혀 못 봤던 것이다. 대신 황개가 옆에서 자신을 강하게 누르는 걸 느낄 수 있었다. 그가 아니었다면, 주유 또한 토막이 나버렸으리라.

"장군, 고맙…."

말하려던 주유가 숨을 들이켰다. 주유 쪽에 있던 황개의 왼팔이, 팔꿈치 바로 아래에서부터 잘려 피를 내뿜고 있었기 때문이다. 갑판에 나뒹구는 황개의 팔은 두 토막이었다. 팔꿈치 부위와 그 아래의 손이 포함된 부분. 세운 팔꿈치가 잘리면서 벌어진 일이었다.

"허허, 빨리 한다고 했는데…. 팔을 너무 치켜들었나 봅니다."

황개는 식은땀을 흘리면서 쓴웃음을 지었다.

"장군! 나 때문에…."

주유는 서둘러 두건을 풀었다. 그리고 황개의 팔을 꽉 졸라 묶었다. 출혈이라도 막아보기 위해서였다.

창을 회수한 서령이 이죽거렸다.

"오호, 그걸 피했네? 하긴, 생각해보니까 한 방에 끝나면 재미없지. 감히 내 배를 불태우고 부하들을 죽였는데 말이야. 자, 또 간다!"

풋! 파팟! 이번에는 휘두르기가 아니라 빛살 같은 찌르기가 날아왔다.

"크악!"

다시 주유를 밀쳐내고 나선 황개가 낮은 비명을 내뱉었다. 가죽 갑옷이 종잇장처럼 찢기면서 복부와 허벅지, 어깨 등에 구멍이 숭숭 뚫렸다.

"공복 님…!"

등 뒤에서 이를 악물고 울음을 삼키는 주유의 목소리가 들려왔다. 황개는 필사적으로 버티며 서령을 노려보았다.

서령이 그런 황개를 조소했다.

"어머, 징그러운 영감이네. 그래도 버티다니. 사실, 어느 쪽이 주유인지는 알고 있었어. 워낙 잘생겼다고 소문이 자자하거든. 그래도 이렇게 목숨 걸고 지키려는 걸 보니까 짠하네."

"이야아아아!"

황개가 고함을 지르면서 서령에게 뛰어들어 한 손으로 대도를 휘둘렀다.

"흥."

서령은 굳이 피하려 들지도 않았다.

쩡! 쇠 부딪치는 소리가 육중하게 울리고 황개의 신형과 대도가 함께 튕겨 나갔다.

"그런 공격은 내 갑옷에는 안 통해, 영감. 호호!"

황개는 비웃는 서령을 노려보며 생각했다.

'아직 방법은 있다.'

방금 전의 공격으로 갑옷의 재질을 확인했다. 보기에는 쇠붙이

같았지만, 대나무를 가공해 만든 것일 수도 있었다. 또 언뜻 등갑(藤甲)처럼 보이기도 했다. 그래서 확인을 해본 것이다. 등갑이란 특수 처리를 한 등나무를 엮어서 만든 갑옷으로, 가볍고 물에 강했다. 바람이 잘 통하여 습도가 높아도 쾌적하게 착용할 수 있기 때문에 남부에는 등갑을 사용하는 무장이 종종 있었다. 약점은 재질의 특성상 화기에 절대적으로 약하다는 것이었다.

'등갑이라면 불 공격을 해보려 했으나, 쇠라 이거지.'

이제 황개의 노림수는 두 가지가 남았다. 첫 번째는 서령이 자신과 주유를 완벽하게 무시하고 있다는 데서 오는 방심. 그 틈을 찌른다. 두 번째는….

'아무리 헤엄을 잘 쳐도 전신에 쇠로 된 갑옷을 걸치고서는 물에 가라앉을 수밖에 없을 터.'

바로 육탄 공격을 해서라도 서령을 안고 물에 뛰어들어 그녀를 익사시키는 것이었다.

'그러려면 좀 더 가까이 접근해야 하는데….'

시간이 없다. 잘린 팔과 여기저기 난 상처에서 피를 너무 흘렸는지 힘이 조금씩 빠졌다. 한기도 느껴졌다.

'내가 쓰러지면 공근은 십중팔구 포로가 되고 만다.'

자꾸만 눈앞이 흐려지려 했다. 황개는 입술을 힘껏 깨물어가며 정신을 차리려 애썼다. 다른 사람도 아니고 주유를 내세운 조건이라면, 손책은 그게 뭐든 수락하고 말 것이다. 설령 성 하나라 해도 기꺼이 맞바꿀 것이며, 형주에서 물러나라면 순순히 물러날 것이다. 그게 황개가 아는 자신의 주군이었다. 여기까지 어떻게 왔는데 그건 안 될 일이었다.

"재미없네. 갈 길이 머니까 그만 끝내자."

휘이잉! 심드렁하게 내뱉은 서령이 창을 머리 위로 들고 한 바퀴 휘두른 직후였다.

지잉! 쾅! 어디선가 검은 빛줄기 같은 것이 날아와 서령과 격돌했다. 마치 한 마리의 검은 용처럼 생긴 빛줄기였다.

"윽!"

서령은 짧은 신음을 토하며 뒤로 쭉 밀려났다.

"아니?"

무슨 일인가 어리둥절해하는 황개와 주유의 뒤쪽, 머리 위에서 다소 경박스러운 느낌을 주는 사내의 목소리가 들려왔다.

"후후, 그걸 맞고도 멀쩡하다니. 과연 그게 그대가 자랑하던 유물, 새당예(賽唐猊)인가 보군?"

두 사람이 놀라 돌아보니 범상치 않은 기운을 풍기는 세 사람이 허공에서부터 배의 후미로 막 내려앉고 있었다. 가운데에는 텅 빈 소매를 펄럭거리는 외팔의 흑의 청년. 왼쪽에는 양손에 철편을 든 미모의 애꾸눈 여인. 오른쪽에 선 나머지 한 사람은 검은 복장에 무표정한 얼굴의 소녀였다. 소녀 주변에는 검은 철구 몇 개가 쉴 새 없이 회전하고 있었다.

청년이 주유에게 말했다.

"어이, 경계하지 말라고. 한편이니까. 난 진명이라고 한다. 유주 왕의 부탁으로 당신을 보호하려고 여기 남은 거야."

그는 말끝에 황개의 잘린 팔을 힐끗 보았다.

"조금 늦은 것 같기도 하지만…. 뭐, 댁은 무사하니까 내가 약속을 어긴 건 아니라고."

서령은 이를 갈며 청년, 진명을 향해 외쳤다.

"진명! 감히 진용운을 도와서 나를 공격하다니. 정녕 회를 배신하겠다는 거냐?"

거기에 대한 답은 안대를 찬 애꾸 여인이 대신했다.

"닥치세요, 이년아. 나, 호연작임. 나보다 서열도 한참 낮은 게…. 크큭, 엄청 낮지. 그런데 어디서 목청을 높이는 거임? 게다가 너도 회를 떠난 지 오래 아님?"

"크윽…."

서령은 살짝 기가 죽었다. 철편을 든 애꾸눈 여인은 다름 아닌 쌍편 호연작이었다. 검후로부터 치명상을 입고 달아났다가, 그 기가 뇌수에까지 미쳐 기억을 잃고 발광을 거듭했다. 그러던 차에 서주의 한 숲에서 왕찬을 만나 치료받고 겨우 광기가 가라앉았다. 그 후로는 왕찬에게 완전히 빠져, 그가 하는 말이라면 뭐든 따를 정도였다. 용운은 형주로 오는 도중 하비성에 들러 왕찬을 미리 포섭해두었었다. 그 덕에 강하성을 공략할 때도 이 세 사람에게 도움을 받았다.

위원회 내에서 호연작의 서열은 천강 제8위. 상위 열 사람 중 하나이며, 서령보다는 무려 열 계단이나 높았다. 이규와 마찬가지로 종잡을 수 없는 성격에, 현대의 덕후 같은 말투를 쓰고 있지만 무섭게 강했다. 호연작은 머리의 상처가 회복되고 마음의 안정도 되찾자, 기억과는 별개로 조금씩 예전 말투가 돌아오고 있었다.

'진명에 호연작 그리고 저 소녀는 아마도 진명의 병마용군···. 이거, 불길한데?'

주춤했던 서령이 고개를 저었다. 어쩌다 저 셋이 한꺼번에 유주군으로 넘어갔는지는 모르겠으나, 그 기세는 확연한 적이었다. 이 싸움은 단순한 전투가 아니라 전쟁의 일부다. 방어선을 뚫고 북진하여 강하성을 빼앗지 못하면, 곧장 양양성까지 뚫려버릴 가능성이 컸다. 유표가 신야에서 조조군을 이기고 돌아오더라도 갈 곳이 없어지는 것이다. 그렇다고 모든 걸 일궈놓은 형주를 버리고 신야에서 새롭게 시작할 수도 없다. 무조건 여기서 이겨야만 했다. 이겨서 강하성을 탈환해야 했다.

'다행히 구겸창과 새당예를 가지고 나왔다. 유물을 잘만 쓴다면 내게도 승산은 있어. 그리고···.'

서령은 진명의 펄럭거리는 한쪽 소매와, 호연작의 안대를 연이어 힐끗거렸다.

'저쪽도 완전한 상태는 아닌 모양이니까. 혹시 알아? 상위 십인 중 둘을 꺾고 내 서열이 더 올라갈 수 있을지도.'

호연작은 철편을 든 양팔을 축 늘어뜨리고 고개를 뒤로 젖혀 이리저리 꺾었다. 그러다 정면을 보자마자 질풍처럼 돌진해왔다. 혀까지 내민 것이 아무래도 아직 완전히 제정신은 아닌 것 같았다.

"후딱 끝내자. 나의 왕찬이 기다리고 있으니까."

천기 발동, 연환갑마!

철컥철컥. 달려오는 도중 호연작의 전신이 묵 빛 갑주로 감싸였다. 중간에 위치해 있던 잘린 돛대는 호연작과 충돌하자 아예 산산조각이 나 흩어져버렸다.

'구겸창 제 육식(六式)!'

서령은 호연작이 움직인 직후, 다급히 창을 조작했다. 유물인 구겸창은 아홉 개의 조각으로 이뤄졌다. 평소에는 세 개의 단창 형태로 소지하다가 사용할 때는 하나로 합쳤다. 싸우는 도중 세 개에서 아홉 개까지 나뉘기도 하는 등 변화무쌍했다. 또 아홉 가지의 '식'을 지녔는데, 앞의 다섯 가지는 공격식, 뒤의 네 가지는 방어식이었다. 서령은 그중 최고의 '물리 방어력'을 가진 육식을 발동했다.

기이잉, 철컹! 창이 순식간에 나뉘었다가 다시 합쳐지면서 사각형의 방패처럼 변형되었다. 동시에 서령은 방패를 내민 자세로 한쪽 다리를 뒤로 빼고 허리를 굽혔다. 충돌 시의 충격을 최소화하려는 자세였다. 그러자마자 달려온 호연작이 거기에 격돌했다.

쩌엉! 굉음과 함께 놀랍게도 튕겨나 나뒹군 쪽은 호연작이었다. 서령은 뒤로 조금 밀려난 게 전부였다. 하지만 그게 다가 아니었다. 그녀가 밀려난 자리로 거대한 철구가 낙하했다.

"짜부라뜨립니다."

진명의 병마용군 윤하가 중얼거렸다.

"칫!"

서령은 숨 돌릴 틈도 없이 재빨리 방패를 머리 위로 치켜들었다. 거기 떨어진 철구가 튕겨나 허공으로 치솟았다. 철구는 여러 개의 작은 철구로 변해 다시 윤하에게 되돌아갔다.

"오호. 과연 서령이 가진 두 개의 유물은 하나하나가 천강위 한 명의 가치를 가졌다더니."

중얼거린 진명이 성한 한쪽 손을 펴서 내밀었다.

천기 발동, 흑염룡파!

그의 손바닥에서 시커먼 용 모양의 투기가 뻗어 나와 서령에게로 향했다. 숨 쉴 틈 없이 연이어 펼쳐지는 공격! 서령의 머리도 정신없이 회전했다.

'구겸창 제 칠식(七式)!'

철컹, 철컹, 철컹. 또 빠르게 창이 변화됐다. 이번에는 매끈하고 전면이 볼록한 렌즈처럼 변했다. 에너지 종류의 광학 공격을 무력화하는 형태였다. 거기 부딪친 흑염룡파가 반사되어 근처의 호연작에게로 날아갔다.

"으악!"

그녀는 머리를 흔들면서 일어나 앉았다가 다급히 몸을 굴려 흑염 룡파를 피했다. 호연작이 성난 어조로 진명에게 외쳤다.

"이 중2병 자식, 날 죽일 셈임?"

진명은 검지를 눈앞에 세워 흔들면서 웃었다.

"하핫, 미안. 일부러 그런 게 아니잖아. 그나저나 윤하의 철구에 이어서 내 회심의 공격까지 받아낼 줄이야. 제법이로군, 서령."

"…재수 없는 놈."

세 차례의 공격을 연거푸 막아냈지만, 대꾸하는 서령의 표정은 그리 좋지 못했다. 반면, 호연작과 진명은 여전히 여유로워 보였다. 윤하는 처음과 같은 기색 그대로였다. 셋은 아직 전력을 다하지 않은 것이다. 돌이켜보면 호연작은 천강 제8위, 진명은 그보다도 위인 7위였다. 거기다 윤하조차도 절대십천이라 불리는, 위원회 최상의 병마용군 중 하나가 아닌가.

'과연 내가 이길 수 있을까?'

서령은 스멀스멀 밀려드는 불안감을 떨쳐내려 애썼다. 그리고 마음을 정했다.

'나를, 나의 기술과 내 유물들을 믿자. 단계별로 공격하는 건 적응할 시간을 주는 것밖에 안 돼. 저들이 방심하고 있을 때, 전력을 다해 단숨에 최고 공격을 펼쳐낸다. 정 안 되면, 혼전 중에 주유만 죽이고 달아나도 절반은 건지는 거야.'

구겸창으로 펼쳐낼 수 있는 공격 중 최강. 서령은 다섯 번째 형태인 오식(伍式), 천화난무를 준비했다.

"이번에는 방심하지 마. 뭔가 온다."

진명이 나직하게 말했다.

긴장된 순간…. 하지만 승부는 모두가 생각지도 못한 곳에서 어그러졌다.

"허업!"

어느 틈에 다가왔는지, 황개가 혼신을 다해 서령에게 달려든 것이다. 그는 서령의 허리를 안은 채 그대로 하구의 물에 뛰어들었다. 갑작스럽게 벌어진 일에, 서령은 물론이고 진명과 호연작조차 순간 아연했다.

"어라?"

추락하는 순간 서령은 기겁하여 황개를 후려쳐서 떨쳐내려 했다.

"이 미친 영감이!"

픽! 황개의 머리가 깨져 피가 흘렀다. 하지만 그는 하나만 남은 팔로 서령의 목을 휘감고 양다리로는 허리를 단단히 조였다. 마지막 남은 힘과 집념을 쏟아부었다.

"어차피 난 늙은 데다 팔 하나를 잃었으니 무인으로서는 끝난 몸."

황개는 피로 물든 이를 드러내고 웃었다.

"같이 죽자, 요망한 계집아."

"…!"

서령의 눈이 휘둥그레 커졌다.

첨벙! 물줄기가 치솟고 뒤엉킨 서령과 황개의 모습은 그대로 수면 아래로 사라졌다.

"공복 님!"

퍼뜩 정신이 든 주유가 황급히 달려갔다. 그는 강을 내려다보며 비통하게 외쳤다. 호연작도 치켜들었던 철편을 슬며시 내렸다. 그리고 뱃전으로 다가가 아래를 내려다보았다.

"헐, 대박."

부글거리는 거품이 잠시 올라오다가 곧 그마저도 사라졌다.

진명은 검지를 이마에 얹고 고개를 저었다.

"후후, 노장의 희생이라. 미처 염두에 두지 못했군. 장렬해."

획! 주유는 젖은 눈에 노여움을 담아 진명을 노려보았다.

"구해주신 건 고마우나, 예의는 지켜주시오."

"어이쿠, 무서워라. 껄껄."

서령이 사라지자, 그녀가 이끌고 온 부대는 번번이 힘도 써보지 못하고 와해되기 시작했다. 가뜩이나 주유의 방어를 제대로 못 뚫던 차였다. 거기다 진명, 호연작, 윤하까지 날뛰기 시작하니, 삼만 병사도 속절없이 무너졌다.

주유는 다시 대장선 선두에 서서 눈물을 삼키며 선단을 지휘했다. 일이 벌어진 직후, 특별히 헤엄 잘 치는 병사에게 서둘러 황개를 찾아보도록 명했다. 하지만 황개는 물론이고 서령의 모습도 발견하지 못했다.

"배들이 뒤엉켜 움직이느라 흙탕이 자욱하고 피까지 잔뜩 번져 앞이 거의 보이지 않습니다."

난감해하는 수하의 보고에 주유가 답했다.

"알았다. 고생했다. 그건 뭔가?"

"물 밑에서 발견한 것입니다. 아무래도 적장의 갑옷 같습니다."

과연 그것은 서령이 입고 있던 갑옷이었다. 진흙을 닦아내자 찬란한 금빛이 드러났다.

'가라앉는 순간, 이 갑옷을 벗어 던지고 달아난 것인가? 이런….'

황개의 희생에도 불구하고 위험한 자를 놓치고 말았다. 그래도 전장은 서서히 정리되어가고 있었다. 황개뿐만 아니라, '시간' 및 '운명'을 바꾸면서 그 대가를 받아낼 천강위들의 개입. 그 덕분에 주유는 목숨을 건졌다. 그런 사실까지는 몰랐으나, 그는 자신이 어떤 고비를 넘겼음을 어렴풋이 깨달았다.

주유는 침몰해가는 적의 선단을 바라보며 생각했다.

'고맙습니다, 공복 님. 덕분에 새로 얻은 이 목숨, 반드시 손가의 부흥을 위해 쓰겠습니다.'

결국 손가는 서령이 이끄는 삼만 병력을 하구에서 격파하고 강하성을 지켜냈다.

다음 날, 안륙에 무혈 입성한 연합군 역시 양양성을 향해 진격을 개시했다. 하구의 승리가 전해진 덕에 사기는 그야말로 최고조였다.

"역시 주유답다."

손책이 중얼거렸다. 황개의 죽음으로 손가 부대의 분위기는 다소 가라앉았으나, 긴 전쟁을 끝낼 때가 다가온다는 들뜬 기분까지 완전히 없애지는 못했다.

"내가 수전에서는 한 번도 패한 적이 없다고 말하지 않았나."

손책의 말에, 용운은 굳이 진명과 호연작을 언급하지 않고 동의해주었다.

"과연 그렇군. 대단해. 큰 도움을 받았어."

부장이 옆으로 말을 달려와 보고했다.

"이대로라면 늦어도 사흘 뒤에는 양양에 무난히 도착할 듯합니다, 전하."

손책이 거기에 대한 답을 대신했다.

"마침내 유표와 끝장을 볼 때가 왔구나."

"음."

용운은 입을 다물고 침묵을 지켰다. 서령이 죽지 않고 달아났다는 사실이 마음에 걸렸다. 강하성 탈환에 실패했으니 그녀가 갈 곳은 뻔했다.

'양양성으로 돌아가 수성을 하려 하겠지.'

그것이 마지막 목숨줄이나 마찬가지인 만큼 할 수 있는 모든 수단을 다해 저항해올 터였다. 여기까지 모든 일이 너무 순조롭게 진행되었다. 특히, 고전하리라 예상했던 하구 전투에서 생각보다 적은 피해로 승리했다.

'아무리 진명과 호연작이 개입했다고 해도….'

양양성 전투는 결코 만만치 않으리라는 예감이 들었다.

'하지만 그래 봤자 결국 이길 것이다. 유표군은 지나치게 전력을 헛되이 소모했어. 황금철기대를 몰살해버린 게 가장 컸고, 그후 새로 징병한 병력마저 각각 북과 남으로 흩어졌다…. 그중 남쪽의 삼만은 하구에서 수장되었으니, 서령 혼자서 양양성을 지켜내기란 불가능해.'

용운은 냉철하게 말해 자기 혼자서도 서령을 끝장낼 자신이 있었다. 진명과 호연작을 접해본 뒤 더 확신하게 됐다.

'지금의 나는 그 둘을 상대로도 이길 수 있다.'

하물며 그 둘에게 패해 달아난 서령은 당연히 자신의 상대가 못 될 터였다. 책략을 걸어온다 해도, 사마의와 제갈량, 서서까지 있으니 두려울 것 없었다. 그런데도 이상하게 뭔가 자꾸 그를 건드렸다. 정확히 정체를 알 수 없는 위화감 같은 것이었다.

'내가 너무 생각이 많은 건가? 그래, 유주를 너무 오래 떠나 있었어. 문희도, 서연이도 보고 싶구나. 양양만 함락하면 바로 돌아가야겠다.'

연합군은 전속력으로 양양을 향해 진격했다.

양주(涼州) 무위, 고장현.

남쪽의 양주와 음은 같으나, 이곳은 북서쪽 구석에 위치해 있었다. 서량이라고도 하는 지역으로, 춥고 척박한 기후 탓에 땅도, 거기 사는 사내들도 거칠었다. 고장현은 무위의 치소로, 본래 마초일족의 땅이었으나 오래전부터 다른 사내가 지배하고 있었다.

한수가 바로 그였다. 그는 용운이 느끼는 위화감의 실체이기도 했다. 한수는 정사에서도 십만 대군으로 난을 일으켜 농서태수를 공격하는 등 파란을 일으키는 자였다. 마초의 아버지 마등과 의형제까지 맺은 사이였으나 그를 배신하고 거짓 정보를 주어 여포의 손에 죽게 만들었다. 이후, 양주로 돌아온 한수는 송강과 손잡고 파죽지세로 세력을 넓혀 나갔다. 조정에서는 그런 한수를 두려워하여 정서장군의 직위를 내리기도 했다. 그 효과인지 한동안 잠잠했지만, 실은 더욱 거대한 일을 준비 중이었다. 그리고 마침내 그 일을 행할 때가 온 것이다.

"성혼교주에게서 전갈이 왔습니다, 주공."

한수의 심복인 성공영(成公英)이 손목에 매를 앉히고 대전으로 들어섰다. 충성스러우면서 심계도 있어 용맹한 염행(闇行)과 더불어 한수가 가장 아끼는 수하였다.

멈칫. 한수를 본 성공영이 걸음을 멈췄다.

'더 커지셨다.'

한수는 대전 끝의 누대에 눈을 지그시 감고서 앉아 있었다. 양손에는 각각 나신의 강족 여인을 '쥔' 채였다.

"아아."

"아아아."

강족 여인들이 묘한 신음 소리를 흘렸다. 그녀들에게서 불길해 보이는 불그스름한 기운이 빠져나와 한수의 손으로 쉴 새 없이 흘러들어갔다. 여자라곤 하나 허리를 한 손으로 쥘 정도로 그는 거대해져 있었다.

이것은 바로 유표가 익힌 것과 같은 패왕공. 그것을 송강이 더욱 개량하여 굳이 정사를 나누지 않고도 이성의 기혈을 흡수할 수 있는 진 패왕공이었다. 황홀한 듯 신음하던 강족 여인들이 움찔했다. 이어서 비명을 지르며 경련하기 시작했다.

"캬아아악!"

"갸아아앗!"

잠시 후, 두 여인은 미라처럼 바싹 말라버렸다. 거기서 그치지 않고 아예 부스러져 사라졌다. 순간, 한수가 눈을 떴다. 그의 눈에서 기이한 붉은 섬광이 비쳤다가 사라졌다.

"왔는가, 영."

"예, 예, 주공."

성공영은 오소소 떨려오는 몸을 억누르고 한수에게 다가가 밀서를 바쳤다. 손가락 하나로 밀서를 받아 펼쳐 읽은 한수의 얼굴에 웃음이 떠올랐다.

"그래, 병주를 따라 유주로 진격하라는 건가."

"옛. 그리하면 성혼교주는 약조한 대로 한중을 지나 오장원을 돌파, 장안과 낙양을 치면서 연주로 나아갈 것입니다."

"급수(형양과 관도 부근을 지나는 강)를 기준으로, 북쪽의 유주, 기주, 연주, 청주는 내게 넘기고 성혼교주는 성혼교의 성지인 익주와 원술이 다스리던 예주 그리고 유표의 형주와 손가의 양주를 차지한다…. 이것이 천하 이분지계."

한수는 천천히 몸을 일으켰다.

"그 장대한 계획을 행할 때가 드디어 왔다, 이거로군. 길었다. 실로 길었어."

성공영은 고개가 부러질 만큼 뒤로 젖혀야 겨우 그의 턱 끝을 볼 수 있을 지경이었다.

"과연, 기주와 연주라는 알짜배기 땅을 내게 순순히 넘기려는 것인지 의심스럽지만…. 공동의 적을 둔 지금은 하자는 대로 따라줘야겠지. 그자가 왜 그리 유주왕을 경계하는지도 궁금하고."

성공영이 조심스레 말했다.

"황공하나 유주국을 얕보시면 안 됩니다, 주공."

"그 무섭다는 책사 곽가는 죽었고 사마의는 형주에 가 있다. 유주왕도 성을 떠나 거기 가 있지 않은가. 어리석게도 장수 대부분을 거느린 채로 말이다."

"그렇긴 하지만, 유주를 지키고 있는 재상 순욱은 천하에 둘도 없는 기재입니다. 그 밖에도 관승, 서황, 주태 등 성혼교주가 주의하라고 당부한 장수들이…."

"영."

성공영의 말을 막은 한수가 물었다.

"그간 자그마치 십 년에 걸쳐 마등과 동탁의 남은 세력을 흡수하고 강족을 토벌했으며, 차근차근 징병까지 하여 만든 병력의 수가 몇이지?"

그랬다. 성공영이 생각하기에도 이 병력으로 도저히 패할 것 같진 않았다. 일찍이 천하의 어떤 누구도 이 정도의 병력을 일으킨 전례가 없었다. 그 결과, 모두가 출격하면 서량은 텅 비다시피 하겠지만…. 어차피 척박하기 그지없는 땅이 아닌가. 대신 유주와 기주 일대를 차지한다면, 그것이 훨씬 남는 장사였다. 더 나아가 한수가 제국의 주인이 될 수도 있는 기회였다.

성공영은 느리지만 또렷하게 답했다.

"삼십만입니다, 주공."

"그래, 그렇지."

한수는 만족스레 웃었다.

9

양양으로 진격하다

장합과 성월은 연합군 진영에서 비교적 후방의 심양성으로 옮겨와 있었다. 명목은 심양성 방어였으나, 장합의 부상을 치료하며 성월 또한 새로운 몸에 적응하라는 용운의 배려였다. 강하성 인근의 하구에서는 치열한 전투가 벌어지고 있었지만, 좀 떨어진 심양과 시상은 조용했다. 장합의 하루 일과는 거처에서 눈을 뜨자마자 그녀를 찾는 것에서부터 시작되었다.

"성월?"

"저 여기 있습니다, 주인님."

모습은 보이지 않았지만 목소리가 들려왔다. 비슷한 듯 미묘하게 다른 목소리였다.

'그래도 조금 더 예전 성월의 목소리에 가까워진 것처럼 들리는 건 그러길 바라는 나의 착각인가, 아니면 사실인가.'

처음에는 그저 성월이 살아 있다는 것만으로도 기뻤다. 하지만 시간이 갈수록 장합은 고민에 빠졌다. 이 여자가 정말 내가 아는 성월이 맞는가? 목소리도, 성격도 다르고 모습은 안 보였다. 그와 공유했던 기억마저 없다고 한다. 아무리 애정을 담아 불러도 돌아오는 건 주인님이라는 낯선 호칭으로 끝나는 딱딱한 대답. 의지할 거라곤 오직 장합 자신의 기억뿐이었다.

"이리 가까이 와 앉으시오."

"명을 따르겠습니다."

사락. 보이진 않았지만, 그녀가 옆에 와 앉는 걸 느낄 수 있었다. 원래 오용의 병마용군 경은 의복을 모두 벗어야 투명화가 가능해졌다. 즉 몸 자체만 늘 투명한 상태가 적용되었다. 그런데 몸의 주인이 성월의 혼으로 바뀐 뒤, 일정 시간 이상 접촉을 유지한 사물도 투명해지도록 능력이 더욱 강화되었다. 혼이 바뀌자 육체의 속성도 다소 바뀐 것이다.

예를 들어, 성월이 쓰던 적예궁이라는 활이 있었다. 용운은 그것을 새로운 몸으로 계약한 성월에게 그대로 돌려줬다. 처음에는 붉은 활만 허공에 둥둥 떠다니는 것처럼 보였다. 한데 시간이 지나자 점차 활의 형상이 희미해졌다. 이제는 완전히 투명해지기에 이르렀다. 당연히 옷도 마찬가지였다.

그 과정을 지켜보던 장합은 이런 생각이 들기도 했다. 안 그래도 성월의 활 솜씨는 천하제일이라 생각했는데, 거기다 화살까지 투명해진다면 누가 막을 수 있을 것인가 하는. 단, 새로 태어난 성월은 아직까지 한 번도 활을 사용하려는 기미를 보이지 않았다.

"손을 주시오."

성월은 장합이 내민 손에 잠자코 제 손을 얹었다. 희미한 온기를 머금은 부드러운 뭔가가 와 닿았다.

'그녀는 여기에 있다.'

한쪽 손을 지그시 잡은 채 오늘도 버릇처럼 장합은 예전 일들을 되뇌었다.

"성월, 기억나시오? 둘이 함께 처음으로 술을 마셨을 때, 내가 어떻게든 그대를 이겨보려고 애쓰다가 부끄럽게도 졸도해버렸던 일 말이오."

성월의 기억을 상기시켜보려고 한 얘기지만, 추억을 떠올리자니 장합도 절로 미소가 지어졌다.

"하하, 다음 날 아침에 눈을 뜨고서 어찌나 부끄럽던지. 더구나 수하가 말하길, 간밤에 내가 그대한테 업혀서 돌아왔다지 않겠소."

짧은 침묵 후, 성월이 답했다.

"죄송합니다. 무슨 말씀을 하시는지 모르겠습니다."

"아, 그 일도 있었군. 그대를 내 말에 태우고 함께 싸웠던…. 사실, 내색은 안 했지만 그대가 다리로 내 허리를 휘감는 바람에 심장이 터질 것 같아서 혼났다오."

"기억에 없는 일입니다."

장합은 입술을 지그시 깨물었다. 기억이 사라지고 모습도 바뀐 사람을 과연 같은 사람이라고 할 수 있을까? 언제나처럼 막막한 기분이 들려고 할 때, 용운이 했던 말이 떠올랐다.

— 준예, 인내심을 갖고 기다려봐요. 지금 내가 도술을 써서 죽은 성월의 혼을 다른 몸에다 옮겨놓은 상태예요. 그 과정에서 넋

이 한 번 몸을 빠져나갔어요. 즉 짧은 시간이지만 죽었었다는 거죠. 저승으로 떠나려는 그 혼을 불러와서 새로운 몸에다 깃들게 한 것은, 결국 준예 그대의 부름이에요.

용운은 나름대로 성월이 기억을 잃은 이유를 추리해보았다. 컴퓨터만 해도 메인보드를 교체하려면 포맷이 필수다. 이는 병마용군도 마찬가지였다. 이전의 기억, 혹은 영혼과 새 몸이 충돌하기 때문이다. 영혼이 최초의 병마용군에 깃들면서 계약할 때는 인간이었을 때의 기억을 유지하나, 소위 '넘버링 교체'는 어찌 보면 편법이다. 육체와 주인을 동시에 바꿨으니 부작용이 있을 수밖에 없었다.

사실, 한 병마용군에 깃든 영혼이 사라졌을 때, 마침 가까이에 있던 다른 병마용군은 육체만 파괴되는 일이 동시에 벌어질 확률은 얼마나 될까? 또 육체를 갈아타게 된 병마용군이 원래 주인과의 싱크는 약해진 반면, 자신과 새로이 계약한 사람을 사랑하고 있을 확률은? 애초에 이런 극히 희박한 가능성의 일들이 여러 차례 겹쳐서 벌어진 사건인 데다, 워낙 다급하여 즉흥적으로 행한 조치였다. 용운도 결과를 정확히 예측하기란 불가능했다. 그저 영혼의 주인 자체마저 아예 바뀐 것이 아니기에, 언젠가는 깊숙이 잠든 기억이 깨어나길 바랄 뿐.

장합에게는 컴퓨터 운운하는 말을 할 수 없어, 대신 도술을 빌려와 설명했다.

— 사술 중에도 죽은 자를 불러일으키는 게 있는데, 그렇게 돌아온 이는 친지를 못 알아보고 공격하기도 하죠. 처음에는 영혼이 타인의 몸에 적응하기 위해 혼란스러워하겠지만, 반드시 기억이 돌아올 겁니다. 그대가 계속 옆에 있어준다면요.

가볍게 한숨을 내쉰 장합이 중얼거렸다.

"성월, 난 절대 포기하지 않을 거요. 십 년, 이십 년이 걸린다 해도. 그리고 언젠가 당신이 날 기억해내는 날, 그때야말로 반드시 청혼할 것이오…."

순간, 성월의 손이 움찔했다. 놀란 장합이 고개를 번쩍 들었다. 여전히 그의 눈앞은 텅 빈 허공이었으나, 그녀가 자신을 마주 보고 있음이 느껴졌다.

"준… 예?"

나직한 부름을 들은 장합은 저도 모르게 잡은 손에 힘을 주었다. 심장이 터질 듯이 뛰었다.

"성월! 날 알아보겠소?"

잠깐 침묵하던 성월이 말했다.

"…무슨, 일이십니까? 주인님."

"아…."

안타까웠다. 겨우 손에 닿은, 귀하기 그지없는 물고기가 손가락 사이로 아슬아슬하게 빠져나간 것만 같다. 그래도 장합은 애써 옅은 미소를 떠올렸다.

"아니, 아무것도 아니오."

그래, 언젠가는 꼭.

서기 210년.

두 사람의 세상 밖, 천하는 여전히 크고 작은 전쟁들로 혼란스러웠다. 조조와 유표, 유표와 손책, 유표와 진용운, 진용운과 성혼교 등. 여러 군웅들이 피어났다 지고, 이제야말로 천하의 주인을 판가름할 큰 전쟁이 다가오고 있음을 재사들은 예감하고 있었다.

현재 가장 치열한 전장은 신야와 형주 일대라고 할 수 있었다. 그중 신야의 유표는 조비를 앞세워 야습해온 조조군을 함정에 빠뜨려 별동대를 괴멸시켰다. 그러나 그것은 아들인 조비마저 이용한 조조의 계책이었다. 뒤이어 조진이 지휘하는 신 호표기가 밀려들었다. 유표군은 오히려 큰 피해를 입고 퇴각했다. 유표 자신도 그 과정에서 주동에게 부상을 입었다.

조조의 장남 조비는 전투의 와중에 후계자로 낙점받았으며, 양수는 조조와 주동, 모두를 의심하고 증오하면서 안으로 어둠의 불길을 태우고 있었다. 그런 뒤 유표와 조조군은 잠시 대치 상태에 돌입한 참이었다.

형주의 주유는 하구에서 서령이 이끄는 군사를 격파했다. 그 과정에서 노장 황개가 전사하는 등 피해가 적지 않았으나, 주유 자신의 통솔력과 난입한 두 천강위, 진명 및 호연작의 도움으로 기어이 하구를 지켜냈다. 서령은 황개와 함께 물에 빠진 뒤 행방이 묘연해졌다.

그 결과 강하성의 방어는 더욱 굳건해진 반면, 유표의 근거지인 양양성은 위태로워졌다. 이로써 손가, 유주 연합군은 후방을 걱정하지 않고 양양 공략에 전력을 쏟아부을 수 있게 되었다.

용운이 참가한 연합군은 안륙성에서 잠시 시간을 보냈다. 본래 성을 함락한 즉시 양양으로 떠나려 하였으나, 처참한 상황에 쉬이 발길을 옮기지 못한 것이다. 그것은 인간이라면 차마 외면할 수 없는 지옥도였다.

"너무해…."

성문 앞에 선 청몽이 망연자실한 목소리로 중얼거렸다. 그녀는 일단 전투에 돌입하면 냉혹한 암살자가 된다. 적에게는 인정사정없는 사천신녀 중에서도 살인에 가장 능숙했다. 그런 청몽조차 눈 뜨고 못 볼 참상이 안륙성 내에 펼쳐져 있었다.

그녀의 등 뒤로 다가온 여포가 말했다.

"전쟁이다, 이것이."

그런 여포의 어조도 침울했다. 동탁을 따르며 참혹한 광경을 많이 봐온 그였다. 하지만 이런 건 처음이었다.

황금철기대는 사람들을 그저 죽인 게 아니라, 보란 듯이 해체하고 늘어놓았다. 성문 안쪽으로 온통 널린 것은 시체요, 하늘을 까맣게 뒤덮고 날아다니는 건 까마귀였다. 누구의 것인지 정확히 알 수 없는 팔다리와 뼈가 어지러이 굴러다니고 사방이 썩은 내로 가득했다. 살아 있는 것이라고는 오직 까마귀밖에 없었다.

손책은 침통한 목소리로 수하들에게 명했다.

"형체가 비교적 양호한 시신은 따로 수습하고 나머지는 한데 모아서 태우라."

"옛, 주공."

그럴 수밖에 없었다. 부패가 상당히 진행된 데다 일일이 장사를 치르기엔 수가 너무 많았다. 또 자칫 연합군에 전염병이 퍼질 위험도 있었다. 손가 부대는 분주하게 움직이며 시신을 처리했다.

용운 역시 널린 시체들 앞에서 할 말을 잃었다.

'예전에 복양성도 이랬던 걸까?'

그때는 보고만 받았지, 참상을 눈으로 직접 보진 못했다. 보고만으로도 가슴이 무너져 내렸었다. 용운이 지금까지도 조조와 연합할 생각만큼은 추호도 하지 않는 이유였다. 용운이라고 해서 적을 죽이지 않은 건 아니다. 하지만 그가 죽인 상대는 최소한 목숨을 담보로 하고 전장에 나온 군인들이거나, 갱생의 여지가 없는 성혼교의 광신도들이었다. 이렇게 아무 죄도 없는 백성들까지 마구잡이로 학살한 적은 맹세컨대 단 한 번도 없었다. 참상을 저지른 황금철기대는 대부분 고혼이 되었으나, 오용이 남긴 말만큼은 똑똑히 기억하고 있었다.

─ 오는 도중에 벌어진 몰살 행위. 그거, 서령이 아니라 내가 꾸민 짓이라고.

─ 몰라서 묻나? 그야 당연히 네놈들이 성에 틀어박혀서 싸우지 않고 기어 나오도록 하기 위해서지. 그래야 진용운, 네놈과 이렇게 대면하기도 쉬워질 테고. 실제로 한양성 하나라도 구하려고, 수비에 최적화된 강하성을 버리고 나오지 않았는가.

그저 자신의 목적을 위해 수만 명의 생명을 앗아갔다. 그런 자들이 한 점의 영토라도 갖게 할 순 없지 않겠는가. 결국, 용운은 자신의 최종 목표가 익주가 될 수밖에 없음을 실감했다. 갈 길이 멀었다.

황충은 안륙에 닿은 직후, 용운의 허락을 얻어 어디론가 정신 없이 말을 몰아갔다. 그리고 한 저택 앞에서 구르듯 뛰어내렸다. 그가 남기고 간 가솔들이 머무르던 저택이었다. 저택의 상태가 의외로 양호했기에 그는 일말의 기대도 품어보았다. 하지만 그 기대는 문을 열자마자 산산조각 났다.

"부인…."

앉은 채 죽은, 등에 창이 꽂혀 있는 여인의 유골이 눈에 들어왔다. 품에는 마지막까지 지키려던, 작은 유골을 안은 채였다. 살이 녹아 거의 뼈만 남은 상태였지만, 의복 등으로 미뤄보아 누군지 쉽게 짐작이 갔다.

"아들아…."

늦게 얻은 귀하고 유일한 아들, 황서(黃敍)의 유골이었다. 황충은 옷이 더러워지는 것도 아랑곳하지 않고 무릎을 꿇어 두 시신을 한꺼번에 끌어안았다. 그리고 절규하며 피눈물을 쏟아냈다.

"으아아아아아!"

잠시 후, 그는 독기 어린 목소리로 중얼거렸다.

"유표, 서령. 두 연놈을 결코 살려두지 않으리라."

어느새 용운이 저택 문 바깥에서 그런 황충을 지켜보며 서 있었다. 그는 안다. 이 학살이 유표나 서령이 아닌, 오용의 농간으로 이뤄졌음을. 그래도 그 사실을 굳이 말해줄 생각은 없었다. 어차피 오용을 끌어들인 것도 같은 천강위이자 성혼단인 서령일 테니. 그렇다곤 해도….

'나도 닳을 대로 닳아버렸군.'

용운은 속으로 씁쓸하게 생각했다. 이로써 황충은 유표와 서령을 향해 확실한 적의를 품게 되었다. 그 원한을 이용하려는 자기 자신을 두고 하는 생각이었다. 문득 황충에 대한 정사의 기록 일부가 떠올랐다.

— 아들 황서가 일찍 죽어 후대가 없었다.

시기는 많이 차이 났지만, 결국 이런 식으로 실현되어버렸다. 용운은 천천히 저택 안으로 걸어들어가, 오열하는 황충의 어깨에 손을 올렸다.

"한승(漢升, 황충의 자)."

"…전하."

"뭐라 위로해야 할지 모르겠군요."

"위로하실 필요 없습니다. 그저 유표와의 싸움에서 저를 반드시 선봉에 세워주시는 것, 그게 저와의 약속이자 제게 가장 큰 위로입니다."

"알았어요. 그리하지요. 그리고 그대의 가솔들은 다행히 유골이라도 분간할 수 있으니, 잘 수습해서 장례를 치르도록 하겠습니다."

"망극합니다, 전하…."

답하던 황충은 비로소 깨달았다. 오는 길에 널려 있던 수많은 시신 태반은 누군지 확인조차 할 수 없고 수습해줄 가족조차 없음을.

'형주의, 아니 천하의 주인은 바뀌어야만 한다. 반드시.'

그는 이 순간 확신했다. 이런 비극이 더는 일어나지 않게 하기 위해서라도 그래야만 한다고.

사흘 뒤, 연합군은 양양으로 진격을 재개했다. 사흘이라는 귀한 시간을 허비했으나 용운도, 손책도 그 결정을 후회하지 않았다. 군략에 있어서는 지극히 냉정한 사마의조차 둘의 이번 결정에 아무 토를 달지 않았다.

'때로는 이득보다 앞서는 일이 있는 법이지.'

그리고 그 결정은 손해만 가져다주진 않았다. 진격하는 도중 연합군은 점차 규모가 커졌다. 성내에 있다가 미처 못 피한 사람들은 죽음을 면치 못했으나, 우연히 나가 있던 이들. 혹은 사냥을 하거나 약초를 채집하기 위하여 산에 들어갔던 이들 등 몰살 줄 알았던 안륙성에도 외부의 생존자들이 있었다. 또 참상을 전해 듣고 달려온, 다른 지역에 사는 그들의 친지들도 있었다.

그런 이들은 마구잡이로 널린 시체들에 손도 대지 못하고 눈물만 삼켰다. 그렇다고 유표에게 반란을 일으킬 수도 없는 처지라, 안륙에서 양양으로 이어지는 원수(하천 이름) 가를 따라 정처 없이 서성였다. 혹은 복수를 다짐하며 인맥을 총동원해 사람을 모으기도 했다. 실제로 안륙에서 비교적 가까운 운두현의 백성들은 참화를 아슬아슬하게 피했는데, 모두 마음이 유표에게서 완전히 떠난 뒤였다. 사교를 믿는 여인 서령에게 홀린 유표가 성의 백성들을 제물 삼아 죽였다고 소문이 난 것이다.

'사교를 믿는 계집이라면, 결국 무당이 아닌가.'

'무당에게 놀아나 제 백성을 죽게 한 자 따위를 섬길 수는 없다. 우리도 살길을 찾아야 한다.'

그런 이들이 연합군에 속속 합류해왔다. 용운과 손책이 그들 중 싸울 수 있는 장정들만 추렸는데도 수가 제법 늘었다. 그리하여 연합군이 양양성 인근에 다다랐을 때, 그 수는 이만 명까지 늘어나 있었다.

연합군은 양양성의 턱밑이라 할 수 있는 여구에 자리 잡았다. 그때까지도 양양성에서는 아무 반응이 없었다. 손책은 멀리 보이는 성벽을 응시하며 말했다.

"이제 유표와의 악연을 끝장낼 때가 왔군."

용운은 그의 옆에서 긴 은발을 바람에 휘날리며 팔짱을 끼고 있었다.

"양양성의 성벽은 높고 견고한 데다 살아서 달아난 서령이 성을 지키고 있을 가능성이 높아. 각별히 주의해야 하네."

"그러지. 그대의 책사들도 모두 불러주게. 한번 상의해보자고."

용운과 손책은 마주 보며 고개를 끄덕였다.

연합군은 본격적인 양양성 공략에 들어갔다.

한편, 형주라고 해서 인재가 없는 건 아니었다. 아니, 오히려 어느 지역보다 숨은 인재들이 많다고 할 수 있었다. 그중에는 서령의 전횡을 못 이겨 떠난 자도 있었고 폭군으로 변한 유표에게 실망하여 낙향한 자도 있었다. 그랬다가 막상 형주가 위험에 처하자, 형주군과 연합군 사이에서 거취를 망설이는 중인 자들이 있었다.

유표가 부재중일 때 뜻밖의 인물이 그런 이들을 규합하여 양양성을 지키려고 나섰다. 바로 유표의 장남 유기(劉琦)였다. 정사를 통해 패왕공을 전수하고 강화하려면, 당연히 자신에 대한 대상의 신뢰가 필수였다. 거기에 애정까지 따르게 되면 더욱 좋았다. 이에 유표의 주변을 정리하던 서령도 유기는 건드리지 않았다.

정사에서의 유기는 불운한 생을 살았다. 유표의 후처 채씨가 유기를 제치고 제 아들 유종을 후계자로 세우려 했기 때문이다. 나중에는 유표조차 채씨 부인의 말만 듣고 유기를 멀리하기 시작했다. 유기의 입지는 점차 좁아지다가, 급기야 신변의 위협을 느끼기에 이르렀다. 마침 제갈량이 형주에 와 있었기에 유기는 그에게 찾아가 조언을 구하고자 했다.

제갈량은 신생과 중이 형제의 예를 들어 말했다.

"신생은 나라 안에 있어 위태로워졌고 중이는 나라 밖에 있었기에 후일을 도모할 수 있었습니다."

신생과 중이는 춘추시대 진나라의 공자들인데 각자 인품과 재능이 뛰어났다. 그러나 아버지 곁에 있던 신생은 후처 여희의 끊임없는 모함으로 결국 자살하는 최후를 맞았다. 반면, 나라를 떠나 십구 년이나 떠돌던 중이는 명성을 얻어 진나라로 돌아와 진문공이 되었다. 유기는 그 말에 크게 감복하여 따랐으므로, 208년 황조가 죽어 공석이 된 강하군의 태수로 부임하였다.

이후, 유표는 결국 유종을 후사로 삼았다. 같은 해에 유표가 위독해져 유기가 문안하려 했지만, 채모와 장윤이 만나지 못하게 막았으므로 울면서 돌아갈 수밖에 없었다. 유표 사후, 유종은 형주로 쳐들어온 조조에게 항복하고 유기에게 제후의 인수를 주었다. 유기는 격노하여 인수를 집어던지고 강남으로 달아났으며, 조조군에게 패주하고 온 유비 일행을 맞이하여 함께 하구에 주둔하였다. 적벽대전 이후, 형주 남쪽의 4군을 평정한 유비가 장계를 올려 유기를 형주자사로 삼았다. 하지만 유기는 이듬해 병사하고 말았다.

이런 내력 때문인지 《삼국지연의》에서도 유기는 소극적이고 병약한 인물처럼 묘사된다. 그러나 정사에서는 본래 유표와 닮은 풍모가 있어 사랑받았다고 기록하고 있다. 유기의 어려움이 시작된 것은 유종을 지지하는 채씨 일가의 세가 커지면서부터였다. 배다른 동생에게 밀려나 아버지의 사랑을 잃고 정당한 자리마저 빼앗겼으니, 현대식으로 표현하자면 그야말로 극도의 스트레스를 받았으리라. 몸도 마음도 피폐해질 만했다.

한데 서령이 등장하여 형주의 역사도 달라졌다. 유표는 후처는 커녕 서령에게만 애정을 쏟았다. 이는 차라리 유기에게 좋은 쪽으로 작용했다. 또한 호족들을 경계한 서령은 일찌감치 채모를 꼭두

각시로 삼았다. 채씨 일가의 입지는 좁아졌고 유기도 수모를 당하지 않았다. 아버지에 대한 충성 또한 여전했다. 그 결과, 209년에 병사했어야 할 유기는 양양성에서 건강하게 살아 있었다.

'지금이야말로 아버지께서 일구신 이 땅을 내가 온 힘을 다해 지킬 때다.'

제갈량을 찾아가 조언을 들을 줄도 알고 유비와 손잡고 조조에게 맞선 것을 보면, 유기는 어리석기만 한 인물은 아니었다. 그는 은둔했거나 떠난 형주의 재사들을 최선을 다해 맞아들였다. 정사에서 서서와 방통의 벗이었던 상랑(向朗), 유생들을 가르쳤던 송충(宋忠), 정사에서는 유종을 받들어 사사건건 유기를 방해했던 장수 장윤(張允), 송충의 제자이자 뛰어난 정치력의 소유자로, 정사에서는 유비의 총애를 받기도 했던 반준(潘濬), 시상에서 장수들과의 견해차로 떠났던 장소와 장굉 등 쟁쟁한 인물들이 거기에 응했다. 이들은 서령이 하구에서 패배했다는 소식을 접하자마자 머리를 한데 모아 대책을 강구했다.

"이제 연합군은 필시 양양을 향해 진격해올 터인데, 아버지께서는 아직 신야에서 조조와 대치 중인 상황이니 이를 어찌하면 좋겠습니까?"

유기의 물음에, 장굉이 답했다.

"양양성의 성벽은 높고 튼튼하며 성내에는 몇 달간 충분히 버틸 만한 물자가 비축되어 있습니다. 다만, 병사가 적은 게 문제입니다."

그러자 한 사람이 입을 열었다.

"그 문제는 제게 해결할 방도가 있습니다."

바로 식견이 높기로 명성 자자한 반준이었다.

유기는 기뻐하며 재차 물었다.

"어떤 방도입니까?"

"그 전에 공자께 소개할 사람들이 있습니다."

반준의 말과 함께 좌중에서 두 사람이 나섰다. 언제 섞여 있었는지도 몰랐을 정도로 태도가 자연스러웠다. 그중 하나가 유기에게 읍한 뒤에 입을 열었다.

"처음 뵙겠습니다, 공자. 저는 시진이라 합니다. 방릉(익주 한중군에 속한 지역)을 지키고 있던 중 교주님의 명을 받들어 형주를 돕기 위해 오게 되었습니다. 제 옆에 있는 여 무사는 화영이라 하며 활의 고수입니다."

천강 제10위, 천귀성 소선풍 시진. 오래전, 진한성과 싸우다 한 팔을 잃고 퇴각하여 익주에 머무르고 있었다. 그가 이곳, 형주에서 모습을 드러낸 것이다. 시진은 귀해 보이는 외모에 행동과 말투에도 기품이 있어 좌중의 호감을 샀다. 한쪽 팔의 움직임이 다소 어색한 것이 유일한 흠이었다.

"교주?"

유기의 반문에, 반준이 시진을 거들었다.

"익주를 다스리는 성혼교주를 말합니다. 형주에는 널리 전파되지 않았으나 익주의 백성들은 대부분 성혼교 신도라고 하더군요."

"그 성혼교가 왜 우릴 도우려는 겁니까?"

"실은 서 총관이 성혼교도라고 합니다. 그로 말미암아 연을 맺게 되었습니다."

"흐음…."

유기는 성혼교에 대해 자세히 알진 못했다. 그러나 서령과 엮였다는 점이 마음에 걸렸다. 서령의 황금철기대가 대학살을 벌이는 바람에 그녀가 사교를 섬긴다는 소문도 돌고 있었다.

'성혼교가 실제로 극악한 사교라면….'

꺼림칙함에 막 반대 의사를 표명하려던 그는 이어진 시진의 말에 입을 다물었다.

"성혼교도 삼만."

"…!"

"방릉성에서 제가 다스리던 성혼교도 삼만이 산도현에 대기하고 있습니다. 죽음을 겁내지 않으며 충성스럽기 짝이 없는 강병들입니다. 유 공자께서 승낙만 하신다면 즉각 양양성을 도우러 출진할 겁니다."

두려움을 모르는 삼만의 강병. 현재의 양양성에는 가뭄에 단비와도 같았다. 유기는 그래도 뭔가 찜찜했다. 그저 서령이 같은 교인이라는 것만으로, 무려 삼만이나 되는 병력을 덥석 빌려줄 것 같진 않았다. 그는 시진에게 단도직입적으로 물었다.

"바라는 게 뭐요?"

"이해가 빠르십니다."

싱긋 웃은 시진이 답했다.

"가장 큰 이유는 형주에서 본교를 전도하고자 하는 것입니다."

"형주는 유생의 고장이오. 쉽지 않을 거요."

"허락만 해주신다면 알아서 하겠습니다."

유기는 잠시 생각했다. 설령 그 성혼교라는 종교가 들어온다고 쳐도 특성상 널리 퍼지기는 어려우리라 보았다.

'더구나 서령도 생사가 불분명한 상황이 아닌가. 분위기도 안 좋고…'

그보다 당장 눈앞의 위태로움을 해결할 수 있는 삼만이라는 병력에의 유혹이 컸다. 결국, 그는 고개를 끄덕이고 말았다.

"…그 정도라면 좋소. 다른 이유는 뭐요?"

"아실지 모르겠으나 유주왕, 그러니까 진용운은 유주에서 성혼교를 탄압하기로 악명이 자자합니다."

"아, 들어본 적 있는 것 같소."

유기는 차라리 조금 마음이 놓였다. 적의 적은 아군이라는 옛말도 있지 않은가.

"비명에 간 신도들의 숫자를 헤아릴 수도 없을 지경입니다. 그렇다 보니 저희도 나름대로 그자에게 원한이 커서 말입니다. 이번 기회에 보답을 좀 해주려고 합니다."

험한 얘기를 하면서도 시진의 목소리는 여전히 부드러웠다. 다만, 듣는 이를 오싹하게 하는 뭔가가 있었다. 유주왕이라는 이름이 나온 직후부터 옆에서 은은하게 살기를 뿜어내고 있는 화영이라는 여 무사도 마찬가지였다.

"알겠소. 어차피 유주왕은 우리의 적이기도 하니."

"마지막으로 한 가지만 더. 수비 병력의 지휘는 저와 화영이 하겠습니다. 어차피 저희가 데려온 병력이 대부분일 터이니 그 편이 통제도 더 잘될 겁니다."

듣고 있던 장윤의 얼굴이 붉으락푸르락했다. 그는 이 자리에서 반준과 더불어 병력을 지휘할 수 있는 몇 안 되는 사람 중 하나였다. 한데 지휘권을 넘기라는 건 그와 반준도 명령을 따르라는 의미였다. 반준의 표정도 좋지만은 않았으나, 제가 소개한 사람들이어서인지 잠자코 지켜보기만 했다.

고심하던 유기는 또 고개를 끄덕였다. 어차피 받아들이기로 한 것. 큰 의미도 없는 조건 한두 개가 더 추가된다고 달라질 건 없었다. 누가 지휘하든 무슨 상관이겠는가. 그저 이번 공세를 막아내기만 하면 되는 것이다.

"좋소이다."

"후회하지 않으실 겁니다."

시진은 온화하게 웃었다.

10

일그러진 야망

성혼교도 삼만을 지원해주는 대신, 차후 형주에서 포교의 자유를 허락한다. 또한 지원군의 지휘는 시진에게 일임한다. 이 조건으로 유기와 손잡은 시진은 즉각 행동에 나섰다.

그는 우선 수성전의 부장으로, 자신이 데려온 두 여인을 택했다. 붉은색 치파오 위에 흉갑을 입고 네 자루의 투창을 등 뒤에 부채 모양으로 짊어진 쪽은 희매(喜梅). 시진의 병마용군이자 현대에서의 약혼녀였다.

높은 성벽 위는 바람이 거셌으나, 따뜻하고 습한 바람이라 추위는 느껴지지 않았다. 성벽 위에 선 시진은 하나만 남은 희매의 손을 잡고 말했다.

"부탁해, 희매."

"맡겨주세요, 가가. 이번에야말로 성을 지켜내겠습니다."

그는 희매의 텅 빈 다른 한쪽 소매를 볼 때마다 가슴이 아렸다. 진한성에게 패해 죽기 직전이던 자신을 구하려다 잃은 팔이다. 중상을 입었던 시진 또한, 다른 곳은 다 회복됐지만 한쪽 팔의 움직임만은 부자연스러워졌다. 희매가 잃은 것과 같은 쪽의 팔이었다. 그만큼 둘의 소울 링크가 강력하다는 의미이기도 했다. 희매는 한 팔을 잃고 오히려 더 강해졌지만, 그렇다고 시진의 원한이 사라지지는 않았다.

'진한성은 이제 세상에 없으니 희매가 잃은 팔의 빚은 진용운, 당신에게서 대신 받을 수밖에 없겠군요. 다른 형태로.'

시진은 이제 송강 곁에 남은 몇 안 되는 천강위이자, 그녀의 진정한 계획을 알고 동조하는 유일한 인물이기도 했다. 설계대로라면, 빚을 받아내면서도 위원장이 원하는 바대로 일을 끌고 갈 수 있을 터였다.

"난 여기서 적장을 저격하면 되는 겁니까?"라고 묻는 다른 한 여인은 천강 제9위, 소이광 화영이다. 등에는 유물인 거대한 활, 나찰궁을 멨다. 그녀는 시진보다 한 단계 위 서열이었으나 부장을 자처했다. 그런 서열은 그녀에게 무의미해진 지 오래였다.

'임충 님의 복수를 꿈꾸며 계속 진용운과 싸워왔다. 그 결과, 놈이 아끼던 장수 태사자와 그림자 무사인 백영 등을 죽였다.'

덕분에 진용운의 원한을 샀지만, 딱히 가슴이 후련해지지는 않았다. 이제 방랑하는 것도, 끊임없이 증오를 되새기는 일에도 지쳤다. 빨리 모든 일을 끝내고 싶은 마음뿐.

"꼭 안 그러셔도 됩니다, 화영 님."

시진의 말에, 화영은 고개를 저었다.

"임충 님이 진한성의 손에 돌아가신 순간, 나도 죽은 거나 마찬가집니다. 지금의 나는 복수만 원할 뿐입니다. 자잘한 일들은 그대가 지시하는 대로 따르지요. 대신, 진용운의 숨통은 반드시 내가 끊도록 해줘야 합니다."

진용운은 유주성에서 나와 멀리 형주의 전투에 끼어드는 우를 범했다. 더구나 이 양양을 향해 제 발로 다가오고 있다. 제거하기에는 절호의 기회였다. 이 기회를 잡기 위해 화영은 제법 오래 함께 행동하면서 나름 정도 들었던 양수마저 버렸다. 이미 회를 떠난 지도 한참이었으니, 그녀에게는 옆에 있던 마지막 사람을 버린 거나 같았다.

화영의 말에, 시진은 미묘한 표정으로 고개를 끄덕였다.

"알겠습니다."

참모로는 시진과 처음 접촉하여 그를 유기에게 소개한 반준(潘濬)이 나섰다. 반준은 시진에게 정중히 포권하며 말했다.

"잘 이끌어주시길 바랍니다. 아무쪼록 양양성을 구해주십시오."

"저야말로…. 아낌없이 조언해주시길."

반준은 이십 대 때부터 학식으로 형주 일대에서 명성을 얻었으며, 강하 지역의 종사로 일했다. 정사에서는 유표 밑에서 엄격한 법 집행으로 높은 평가를 받다가, 유비를 섬기게 되면서 관우 휘하의 치중으로 들어갔다. 관우가 죽고 형주를 오나라에 빼앗겼을 때, 손권이 직접 나서서 설득하여 귀순한 뒤 오의 태상 자리에까지 오른다.

그러나 수많은 이들이 그렇듯, 이 세계에서는 그의 운명 또한 달라졌다. 반준은 강하성이 격전지가 되면서 양양으로 돌아왔다가 폭군으로 돌변한 유표에게 실망, 낙향해 있었다. 그런 뒤로는 책을 읽거나 소일거리로 밭을 돌보는 게 전부였다.

어느 날, 그런 그에게 수경선생이라 불리는 사마휘가 찾아왔다. 《삼국지연의》에서는 유비가 서서 및 제갈량과 인연을 맺게 해주는 역할로 등장한 인물이다. 정사 〈제갈량 전〉의 주석인 '양양기'에도, "유비에게 복룡(제갈량)과 봉추(방통)를 알려주었다"고 기술되어 있다.

본래 사마휘는 인물 감식에 능한 재야학자에 가까웠다. 형주에 있을 무렵, 유표의 성격이 겉으로는 군자인 척하나 실은 음험하여 선한 이들을 해칠 것임을 알아차리고 그에 대해 논하지 않았으며 관직에도 나아가지 않았다. 형주가 함락된 후, 조조가 그를 중용하려 했으나 병으로 사망했다고 알려졌다. 방통을 비롯한 여러 뛰어난 선비들과 교류하여, 형주에서는 나름 인망을 얻고 있었다.

사마휘가 찾아왔을 때, 반준은 평소대로 방에서 홀로 책을 읽는 중이었다.

"선생께서 여기까지 어쩐 일이십니까?"

갑작스러운 방문을 의아해하며 묻는 반준에게, 사마휘가 말했다.

"형주의 운명이 바람 앞의 등불과도 같은데, 자네 같은 뛰어난 사람이 이렇게 허송세월하고 있는 게 안타까워 찾아왔네."

비록 반준이 낙향해 있다 하나, 소문을 듣는 귀는 있었다. 그는 책을 덮고 한숨을 쉬었다.

"연합군 말씀이신가 보군요. 저도 걱정되긴 하지만, 자사(유표)께서 여인에게 휘둘려 폭거를 행하시는 동안에는 나서지 않기로 다짐했습니다. 안륙성의 일만 봐도 적보다 아군이 더 위험할 수 있음을 알게 되지요. 연합군의 손에 죽기 전에 자사님이나 총관에게 죽지 말란 법이 있겠습니까?"

"오해일세. 그건 사정이 있네."

"무슨 사정이 있기에 양민들을 그렇게 학살할 수 있단 말입니까?"

잠깐 말을 끊었던 사마휘가 입을 열었다.

"사실 안륙성은 연합군 내통자에게 넘어가, 성 전체가 반란을 일으키려고 준비 중이었다네."

뜻밖의 말에 반준은 멈칫했다.

"예?"

그는 사마휘가 유표를 꺼려 임관하지 않음을 알고 있었다. 그런 사람이 유표는 물론 그의 분신이나 마찬가지인 총관을 변호할 리 없다는 생각이 스쳤다.

"그게 무슨 말씀입니까? 저는 금시초문입니다."

"나도 근방에 있던 제자에게서 어렵게 들었네. 알다시피 안륙은 양양에서 강하로 넘어가기 전의 가장 큰 성이네. 더구나 밑에서는 적군이 호시탐탐 기회만 노리던 중이고. 안륙성이 반란을 일으킨다면 그야말로 턱 밑에 칼을 갖다 댄 형국이 되네."

"그래도 설마, 그런…."

"워낙 상황이 다급하다 보니 단순 가담자나 무관한 자를 일일이 가려낼 여유도 없었다고 하네. 여인과 아이만 따로 떼어냈다가는 당장 눈치채고 가만히 있지 않았을 걸세. 그래서 어쩔 수 없이 급습하여 몰살한 거라네."

"확실한 겁니까? 저는 처음 듣는 얘긴데요."

"생각해보게. 미치지 않고서야 아무 이유도 없이 자신이 다스리는 백성을 왜 죽이겠나?"

반준은 말문이 막혔다. 그가 아는 정보에서는 결정적인 두 가지가 빠져 있었다. 천강위 오용과 성수가 그것이었다. 핵심이 빠졌으니 당연히 올바른 답을 얻기란 불가능했다. 일어나기 어려운 일이기에, 사마휘의 말에는 오히려 설득력이 있었다. 거기다 수경선생이라 불리는 그의 명성도 말에 힘을 실었다.

'그런 심각한 내용을 경솔하게 입에 담을 분은 아닌데….'

반준의 표정이 심각해졌다. 반역은 이 시대에도 가장 무거운 죄 중 하나였다. 성의 백성들이 주도하여 반란에 가담했다면, 그 모두를 죽여도 할 말이 없을 정도다. 법치주의자인 반준에게도 그건 마찬가지였다. 혼란스러워하는 반준에게 사마휘가 말을 이었다.

"또 하나의 증거가 바로 안륙에 가솔을 두고 있던 장수 황한승(漢升, 황충의 자)이 연합군 쪽에 붙은 거라네. 그가 바로 안륙의 반란을 준비하고 부추긴 주모자야. 중막(仲邈, 곽준의 자)이 죽기 직전에 보내온 연통에 의하면, 그는 애초에 적군과 내통하고 있었던 모양이네. 그렇다면 아군의 수만 병력이 고작 수천 명의 적군에게 패한 이유가 설명이 되네. 일부러 부대를 사지로 몰아넣은 게지."

"…도무지 믿기 어려운 얘기군요."

반준은 황충과 일면식이 없었다. 그래도 용맹하고 충성스러운 장수라는 평을 얼핏 들었다. 하지만 거짓이라기에는 증거가 제법 있었다. 실제로 그 황충이 연합군에 가담하여 진격해오고 있다는 첩보. 특히, 강직하기로 이름난 곽준의 연통은 무게가 컸다. 곽준은 포로가 된 장수들 중 유일하게 죽임을 당했다고 한다.

'끝까지 절개를 지킨 까닭이겠지.'

그 곽준이 실은 성혼교에 포섭되어, 용운을 암살하려다 죽은 일까지는 반준이 알 도리가 없었다.

사마휘는 빨려들듯 나직한 특유의 목소리로 이야기를 계속 이어갔다.

"그런 상황에서 조맹덕이 양양을 노리고 신야까지 진출했네. 자사께서는 그자를 막기 위해 출진하셨고. 그러자 사특(사악하고 간특)한 연합군도 그 허점을 노려 양양성으로 진군해오기 시작했다네. 서 총관이 어떻게든 놈들을 막으려고 하구에서 일전을 벌였으나 패배했고. 지금 양양성은 몹시 위태롭네."

"이런…."

반준은 입술을 깨물었다. 서령을 싫어했지만 적어도 그녀는 유표의 가신이었다. 생각 이상으로 상황이 위급했다. 형주는 그에게 나고 자란 고향이자, 천하에 마지막으로 남은 유생들의 성지였다. 적어도 그에게는 그랬다. 그 땅이 손가 호족들과 유주의 역도들에게 유린당하는 꼴은 볼 수 없었다. 마침 이어진 사마휘의 말에 반준은 귀가 번쩍 뜨였다.

"자사도 안 계시고 총관마저 행방이 묘연해졌으니, 첫째 공자께서 대행으로 나선 듯하네."

"첫째 공자라면…."

"그래, 유기 공자일세."

반준의 유기에 대한 기억은 나쁘지 않았다. 유표의 좋은 점을 많이 닮았다는 느낌이었다. 좀 심약해 보이긴 했으나 지금의 유표보다는 훨씬 나았다.

'지금 양양성에 없는 것은 중심. 대공자라면 명분과 지위는 충분하다. 그분을 중심으로 하여 방어 체계를 갖춘다면…. 아! 그러나 최근에 연이어 패배한 데다, 자사가 신야로 징병한 부대를 이끌고 갔고 총관도 그만큼의 부대를 하구에서 잃었다. 과연, 양양에 남은 병력이 있을까?'

반준의 머리는 빠르게 돌아갔다.

지켜보던 사마휘가 그의 생각을 읽기라도 한 듯 히죽 웃었다.

"곧 유기 공자가 그대를 찾아올 걸세. 보좌진을 찾아 발 빠르게 움직인다고 하니 그대를 빼놓을 리가 없지. 그에 앞서, 그대와 공자는 물론이고 나아가 형주 전체에 큰 도움을 줄 귀인을 모셨네."

"귀인이요?"

"적의 공격을 맞아 지금 가장 문제가 되는 부분이 뭐겠나?"

"병력의 부족이지요."

"바로 그 부분을 해결해줄 분이네."

사마휘의 말이 끝나자, 수려한 용모의 사내가 방문을 열고 들어섰다.

"처음 뵙겠습니다. 시진이라고 합니다."

"저는 반승명(承明, 반준의 자)입니다."

"자, 제가 좋은 차를 가져왔으니, 함께 드시면서 얘기하지요."

반준은 서책을 읽던 탁자에다 찻잔을 내놓고 물을 데웠다. 찻물을 따를 때, 시진의 소맷자락에서 지극히 작은 환 같은 것이 반준의 찻잔 속으로 떨어졌다. 그러나 그 움직임이 워낙 자연스럽고도 은밀하여, 반준은 전혀 눈치채지 못했다. 차를 한 모금 마신 반준은 감탄해 마지않았다.

"과연 훌륭한 차로군요! 이런 맛과 향은 처음입니다."

"그렇습니까?"

얘기를 나누던 반준의 눈빛이 점차 흐려지다가 다시 또렷해졌다.

반준을 포섭할 당시의 일을 떠올린 시진은 빙긋 웃었다. 이제 그는 충실한 참모이자 심복이 되었다. 당연히 유표나 서령의 심복이 아니라 시진의, 나아가 성혼교와 송강의 심복이었다.

'이로써 위원장께서 새로 만든 성수의 효과는 증명되었다. 반준 정도 되는 인물이 본인의 이성을 유지하면서도 충실한 신도가 되었으니….'

천강위 화영에, 절대십천 급인 병마용군 희매. 새 성수를 이용하여 충복이 된 반준과 사마휘. 거기다….

"저렇게 보니 실로 든든하군요."

반준은 성벽 안쪽에 도열한 삼만의 성혼교도들을 보며 감탄했다. 그들은 군인이 무색해질 정도로 미동조차 않고 서 있었다. 그 한 사람 한 사람이 얼마나 강한지 안다면, 반준은 감탄을 넘어 경악할 터였다. 이윽고 그는 성혼교도들을 성벽 적재적소에 배치하기 시작했다. 그 모습을 보면서, 양양성에서 진용운을 상당히 괴롭게 만들어줄 수 있으리라고 시진은 확신했다.

며칠 전, 익주 성도, 송강의 거처.

송강은 그녀답지 않게 벅찬 목소리로 말했다.

"마침내 해냈어, 가영."

비밀스러운 방 안에는 송강과 가영 둘뿐이었다. 그런 그녀는 온몸이 땀으로 흠뻑 젖었고 안색이 창백했다. 그녀의 병마용군 가영이 진심어린 투로 답했다.

"훌륭하십니다."

송강의 앞, 대리석으로 된 탁자 위에는 제법 커다란 기계장치가 놓여 있었다. 얼핏 보면 거대한 토스터처럼 생겼는데, 가운데의 홈에는 정체를 알 수 없는 액체가 가득 찼다. 좀 전까지는 이 자리에 없었는데 생겨난 기계. 정확히는 송강이 자신의 천기를 이용해 만든 물건이었다.

"이제 발전기에 이어 개량형 나노머신 생성기까지 완성됐으니, 천하가 위원장님의 것이 되는 날이 코앞으로 다가왔습니다."

늘 냉철한 가영도 흥분을 이기지 못하고 눈을 빛냈다.

송강과 가영은 성수를 체내에 투입한 자들의 변화를 오래전부터 추적해왔다. 그 결과, 필부들에게는 거의 백 퍼센트 효력이 있었으나, 역사적으로 명성을 떨쳤던 자들, 그중에서도 정신력이나 무력이 극도로 강한 인물들에게는 놀랍게도 나노머신의 정신 제어가 통하지 않았음을 알아냈다. 대표적인 예가 제갈량이었다. 분명 성수를 여러 차례 먹였음에도 그는 끝내 세뇌되지 않았다.

처음에는 자신들의 힘만으로 천하를 움켜쥐려던 천강위들도 점차 이 시대 인물들의 능력이 만만치 않음을 깨달았다. 더구나 그들의 적은 사람만이 아니었다. 역사를 바꿨을 경우, 시간 그 자체가 적이 되어 나쁜 형태의 반작용을 불러왔다. 그 반작용을 최소화하는 방법은 이 시대 인물로 하여금 이 시대의 역사를 바꾸게 하는 것. 그러면 실제 역사와 다른 사건이 벌어져도 모르는 곳에서 그로 인한 연쇄 작용이나 나비효과는 생길지언정 당장 거대한 불행이나 재앙은 일어나지 않았다.

문제는 이 시대의 인물들을 포섭하거나 설득하기가 의외로 쉽지 않다는 점이었다. 그들은 역사대로 움직이려 했으며 상성이 맞는 인물에게 쉽게 넘어갔다. 마치 이런 사태를 예견하기라도 했는지, 진용운이 뛰어난 인물들을 대거 쓸어가다시피 하여 더욱 그랬다.

서령은 진용운과 비교하면 상대적으로 역사와《삼국지》의 내용에 어두웠다. 그러다 그 진용운도 어쩔 수 없는 상황이 왔다. 북쪽 끝에서 원소와 싸우는 사이 업성을 조조에게 빼앗겼고, 그 바람에 인재 중 몇 명과 떨어진 것이다. 그렇게 헤어진 인재 일부는 끝내 진용운에게 돌아가지 못했다. 그중 놀랍게도 누구나 이름만 들어도 알 정도의 인물이 끼어 있었다. 더구나 그가 형주까지 온 것은 서령의 입장에서는 천운이나 마찬가지였다. 그녀는 즉시 그 인재에게 손을 뻗쳤는데, 그게 바로 제갈량이었다. 소재지를 알았으니 성수를 먹이는 일은 어렵지 않았다. 송강은 감개무량한 심정으로 지난 조사 결과들을 떠올렸다.

'그러나 서령은 제갈량을 세뇌하는 데 실패했다. 어쩔 수 없이 그 형인 제갈근, 스승 격인 사마휘 등을 대신 세뇌하여, 그들로 하여금 제갈량의 생각을 바꿔야 했지. 오랜 세월에 걸쳐서.'

이에 송강은 양을 정밀하게 조정하는 등의 방법으로 사마의의 부친 사마방과 동생 사마부 등을 다른 형태로 세뇌하는 데 성공했다. 맹목적인 추종이 아니라, 원래의 능력을 다 발휘하면서도 자신의 행동이 옳다고 믿도록 하는 종류의 세뇌였다. 그러나 그 방법은 너무 오랜 시간이 걸렸고 대상에게 먹이기도 까다로웠다. 사마 가문에 치명적인 타격을 준 것까진 좋았지만, 그 한 번의 공작으로 보유했던 성수를 거의 다 소모해버렸다.

송강은 그때부터 새로운 나노머신의 필요성을 절감했다. 인재를 영입하고 선정을 펼치며 군사를 징집하는 등의 정석적인 방법으로는 진용운을 상대하기 어려운 지경에까지 왔다. 일찌감치 익주에 틀어박힌 덕에 아직까지는 무사했지만, 정면으로 대결한다면 필패다. 설상가상으로 대부분의 천강위가 죽거나 떨어져 나갔다. 반면, 진용운은 조운과 여포로 대표되는 이 시대의 강자들 외에 관승, 사진을 비롯한 천강위 일부까지 포섭했다. 그야말로 무서울 정도의 인재 수집력이었다.

'진용운은 십 년 넘는 세월에 걸쳐 꾸준히 야금야금 인재를 모았다. 또한 진용운에게 임관한 인재 대부분이 그에게 끝까지 충성을 바쳤고 지금도 충성하고 있다. 사마 가문만 해도 성수를 이용한 공작이 아니었다면 마찬가지였을 것이다.'

유주의 세력이 일방적으로 커지는 걸 막는 동시에, 익주의 힘을 축적할 시간을 벌어야 했다. 각 제후들에게 천강위를 보내어 균형을 맞추려고 시도하기도 했다. 북부의 진용운, 중부의 조조, 북서쪽 변방의 한수, 남쪽의 유표와 손가 그리고 유비. 여러 번의 실패와 시행착오를 거친 끝에 겨우 지금의 세력 형태가 만들어졌다.

그러는 동안 송강은 몇 년에 걸쳐서 두 가지 물건을 창조하기 위한 천기를 계속 발동하고 있었다. 처음에는 그 장치의 나사 하나를 겨우 만드는 데 그쳤다. 그래도 거기서 좌절하지 않고, 입수한 설계도 및 예전에 실물을 봤던 기억과 이미지를 더하여 꾸준히 그것들을 만들어갔다.

'그러기를 수년째, 마침내 완성했다.'

오 분이면 권총도 만들어내는 천기, 사물창조의 위력으로 미뤄볼 때 얼마만 한 심력과 성력을 소모했는지 알 수 있었다. 그중 하나는 신형 나노머신 제조기, 다른 하나는 거기에 필요한 전력을 공급하기 위한 수력발전기였다.

먼저 완성한 발전기는 익주의 험한 계곡, 거센 물살이 흐르는 지역 곳곳에 설치해두었다. 그 주변은 가장 충실하며 강한 성혼교도들이 철저히 감시했다. 굳이 익주를 택하여 고립된 이유 중

하나였다.

"이제 계속해서 나노머신을 만들어 세뇌 공작을 펴는 한편, 무적의 군대를 만드는 일만 남았군요."

가영의 말에, 송강은 고개를 끄덕였다.

"아, 힘들다. 완전히 녹초가 되어버렸어. 수명이 반은 줄어든 기분이야."

말뿐만이 아니라 실제로 그랬다. 천기는 강대한 만큼 반드시 페널티를 가졌다. 무에서 유를 창조한 송강의 천기는 그녀의 생명을 요구했다. 시간을 다룬 진한성이 그랬듯이. 송강도 그 사실을 알았으나 별로 개의치 않았다.

"고생하셨습니다. 우선 진용운을 상대할 자들한테 시험해보지요."

송강은 즉시 시진을 형주로 보내, 수경선생 사마휘에게 새로운 성수를 먹이도록 명했다. 서령이 해둔 세뇌를 풀고 제 사람으로 만들기 위해서였다. 그 결과, 사마휘는 송강에게 충성하는 성혼교도로 다시 태어났다. 이제 시진과 사마휘를 시켜 형주의 다른 인재들을 포섭하게 하는 일만 남았다. 반준도 그중 하나였고 작전은 순조롭게 진행되어가는 듯했다. 그게 며칠 전이었다.

"시진이 전해오기를, 새로 만든 성수는 효과가 확실하다고 합니다."

가영의 보고를 받은 송강이 말했다.

"됐어. 서령의 황금철기대에서 힌트를 얻어 성혼교 군단도 삼만이나 만들어서 보내줬고 말이야. 이제 하루 이틀 내로 양양성에서 전투가 벌어질 거야. 그 정도면 한동안 양양에 진용운의 발을 묶어둘 수 있겠지."

"적어도 한 달은 다른 데로 눈을 돌릴 생각을 못 할 겁니다."

"그사이에 난 낙양을 거쳐 기주, 연주로 진출할 거고, 한수로 하여금 진용운의 근거지를 쓸어버리도록 명할 거야. 그의 아내와 딸은 물론, 아끼는 가신들까지 모조리 죽이라고 해야지."

"그 정도면 그를 각성시키기에는 충분하겠지요. 쓸데없이 마음이 여린 게 흠이니까요."

가영의 말에, 축 늘어져 있던 송강이 벌떡 일어섰다.

"그래! 자허상인, 그 재수 없는 신선이 나불댄 예언을 비틀어버리는 거다. 뭐라고 했더라?"

송강은 일어선 제자리에서 빙글빙글 돌면서 자허상인의 예언을 읊었다.

— 푸른 나비는 세 번의 고초 끝에 자기 자신을 희생하여 고치를 찢고 날아오른다.

그 날개로 천하를 덮으려 하나, 마왕의 불길이 날개를 태워 큰 희생을 치르리.

돌아온 용이 천하에 위엄을 떨치고 으뜸가는 별은 통곡하리라.

백면서생이 외로운 여인을 만났을 때 마지막 혼란이 끝나니,

여덟 개의 문이 열리고 모든 것은 섭리대로 돌아갈 것이다.

읊조리길 마친 송강은 콧방귀를 뀌었다.

"진용운을 진정한 패왕으로 눈뜨게 하는 거야! 으뜸가는 별이 통곡한다고 했지? 흥, 내가 천하를 가질 생각을 하지 않는다면, 눈물 흘릴 일도 없을 테니. 제아무리 신선이라도 이럴 줄은 몰랐을걸?"

위원회의 과업은 과거를 바꿔 미래의 중국을 세계 최강국으로 만들 토대를 다지는 것. 그 목적은 진한성에 의해 명대가 아닌 삼국시대로 잘못 이동하면서 틀어지는 듯했다. 실제로 그 바람에 좌절해버린 천강위와 지살위도 많았다. 하지만 정작 위원장인 송강의 발상은 좀 달랐다. 아니, 그녀는 오래전부터 다른 마음을 먹고 있었다.

"그 왕은 미래의 지식을 가져 현명하고, '천기'라는 말로 설명할 수 없는 초월적 능력을 가졌으며 온유함과 광폭함을 동시에 갖게 될 거야."

가영은 송강의 말에 장단을 맞추듯 리듬을 실어 대꾸했다.

"회의 여러분들이 이 시대로 온 것에 좌절한 이유는, 현대와의 사이에 천 년이라는 시간이 가로놓였기 때문이었지요. 가장 강력한 적이 시간이 되어버렸으니까. 아무리 강대한 나라를 만들어봐야 그 시간 앞에서는 스러져갈 테니까요. 하지만 그 시간조차 극복하는 왕이 있다면요?"

송강도 덩달아 흥이 올랐다.

"그 제국의 왕이, 앞으로 천 년의 세월이 흐르더라도 늙지도, 죽지도 않고 통치를 유지한다면…. 진정한 천 년 제국의 왕이 된다면!"

그녀는 붉은 눈을 번쩍이면서 황홀한 표정으로 외쳤다.

"우리는 과업을 이루는 동시에 진한성에게 복수도 할 수 있게 되는 거야!"

가영이 조심스럽게 물었다.

"그런데 정말 후회하지 않으시겠습니까? 이제 나노머신 생성기도 만들어냈으니, 송강 님 스스로 왕이 되실 수도….”

송강은 고개를 저었다. 그녀의 안에 있는 또 다른 인격, 동생 송청도 마찬가지였다.

"아니. 그런 것은 우리에게 무의미해. 난 왕이 되고 싶지도, 통치를 하고 싶지도 않아. 세상 따위에도 아무 관심 없고. 내가 원하는 건 오직 유일하게 사랑했던 남자이자 증오하는 남자인 진한성에 대한 복수. 그의 핏줄이 그가 가장 경계했던 일을 하게 만드는 것. 그토록 막으려 했던 제국을, 그 진한성의 아들이 세우는 광경을 내 눈으로 보는 것뿐이야. 그 과정에서 피의 비가 뿌려지는 모습 또한."

가영은 더 말하지 않고 입을 다물었다.

'비뚤어졌다.'

병마용군인 그가 보기에도 송강은 일그러졌다. 언제, 어디서부터 잘못된 걸까. 한 몸에 두 개의 영혼을 가졌기 때문에? 진심으로 사랑했던 이가 쌍둥이 동생을 죽였으며, 회를 배신한 것까지 알게 돼서?

'그러나 이루게 해주리라.'

그게 송강이 원하는 바라면. 어쩌면 이것 자체가 천괴성의 특성일지도 모른다. 세상에 거대한 혼란을 부르는 그 자체가.

"내가 직접 마지막 세 번째 시련을 내릴 때가 왔어. 자, 진용운. 너는 왕이 될 수 있을까? 고작 이 정도에 당해서 패배한다면 그 냥 죽어야지. 이기면 네가 천하의 주인이자 패왕이 되는 거고. 가 만, 그럼 결국 진한성은 자기 아들을 막았어야 하는 거 아닌가? 아하하하하하!"

송강은 새빨간 눈동자를 빛내면서 미친 듯이 웃었다.

양양성 공방전 1

유주, 손가 연합군의 분위기는 조금 가라앉아 있었다. 처음 여구에 자리 잡았을 때만 해도 사기가 충천했다. 하구에서 주유군이 승리했다는 낭보가 전해진 덕이었다. 거기다 안륙성의 만행을 눈으로 보고 분기탱천했으며 그 지역 호족들의 식객, 백성들이 합류하여 수까지 늘었다. 봉림관을 지키던 수비병들이 귀순하면서 최종 병력은 대략 삼만이 됐다. 그래도 여전히 적지만, 장수의 수준이 매우 높다는 장점이 있었다.

연합군은 여구까지 기세등등하게 진군했다. 그러나 막상 여구를 나와 양양성 근처에 다다르자 병사들은 점차 기가 꺾였다.

"엄청나게 높구먼."

"저길 어떻게 올라가?"

성을 공략한다는 것은, 결국 성문을 열고 진입해야만 가능한 일이었다. 당연히 수비하는 쪽에서도 절대 문이 열리지 않도록 최선을 다한다. 정면에서 충차 등으로 문을 부수려고 시도하는 한편, 성벽 위로 올라가 적 수비군을 참살하여 진입이 용이하도록 하는 것. 이게 공성 측이 할 수 있는 행동의 대부분이었다. 그런데 양양성의 성벽이 너무도 높고 튼튼하여, 사다리나 줄도 걸기 어려울 듯했다.

유기가 지휘하는 형주군은, 연합군이 여구를 나와 강을 건널 때도 아무 대응을 하지 않았다. 병력이 도하 및 상륙을 할 때 공격에 취약해진다는 점을 생각하면, 모든 전력을 양양성 방어에 쏟아부을 셈인 듯했다. 그 증거로, 양양성으로 들어가기 전의 마지막 요새인 봉림관도 공격에 대응할 준비가 되어 있지 않았다. 일반 백성처럼 보이는 자들이 장수조차 없어 당황하다가 손책의 설득에 쉽게 귀순했다. 과연 양양성을 보자 그런 행동이 이해가 갔다.

"성을 믿고 거기에 전력을 집중할 만하군요. 매우 공략하기 까다로운 성입니다."

현산의 봉우리 중 하나에 올라온 서서가 성을 내려다보며 말했다. 연합군은 병력을 양양성 동남쪽, 한수가 휘돌아나가는 평지에다 일단 주둔시키고 쉬게 했다. 참모들과 수뇌부는 서남쪽의 현산에 올라와 성을 내려다보며 살피는 중이었다. 용운 또한 눈을 가늘게 뜨고 성을 유심히 살폈다.

'성벽만 높고 튼튼한 게 아니었군.'

우선 깊고 넓은 해자로 삼면이 둘러싸였다. 북쪽으로는 깎아지른 성벽 바로 아래로 한수가 지나가고 있어 아예 딛고 설 한 줌의 땅조차 없었다. 해자는 한수에서 바로 끌어들인 물로 채워졌다. 굳게 닫혀 있는 문도 매우 견고해 보였다.

사마의도 난감한 기색을 드러냈다. 당연히 양양성에 대한 정보를 미리 수집했다. 그런데 직접 와서 보니 들은 것과 많이 달랐다. 하긴 건축과 제조가 특기인 서령이 근거지인 성을 그냥 뒀을 리가 없다. 그녀는 지난 몇 년 동안 성벽을 점점 높이고 해자는 더욱 깊게 했다. 또한 성문도 기존의 나무문에서 철판과 가죽을 덧댄 문으로 교체했다. 각 성벽 모서리의 망루도 보강하여, 정찰과 저격이 용이하도록 만들었다. 어떤 면에서는 업성이나 유주성보다 방어가 더 견고해 보일 정도였다.

사마의가 혼잣말처럼 중얼거렸다.

"여름이니 침수는 별로 효과가 없을 테고 주변에 물이 풍족하여 화공도 소용이 없겠군. 해자 위를 지나는 다리가 좁아서 정란이나 몽충이 지나가지도 못해."

제갈량이 그 말을 받았다.

"그렇다면 남은 길은 직접 성벽 위를 오르는 것뿐이군요."

듣고 있던 용운은 고개를 저었다.

"안 돼. 가뜩이나 병력이 부족한데, 희생이 너무 커져. 다른 방법을 생각해봐, 공명."

"으음…. 알겠습니다."

"중달과 원직도."

둘은 허리를 굽히며 입을 모아 답했다.

"예, 전하."

"우리는 일단 부대를 셋으로 나눠 세 방향으로 성을 에워싼다. 그 형태로 압박을 가하면서 적의 반응을 봐가며 대응하도록 하지."

뾰족한 수가 날 때까지는 가장 무난한 형태였다. 손책과 유비도 별 이견 없이 찬성했다. 손책이 말했다.

"누가 어느 방향의 성문을 공격할 것인지 먼저 정해야겠어, 용운."

"음….."

그게 문제였다. 제일 무난한 것은 남문인데, 대신 그만큼 수비하는 병력이 많았다. 동문은 세 방향이 물이라 빠져나갈 길이 끊기면 자칫 몰살당할 우려가 있었다. 단, 이러니저러니 해도 역시 제일 위험하고 어려운 건 서문을 맡을 부대였다. 우선 건사할 땅 자체가 좁은 데다, 남문과 서문 사이를 현산 줄기가 막아 이동을 방해했다. 부대 간의 연계가 여의치 않게 되는 것이다. 북쪽도 한수로 막혀, 서문만 고립된 형국이었다. 그때, 손책이 선뜻 가장 어려운 역할을 자처하고 나섰다.

"우리 부대가 서문을 맡도록 하지."

용운은 조금 걱정스러운 어조로 물었다.

"쉽지 않은 곳인데 괜찮겠나?"

"애초에 나와 유표의 싸움이었어. 자네는 그걸 도우러 온 것이고. 그러니 내가 험지를 맡는 게 당연해."

콧등을 긁던 유비가 말했다.

"그럼, 우리는 동문을 맡겠소. 마음 같아서는 남문을 공격하고 싶지만, 감당해야 할 범위가 너무 넓군. 또 남문에 유주군이 위치하는 게 세 부대 사이에서 연결고리 역할을 하기에도 좋을 거요."

"음….."

잠깐 생각하던 용운의 눈이 제갈량과 마주쳤다. 제갈량이 살짝 고개를 끄덕였으므로 그는 유비의 제안을 수락했다.

"좋아요. 그럼 유주군이 남문을 맡도록 하지요. 한 시진 이내로 포진합시다."

사마의와 서서는 그대로 현산에 머무르면서 전체 전황을 살피기로 했다. 제갈량은 용운과 함께 남문으로 향했다.

두두두두두! 척, 척, 척, 척. 수천 필의 말이 내달리고 병사들은 보무를 맞춰 걸었다. 땅이 울리고 흙먼지가 피어올랐다. 연합군은 드디어 양양성 공격을 위해 움직였다.

한편, 양양성 망루 위에서 연합군을 바라보던 유기가 말했다.

"드디어 시작이군요."

그의 목소리는 미미하게 떨렸다. 이런 대규모의 실전은 처음이니 긴장되는 게 당연했다. 옆에 있던 반준이 그의 용기를 북돋웠다.

"너무 염려 마십시오, 공자님. 주목님이 돌아오시기 전에 성을 도모하려고 급하게 진군해온 탓인지, 저들의 병력이 생각보다 적은 것 같습니다. 시진 공이 잘 막아줄 겁니다."

"으음, 알겠습니다."

연합군이 움직이자 양양성의 병력 배치에도 변화가 있었다.

'남쪽에는 진, 동쪽에는 유, 서쪽에는 손의 깃발이라….'

깃발을 유심히 살피던 시진은 자신이 직접 병마용군 희매를 거느리고 남문으로 향했다. 그리고 동문으로는 화영을, 서문으로는 장윤과 상랑, 장소, 장굉 등을 보냈다.

'진용운이 남문을 맡았으니, 놈은 내가 직접 상대해야 한다. 화영은 과거에 유비 진영에 몸담은 적이 있어 그들에 대해 잘 알 뿐만 아니라, 심리적으로 흔들리게 할 수도 있을 터. 그리고 손가를 증오하는 호족 세력으로 하여금 그들과 싸우게 하면 된다.'

성혼교도 중에서도 병사로 키워진 자들은 한 사람이 일반 병사 서너 명의 몫을 했다. 그런 자들 삼만 명을 이끌고 왔다. 유기가 양양성에 남은 병력과 인근 장정들을 끌어모아 일만 명 정도를 더 만들었다. 도합 사만이지만 실제로는 오만 이상의 힘이었다.

'보아하니 연합군은 대충 이만 전후. 성을 공격하는 쪽이 병력마저 적으니, 방어는 충분히 가능하다.'

거기다 시간마저 형주군의 편이었다. 유표가 돌아오면 사실상 양양성 공략은 실패로 돌아갈 터였다. 더 나아가 연합군을 이곳에서 풍비박산 내고 진용운을 제거하는 것도 가능해 보였다.

"어디 다시 붙어보자, 진용운. 네 아비에게 당했던 일과 희매의 한쪽 팔에 대한 빚을, 이자까지 쳐서 제대로 받아가야겠다."

시진은 연합군 진형을 내려다보며 스산하게 중얼거렸다.

시간이 조금 흐른 뒤 용운은 도열한 부대 앞으로 나서서 양양성 남문 위쪽을 바라보며 말했다.

"본인은 형주자사 유표가 벗인 손백부를 핍박하여 부득이하게 참전했으나, 그 과정에서 유표와 총관 서령이 무고한 백성 수만명을 참살하여, 이제 이 싸움은 정의를 위한 것이 되었다. 제 백성의 목숨을 파리처럼 여기는 유표는 형주를 맡아 다스릴 자격을 잃었다. 당장 성문을 열고 항복하면 다른 이들에게는 죄를 묻지 않겠다."

그의 목소리는 맑고 청아하면서도 멀리 퍼져나갔다.

용운의 부대 좌측에 배치된 황충 휘하의 호족 부대가 분노에 찬 고함을 질러댔다.

"죄 없는 안륙성의 사람들을 모조리 죽였다!"

"석양현도 마찬가지다!"

성벽 위를 바라보던 용운은 이상함을 느꼈다. 이런 말을 들으면 수런대기까지는 아니더라도 약간은 동요해야 정상이다. 혹은 모함이라고 맞대응해올 수도 있다. 그러나 양양성의 병사들은 아무 반응이 없었다. 말 그대로 한 치의 흐트러짐도 보이지 않았다. 이는 꼭 훈련이 잘되어서만은 아닌 듯했다.

'뭔가 이상하다. 마치 꼭두각시 같은….'

거기에 생각이 이르자, 저절로 떠오르는 집단이 있었다.

'성혼교?'

남쪽과 동쪽 벽 사이, 모서리에 위치한 망루에서는 화영이 그런 용운을 응시하고 있었다.

"겁도 없이."

용운이 하는 것은 도발이자 일종의 선전포고였다. 본격적인 전투를 시작하기 전의 관례적인 행위다. 즉 그때는 서로 공격하지 않는 게 불문율이다. 그러나 화영은 그런 것 따위는 전혀 신경 쓰지 않았다. 지금 진용운을 죽일 수 있다면 화살 하나로 전쟁이 끝나는 셈인데, 암습을 꺼릴 이유가 없었다. 거기다 제 손으로 임충의 복수도 할 기회였다.

화영은 등에 찬 거대한 활, 나찰궁을 들었다. 활대 아래쪽 끝을 바닥에 세우고 한쪽 발로는 옆으로 돌출된 장식을 밟았다. 이어서 평소 공격할 때 쓰는 기둥 같은 화살이 아니라, 길고 가느다란, 그러면서도 투명한 화살 하나를 시위에 매겼다. 투명한 것뿐만 아니라, 특이하게도 화살촉과 몸체의 구분이 없고 전체가 하나로 된 모양새였다. 무형시(無形矢). 그녀도 단 세 발만 가지고 있는 화살이었다.

"아비의 죄를 안고 죽어라, 진한성의 자식."

나직하게 읊조린 화영이 시위를 힘껏 당겼다가 놓았다. 투명한 화살이 대기를 가르며 용운의 미간으로 날아갔다.

용운은 섬뜩함을 느꼈다. 보이진 않았으나 뭔가가 날아오는 게 어렴풋이 느껴졌다. 그는 다급히 고개를 틀었다. 화살이 그의 뺨을 길게 찢고 지나가, 뒤에 서 있던 부장 하나의 가슴에 틀어박혔다. 그러고도 힘이 남아, 그 뒤의 병사의 배, 또 뒤에 있던 병사의 국부까지 무려 세 사람을 관통하고서야 땅에 박혔다.

"크윽!"

"켁!"

눈 깜짝할 사이에 부장 하나와 병사 둘이 목숨을 잃었다.

화영은 아쉽다는 듯 혀를 찼다.

'아까운 무형시 하나를 버렸군.'

뒤를 돌아본 용운의 눈가에 분노가 스쳤다.

"이런…."

놀란 제갈량이 외쳤다.

"어서 전하를 모셔라!"

이엄이 뛰어나와 용운을 잡아끌고 뒤로 빠졌다. 이어서 청몽과 사린이 성벽을 향해, 정확히는 해자 위에 놓인 다리로 돌진했다. 조운, 여포, 마초 등 유주가 자랑하는 장군들은 모두 기병에 특화되어 있었다. 그렇다 보니 아무래도 공성전에서는 처음부터 나설 일이 적었다. 이에 말을 잘 타진 못하지만, 날렵하고 막강한 전투력을 가진 그녀들이 보병 부대를 맡은 것이다. 둘은 미리 용운에게 언질 받은 것도 있었다.

"부탁해. 저 성벽 위에 올라가서 사다리를 걸고, 다른 병사들이 올라올 수 있도록 거점을 확보해줄 수 있는 사람은 너희 둘밖에 없어. 안 그러면 엄청난 희생을 치르게 될 거야."

청몽과 사린은 기꺼이 그 부탁을 수락했다. 안 그래도 각자 정인이 생기면서 용운에게 알 수 없는 빚을 진 기분이었다. 차라리 이렇게 장수로서 대우해주는 편이 훨씬 마음이 편했다. 또한 아군 병사들이 소모품처럼 쓰이고 죽는 게 싫긴 그녀들도 마찬가지였다.

타탁, 타닥. 둘은 땅을 박차고 바람처럼 뛰어가면서 각자 용운을, 그녀들의 왕을 생각했다.

'너의 그런 점이 전부터 좋았어, 용운아. 그렇게 미안한 표정 짓지 않아도 돼.'

'헤헤, 이제 용운 오빠가 너무 강해지고 우린 약해져서 호위할 필요가 없어졌지. 하는 일은 별로 없으면서 식량을 보통 병사들의 열 배나 먹어서 눈치 보였는데, 이번 싸움에서 밥값을 할 테야!'

두 여인의 뒤로 각각 백여 명 정도의 결사대가 따랐다. 특별히 가려 뽑은 대담하고 날랜 자들이었다.

그녀들이 빠른 속도로 접근하자, 양양성에서도 즉각 대응해 왔다.

"쏴라!"

퓨웅! 타타타타타탁! 성벽 위에서 쏘아 올린 화살이 비처럼 쏟아졌다. 청몽은 달리는 속도를 늦추지 않고 사슬낫을 맹렬히 휘둘러 화살을 모조리 쳐냈다. 사린은 망치 머리 부분을 거대화하여 머리에 이고 달렸다. 작은 몸이 완전히 가려져서 화살 맞을 일이 아예 없었다.

"헹, 어떠냐!"

그러나 두 사람을 따르는 병사들은 얘기가 달랐다.

"큭!"

"끄악!"

병사들이 여기저기서 답답한 신음을 내지르며 쓰러졌다.

"성벽에 가까워질수록 화살에 맞을 일은 줄어든다. 더 빠르게 달려!"

애탄 청몽이 외쳤다.

시진이 차갑게 말했다.

"과연 그럴까."

화살의 방향이 달라졌다. 대각선 위쪽으로 일제히 쏴대는 게 아니라, 각자 한 발 한 발이 같은 방향으로 날아갔다. 바로 해자와 이어지는 다리 위였다. 성문이든 성벽이든, 닿기 위해서는 어차피 그 위를 지나야 했다. 양양성의 궁병들에게는 좋은 표적이나 다름없었다. 다리를 지나면서 또 무수한 병사들이 쓰러졌다.

"제길⋯."

청몽은 이를 갈았다. 제일 먼저 성벽 앞에 도착한 그녀가 사슬낫을 크게 휘둘러 위로 쏴냈다. 날 끝이 성벽에 푹 박혔다. 사슬길이만큼 올라간 그녀는, 다시 반대쪽 낫을 위쪽 벽에다 박았다. 그런 식으로 꾸역꾸역 성벽을 타고 오르기 시작했다.

'뭐 이따위 성벽이 있어?'

원래 청몽은 어지간한 성벽은 튀어나온 부분이나 틈새만 밟고도 위로 올라갈 수 있을 정도로 날렵했다. 그런데 바로 앞에 와서 보니 이 성벽은 뭔가 달랐다.

'틈새가 거의 없잖아!'

커다란 벽돌을 만들어 벽을 쌓아올리고 빈틈을 진흙으로 매끈하게 메웠다. 그것도 모자라 바깥쪽 표면에는 굳은 뒤 미끈해지는 수액 같은 것을 발라놓았다. 무슨 나무인지는 몰라도 성벽의 면적을 생각할 때 어마어마한 양이 들어갔을 것이다. 한 해의 한 계절로는 도저히 불가능한 작업량이라, 몇 년에 걸쳐 행해졌으리라. 이 또한 서령의 발상이 분명했다.

"성벽에 달라붙었다. 공격해!"

그녀의 존재를 눈치챈 양양성의 병사들이 활을 쏘거나 돌을 던져댔다. 청몽은 사슬낫에 매달린 채 성벽을 박차, 곡예하듯 흔들리면서 공격을 피했다. 그 모습이 아슬아슬하기 짝이 없었다.

"청몽 님을 엄호해라!"

제갈량의 지시에, 이번에는 유주군 병사들이 성벽 위쪽으로 화살을 쏴붙였다.

"멍청하기는. 여기까지 화살이 날아올 것 같… 컥!"

비웃던 양양성의 병사 하나가 몸을 뒤집으면서 까마득한 성벽 아래로 추락했다. 그의 미간에 화살 하나가 깊숙이 꽂혀 있었다.

"아니?"

이번에는 시진의 안색이 변할 차례였다.

풋! 파파팟! 팟! 연신 화살이 날아와 성벽 위의 궁병들을 쓰러뜨렸다. 유주군 병사들이 쓰는 활은 용운이 특별히 개량한 것으로 합성궁의 일종이었다. 다른 활보다 위력이 강했으며 훨씬 긴 사정거리를 자랑했다.

'게다가 지금은 남풍이 불 때지.'

제갈량은 학우선을 꺼내어 부치면서 생각했다. 그는 진형 뒤편, 조금 높은 지대에서 총군사 수레에 앉아 전장을 지켜보고 있었다. 양옆에는 여느 때와 마찬가지로 연청과 마충이 자리했다. 마충은 학우선이 몹시 탐나는지 계속 힐끔힐끔 쳐다보았다. 제갈량은 본래 학우선을 쓴 적이 없는데, 용운이 어디선가 구해 와서 선물했다. 넌 역시 이걸 들고 있어야 어울린다는 알 수 없는 소리를 하면서.

눈을 가늘게 뜨고 응시하던 연청이 말했다.

"역시 네 예상대로다, 공명. 훨씬 멀리 날아가는군."

제갈량은 말없이 고개를 끄덕였다. 안 그래도 사정거리가 긴데다, 바람까지 탄 화살은 양양성의 높은 성벽도 거뜬히 타고 넘었다. 퍽! 퍼퍽! 형주 병사들이 연신 화살에 맞아 비틀거렸다. 청몽은 그 틈에 재빨리 성벽을 타고 올라가, 마침내 사슬낫 한쪽 끝을 위에 꽂았다.

"됐다!"

조마조마하게 지켜보던 유주군 병사들과 용운이 쾌재를 부른 직후였다.

"저 여자는 분명 진용운의 병마용군. 어쩔 수 없구나. 금지된 힘에는 같은 걸로 맞설 수밖에."

안쪽 성벽의 누각에서 전투를 지휘하던 시진이 중얼거렸다. 그 말을 듣기라도 한 것처럼 무시무시한 기세를 품은 뭔가가 청몽에게 날아왔다. 던지는 창, 즉 투창이었다.

"윽!"

청몽은 자세가 불안정한지라 감히 쳐낼 생각을 못 하고 몸을 뒤집듯이 튕겨 올리면서 피했다. 그런 그녀의 등판을 누군가 세차게 걷어찼다.

"으악!"

떨어지던 청몽은 자신을 찬 상대를 노려보았다. 붉은 옷 위에 은빛 흉갑을 입고, 두 자루의 창을 등 뒤에 짊어진 여자였다. 손에는 창 한 자루를 더 들고 있었다.

'저거 병마용군이네.'

그렇지 않고서야 감히 자신을 걷어찰 수 있을 리 없었다. 아까의 투창도 그렇고, 애초에 평범한 여자가 이런 격렬한 전장에 참여하기란 불가능했다. 청몽의 예상대로 그녀는 시진의 병마용군, 절대십천의 하나인 희매였다. 진한성이라는 재앙과 싸웠다가 시진을 보호하느라 팔을 잃긴 했지만 여전히 강력했다.

"흥, 내가 순순히 떨어져줄 줄 알고!"

청몽은 악에 받쳐 외치면서 성벽에 박혀 있던 아래쪽 사슬낫을 뽑아내어 크게 휘둘러 던졌다.

"이크."

희매가 몸을 젖혀 사슬낫을 가볍게 피했다. 낫은 계속 날아가 성벽 난간에 박혔다. 추락하던 청몽이 사슬을 힘껏 당겼다. 그녀는 그 반동을 이용, 성벽 쪽으로 튕기듯 날아 되돌아갔다.

"하하, 어떠냐!"

의기양양해하던 그녀가 눈을 부릅떴다. 왼쪽 어깨로 창날 끝이 비죽 빠져나와 있었다. 뒤에서부터 날아온 창이 어깨를 꿰뚫은 것이다.

'어떻게…?'

맨 처음에 빗나간 창이, 혼자 방향을 틀어 뒤에서부터 날아왔다는 사실을 그녀가 알 리 없었다. 희매의 특기 중 하나, 던진 창을 조종하는 어창술이었다.

"안 떨어질 거면, 공중에서 꿰어주지."

희매는 성벽에 겨우 매달린 청몽을 향해 다른 창 한 자루를 겨누었다. 던지기까지 약간의 시간이 필요한 것이 그녀의 특기, 투창술의 단점이었다. 대신 일단 던졌다 하면 백발백중에 엄청난 위력을 가진 데다, 의지대로 조종까지 가능했다.

'저게 뭔가 하려고 하네. 피해야 하는데….'

청몽은 초조해졌다. 그녀의 한 손은 사슬을 부여잡고 있었고 다른 한 손은 어깨를 관통한 창의 영향으로 축 늘어져 있었다. 이에 발로 성벽을 박차고 피하려는 순간.

"잡았다, 이년."

어느 틈에 달려온 병사 셋이, 끝에 갈고리가 달린 장대를 내밀어 청몽의 어깨며 옆구리 등을 찍었다.

"아악!"

청몽이 비명을 질렀다.

파파팍! 유주군 궁수들이 쏜 화살이, 장대를 내민 병사들의 가슴이며 얼굴에 꽂혔다. 한데 다음 순간, 청몽은 오싹 소름이 돋는 걸 느꼈다. 갈고리를 든 병사들이 화살을 맞고도 태연했기 때문이다. 그저 몸을 조금 움찔한 게 다였다. 심지어 그중 하나는 눈에 화살을 맞고도, 여전히 그녀를 응시하고 있었다.

'이것들, 평범한 인간이 아니구나! 그렇다면….'

순간, 희매가 창을 던졌다.

특기 발동, 비창술(飛槍術)!

'아차!'

병사들의 반응에 잠깐 정신이 팔린 사이, 대응이 늦었다. 청몽은 무시무시한 기세로 날아오는 창 앞에서 눈을 질끈 감았다. 그 직후였다.

"꾸에에에에에에!"

휘리리리릭! 쩌엉! 요상한 고함과 함께 사린이 망치를 들고 팽이처럼 돌면서 허공을 날아왔다. 성벽 끝에 거의 도달했지만, 청몽의 위기를 보고 스스로 몸을 날린 것이다. 그 기세로 창을 쳐낸 건 좋았으나, 그대로 동쪽 해자를 향해 추락하고 말았다.

"뿌아아아아앙!"

날아온 그대로 떨어지는 그녀를 보며, 무표정하던 성혼교도들도 당황을 금치 못했다.

"저건 뭐야."

"사린…."

사린이 날아간 쪽을 바라보던 청몽이 흠칫했다. 어느새 희매가 사슬낫을 뽑아내 쥐고 있었다.

"끈질기긴. 잘 가라."

희매는 성벽 끝으로 와서 조롱하듯 사슬낫을 놓았다.

"빌어먹으으으으으을!"

첨벙! 청몽 또한 긴 고함을 내지르며 아래로 추락하여 해자에 빠져버렸다.

청몽과 사린이 분투하는 사이, 둘을 따라온 병사들도 놀기만 한 건 아니었다. 사다리를 세우고, 갈고리 달린 줄을 던지기도 했다. 하지만 성벽이 워낙 높은 데다 방어가 엄중하여 시도하는 족족 실패했다.

"귀환."

사상자만 늘자, 보다 못한 제갈량이 명했다. 즉시 뿔고동이 길게 두 번 울렸다. 병사들은 서둘러 본진으로 돌아왔다. 그 과정에서 또 수십 명이 화살을 맞아 쓰러졌다.

청몽이 창에 맞은 끝에 해자로 떨어지자, 안색이 변한 여포가 앞으로 뛰쳐나가려 했다. 옆에 있던 감녕이 그의 팔을 붙잡고 고개를 저었다.

"안 됩니다."

"이거 놔라, 흥패."

"안 된다고요, 형님. 뭘 어쩌시려고?"

"청몽을 구해야겠다."

"형님까지 다칠 뿐이오. 좌군의 총책임자로서 대공이 자리를 이탈하면 기병의 한 축이 무너지는데 그 책임을 어찌 감당하시려오?"

"…빌어먹을."

여포는 주먹을 불끈 움켜쥐었다.

그를 달래듯 감녕이 좋은 어조로 말했다.

"형수와 사린이라는 꼬맹이는 분명 무사히 돌아올 거요. 이 흥패에게 위압감을 느끼게 한 여인은 처음이었으니. 저리 시시하게 당할 리 없소. 또 전하께서도 뭔가 생각이 있겠지."

공성전 첫날, 유주군의 첫 번째 시도는 실패로 돌아갔다.

한편, 다른 방향의 성벽에서도 각자의 전투가 벌어지고 있었다.

12

양양성 공방전 2

양양성 동쪽 성벽. 유비군이 공략을 맡기로 한 방향이었다. 병력의 수는 약 팔천. 후미에 위치해 있던 유비는 코를 후비다가 늘어지게 하품을 했다.

"으하암, 더워서 그런가. 나른한 게 졸리네. 애들도 그냥 다 누워버리라고 할까?"

방통이 살짝 초조한 투로 물었다.

"정말, 이렇게 놀기만 하고 있어도 되겠습니까?"

유비는 눈가에 살짝 맺힌 눈물을 닦으며 대꾸했다.

"안 그러면? 네가 뭔가 수를 내보든가."

"당장은 저도 딱히 방도가 없습니다만…."

"그러니까. 네 머리로도 나오는 게 없는데, 내가 뭘 어쩌겠어. 아, 이럴 게 아니라 진짜 다 그늘로 들어가서 쉬라고 해야겠다. 괜히 애들만 잡지 말고."

유비가 지시하자, 진형의 양 끝으로 전령들이 말을 몰아갔다. 좌익의 장비, 우익의 관우 부대에게 유비의 뜻을 전하려는 것이다.

"음, 정말? 술 한잔 마셔도 되려나….'

장비는 못 이기는 척 부대를 물렸다.

"또 시작이시군. 무슨 생각이신지."

이러니저러니 해도 결국 유비의 말을 따르는 관우도 휘하 부대를 정비했다.

잠시 후, 장비 부대는 남쪽으로, 관우 부대는 북쪽으로 이동하여 그늘 밑으로 들어갔다. 중앙군인 유비 부대 또한 후퇴하여 숲에 들어와버렸다.

"으아, 이제 좀 살겠다. 다들 쉬라고! 첫날부터 너무 힘 빼지 말고."

유비는 잎이 무성하여 그늘이 짙은 나무 그루터기를 베고 벌렁 누워버렸다.

방통은 옆에 서서 그를 내려다보며 생각했다.

'이분은 정말 그릇이 큰 것인지, 아니면 생각이 없는 건지 가끔 헷갈린다니까.'

그때, 유비가 방통에게 말했다.

"사원(士元, 방통의 자)."

"예, 주공."

"이렇게 밑에서 보니까 너 콧구멍 되게 크다."

"…."

"크하하, 방금 벌름거렸어."

유비 부대는 일단 전체 휴식에 들어갔다.

손책군은 양양성 서쪽 성벽 방면에 자리 잡고 있었다. 부대가 있을 터도 좁고 북으로는 한수, 남으로는 산등성이가 가로막아 고립된 형국이었다. 부대 뒤쪽, 그러니까 서쪽에서부터 적 원군이라도 나타나면 엄청난 타격을 입을 게 분명했기에, 참모 여범은 그 방향으로 척후를 보내 경계하길 잊지 않았다.

손책은 손책대로 이쪽 방향을 택한 데는 나름의 이유가 있었다. 병사들을 일단 뒤로 물려둔 그는 주요 장수들을 다 모아 회의를 소집했다.

"예? 산등성이에서 침입해 들어가시겠다고요?"

손책의 얘기를 들은 여범이 고개를 갸웃거렸다.

"그렇소. 왜? 안 될까?"

"잘 이해가 가지 않습니다만."

"음, 그러니까 그게…."

손책이 제 발상을 설명하기 시작했다. 양양성 남서쪽에는 현산이라는 큰 산이 있다. 현재 사마의와 서서가 꼭대기에 올라가 전장을 조망하고 있는 곳이다. 높이 자체는 현대의 단위로 400미터 내외라 엄청난 고산은 아니었다. 대신, 중심에서부터 뻗어내려간 여러 개 산등성이의 범위가 제법 넓었다. 그중 하나가 남문과 서문 사이를 정확히 가로막고 있어 서쪽을 고립시키는 원인이 되었다. 넘자면 못 넘을 정도는 아니지만, 그냥 평지인 것과 비스듬히 100여 미터까지 올라가는 산등성이가 가운데 자리한 것은 차이가 컸다.

"그런데 아까 지나오면서 보니까 중턱쯤에 딱 성벽과 높이가 맞는 지점이 있더라는 말이지."

"그런데요?"

"거기서부터 성벽 위까지의 거리가 대략 오백 자(약 150미터) 정도 되겠더라고?"

"…."

여범은 불길한 예감이 들어 입을 다물었다.

손책 진영에서도 지장(智將, 머리 좋은 장수)에 속하는 장흠이 작게 한숨을 내쉬었다. 자신의 주인이 무슨 생각을 하는지 눈치챈 것이다.

'싫지만, 결국 주공 뜻대로 되겠지….'

아니나 다를까.

"그 정도면 거기서 줄을 걸어…."

"안 됩니다."

여범이 딱 잘라 말했다.

그러자 손책이 조금 발끈했다.

"아니, 제대로 들어보기도 전에 왜 안 된다는 거야?"

"첫째, 줄을 걸기가 힘들뿐더러, 설령 된다 해도 한꺼번에 많은 수가 건너갈 수 없기 때문에 위험합니다. 둘째, 십중팔구 발각될 것이고, 그러면 줄에 매달린 채 피할 곳도 없이 화살받이가 되기 딱 좋습니다. 셋째, 애초에 거기까지 매달 줄 화살을 쏴 넣을 만한 궁수도, 또 그 줄 하나에 의지하여 오백 자나 되는 거리를 갈 수 있는 사람도 없습니다. 그런 튼튼하고 긴 줄은 또 어디서 구합니까?"

"…원래 이렇게 말을 잘했어, 자형(子衡, 여범의 자)?"

"예."

"하하."

가볍게 웃은 손책의 표정이 진지해졌다.

"하지만 그게 다 가능하다면?"

일순, 장수와 참모들이 작게 웅성거렸다.

손권이 제장을 대표하여 물었다.

"어떻게 말입니까, 형님?"

"우리에게 없다면, 아군에게서 구하면 되겠지."

"네?"

"듣기로, 이번에 유주군에 합류한 황충이라는 장수는 능히 일백육십 간(間, 약 300미터) 거리에서 투구를 백발백중으로 쏴 맞힐 수 있다고 하더군. 또 노구에도 불구하고 엄청난 강궁이라고 하니, 그 절반밖에 안 되는 거리에서 줄 달린 갈고리 화살을 쏘아 꽂는 것 정도야 쉽지 않겠어?"

여범은 껄끄러운 표정으로 물었다.

"그럼, 화살에 매달 줄은 어떡합니까?"

"승연(承淵)."

손책의 부름에 뒤쪽에 서 있던 장수 하나가 쭈뼛거리며 앞으로 나섰다.

"예, 주공."

아직 홍안의 소년처럼 보이는 젊은 장수였다. 대체로 평균 연령이 낮은 손책 진영에서도 어린 편에 속했다. 갓 사춘기를 벗어난 느낌이라고나 할까. 한데 체격은 손가의 장수 중에서도 큰 편인 진무에게도 뒤지지 않았다.

정봉 승연(承淵).

손권에게 등용된 장수로, 217년에 사망했다고 기록되어 있다. 그러나 태어난 날짜를 몰라 정확한 나이는 불명이다. 다만, 어릴 때부터 용맹하여 소장(小將)으로 감녕, 육손, 반장 등을 수행했다고 한다. 이 시대에는 남자 나이 열여섯이면 이미 관직에 나갔음을 감안했을 때, 굳이 어렸다는 표현을 쓴 점으로 보아 상당히 이른 나이부터 전장에 나선 것으로 추측된다. 《삼국지연의》에서는 중반부터 등장하지만, 정사에서는 제갈량 사후부터야 제대로 활동하는 인물이다. 전투가 벌어지면 항상 앞장서서 싸웠으며 매번 장수를 참살하고 깃발을 빼앗았다고 한다. 무려 반세기가 넘게 손가를 섬겨 대장군, 도정후(都亭侯)에 봉해진 오나라 말기 최강, 최고의 장수다.

그러나 이때는 갓 전장에 나선, 좀 덩치가 큰 애송이에 불과했다. 그에게 손책이 말했다.

"승연, 듣자 하니 넌 특이한 무기를 쓴다고?"

그를 데리고 가끔 싸움터에 나갔던 반장이 못마땅하다는 듯 대꾸했다.

"주공, 이 녀석은 글렀습니다. 그물을 쓴다니까요. 적장이 무슨 물고기도 아니고."

정봉이 입안으로 우물거렸다.

"하, 하지만 반격해오면 무서우니까…. 못 움직이게 해야 하니까…."

"그래서 네놈이 글렀다는 게다! 보란 듯이 정면에서 깨부숴줘야지!"

반장의 호통에, 정봉은 어깨를 움찔했다.

능통이 호탕하게 웃으며 반장을 거들었다.

"와하하! 힘은 문규(文珪, 반장의 자) 님보다도 세면서 말입니다."

"그러게. 잠깐, 누가 그러더냐!"

"하하하하."

"자, 다들 그만."

손을 들어 소란을 가라앉힌 손책이 정봉에게 물었다.

"그 그물, 보통 그물이 아니라지?"

주눅 들었던 정봉의 안색이 밝아졌다.

"예, 예! 주공. 천잠사(天蠶絲)라는 가느다란 실 수백 겹을 꼬아 만든 특수한 줄로 엮은 그물입니다. 검으로 내리쳐도 잘리지 않으며, 일단 거기 간혔다 하면 아무리 날뛰어도 끝입니다."

"천잠사가 뭐지?"

"아버지한테서 물려받을 때 산누에의 고치에서 뽑은 실이라고 들었습니다."

중국에서는 기원전 300년경에 이미 양잠법, 즉 누에고치에서 실을 생산하는 법을 알고 있었다. 그 실을 명주실이라 하며 명주 실로 짠 천이 비단이다. 천잠사는 그중에서도 야생 산누에의 고 치에서 뽑은 실을 일컫는다. 당연히 한 번에 극소량밖에 구할 수 없는 데다, 어찌나 강도가 강한지 무협소설 등에서는 보물처럼 다뤄지기도 한다. 따라서 그 가치는 값을 매기기 어려울 정도.

그런 천잠사를 꼰 줄로 만든 그물이라니, 정봉이 자랑스러워하며 집안의 가보로 여길 만했다.

"그거 좀 풀어야겠다."

"예…?"

"풀어서 밧줄로 만들면 오백 자 정도는 너끈하겠지? 거기에 갈고리 달린 살을 달아서, 유주왕에게 부탁해 아까 말한 황충을 불러와 쏘게 할 거다."

비로소 손책의 생각을 알게 된 정봉은 울상을 지었다. 그가 매우 아끼는 그물이나, 주공이 필요하다고 하니 거절하기도 어려웠다. 그 그물에 무려 양양성, 형주의 마지막 보루라 할 수 있는 성의 공략이 달렸다면 더더욱.

"자, 활을 쏠 사람도, 화살에 매달 밧줄도 마련됐다. 이제 줄을 타고 건널 사람들만 남았는데…."

반쯤 체념한 여범이 책사로서 답했다.

"병사 중 해적이나 광대 출신이 있을 겁니다."

"그냥 건너간다고 끝나는 게 아니거든. 성벽 위에 내려서는 순간부터 바로 공격을 받을 테니까. 혼자서 능히 병사 열…, 아니 서른 명은 감당할 정도로 무력도 강해야 한다."

"으음… 그 조건까지 더해지면…."

"그러니까 일단 내가 간다."

"아, 주공께서."

아무렇지 않게 덧붙인 말에, 무심코 답했던 여범의 눈이 점점 커졌다. 한발 늦게 뜻을 이해한 그가 소리를 질렀다.

"절대 안 됩니다!"

"나 어릴 때부터 진 사부한테서 무술을 배웠잖아. 날렵하기로 여기서 둘째가라면 서러울걸?"

"그래도 안 됩니다. 주공께 무슨 일이라도 생기면, 아군 전체가 패배한 거나 마찬가집니다."

"나 혼자 가겠다는 게 아니라, 나도 끼겠다는 거야."

"아무튼 안 됩니다!"

하지만 여범은 결국 손책의 고집을 꺾지 못했다. 자신이 앞장선다면 장수와 병사들이 더더욱 분투할 거라는 말도 틀린 건 아니었다.

"주공을 수행해서 중요한 작전의 선봉에 서게 되다니. 이보다 더 자랑스러울 수가 있겠어요?"

다음으로 뽑힌 이는 능통이었다. 그는 용맹하고 두려움이 없으면서도 몸이 둔중하지 않고 호리호리한 편이라 이번 작전에 꼭 맞았다.

마지막으로 결사대를 지휘할 장수는 송겸이었다.

"주공은 제가 목숨을 걸고라도 지키겠습니다."

송겸은 본래 손책의 호위 담당인 데다, 젊은 편이면서도 경험이 풍부했다.

여기에 병사 중 몸이 특별히 날랜 자나 곡예단 출신인 자들 열 명을 뽑았다.

"너무 적지 않은가?"

손권의 우려에 여범이 고개를 저었다.

"필요한 인원은 무사히 성벽 위에 안착한 다음, 거점을 확보하여 사다리나 줄을 내릴 최소한이면 됩니다. 더 많아지면 오히려 눈에 띄기 쉬우니 병사 열에 장수 셋이면 충분합니다."

일단 책략을 정하자, 여범은 냉정한 책사가 되어서 세부사항을 지시했다.

'흐음, 그저 비싼 옷 좋아하는 사내인 줄만 알았더니…'

여범을 보는 손권의 시선이 좀 달라졌다. 손권은 단순히 주군의 동생이라는 지위뿐만 아니라, 능력을 나름대로 인정받고 있었다. 그중 하나가 바로 사람을 보는 눈. 특히, 인정과 의리로 인재를 규합하는 능력은 오히려 형인 손책을 능가하는 부분마저 있었다. 유표와 싸우느라 세가 위축된 와중에도 손권이 새로 영입한 인재들의 면면을 보면 서성, 주환, 여대, 엄준, 주방, 주연 등 훗날 큰 공적을 세워 명성을 떨치는 이들이 대부분이었다.

여범은 손책에게 본대가 해야 할 일을 지시했다.

"연이틀, 최선을 다해 서쪽 성벽을 공략할 겁니다. 단, 적에게는 온 힘을 다하는 것처럼 비치돼, 실제로는 희생자가 나지 않도록 해야 합니다. 적당히 연기를 하다가 퇴각하기를 반복합니다. 그러다…"

"그러다?"

좌중의 시선이 절로 여범에게 집중되었다. 가뜩이나 빼어난 용모에 의복까지 화려한 자다. 거기에 명석한 두뇌와 화술까지 갖춰, 그야말로 군사가 어울리는 남자였다. 이제까지 주유의 그늘에 가려 드러나지 않았던 여범의 진면목이 바뀐 역사 덕에 발휘

되고 있었다.

"그러다 사흘째의 밤에 야습을 가할 겁니다."

"야습이라?"

주치가 나서서 의문을 표했다.

"공성은 낮에도 쉽지 않은 일로, 예부터 적은 병력으로 성을 공략하는 것은 금물이라 했소. 지금 우리가 그런 꼴이지만, 유경승과 서령, 적의 두 수괴가 자리를 비운 틈을 노리느라 어쩔 수 없는 상황이고 말이오. 한데 밤에 성을 공격한다는 것은…."

그는 수염을 쓰다듬으며 말을 이었다.

"그 또한 연극이겠구려."

"바로 그렇습니다."

여범은 계획의 골자를 설명했다.

"횃불을 밝히고 징과 북을 치면서 최대한 시선을 끌어가며 야습합니다. 군리(君理, 주치의 자) 님의 말씀대로, 오히려 밤이기에 더욱 시선이 집중됩니다. 그 틈에 주공을 비롯한 결사대가 언덕에서부터 줄을 타고 잠입하는 겁니다. 마침 그날은 달빛도 거의 없는 밤이니… 전신에 검은 칠을 하고 최대한 기척을 죽여, 보초만 잘 제거한다면 성공할 수 있습니다."

사흘 뒤라는 날짜는 이틀 동안 적의 주의를 성벽 쪽으로 끌기 위한 것과 동시에, 최대한 달이 기울어지는 날을 노린 것이기도 했다.

"좋아. 해보자고."

손책은 불쑥 떠오른 자신의 발상을 빈틈없이 다듬은 여범에게 만족해하며 고개를 끄덕였다.

　그로부터 이틀이 지난 양양성 서쪽 성벽.

　손가 부대는 아침 일찍부터 맹공격을 가했다. 수비 병력을 지휘하던 장수 장윤이 한심하다는 투로 내뱉었다.

　"멍청한 녀석들. 계속 들이대다 보면 어떻게든 될 것 같아서 저러는 건가?"

　손가 부대는 견고하고 까마득한 성벽을 오르기 위해 연일 공격을 퍼붓고 있었다. 하지만 장소와 장굉이 버티고 있는 서쪽 성벽은 온갖 방법으로 이를 저지했다. 화살 공격과 투석 이외에도 한수의 물을 끓여 퍼붓거나 날카롭게 깎은 말뚝에 불을 붙여 던지기도 했다. 그렇다 보니 아무리 반쯤 연극이라 해도 희생자가 나오지 않을 수 없었다.

　공성을 지휘하던 손책의 표정이 어두워졌다.

　'가뜩이나 병력이 적은데 생각보다 피해가 크구나.'

　결국, 그는 못 견디겠다는 듯 후퇴를 지시했다.

　"모두 성벽에서 물러나라!"

　장윤은 허겁지겁 달아나는 손가 부대를 가리키며 비웃었다.

　"푸하하! 저 꼴 좀 봐라. 무턱대고 이 철옹성을 공격해오다니. 손가에는 주유가 없으면 머리도 없다는 말이 사실이었나 보구나!"

　손책은 고삐를 쥔 손에 힘을 주었다.

　'네놈, 그렇게 웃는 것도 오늘까지다.'

　그날 밤이었다.

침소에 들기 전, 손책의 진영을 살피던 장소가 미심쩍은 듯 말했다.

"흐음, 불이 꺼지기는커녕 오히려 더욱 밝히다니. 뭔가 이상하군."

지켜보던 그의 눈이 점차 커졌다. 무수한 불빛이 점점 더 가까워지고 있었다. 동시에 요란한 징과 북소리도 들려왔다.

"야습이다!"

서쪽 성벽을 맡은 장수와 병사들은 대부분 이제 막 단잠에 빠지기 직전이었다. 그들은 욕설을 퍼부으며, 부랴부랴 갑옷을 입고 무기를 들고서 성벽에 올랐다. 과연 그새 바로 앞까지 접근한 손가 부대가 사다리를 걸고 성벽을 기어오르고 있었다.

"쳇, 쓸데없이 끈질기구나!"

장윤은 직접 창을 들고 올라오는 적병을 내리찍으면서 외쳤다.

"성벽에 정신을 집중해서 살펴라! 적들의 행동을 주시하고 거기에 대응하라!"

획! 휘리릭! 연신 줄과 사다리가 올라왔다. 거기다 다리 위는 온통 횃불이 넘실거렸다. 수비병들의 시선은 온통 성문 정면에 집중됐다.

한편, 현산 산등성이에서는 손책, 능통, 송겸을 비롯한 결사대가 상황을 지켜보고 있었다.

"좋아, 중모가 잘해주고 있구나."

손책은 자신을 대신해 병력 지휘를 맡은 아우를 칭찬하며 고개를 돌렸다.

"슬슬 시작해야겠네. 그럼, 부탁하오."

"알겠습니다."

수염이 허연 노장이 손책에게 포권했다. 바로 용운에게 부탁하여 잠깐 빌려온 유주군의 장수 황충이었다. 처음에 작전을 들은 용운과 황충은 경악했다. 그러나 잠시 생각해보니, 꽤 그럴듯한 방법임을 깨닫게 됐다.

"나와 비슷한 방법을 생각했군, 백부⋯."

알 수 없는 말을 중얼거리던 용운은 기꺼이 황충을 보내주었다. 단, 활만 쏘고 바로 돌려보낸다는 조건이었다.

황충은 지난 이틀 사이 손책이 미리 봐둔 산등성이 끝, 성벽 꼭대기와 수평을 이루는 지점에 서서 정면을 지그시 바라보았다.

'여기서 줄을 타고 들어가겠다니, 실로 대담무쌍하나 위험한 방법이다. 그만큼 줄이 중요하겠지⋯.'

이어서 그는 화살 끝에 매인 줄을 살폈다. 재질을 알 수 없는 밧줄에 재를 칠해서 검게 만든 물건이었다. 손에 느껴지는 감각만으로도 적당히 탄성이 있으면서 엄청나게 질긴 줄이 분명했다. 그러면서도 무게는 매우 가벼워, 확실히 이번 일에 쓰기에 적합했다. 화살 또한 보통의 평범한 촉이 아니라 한번 꽂히면 빠지지 않는, 쐐기 모양의 화살촉을 가진 것이었다.

"후읍!"

황충은 숨을 크게 들이마시고 시위를 당겼다. 원래도 정교하고 강했던 그의 활 솜씨는 유주군에 들어와 개량된 활을 받고 더욱 발전했다. 이제 그는 일천 보 거리에서 첫 번째 화살로 물동이를 뚫고 두 번째 화살로는 그 구멍을 막을 정도의 실력을 갖췄다.

팟! 휘리릭! 마침내 황충이 활을 쏘았다. 천잠사 줄을 매단 화살은 밤하늘을 가르고 날아가, 성벽 윗부분에 정확히 박혔다. 보초에게 잘 보이지 않으면서 손을 성벽 끝에 걸고 한 번에 올라가기 딱 적절한, 절묘한 위치였다.

"오오!"

숨죽이고 지켜보던 결사대가 낮게 탄성을 질렀다.

"흠!"

송겸이 줄을 힘껏 당겨 팽팽하게 만든 뒤 고목 둥치에 단단히 묶었다. 그 상태에서 일 각 정도 적의 반응을 살폈다. 혹시나 눈치채고 대응해오지나 않을까 하는 우려에서였다. 하지만 줄은 미동도 하지 않았다. 마침 바람이 거의 불지 않았던 것도 손가 부대에게는 행운이었다. 서쪽 성벽 쪽에서 워낙 소란을 떨어준 덕인지, 화살이 날아와 꽂히는 소리도 듣지 못한 게 분명했다.

"고맙소, 한승."

손책은 건너가기 전 황충에게 인사를 했다.

황충 또한 정중히 답했다.

"별말씀을. 건너가실 때까지 지켜보고 있겠습니다. 무운을 빕니다."

황충의 활 솜씨라면, 손책 일행이 줄을 이용해 건너가기 전 성벽 쪽에서 이변이 생기더라도 엄호해줄 수 있을 터였다. 사색이 됐던 병사들도 눈앞에서 그의 궁술을 보자 적이 안심하는 눈치였다. 손책이 거듭 약속한 포상, 즉 줄을 무사히 건너가 성벽에 오를 경우 전공에 관계없이 그것만으로도 금 열 냥을 내리고 일 계급 특진시켜주겠다는 파격적인 약속도 그들의 용기를 북돋웠다.

"자, 가자!"

맨 앞에서 거꾸로 매달린 자세로 줄을 건너기 시작한 것은 부대 내에서 찾은 광대 출신의 병사였다. 그중에서도 마침 줄타기가 전문이라고 하였다. 선두에는 반드시 전문가를 세워야 했다. 그래야만 도중에 멈춰서 뒤에서 따라오는 아군의 체력을 소진할 우려도 적었고, 선두에서 추락하여 사기를 꺾을 확률도 낮아지기 때문이다. 과연 병사는 일단 줄에 매달리자 조금도 주저하지 않고 쑥쑥 앞으로 나아갔다. 얼굴은 물론 손과 가죽 갑옷까지 검게 칠한 터라, 그의 모습은 곧 어둠에 가려졌다.

"잘들 따라오너라. 각자 조심하고."

"옛, 주공!"

다음은 손책, 그 바로 뒤는 송겸과 능통이 연이어 줄에 매달렸다. 이들은 먼저 도착해서 뒤따라올 사람들의 안전을 보장해야 했으므로 무력이 높은 자들 위주로 편성되었다.

'엇, 저런!'

황충이 입술을 깨물었다. 맨 처음에 건너간 병사가 막 성벽에 닿기 직전인데 적 보초가 가까이 접근해오고 있었다.

'어쩔 수 없군.'

그는 다시 한번 활을 쐈다. 두 번을 연달아 쏘았다. 보초가 2인 1조였기 때문이다. 밤하늘을 가르고 날아간 화살이 보초 둘을 거의 동시에 맞혀 쓰러뜨렸다. 다행히 발각되기 전에 제압하긴 했으나, 이제 시간이 얼마 남지 않았다.

이윽고 첫 번째 병사가 무사히 성벽 위에 올랐다. 그는 숨을 돌리기도 전에 주변을 감시하는 한편, 나머지 일행이 무사히 건너오는지를 살폈다.

잠시 후 손책과 송겸, 능통까지 연이어 성벽 위에 오르는 데 성공했다. 황충은 안도의 한숨을 내쉬었다.

'되었다! 이로써 절반은 성공한 셈이구나. 이제 전하께 가서 알려야겠다.'

용운은 작전을 듣더니 손책 등이 성벽에 오르는 즉시 자신에게 와서 일러달라고 말했었다. 곧 황충은 근처에 매어두었던 말을 타고 바람처럼 산등성이를 달려 내려가기 시작했다.

"모두 조금만 힘내라."

왼쪽에는 능통, 오른쪽엔 송겸이 서서 경계하는 사이. 손책은 나머지 결사대가 줄에 매달려 건너오는 모습을 마음 졸이며 지켜보고 있었다. 그러다 그가 작게 탄식했다.

"아!"

대열 중간쯤에서 잘 건너오지 못하고 매달려 있던 병사 하나가 추락한 것이다. 그는 자신으로 인해 뒤의 병사들까지 행동이 지체되자 스스로 손을 놓아버린 듯했다. 오래 매달려 있을수록 발각될 위험이 커지고 체력도 빠르게 소진되기 때문이었다. 추락한 병사는 마지막까지 입을 다물고 짧은 비명조차 내지르지 않았다. 혹시라도 적들이 그 소리를 들어, 동료들이 발각될까 염려

되어서였다. 털썩! 손책은 젖은 자루가 땅에 떨어지는 듯한 소리를 듣고 질끈 눈을 감았다가 떴다.

'내 너의 희생과 용기를 잊지 않으마.'

그사이, 2인 1조의 보초가 한 번 더 왔다. 그들은 모두 능통과 송겸에게 제거되었다.

"이제 곧 이변을 알아차릴 겁니다, 주공. 시간이 없습니다."

송겸의 말에, 손책이 고개를 끄덕였다.

"병사들은 어서 사다리를 매라."

무사히 줄에 매달려 건너온 병사들이 서둘러 성벽 귀퉁이에 줄사다리를 묶어 늘어뜨리려 할 때였다.

"불청객이 있었군요. 어쩐지 수상한 기척이 느껴진다 했더니."

저편에서 서늘한 목소리가 들려왔다. 크게 소리 지른 것도 아니었건만, 여전한 서쪽 성벽의 소음에도 불구하고 묘하게 잘 전달되는 음성이었다.

'남문 쪽?'

남쪽 성벽에서부터 한 사내가 성벽 위를 빠르게 달려 다가오고 있었다.

"어서 아군이 올라오도록 신호해라! 우리가 최대한 막을 테니. 나머지는 서문을 열어라!"

능통의 외침에, 결사대 병사 중 하나가 산 쪽으로 불화살을 쏘았다. 그러자 해자 밑에 대기하고 있던 병력들, 한수와 이어지는 수로에서 배를 타고 들어온 자들이 줄을 잡고 성벽을 오르기 시작했다.

양양성 공방전 3

손책과 능통 그리고 송겸 세 장수와 날랜 병사 십여 명으로 이뤄진 결사대는 위험천만한 작전 끝에 성벽 위를 오르는 데 성공했다. 남문과 서문 사이 모퉁이를 공략, 현산의 산등성이에서부터 천잠사를 엮은 줄을 쏘아 연결하여 건너온 것이다. 양양성 수비병들은 서문 쪽의 의도적인 요란한 공세에 정신이 팔려 있었다. 하지만 점차 이상을 눈치챈 자들이 나왔다.

"응? 저쪽에 뭔가 소란이 벌어졌는데?"

"헉, 침입자다!"

그때쯤에는 해자에 배를 내려 대기하고 있던 손가 병사들도 성벽을 기어 올라오기 시작했다. 먼저 건너간 결사대가 줄을 내려준 덕이었다. 이제 결사대에게는 더 힘든 일이 남았다. 병사들이 어느 정도 올라오기 전까지 해당 지점에서 지켜주는 일이었다. 결사(決死). 말 그대로 죽음을 각오해야 할 정도로 버거웠다. 수비병들 또한 목숨 걸고 덤벼들었기 때문이다.

"하하, 화려한 싸움이다. 불탄다. 불타오르는구나!"

능통은 이미 전신이 피투성이가 되어 외쳤다. 반은 그의 피, 나머지 반은 적병의 피였다. 그런 그의 등으로 형주병이 창을 내찔렀다. 팟! 서걱! 위기일발의 순간, 누군가 성벽 아래쪽에서부터 튀어오르며 검을 휘둘렀다. 능통을 노리던 형주병은 검에 맞아 쓰러졌다. 고개를 돌린 능통이 반색했다.

"오오, 올라오셨군요, 형님!"

"…내키지 않았지만, 어차피 올라와야 했겠지."

우울한 얼굴로 중얼거리는 사내. 그는 바로 손가의 맹장 중 한 사람, 장흠이었다. 그의 뒤를 이어, 수적 출신의 날랜 병사들 한 무리가 우르르 성벽 위로 올라왔다. 평소 거칠고 난폭하여 장흠 외에는 통제하기 어려운 자들이었다. 능통은 그 병사들이 이처럼 반가웠던 때가 없었다. 그들은 오르자마자 닥치는 대로 수비병들을 공격했다. 그만큼 결사대의 부담이 줄어들었다.

"주공은?"

"저쪽입니다!"

손책과 송겸은 남문 쪽에서 건너온 사내와 힘겨운 싸움을 벌이는 중이었다. 능통도 거기 가세하고 싶었으나, 밑에서 올라오는 아군을 엄호하면서 거점을 확보하라는 손책의 명에 자리를 지키고 있었다.

'이제 공혁(公奕, 장흠의 자) 형님까지 올라오셨으니 주공을 도우러 가도 되겠지!'

장흠은 눈을 가늘게 뜨고 능통이 가리키는 방향을 응시했다.

"상당한… 강자다. 주공과 송겸이 함께 싸우는데도 저리 쩔쩔

매다니."

"저도 도우러 가야겠습니다."

"그래, 여긴 내게 맡겨라."

능통은 손책을 향해 날듯이 달려갔다.

손책은 갑자기 나타난 적장을 맞아 고전하고 있었다. 무인 같지 않은 단정한 생김에 기품이 느껴지는 자였다. 그의 전투 방식은 실로 기이했다.

"이게 대체…."

그는 뒷짐을 지고 서서 손책을 막아설 뿐이었다. 한데 도무지 공격을 적중시킬 수가 없었다. 분명 정확한 호흡에 주먹을 내질러도 꼭 눈먼 화살이 날아오거나 발밑이 무너져 휘청거리다 공격이 빗나갔다.

송겸도 마찬가지였다. 대도를 사내의 정수리로 정확히 내리쳤는데, 갑작스러운 강풍이 불어 휘청거리다가 오히려 성벽 아래로 추락할 뻔했다. 이게 한두 번이면 우연이라 치부하겠지만, 십수 번이 반복되자 두 사람도 비정상적인 상황임을 눈치챘다. 이것뿐이라면 무시하고 지나가도 그만이겠으나, 매번 사내가 절묘하게 앞을 막아서는 데다 뒤에서 날아오는 창이 문제였다.

"비겁하구나. 이게 무슨 사술이냐!"

손책의 외침에, 사내가 양팔을 벌리고 서서 대꾸했다.

"당신들은 결코 이 시진에게 해를 입힐 수 없습니다."

사내, 시진이 어디까지나 담담한 투로 말했다.

"별의 힘이 이를 허락하지 않기 때문입니다."

"미친놈."

별의 힘. 뭔지 안다. 분명, 용운에게서 경고받은 바 있었다.

'성혼교!'

성혼교는 용운뿐만 아니라 손책과도 질긴 악연이었다. 아버지 손견의 죽음과 얽혀 있었으며 그와 주유를 습격해오기도 했다. 또한 안륙성의 대학살과도 무관하지 않았다.

"훅!"

손책은 주저앉듯 몸을 낮추면서 회전하여 시진의 발목을 후렸다. 아예 어지간해서는 빗나갈 일 없는 공격을 한 것이다. 텅! 그러나 그의 뒤꿈치는 시진의 발목 대신, 부서져서 불쑥 튀어나온 성벽 바닥을 쳤다. 으득. 발목을 삔 손책이 욕설을 내뱉었다.

"이런, 빌어먹을."

"나는 무적의 방패. 그리고 공격은."

시진의 뒤에서부터 또 한 자루의 창이 손책의 미간을 향해 정확히 날아왔다.

"방패의 뒤쪽에서 나의 여인이 대신해줄 겁니다."

'아차!'

손책은 순식간에 가까워지는 창을 보며 눈을 부릅떴다. 갑자기 시야가 어두워졌다. 그는 순간적으로 무슨 일이 일어났는지 알아채지 못했다. 그러다 얼굴에 더운 피가 확 뿌려지는 바람에 정신을 차렸다. 그것은 손책의 앞을 막아선 송겸의 피였다. 그의 가슴을 뚫고 창날이 비쭉 튀어나와 있었다.

"겸!"

손책이 비명처럼 외쳤다.

"주공, 무사하⋯."

말하던 송겸이 또 울컥 피를 토했다.

"송겸, 말하지 말게. 창을 뽑지 말고 이대로 조심해서⋯."

푸슉. 촤아아아악! 순간, 창이 뒤로 쑥 빠져나갔다. 관통했던 자리에서 피가 분수처럼 솟았다. 손책은 앞으로 쓰러지는 송겸을 받아 안았다. 귓가에서 송겸이 바람 빠지는 소리로 말했다.

"반드시, 주공의, 천하를⋯."

"겸."

"먼저⋯ 가서⋯ 송구⋯."

툭. 송겸의 손이 떨어지며 눈이 감겼다.

"겸! 으아아아아!"

포효하는 손책을 향해, 시진이 차갑게 내뱉었다.

"꽤 장렬한 광경입니다만, 여긴 전장입니다. 아예 죽여달라고 하시는군요."

퓨웅! 또 한 자루의 창이 손책에게 날아왔다.

"그럼, 사양하지 않지요."

긴 외침과 함께, 마침 도착한 능통이 손책의 앞을 가로막으며 대도를 내리쳐서 창을 쳐냈다.

"이 개자식들아!"

그는 송겸의 죽음을 보고 눈이 돌아간 상태였다. 능통이 막 시진에게 달려들었을 때였다. 튕겨 난 창은 허공에서 방향을 바꿔 다시 손책에게로 날아갔다.

"헛!"

능통은 놀라서 몸을 돌렸으나 이미 늦은 후였다. 순간, 성벽 위로 한 줄기 바람이 불었다.

"아니?"

이번에는 시진이 당황할 차례였다. 희매의 창이 허공에서 우뚝 멈춘 것이다. 누군가가 창대를 붙잡아 강제로 멈춘 결과였다. 그 장본인은 바로, 어느 틈에 성벽 위에 나타난 은발의 사내. 인간 같지 않은, 이제 요사스럽기까지 한 아름다움을 뿜어내고 있는 용운이었다.

시진의 등 뒤로 식은땀이 흘렀다.

'오는 걸 전혀 못 느꼈다.'

뿐만 아니라, 날아오는 창을 잡아 멈춘 자체가 경악스러웠다. 희매의 창은 총알만큼 빠르진 않지만, 화살보다는 훨씬 빨랐다. 또 창 자체에 거력이 실려 있어, 그걸 사람의 손으로 잡아 멈춘다는 건 불가능에 가까웠다. 용운을 본 손책이 젖은 얼굴로 신음하듯 말했다.

"용운…."

용운은 창을 꺾어 해자로 던져버렸다.

"미안하네, 백부. 조금만 더 빨리 올 것을."

그가 능통을 향해 말했다.

"어서 백부를 데리고 피하시오. 발목을 다친 것 같으니."

"아, 아아. 옛! 고맙습니다!"

능통이 손책을 부축하여 자리를 피했으나, 시진은 그들을 막지 못했다. 그는 새삼 눈앞의 대적을 찬찬히 살폈다.

'저게 진한성의 자식….'

언뜻 겉보기에는 위협적이진 않았다. 키는 훌쩍 컸지만, 우락부락한 거인인 진한성에 비해서 선이 가늘어 미녀처럼 보이기까지 했다.

'예전에 듣기로는 아비와 달리 무력보다 머리를 쓰는 책사 타입이라고 했는데, 여기 직접 나타난 데다 희매의 투창을 손으로 잡다니…. 그 사이 성향이 변한 건가? 아니면….'

시진은 진한성과의 전투에서 입은 상처를 치료하는 동시에, 성도가 아닌 다른 성을 맡아 다스리며 성혼교 병사를 육성하고 있었다. 그 기간이 생각보다 길어져 몇 년에 달했다. 그 탓에 진용운의 큰 움직임은 알았지만, 최근 정보까지 상세히 듣지는 못했다. 한 가지, 공포스러운 추측이 그의 뇌리를 스쳤다.

'제 아비의 피가 발현하기라도 한 건가?'

돌이켜보면 진한성은 무력이 워낙 강해서 그렇지, 결코 머리가 둔한 위인은 아니었다. 애초에 위원회에서 탐을 낼 정도의 세계 최고의 중국학 및 고고학자라는 타이틀은 아무나 딸 수 있는 게 아니었다. 노련하고 교활한 사자. 그게 진한성이었다.

한데 아들인 진용운은 머리를 쓰는 면에서는 한술 더 떴다. 적어도 이 세계에서는 그랬다. 되도록 역사를 건드리지 않으려고 한 게 진한성의 강점이자 약점이었다. 그러나 진용운은 고등학생이던 때에 이미 난세에 관여하기 시작, 다른 제후들보다 한발 앞서서 인재들을 모조리 끌어들이고 결국 스스로 할거했다. 업성을 조조에게 한 번 빼앗기는 아픔을 겪었음에도 불구하고 재기하여 스스로 유주왕이 됐다. 그러더니 마침내 원소라는 거대 세력을 멸하기에 이르렀다. 이제는 유표까지 노리고 있다.

'삼국시대의 역사와 인물에 능통하며 이상할 정도로 주변 사람을 사로잡고 머리가 비상한 자.'

그런 자가 진한성에 버금가는, 혹 그 이상의 무력마저 갖췄다면? 더운 여름날이었지만 시진은 오싹해졌다. 생각은 많았으나 순간적으로 스쳐 지나간 상념이었다. 거기까지 떠올렸을 때였다.

손책의 무사를 확인한 용운의 차가운 금안(金眼)이 시진을 정면으로 응시했다.

"위원회의 일원인가?"

"..."

물을 필요도 없었다. 용운은 이미 대인통찰로 상대의 정체를 확인했다. 군이 질문한 것은 압박하기 위해서였다. 아니, 몹시 불쾌해서였다.

'제길.'

타이밍을 맞춘다고 했는데 조금 늦어버렸다. 비록 자신의 사람은 아니지만, 송겸의 죽음 앞에 오열하던 손책을 보자 마음이 아렸다.

'청몽과 사린이에게 신경 쓰느라, 그만.'

그는 싸늘한 시선으로 시진을 노려보았다. 실제로 주변의 온도가 점차 내려가기 시작했다.

시진은 맹수 앞에 선 초식동물 같은 기분이 되어 으스스 몸을 떨었다.

　시간을 되돌려, 본격적으로 성을 공격하기 전.
　용운은 현산 정상으로 청몽과 사린을 불렀다. 사마의와 제갈량
도 함께였다.
　'무슨 일이지? 이런 식으로 부른 적은 없는데.'
　'으응?'
　사뭇 긴장한 두 여인에게, 용운이 말했다.
　"미안하지만 너희한테 부탁할 일이 있어."
　청몽이 정중히 답했다.
　"말씀하세요, 전하."
　"이 성에는 분명히 천강위가 있다. 서령이 돌아왔거나, 아니면
그 여자 말고도 다른 인물이 버티고 있을 거야. 그런 기운이 분명
하게 느껴진다. 천강위가 있다는 건, 곧 그에 준하는 호위병…, 즉
병마용군도 있다는 뜻이겠지."
　잠깐 머뭇거리던 용운이 말을 이었다.
　"그 천강위와 병마용군을 너희 둘이 맡아줄 수 있을까?"
　청몽과 사린이 거의 동시에 즉각 대답했다.
　"네."
　"좋아요!"
　용운은 쓴웃음을 지었다.
　"…위험한 일이야."
　"그게 원래 저희 임무입니다, 전하."

답하는 청몽은 오히려 마음이 편해졌다.

"저희는 본디 전하를 호위하기 위해 태어났으나, 아시다시피 지금은 전하의 힘이 오히려 저희를 능가하게 되어 그럴 필요가 없어졌죠. 그래서 전장에서 싸우면서도 이제 무슨 일을 해야 하나 고민하던 참이었어요. 그런 임무를 맡겨주시니 감사합니다. 저희는 전하의 검. 언제든 자유롭게 쓰셔도 됩니다."

"우우! 언니가 멋있게 다 말해서 할 말이 없다!"

용운은 양손으로 둘의 머리를 각각 쓰다듬었다.

"미안해. 고맙고."

잠시 지켜보던 사마의가 품에서 양피지 한 장을 꺼내, 임시로 만든 탁자 위에 펼쳤다. 그것은 양양성의 대략적인 도면이었다. 성 내부보다는 성벽과 해자 및 주변 지형을 묘사하는 데 치중되어 있었다.

"두 분께서 최우선으로 수행해야 할 임무는 역시 성벽을 점거하는 것입니다."

그는 평소 청몽이나 사린과 허물없이 지냈다. 그러나 지금은 주군 앞에서 중요한 작전회의를 하는 중이므로 깍듯한 경어를 썼다. 도착해서 본 양양성의 성벽은 예상보다 높고 튼튼하여, 큰 희생을 낳을 듯했다. 더구나 병력이 압도적으로 많은 것도 아니다. 사마의는 정면으로 성을 무너뜨리기는 어렵다고 판단했다. 성벽을 점거해서 교두보를 만들지 않는다면. 그는 그림의 남쪽 성벽을 가리키며 설명했다.

"성벽에 아군의 거점이 생기는 건 저들에게도 매우 곤란한 상황입니다. 두 분이 성벽에 오르신다면 높은 확률로 천강위나 병마용군이 출몰할 것입니다. 그때 맡아주시면 됩니다."

"알겠어요."

고개를 끄덕이는 청몽에게 용운이 말을 이었다.

"그리고 한 가지 더. 최우선 목표가 남쪽 성벽을 점거하고 그것을 방해하러 오는 천강위를 제거하는 거라면, 다음 목표는 차선이다. 천강위가 예상보다 강해서 감당하기 어려울 경우, 패배를 가장해서 해자로 뛰어들어."

한수와 수로로 이어져 있어서 해자의 수심은 상당히 깊었다. 갑옷을 입은 병사에게는 공포의 대상이겠지만, 가벼운 차림으로 싸우는 청몽과 사린에게는 대피 장소가 될 수 있었다. 상대는 어디까지나 성벽을 지켜야 하는 까닭에 추격해오지 못한다.

"뛰어든 다음에는 잠수하거나 성벽에 바짝 붙어서 한수 쪽으로 헤엄쳐 나가는 거야."

용운의 손가락이 도면 위의 해자를 따라, 점점 북쪽으로 올라갔다.

"그리고 이곳, 한수로 나와서…."

청몽은 고개를 끄덕였다.

"아무도 없는 북쪽 성벽을 노리는 거군요."

"그래."

양양성 북쪽은 성벽이 거의 한수와 맞닿아 있는 거나 마찬가지여서, 그 아래로 말 한 필이 지나가기도 어려웠다. 당연히 부대를 주둔시키기란 불가능했다. 양측의 전력이 거의 비슷한 만큼 수비병은 북쪽에 최소한의 보초만 남겨두고 다른 세 성벽에다 병력을 집중했을 터였다. 누군가 거기를 기어 올라오리라고는 상상조차 못 할 것이다. 그런 소수 인원을 은밀하게 제거하는 일이야말로 암살자인 청몽의 주특기였다.

"그다음에는 파괴에 특화된 사린이 어느 쪽이든 허술해진 성문을 부순다."

용운도, 사마의도, 제갈량도 천강위의 전투력을 잘 아는 바였다. 지극히 위험한 임무를 부탁하는 그들의 표정은 좋지 않았다. 하지만 정작 당사자인 청몽과 사린은 유쾌했다.

"뭐, 쉽네요."

"걱정 마세요, 전하! 둘 중 하나는 꼭 성공할게요."

손가의 책사 여범이 사자로 와서, 황충의 도움을 요청한 것은 그 뒤였다.

'현산 산등성이에서부터 줄을 연결하여 성벽 모퉁이로 올라가겠다?'

위험하고 무모해 보이는 계획이었으나 두 가지 조건이 더해진다면 성공할 수도 있었다.

'그중 하나가 황충의 궁술이고 다른 하나는….'

용운은 여범에게 서신을 들려 보내며 생각했다.

'나다.'

그리하여 손책 등이 무사히 성벽에 도착했다는 황충의 보고를 받은 용운 또한, 산등성이에서부터 연결된 줄을 타고 건너온 것이다. 그것은 시진을 비롯한 수비병들에게는 재앙이었다.

"으윽…."

주춤 뒷걸음질 치던 시진은 퍼뜩 정신을 차렸다.

'아니지. 내가 이렇게 두려워할 필요가 없다. 저 녀석이 아무리 강해도 내게는 공격이 안 통해.'

슝! 순간, 그의 코앞으로 다가온 용운이 일언반구도 없이 주먹을 내질렀다. 그 순간이었다. 쾅! 하필 남쪽 성벽을 공격하기 시작한 유주군 쪽에서 커다란 돌덩어리가 날아왔다.

제갈량은 도착한 직후부터 공성병기의 필요성을 인지하고 곧장 재료를 조달하고 있었다. 마침 현산이 인근에 있어 돌과 나무 등은 충분했다. 그러다 투석기가 완성되자마자 쏴 보냈는데, 공교롭게도 그게 정확히 용운에게로 날아온 것이다.

"쯧."

용운은 가볍게 혀를 차며 시진 대신 바위를 쳐냈다. 바위는 허공에서 산산조각이 나 흩어졌다.

시진은 안도와 공포감이 동시에 들었다. 투석기로 쏜, 어른 몸집만 한 바위를 맨손으로 쳐서 부수다니. 괴물들이 많은 위원회 내에서도 저런 짓을 할 수 있는 자는 몇 안 되었다. 툭툭 손을 털어낸 용운이 말했다.

"운이 좋았다만 잠깐 시간을 번 것뿐이다."

그러는 사이에도 손가 병사들은 끊임없이 줄을 타고 올라오고 있었다.

휘잉! 팟! 퍼퍼퍽! 시진의 뒤에서 날아온 투창이 그런 병사들을 관통하고 지나갔다. 그의 병마용군 희매가 가하는 공격이었다.

"크억!"

"커허헉!"

병사들은 숨 막히는 신음을 내지르며 쓰러졌다. 창 하나가 한 꺼번에 대여섯 명의 병사를 뚫고 지나가기도 했다. 그런 투창 공 격이 점점 격하고 빨라졌다. 계속해서 성벽 위의 점거율을 늘려 가고 있는 손가 부대에 대해 위협을 느낀 것이다. 거기 비례하여 용운의 마음도 급해졌다.

'점점 희생자가 늘어나고 있다. 이놈을 빨리 쓰러뜨리고 지나 가야 하는데, 분명 약해 보이지만 이상하게 뭔가 어긋나네.'

이에 용운은 곧장 천기를 사용했다. 공간 자체를 파괴하여 거 기 닿는 건 무조건 멸하는 천기, 공파권을 발동한 것이다. 성큼 다가선 그가 미끄러지듯 전진하면서 쌍장(雙掌)을 내밀었다.

시진은 크게 당황했다. 분명 눈에 보일 정도로 느린데 이상하 게 피할 수가 없었다. 다만, 한 가지는 확실하게 알 것 같았다.

'저 손바닥에 닿으면 끝장이다.'

그 또한 별수 없이 천기를 발동했다.

'아무리 강한 공격이라도 안 맞으면 그만!'

다음 순간.

쿠득! 우직! 시진의 눈이 의문과 고통으로 일그러졌다. 어깨에 서 지독한 고통이 느껴지나 했더니 왼팔이 축 늘어졌다.

'쇄골이 부러졌다.'

용운은 어느새 눈앞에서 사라지고 없었다.

'죽는다!'

분명 모든 공격을 막아내는 천기, '단서철권'을 사용했는데 어째서 타격을 입은 것인지 의문을 느낄 사이도 없이. 위기감을 느낀 그는 다급히 몸을 웅크렸다. 본능적인 두려움에서 나온 행동이었다. 그때, 등 뒤에서 여인의 짧은 비명이 들려왔다.

"악!"

시진은 웅크리고 앉은 채, 뒤를 돌아보았다. 멀리, 멍하니 서 있는 희매의 모습이 보였다. 그녀는 자신의 몸을 내려다보고 있었다. 명치 아래에서부터 가랑이 사이, 배가 있어야 할 부위에 둥그렇고 검은 원이 나타났다. 정확히는 그 사이에 아무것도 없어서 텅 빈 구멍을 통해 뒤의 허공이 드러나 보인 것이다. 희매의 몸통에서 지름 20센티미터 정도 되는 원만 한 부위가 깨끗이 사라졌다. 용운의 천기, 공파권이 적중한 결과였다. 피 한 방울 나지 않았지만 이는 치명적이었다. 거기 위치해 있었을 혈관과 장기 등도 함께 소멸했기 때문이다.

용운은 처음부터 시진이 아니라, 뒤에서 창을 던져대는 희매를 노린 것이다. 살기를 뿜어내어 시진을 움츠러들게 하고 판단력을 흐리게 만든 다음, 뛰어올라 그의 어깨를 밟고 도약했다. 공격이 아니라 단순히 발판으로 삼으려는 의도였기에 단서철권은 작동하지 않았다. 하지만 세찬 발돋움의 여파로 밟힌 왼쪽 어깨뼈와 쇄골이 부러진 것이다.

"커흑."

피를 한 움큼 토한 희매가 고개를 들었다.

한 발 물러나며 용운이 말했다.

"이건 청몽과 사린 그리고 네 손에 죽어간 수많은 병사의 몫이다."

그녀의 시선은 눈앞에서 차갑게 내뱉는 용운이 아니라 망연히 자신을 바라보고 있는 시진을 향했다.

"흥…."

그녀의 이름을 부르려던 시진이 흠칫했다. 혼의 링크가 끊겼다. 희매가 떠났다. 그 반동이 고스란히 그에게 돌아왔다. 머리가 깨질 것처럼 아프고 마음이 공허해졌다. 무시무시한, 당장이라도 자신의 존재 자체가 사라져버릴 듯한 공허감이 그를 엄습했다.

"으으… 희매. 으아아악!"

그것은 용운이 눈앞에서 어머니 검후를 잃었을 때와 흡사한 현상이었다.

슈우우우— 희매의 몸이 급격히 줄어들었다. 몇 초 후, 그녀가 서 있던 자리에는 한쪽 팔이 없는, 철로 만들어진 작은 인형만 남아 있었다. 용운이 그 인형을 주워들었을 때였다. 고개를 푹 숙인 채 부들부들 떨던 시진이 성한 오른손으로 품속에서 뭔가를 꺼냈다. 그것은 옥으로 만든 것 같은 작은 피리였다.

"무엇을…."

용운이 시진에게 달려나간 것과 시진이 피리를 힘껏 분 것은 거의 동시였다.

삐이익! 이어서 그의 정수리로 떨어져 내리는 용운의 수도(手刀)를 누군가가, 아니 여러 명의 누군가가 붙잡았다. 으득, 으득! 세 명이 한꺼번에 달려들어 용운의 오른손에 매달렸다. 그 대가로 그들은 모두 손가락이 기이하게 뒤틀리고 팔이 꺾였다. 그래도 아슬아슬하게 시진의 정수리에 닿기 직전의 위치에서 수도를 멈출 수 있었다.

그게 다가 아니었다. 끼이익. 용운의 팔이 천천히 위로 들려졌다. 강제로 팔이 올라가고 있는 것이다.

"네놈들."

용운은 눈을 희번덕거리는 병사들을 보았다. 시진이 데려와 곳곳에 배치해둔 성혼교 신도들. 개량한 성수를 이용하여 공포심을 마비시키고 근력과 순발력을 키운 병사, 소위 성혼병들이었다. 용운의 팔을 붙잡고 들어 올린 세 명 외에도 피리 소리를 듣고 달려왔는지 수십, 수백 명의 성혼병들이 어느새 성벽을 가득 메우고 있었다. 앞, 뒤, 옆 사방이 광기에 찬 성혼병으로 가득했다. 용운은 그 가운데 홀로 남겨졌다.

시진이 고개를 들었다. 그의 양쪽 눈에서 피눈물이 흐르고 있었다. 그는 어금니를 앙다물고 씹어뱉듯 선언했다.

"갈가리 찢어 죽여라."

성혼병들이 용운에게 일제히 달려들었다.

14

양양성 공방전 4

　연인이었던 병마용군 희매를 잃고 악에 받친 시진은 음파 피리를 이용해 사방의 성혼병들을 불러모았다. 그리고 용운을 말살하라고 명했다.

　"좁은 성벽 위에서 이 정도의 성혼병을 상대한다면, 설령 진한성이 살아 돌아와도 무사하지 못할 터. 오늘 진가와 악연의 고리를 끊겠다. 그리고 진용운, 네놈의 목을 베어 희매의 제단에 올리겠다!"

　기품 있고 여유로운 태도를 견지하던 시진의 껍질이 한 꺼풀 벗겨졌다. 그는 뒤로 훌쩍 물러나 용운의 최후를 기다리기로 했다.

　"아까 한 명령을 일부 바꾸겠다. 팔다리를 모두 뜯어내되, 죽이진 마라. 마지막 숨통은 내가 끊을 테니."

　광기에 찬 병사들이 일제히 용운에게 달려들었다. 성혼병들을 상대하던 용운은 내심 경악했다. 일반 병사 하나하나가 어지간한 부대의 부장급 무력을 갖췄다. 거기다 조금도 몸을 사리지 않고 같이 죽겠다는 기세였다. 개개인의 무력은 황금철기대만은 못했으나 충분히 강했다. 그런 자들 천여 명이 한꺼번에 덤벼왔다.

'위험하다.'

쿠웅! 육중한 파공음이 울려 퍼졌다. 무예를 익힌 자가 그 소리의 정체를 알았다면 모골이 송연해졌으리라. 진각을 내딛는 용운의 발에 성벽이 움푹 파였다. 그 서슬에 가까이 있던 성혼병 몇 명이 넘어질 정도였다.

'아니, 위험했을 것이다.'

용운은 한 발 앞으로 나아가면서, 왼손은 둥글게 휘둘러 우아하게 옆을 후려치고 오른손은 장심을 앞으로 쭉 뻗었다. 퍼퍼펙! 왼손에 맞은 성혼병 여럿이 성벽 바깥으로 튕겨 나가 떨어졌다.

'만약 내가 양웅, 석수와 싸우기 전에 이 싸움을 벌였다면. 정말 위험해졌을 거다.'

양웅과 석수는 둘 다 천강위로, 송강이 용운을 끌어내리려 유주 북부에 풀어놓은 흡혈귀였다. 통제되지 않는 괴물이었기에, 본래 무력에 비해 서열이 훨씬 낮았다. 용운은 그 둘을 한꺼번에 상대하면서 크게 고전했고 아끼던 흑영대원 4호까지 잃었다. 대신, 그 싸움을 통해 큰 벽 하나를 뛰어넘었다. 최소한의 힘으로 최대의 효과를 내며 육체를 의지대로 움직일 수 있게 되었다. 형주로 혼자 찾아온 것도 거기서 비롯된 자신감의 발로였다. 그 결과는 강하성 공략 때 유감없이 드러났다.

그리고 지금도.

픽! 용운의 손바닥이 제일 앞에 있던 성혼병의 명치를 가격했다. 그 지점에서부터 둥글게 파문이 퍼져나갔다. 공기의 떨림이 눈에 보일 듯한, 강렬한 파문이었다.

"크헉!"

성혼병이 짧은 신음을 토했다.

뒤이어 벌어진 일에 시진은 제 눈을 의심했다.

"아니?"

거기서부터 일직선상에 있던 모든 성혼병이 뒤로 세차게 밀려나, 서쪽 성벽 쪽으로 튕겨 나간 것이다. 단 한 수에 수백 명의 성혼병이 성벽을 이탈했다. 죽진 않았지만 높은 성벽 바깥으로 떨어졌으니 더 전력에 보탬이 되지 못할 것은 당연했다. 대부분 해자로 추락했고 해자 밖까지 튕겨 나가 정신을 못 차리는 자들은 서문의 손가 부대가 우르르 몰려와 도륙했다.

'이럴 수가….'

옆 사람의 움직임에 방해받지 않으면서, 양양성 성벽에 세로로 늘어설 수 있는 인원은 대략 네다섯 명 정도. 그중 한 줄이 일격에 싹 사라졌다. 선두를 쳐서 밀어내버리는, 말도 안 되는 방식으로. 평범한 병사들이었다면 그 공격만으로도 전의를 잃고 항복했을 지경이었다. 그러나 나머지 성혼병들은 개의치 않고 용운을 공격해왔다. 용운은 가볍게 혀를 찼다.

"쯧. 역시 정상이 아니구나."

이들은 팔다리가 잘려도, 치명상을 입어도 숨이 붙어 있는 한은 끝까지 덤빌 터였다. 서쪽 벽에서 기세등등하던 손가 병사들이 점차 당황하는 기색이 느껴졌다.

"이, 이놈들. 뭐야!"

"분명 심장을 찔렀는데…."

위험을 무릅쓴 손책의 활약 덕에 어렵게 성벽 하나를 점거했건만, 성혼병이 나타나자마자 분위기가 순식간에 뒤집혔다. 손가 결사대와 장흠이 이끌고 올라온 2진은, 서문 공략을 코앞에 두고 성혼병에 막혔다. 성혼병은 이미 성수에 의해 세뇌되어 이지를 되돌리기가 거의 불가능했다. 신의 안도전이 한 사람 한 사람을 붙잡고 뇌를 장악한 나노머신을 분해하는, 안티 나노머신을 주입해가며 반응을 지켜봐야 한다. 한 명을 고치는 데 꼬박 일주일이 걸린다고 가정하면, 백 명은 칠백 일, 천 명은 이십 년 가까운 세월이 필요했다. 반면, 그 성혼병이 아군 병사 한 사람을 해치는 것은 순식간이었다.

지금도 손가의 피해가 눈덩이처럼 불어났다. 멀리 장흠이 벌써 부상을 입은 채 악전고투하는 게 보였다. 능통 또한 손책을 감싸다 구석에 몰려 위기에 처해 있었다.

'그렇다면.'

용운은 손속에 사정을 두지 않기로 결심했다. 너무 많은 생명을, 너무도 쉽고 빠르게 빼앗을 수 있다는 점이 잔혹하여 쓰지 못했던. 스스로 고안해냈으나 묻어둔 천기의 변형판. 그 봉인을 풀기로 한 것이다.

슉! 용운의 양손이 빠르게 움직였다. 양쪽에서 용운에게 창을 찔러오던 두 성혼병이 멍한 표정이 됐다. 그걸로 끝이었다. 둘은 입과 코, 눈, 귀 등에서 피를 뿜으며 절명했다. 그런 두 사람의 가슴, 정확히 심장이 있는 부위에 작은 구멍이 뚫려 있었다. 구멍은 구멍인데, 그저 움푹 파인 정도가 아니라 뒤가 다 비쳐 보이는 구멍이었다. 심장이 검지만 한 크기로 뚫린 셈이니, 숨을 쉬고 피가 도는 생물이라면 살아남기란 불가능했다.

숙! 팟! 퓨슉! 용운은 성혼병들 사이를 빠르게 누비면서 연신 양손으로 적을 가리켰다. 어떤 자는 미간에, 또 어떤 자는 심장에 구멍이 나 쓰러졌다.

이것이 바로 일지공파권(一指空破拳). 손바닥만 한 공간을 파괴하던 공파권을 한 점에 집중, 검지를 이용하는 수법이었다. 원리는 똑같았으나 파괴하는 공간의 크기가 검지만 하다는 점만 달랐다.

"놈이 이상한 암기를 날린다! 방패 뒤에서 공격하라!"

경악에서 깨어나 정신 차린 시진이 외쳤다.

성혼병들은 즉각 방패를 내밀고 압박해왔다.

용운이 가볍게 코웃음을 쳤다.

"암기?"

그런 그의 눈동자가 은은하게 금빛을 발했다.

"막을 수 있다면 막아보든가."

숙! 푸슉! 그래도 소용없었다. 공파권은 대상 물질이 아니라 물질이 위치한 공간 자체를 파괴하는 것이기에, 방패와 그 뒤의 성혼병까지 한꺼번에 뚫려버렸다. 다만, 작은 변화가 생겨났다. 방패 때문에 용운이 급소의 위치를 정확히 파악하지 못해, 간혹 살아남는 자들이 생겨나기 시작한 것이다. 미간 대신 턱이, 심장 대신 폐가 뚫리는 식이라 중상이긴 마찬가지였지만 즉사하지는 않왔다. 그런 자들이 악착같이 용운에게 매달려왔다. 그러다 그의 발이 잠깐 멈췄을 때였다.

"지금입니다, 화영 님."

시진이 주문을 읊듯 중얼거렸다.

"지금, 원한을 갚으실 때입니다!"

촤아아아아아악!

순간, 용운은 등골이 오싹하는 감각을 맛봤다. 머리털이 쭈뼛 서고 식은땀이 흘렀다. 뭔가 온다. 지극히 위험한, 지금으로서는 막을 수 없는 어떤 것이. 그는 끝까지 아껴뒀던 천기를 거의 무의식중에 발동했다.

시공권!

쩡! 용운을 제외한 모든 세상이 멈췄다. 그 안에서 놀랍게도 용운은 앞으로 나가떨어졌다.

"큭!"

그는 한 바퀴 굴렀다가 굳어버린 한 명의 성혼병에 세차게 부딪혔다. 등이 욱신거렸다. 뜨뜻미지근한 게 흘러내리는 감각으로 보아, 찢어져서 피가 흐르는 듯했다. 용운은 퍼뜩 고개를 돌려 뒤를 돌아보았다.

'대체 뭐였지?'

기둥만 한 크기의 무시무시한 화살이, 그를 붙잡았던 성혼병들을 관통하고 그 끝을 삐죽 내밀고 있었다. 용운이 시간을 멈춘 것은 그 화살이 등에 닿기 직전이었다. 맞지 않았는데도 그 여파로 등이 찢어지고 엎어진 것이다. 화살에 담긴 위력이 어느 정도인지 알 만했다. 그는 잠깐 멍해졌다. 저런 화살을 이미 알고 있었다. 그러다 퍼뜩 정신을 차렸다.

'이런! 시간을 너무 허비했다.'

용운은 깨달았다. 저 화살의 주인을 최우선으로 제거해야 한다는 사실을. 또 태사자와 백영을 해쳤으며, 하마터면 채문희까지 죽일 뻔했던 원수가 양양성에 왔다는 것을. 처음의 놀라움 대신, 차가운 분노가 그 자리를 채웠다.

'어디냐.'

멀리 동쪽 성벽과 남쪽 성벽이 이어지는 모퉁이에 성혼병들을 방패 삼아 서 있는 그 여자. 천강위, 화영이 보였다.

팟! 팟! 팟! 용운은 시공권의 남은 발동 시간을 최대한 활용하여 그리로 쇄도했다. 성혼병들의 머리와 어깨를 밟고 화영 쪽으로 달렸다. 그가 밟을 때마다 머리가 터지고 어깨가 부서졌다.

'오늘 이 자리에서 너만은 반드시 죽인다.'

화영은 시간이 멈추기 직전, 이미 새로운 화살을 시위에 얹은 후였다. 기이한 형태의 거대한 활. 그 활대 아래쪽을 성벽에 꽂아 고정하고 한쪽 발을 활대에 댔다. 그 자세에서 온 힘을 다해 시위를 당긴 상태였다. 시공권의 발동 시간이 좀 남았지만, 용운은 천기를 해제했다. 자신이 왜, 어떻게 죽는지 화영이 깨닫게 하기 위해서였다.

쩡! 얼어붙었던 시간이 다시 흐르기 시작했다.

'맞은 것 같았는데?'

눈을 가늘게 뜨고 용운 쪽을 살피던 화영이 눈을 부릅떴다. 목표물이 어느새 코앞에 와 있었기 때문이다.

"너….'

뭔가 말하려던 그녀가 헉하고 숨을 들이켰다. 우직! 용운이 활대를 받치고 있던 그녀의 다리, 무릎을 팔꿈치로 가차 없이 내리찍은 것이다. 무릎이 아래로 쑥 내려가고 발이 위로 치솟았다. 원래대로라면 굽혀질 수 없는 방향이었다. 찢긴 무릎으로 허연 뼈가 불쑥 튀어나왔다.

"으, 아아악!"

한 박자 늦게 비명을 지르는 화영의 귓가로 용운의 냉랭한 목소리가 와 닿았다.

"이것은 회임한 상태에서 내 아이와 함께 죽을 뻔했던 문희의 몫."

화영은 시위를 놓쳤다. 그러나 화살이 튀어 나가기 전에 이미 시위에서 들어 올려 발사되는 걸 막았다. 그녀는 화살이라기보다 가시 촘촘한 고목 같은 그것을 용운의 머리로 휘둘렀다. 부웅! 용운은 앉으면서 자세를 낮췄다. 애꿎은 성혼병 몇 명이 화영이 휘두른 화살대에 맞아 머리가 날아갔다.

용운은 앉는 동시에 오른발을 길게 뻗어 화영의 왼쪽 발목을 정면에서 내질렀다. 오른쪽 다리가 부러지면서 그녀의 체중은 모두 왼쪽 다리에 실려 있었다. 그 상태에서 발목에 강렬한 타격이 가해지자, 이번에는 발목마저 부러지고 말았다. 아니, 발길질에 실린 힘이 어찌나 강한지 숫제 발목과 발이 한꺼번에 끊어져 날아가다시피 했다. 화영은 그 충격으로 허공에 떠올라 앞으로 한 바퀴를 돌았다.

"캬아악!"

"이것은 날 대신하여 죽어간 백영의 몫."

떠올랐다가 떨어지는 화영의 턱으로 용운이 마지막 결정타를 날리려 할 때였다. 뒤늦게 정신이 든 성혼병들이 둘 사이에 우르르 끼어들었다. 그중 일부는 용운을 가로막고 일부는 화영의 몸을 떠받쳐 달아났다.

"꺼져라!"

퍽퍽퍽! 용운은 그로서는 드물게 무기를 썼다. 바닥에 꽂혀 있던 화영의 활을 뽑아 들고 마구 휘둘러댄 것이다. 성혼병들은 머리가 터지고 팔다리가 부러지면서 사방팔방으로 튕겨 나갔다. 그래도 약간의 시간은 벌었다. 그 틈에 누군가가 용운의 앞을 가로막고 섰다. 갑자기 용운이 시야에서 사라져 당황하다가, 화영이 위기에 처했음을 깨닫고 달려온 시진이었다.

용운은 무미건조한 어조로 내뱉었다.

"비켜. 이번에는 진짜 죽는다."

"넌 날 죽일 수 없다, 진용운."

"왜, 그 잘난 단서철권 때문에?"

시진은 가슴이 덜컥 내려앉았다. 단언컨대 지금껏 그의 천기를 눈치챈 자는 아무도 없었다. 단 한 사람, 진한성이 힘으로 파훼해 버렸을 뿐. 하지만 그것은 단서철권이 유발하는 우연과 자연의 힘마저 뛰어넘은 진한성이기에 가능했다.

"그걸…."

어떻게 알았느냐고 물으려던 시진은 이상한 감각을 느꼈다.

"어?"

가슴이 허전했다. 마치 구멍이라도 뚫린 것 같았다. 그는 아래를 내려다보았다. 실제로 구멍이 뚫려 그 구멍으로 바람이 통과해 지나가고 있었다.

'어느 틈에? 아니, 어떻게?'

용운은 여전히 원래 자리에 서서 시진을 차갑게 응시하고 있었다. 시진은 더욱 혼란스러워졌다. 자신이 알아채지 못하는 사이 공격을 가할 수는 있었다. 그러나 그 공격이 먹힐 수는 없었다. 먹혀선 안 되었다. 단서철권이 그를 보호하고 있었으니까.

용운이 시공권의 남은 발동 시간을 소모하여 시간을 멈춰버리고 그 사이에 가슴을 뚫었음을 시진은 알 길이 없을 것이었다. 영원히. 털썩 무릎을 꿇은 시진이 애써 입꼬리를 올렸다.

"크흐흐, 진용운. 강하구나. 나한테는 네가 이겼다. 그러나 이 전투에서는 네가 패할 것이다."

"닥치고 그냥 죽어."

"이제 슬슬 시간이 됐다."

화륵! 유주군 진영 뒤편에서 불길이 올라온 건 그때였다.

그 쪽을 돌아보는 용운에게 시진이 힘겹게 내뱉었다.

"네가 아끼는 수하들은… 모두 저기에 있겠지. 성혼병 수천을… 미리 성 밖으로 내보내 매복시켜두었었다. 성을 공격해오는… 적군의 배후를 치기 위해서….”

시진은 삼만의 성혼병을 총 넷으로 나누었다. 팔천 명씩 세 개의 부대는 각각 서벽, 남벽, 동벽에 배치하여 방어하도록 했다. 다만, 처음에는 유기가 모은 병력을 앞세우되 성혼병은 나중에 끼어드는 형세였다. 적의 힘이 어느 정도 빠졌을 때 성혼병이 나서면 효과가 배가될 것이기 때문이었다. 실제로, 손가의 결사대가 허를 찔렀지만 그 배치에 막혔다. 연합군의 수가 삼만 남짓한 데다, 자신과 희매, 화영도 있었기에 그 정도면 수성하기에는 충분하다고 여겼다. 그리고 책사 반준의 조언대로 나머지 육천의 부대를 성 밖, 현산의 골짜기 사이에 은밀히 숨겨뒀던 것이다. 시진은 용운의 흔들리는 눈동자를 보며 피거품을 물고 웃었다.

“하하, 어떠냐? 한 방 먹였….”

하지만 그 웃음은 금세 사라져버렸다.

“와아아아!”

“성문이 열렸다!”

이번에는 양양성 북쪽 성벽에서 불길이 치솟더니 동문에서 함성과 비명이 들려온 것이다. 손가 부대가 기상천외한 방법으로 성벽에 올라와 거점을 마련하고 서문을 열려 했으나, 성혼병의 위력 앞에 막혀 있던 터였다.

‘그런데 갑자기 어째서 동문이? 유비는 분명 성을 공격할 태세조차 안 보였는데….’

시진은 이 사태가 도저히 이해가 가지 않았다.

용운은 눈을 지그시 감았다가 떴다.

'해냈구나, 청몽, 사린. 해냈어!'

이쯤 되자 성혼병들도 급격히 동요를 일으켰다. 시진과 화영이 연달아 패한 데다, 성문마저 열렸다. 두 천강위가 치명상을 입어 성혼마석의 파장이 약해지자 투지도 사그라졌다. 성혼병들은 주춤주춤 물러났다. 비로소 홀로 자신들 사이에 뛰어들어 맹위를 떨친 적에 대한 두려움이 솟았다. 그들은 은발의 악마에게서 조금이라도 멀어지려고 애를 썼다.

시진은 용운의 앞에 홀로 남겨졌다. 무릎 꿇은 그에게 용운이 허리를 굽히고 속삭였다.

"안됐네. 내 수하들은 그렇게 약하지 않거든."

"분… 하다….”

시진의 몸이 빠르게 풍화하기 시작했다.

'희매, 금방 따라갈게.'

곧 그는 먼지가 되어 완전히 사라져버렸다.

화영은 그새 달아난 후였다. 양쪽 다리를 잃은 거나 마찬가지니 움직이기 어려울 텐데, 어떻게 도망쳤는지 신기했다.

'해자로 뛰어든 건가?'

용운은 혀를 찼다. 지금은 그녀를 추격할 때가 아니었다. 시진에게 말은 그렇게 했어도 배후를 찔린 아군이 걱정되었다. 남쪽 성벽으로 황급히 달려가 유주군 진영을 살펴본 용운이 탄성을 질렀다.

"오호, 저건?"

용운이 시진을 쓰러뜨리기 얼마 전.

청몽과 사린은 부상을 입은 상태에서도 해자를 통해 한수로 빠져나갔다. 적의 눈에 띄지 않게 헤엄치느라 제법 오랜 시간이 걸렸다. 뒤이어 이를 악물고 북쪽 성벽을 기어오르는 데 성공했다.

"헥, 헥. 죽겠네."

"쉿, 언니. 저기 적의 보초가 있어."

과연 용운과 사마의 등의 예상대로 북쪽 성벽에는 최소한의 경계병만 있었다. 그나마 그 경계병들도 북쪽 성벽의 벼랑을 감시하기보다 서쪽 성벽의 격렬한 전투에 정신이 팔려 있었다. 아무리 지쳤다 해도 그런 병사 십수 명에게 당할 두 사람이 아니었다. 서걱! 청몽의 사슬낫이 병사들의 목을 베었다. 재빨리 경계병을 해치운 청몽과 사린은 북쪽 성벽을 통해 성안으로 들어갔다.

"자, 이제 마음껏 설쳐주지!"

그리고 청몽이 불을 지르고 적병을 죽이면서 날뛰는 사이, 사린은 동쪽 성문을 안에서부터 부숴버렸다. 동문을 택한 이유는 이상하게 그쪽에 방어하는 병력이 적었기 때문이다. 서쪽 벽에 있던 성혼병들은 손가의 치열한 공세를 막아내고 있었다. 또 남쪽 벽의 성혼병들은 당연히 시진을 지키는 동시에 용운을 공격하고 있었다. 그러다 시진이 피리로 호출하는 바람에 동쪽 성벽의 성혼병들까지 상당수가 용운에게로 몰려들었다. 동쪽을 맡은 유비 부대가 아예 그늘로 들어가 아무 움직임을 보이지 않은 이유도 있었다.

움찔. 태평스레 누워 있던 유비가 벌떡 일어나 앉았다. 아니나 다를까, 전장을 살피던 방통이 다급히 달려오고 있었다. 그는 유비가 이미 일어서는 걸 보고 조금 놀란 표정으로 말했다.

"주공, 동문이 열렸습니다!"

"익덕에게 전령을 보내 즉시 동문으로 돌격하여 성내로 진입하라고 이르게."

"옛!"

방통이 돌아설 때였다. 유비가 갑자기 그의 뒷덜미를 잡아챘다.

"잠깐."

"엇?"

"저건 뭐지?"

유비가 검은 연기를 손가락으로 가리켰다. 남쪽 성벽 유주군 진영 쪽에서 치솟는 연기였다.

"밥 짓는 연기가 아닌 건 분명한데."

"저건 화공입니다. 아무래도 유주군 배후가 공격받은 모양입니다."

"으흠, 그래?"

잠시 턱을 어루만지던 유비가 입을 열었다.

"관형에게도 전령을 보내게. 단, 동문을 공격할 게 아니라 유주군 배후를 지원하라고."

마침 관우는 남쪽으로 부대를 상당히 물린 터라, 유주군 후미와 가장 가까운 위치에 있었다.

"유주왕에게 빚을 지우시려는 겁니까?"

방통의 물음에, 유비는 싱긋 웃었다.

"그 친구가 이런 거에 좀 약하거든. 혹시 아나? 나중에 요긴하게 써먹을 일이 있을지."

유비의 명을 받은 장비는 신이 나서 맹렬히 돌격해 들어갔다. 자신이 직접 선두에 서서 장팔점강창을 닥치는 대로 휘두르고 쑤셨다. 앞에서는 돌파력으로 천하에서 열 손가락 안에 드는 장비가 두들겨대고 뒤에서는 거대한 망치를 든 소녀가 난입해 날뛰니, 동문의 수비는 순식간에 무너졌다.

"흠. 유주군을 도우라, 이 말씀인가."

관우는 가장 큰 전공을 세울 기회를 빼앗긴 게 불만스러웠다. 그러나 유비의 지시대로 방향을 선회하여 남쪽, 유주군 후미 쪽으로 진격했다. 과연 불길이 치솟고 병사들이 허둥대는 게 보였다. 관우는 청룡언월도를 든 한 팔을 곧게 뻗고, 다른 한 손으로 턱수염을 쓸어내리며 중얼거렸다.

"제대로 허를 찔렀구나."

유주군은 장수들뿐만 아니라 병사들도 용맹하기로 이름 높았다. 그러나 지금은 불과 연기 탓에 가벼운 혼란에 빠져 있었다. 사람보다는 말들이 놀라 날뛰는 통에 곤란을 겪고 있었다. 예상치 못한 방향에서 급습을 당한 탓도 컸다. 배후를 공격받았다고 해서 부대 전체가 방향을 전환해버리면 양양성의 변화에 대응할 수 없을 터였다.

또한 아무래도 공성전이다 보니 조운을 비롯한 지휘부 다수가 앞쪽에 포진해 있었다. 거기에 유주군의 병과 대부분은 기병. 말을 몰아 말 사이를 헤집고 뒤로 빠져나오기가 쉽지 않은 것이다.

"그리고 군사가 아직 부대 전체를 완전하게 통솔하지 못하는 것 같구나."

관우는 쉽게 적을 구분해냈다. 말을 타지 않은, 불길한 검붉은 색 차림의 병력이 그것이었다.

"곧장 옆에서 들이친다."

"예, 장군."

한편, 진형을 크게 중시하지 않는 까닭에 혼자 일찌감치 뒤쪽으로 달려와 싸우고 있던 감녕이 외쳤다.

"이 자식들, 일반 병사 주제에 왜 이렇게 강한 거야?"

다행히 유주군 후방에는 강력한 방어수단이 하나 남아 있었다. 바로 이랑이었다. 그녀는 원거리 공격에 능하기에 일부러 뒤쪽에 위치해 있었다. 본격적으로 공성이 시작되어 부대 전체가 전면으로 이동하면, 이랑은 아군을 엄호하는 동시에 성벽 위의 적장수를 저격할 예정이었다.

이랑은 제단처럼 생긴, 나무로 만든 탑 위에 올라서서 연신 사방으로 흑광을 쏴댔다. 후미를 거세게 공격하던 성혼병들이 흑광에 맞아 하나둘 녹아서 사라졌다. 그러자 몇몇 놈들이 이랑의 존재를 눈치챘다. 그중 하나가 탑을 후려쳐 부수는 바람에 이랑은 아래로 떨어지다시피 뛰어내렸다.

"칫."

공교롭게도 거기는 성혼병들이 우글거리는 한복판이었다. 착지와 동시에 그녀의 머리로 한꺼번에 서너 개의 검이며 창이 떨어져 내렸다. 쳉쳉쳉쳉! 위기의 순간, 누군가가 비호처럼 날아들어 맹렬히 회전하면서 검으로 공격을 쳐냈다. 갈색 피부의 미소년. 한때 위원회에 몸담았으나 이제는 제갈량의 편에 선 천강위 연청이었다.

"괜찮냐, 병마용군."

연청의 물음에 이랑이 버럭 소리를 질렀다.

"멍청아! 네가 여기 있으면 어떡해! 공명은?"

"그쪽이라면 문제없어."

연청을 최후미로 보낸 사람은 다름 아닌 제갈량 본인이었다. 말을 타지도 않으면서 동작이 재빠르고, 성혼마석의 기운을 내뿜는 연청은 이 상황에 대처하기에 최적이었다. 총군사 수레에 탄 제갈량은 침울한 표정이었다.

'복병이 있었다니. 분명 이 일대를 다 살폈다고 생각했는데. 아니, 아니다. 적들이 봉림관을 그냥 포기하는 바람에 성 외부에 병력이 없을 거라고 은연중에 단정해버렸다.'

사실 이는 제갈량과 사마의가 서로를 신뢰해서 오히려 빈틈이 생긴 격이었다. 제갈량은 현산 꼭대기에 있는 사마의가, 사마의는 아군 진영 후미에 있는 제갈량이, 당연히 현산 일대를 샅샅이 확인했으리라 여긴 것이다. 마치 현대의 야구에서 두 수비수가 서로 상대가 잡아주리라 짐작하고 가운데로 떨어지는 공을 보기만 하다가 놓치듯이. 두 천재가 저지른 어이없는 실수였다. 제갈량은 탄식하듯 혼잣말을 했다.

"공명아, 공명아. 너는 미숙하구나. 아직도 멀었다."

성혼병들은 언뜻 보기에도 뭔가 있어 보이는 총군사 수레를 집요하게 공격해왔다. 그러나 수레 자체가 몹시 단단한 데다, 그 옆에서 미쳐 날뛰는 괴력의 거한, 마충의 벽을 좀체 뚫을 수가 없었다. 마충은 성혼병들에게 유난히 적개심을 보여 평소보다 더욱 강한 힘을 발휘했다.

"마충은!"

부웅! 픽!

"용 님을 지키는!"

휘잉! 퍼픽!

"이에요!"

픽픽픽!

터지고 깨지고 부서졌다. 마충이 뭔 소린지 모를 한마디를 내뱉으며 무기를 휘두를 때마다 사람의 머리와 몸뚱이가 수박이 폭발하듯 터졌다. 그는 양손에 하나씩 어른 키만 한 쇠몽둥이를 들고 있었다. 그의 싸우는 방식과 괴력을 감안한 용운이 구해다 준 것이었다. 거기 스치기만 해도 뛰어올랐던 자는 땅이 움푹 파일 정도로 바닥에 패대기쳐져 온몸이 으스러지고 앞에서 돌격하던 자는 뒤로 몇 장이나 날아가 절명하니, 성혼병들도 감히 함부로 덤벼들지 못했다.

'지나간 일은 지나간 일. 일단 이 상황을 타개해야 한다. 문제는 진형이 너무 흐트러졌다는 것이다. 저들이 아군 사이로 더 파

고들기 전에 분리해내야 하는데….'

제갈량이 고심할 때였다. 돌격해온 관우 부대가 절묘하게 성혼병들의 옆을 들이쳤다. 관우는 준엄한 목소리로 외쳤다.

"사교의 무리를 하나도 살려 보내지 마라!"

용운이 성벽에서 내려다본 때가 바로 그 순간이었다. 이에 그의 입에서 탄성이 새어 나온 것이다.

유주군이 위기를 넘겼음을 깨달은 용운은 돌아서서 양양성 안쪽을 내려다보았다. 동문으로 진입해온 장비 부대가 종횡무진 활약하는 중이었다. 적장 장윤이 그의 창에 꿰뚫려 허공으로 솟아올랐다가 추락하는 광경이 보였다. 역설적이게도 가장 태평스러웠던 유비군이 손가보다 더 큰 전공을 세울 분위기였다. 서문을 지키던 장윤이 죽는 바람에 이제 서문마저 곧 열리기 직전이었다. 청몽과 사린은 남문으로 다가오고 있었다.

용운이 선언하듯 나직이 중얼거렸다.

"양양성은 무너졌다."

15

조가의 암투

손가, 유주 연합군이 양양성에 맹공을 퍼부을 무렵.

신야의 형주군은 여전히 조조군과 대치 중이었다.

유표는 막사에서 양손으로 턱을 괴고 앉아 심각한 고민에 빠졌다. 하후연과 조창 등 조조 측 맹장들이 합류하면서 유표군의 상황은 점점 어려워졌다. 한데 시간이 갈수록 전황이 더 악화되는 게 문제였다.

'양양성의 사정이 좋지 않은 듯하다. 전령의 왕래와 보급이 끊겼다. 더구나 믿었던 서령은 강하에서 패해 생사가 불분명하다고 하니, 더는 여기서 시간을 끌 수 없다.'

마음 같아서는 당장이라도 회군해서 양양성을 위기에서 구하고 서령을 찾고 싶었다. 패왕공 특유의 운기법, 이성과 기를 교환하는 행위는 엄청난 쾌감을 동반하는 까닭에 중독성이 강했다. 그로 인해 그녀에 대한 그리움이 더욱 커졌다. 세상에서 그 운기가 가능한 이성은 오직 서령, 한 사람뿐이었기 때문이다. 다른 이성과의 잠자리에서는 잘해야 흡기(吸氣, 기운을 빨아들임)만 할 수 있었다. 흡기하는 순간에는 어느 정도 쾌락이 따르지만, 정제되지 않은 기운인 탓에 무공 면에서는 오히려 손해였다. 또한 흡기의 대상이 된 여성은 십중팔구 사망하기 때문에 유표의 기분도 불쾌해졌다.

몸을 섞은 상태에서 그의 막강한 기운을 고스란히 받았다가 더욱 증폭하고 정제하여 돌려주는 여인. 순종적이고 연약한 다른 여인들과는 다른, 단단한 몸에 불꽃 같은 성격을 가진 여자. 어서 돌아가서 서령을 안고 싶었다. 유표는 오직 이 생각뿐이었다. 그러나 모든 일을 때려치우고 회군하지 않을 정도의 이성은 있었다. 무엇보다 이 전투가 얼마나 중요한지 알기에 더욱 그랬다.

"사흘 내로 전력을 다해 적을 친다."

유표의 말에, 책사 괴월이 난색을 표했다.

"적 원군이 합류한 이후, 신야성의 방비가 더욱 단단해지고 있습니다. 초반, 아군의 기세가 드높았을 때도 뚫지 못하였는데 지금은…."

쾅! 유표가 막사 가운데에 놓여 있는 간이탁자를 내리쳤다. 탁자가 단숨에 산산조각 나 흩어졌다. 괴월은 말하다 말고 움찔하며 입을 다물었다. 유표가 그에게 으르렁대듯 말했다.

"책사의 하는 일이 뭔가? 그렇다면 아군의 기세도 높고 적 원군도 도착하지 않았을 때는 어째서 성을 무너뜨리지 못했나?"

"그건…."

괴월의 머릿속으로 괴량의 생각이 흘러들어왔다.

─못 한다는 말은 하지 말고 어떻게든 책략을.

'제길. 마땅히 할 수 있는 일이 없는데, 무슨 수로 책략을 내놓는단 말인가!'

그렇게 말하기에는 유표가 너무 무서웠다. 원래도 그랬지만 요즘 들어 더욱 무서워졌다. 어금니를 악물던 괴월은 최근에 입수한 정보 하나를 퍼뜩 떠올렸다.

"그러고 보니…."

중얼거리는 그의 말꼬리를 유표가 얼른 잡았다.

"뭔가 방도가 있나?"

아직 확실한 정보도, 체계적으로 정리된 생각도 아니었다. 하지만 유표의 기색을 보니, 뭐라도 내놓지 않으면 당장 목이 달아날 것 같았다. 괴월은 새 정보를 바탕으로 하여 떠오르는 대로 책략을 내뱉었다.

"지금 조조의 자식들인 조비, 조창, 조식이 모두 신야성에 와 있습니다."

"그런데?"

"얼마 전부터 자식들 사이에 후계 싸움이 치열하다고 합니다. 원래 장자인 조비로 굳어지는 분위기였으나, 재주와 슬기가 넘치는 미남자인 조식을 조조가 못내 아까워하고 맹장 조창까지 끼어들어, 다시금 혼란스러운 분위기가 됐답니다."

냉철하고 무자비한 군주형의 조비. 군부의 전폭적 지지를 받는 무장 조창. 조조의 예술적 감성을 물려받은 미남 조식. 이 셋 가운데 조조는 얼마 전 조비를 후계로 하겠다고 선언했다. 그러나 거기까지는 유표 진영에 전해지지 않은 데다, 언제 바뀔지 모르는 것도 사실이었다.

"그런 형국에 화자어(화흠), 양덕조(양수) 등의 중신들까지 각자 다른 아들을 밀면서 내분의 조짐도 있다는군요."

"그걸 이용하겠다는 건가?"

"그렇습니다. 조조는 이미 장남이었던 조앙이 배신하여 유주왕에게 붙은 아픔이 있습니다. 그 일로 조비가 장자 자리에 올랐지요. 아들들끼리 다툰 끝에 또 다른 아들을 잃는다면, 그게 셋 중 누가 되더라도 타격이 클 것입니다. 더구나 그 아들이 후계자 후보였다면 말입니다."

"흐음. 좀 더 구체적으로 말해보라."

"우선, 이번 전쟁에서 큰 공을 세울 기회를 조조의 세 아들 모두에게 흘립니다. 주공께서 직접 미끼가 되시는 게 제일 좋겠지요. 그런 다음 누가 걸려들든 놈을 사로잡거나 죽이고, 나머지 둘 중 하나에게는 밀서를 보내는 것입니다."

"밀서?"

"협력해줘서 고맙다는, 대신 후계자 다툼을 암암리에 돕겠다는 내용입니다. 우리에게 붙잡힌 자와 앙숙인 아들이면 되겠지요. 물론, 그 밀서를 가져가던 자는 정체가 들통나서 빼앗기게 됩니다."

말하던 괴월이 히죽 웃었다. 떠오르는 대로 말한 것인데, 막상 꺼내놓고 보니 상당히 그럴듯한 계책이 아닌가.

"잘될 경우, 최소 조조의 자식 하나를 죽이고 하나는 숙청할 수 있겠지요. 형제를 끌어내리기 위해 적에게 협력한 것이니 결코 조용히 넘어가진 못할 겁니다. 그런 소문이 퍼지면 조조의 통치력에도 큰 흠이 날 것입니다. 또한 조조의 자식 셋은 모두 현재 신야를 방어하는 장수인데, 그중 둘을 제거하면 자연히 성의 방어 태세도 흔들릴 것이고요."

듣고 있던 유표는 무릎을 탁 쳤다.

"과연, 절묘한 방법이구나. 미끼든 뭐든 되어줄 터이니 얼른 판을 짜보거라."

"바로 시행하겠습니다."

괴월은 안도의 한숨을 내쉬며 읍했다.

사흘 후, 신야성에는 유표가 곧 퇴각을 준비한다는 소문이 돌았다. 자연히 소문은 조조군 진영에도 들어갔다. 마침 강하가 이미 연합군에게 떨어졌고 양양성도 위태롭다는 정보가 알려졌기에, 소문은 상당히 그럴듯하게 들렸다. 조조는 즉각 휘하의 참모와 장수들을 모아놓고 회의를 열었다.

"다들 어찌 생각하시오? 기탄없이 말해보시오."

조조는 얼마 전, 황제가 용운을 정식으로 유주왕에 임명한 것에 반발하여 스스로 위왕에 올랐다. 이에 측근들도 모두 그를 왕으로서 대하였다. 그의 물음에, 최근 가장 총애받고 있는 화흠이 신중하게 답했다.

"확인해본 결과 아주 근거 없는 소문은 아닙니다만, 신중하게 접근해야 할 필요성이 있습니다."

"위보(僞報, 거짓 정보를 흘리는 계책)를 주의해야 한다, 이건가?"

"그러합니다, 전하."

화흠의 말을 양수가 거들었다.

"또한 유경승은 무슨 수를 썼는지 모르겠으나, 인간이라 믿기 어려운 거인이 되어 전투에서 괴력을 발휘했습니다. 궁지에 몰린 쥐는 고양이를 문다 했으니, 그 정보가 사실이라 해도 아군이 피해를 입지 않게 조심해야 할 것입니다."

그때, 조창이 큰 소리로 끼어들었다.

"거참, 다들 갑갑한 소리만 하시는군. 상대는 패배를 예감하고 근거지마저 털릴까 두려워 달아나는 자요. 이번에 무사히 돌려보내면 양양에서 다시 세력을 키워 장차 전하께서 형주를 공략하는 데 또 걸림돌이 될 것이오. 한데 어찌 그리 소극적인 말씀들만 하시는 거요?"

"소극적인 게 아니라, 신중해야 한다는 겁니다."

양수의 말에, 조창은 콧방귀를 뀌었다.

"여기서 더 신중할 게 뭐 있소?"

이어서 그는 조조에게 말했다.

"아바마마, 실은 제가 나름대로 입수한 정보가 있습니다. 거기에 따르면 유표는 조금씩 군사를 빼내어 부대 전체를 둘로 나눌 거라 합니다. 그리고 신야성 앞에 배치한 부대는 여전히 공성을 진행하는 것처럼 꾸미고 유표 자신이 이끄는 본진은 전속력으로 양양성을 향해 귀환할 예정이랍니다."

"추격해간 아군에게 뒤를 잡힐까 두려워서인가."

"그렇습니다."

여기에 대한 가신들의 반응은 다양했다. 조창을 뚫어지라 바라보는 자, 자기들끼리 귓속말을 속삭이는 자, 눈 감고 생각에 잠긴 자 등.

'자문(子文, 조창의 자) 님께 그런 정보통이 있었단 말인가? 힘만 쓰는 무골인 줄 알았는데.'

'그 정보가 사실이라면 이는 절호의 기회다.'

'만약 자문 님이 유표를 잡는 공을 세운다면, 후계자 구도는 사뭇 달라질 것이다.'

조비는 눈썹을 슬쩍 꿈틀거렸고 조식은 입안으로 뭔가를 중얼거렸다.

조창이 자신만만하게 말했다.

"제게 호표기를 빌려주십시오. 반드시 유표 놈의 목을 베어 돌아오겠습니다."

좌중에서 작게 놀라는 목소리가 들렸다.

"호표기를…!"

호표기는 조조군이 자랑하는 정예 철기병으로, 본래는 조순이 지휘했다. 그 조순은 하후연, 조창 등과 황제를 추격하다가 무송에게 불의의 일격을 당해 목숨을 잃었다. 이에 조조는 크게 노여워하고 슬퍼하면서도 유주를 공격하지는 못했다. 원술과의 오랜 전쟁이 끝난 지 얼마 되지 않았을 뿐만 아니라 곧장 형주를 치려고 움직인 까닭이었다. 이런 상황에서 유주까지 건드리는 건 아무리 상승세를 탄 조조라도 지나치게 부담스러웠다.

각설하고, 조순의 전사 후 호표기는 임시로 조창이 이끌고 신야로 와 있었다. 조창이 말은 빌려달라고 했지만, 그 정식 지휘권을 요구하는 것이었다. 그는 간접적으로 경험한 호표기의 용맹과 충성심에 홀딱 빠져 있었다. 호표기 또한 조조의 아들이자 장수로서도 용맹한 조창이 싫지 않았다. 혈족인 조순이 사망한 지금, 조창이야말로 호표기의 지휘관으로 가장 어울리는 인물이기도 했다.

조조는 나직한 목소리로 물었다.

"자문, 호표기가 어떤 의미를 가진 부대인지는 알고 있겠지?"

"알고 있습니다."

"그 여포의 흑철기마저 꺾어, 끝내 남하하지 못하게 만든 부대가 호표기다. 아군의 상징과도 같은 부대로, 호표기를 이끌고 전투에서 패배한다는 건 용납이 안 된다. 더구나 이 맹덕의 아들인네가."

"군령장을 써두고 가겠습니다."

조창은 사뭇 비장한 어조로 말했다. 좌중이 또 한 번 술렁였다. 군령장을 써두겠다는 건 임무에 실패했을 경우 어떤 처벌이라도 달게 받겠다는 뜻이었다.

"흐음."

조조는 나이가 들면서 더욱 심유해진 눈빛으로 조창을 응시했다.

조창도 지지 않고 그 시선을 맞받았다.

'아버님, 제 꿈은 여전히 대장군입니다만, 이제 그냥 장군이 아닙니다. 원술, 진용운 등 강자들과 싸워보고 깨달았습니다. 전 모두를 발아래 두고 천하를 주유하는 대장군이 되기를 원합니다.'

이제까지는 딱히 권력에 관심이 없던 그였다. 그저 싸움터에 나서서 강적을 상대할 수 있다면 그만이었다. 하지만 그렇게 싸움을 거듭하는 사이, 뭔가 더욱 큰 그림이 그려지고 무대가 생겨남을 깨달았다. 자신의 싸움과 아버지 조조의 싸움은 달랐다. 심지어 소인배라 얕보던 원술조차 더 큰 판에서 싸우던 자였음을 알게 되었다. 그 전면에 나서서 천하를 놓고 다투는 진짜 싸움에 끼어들고 싶었다. 그러자면 아버지의 권세를 반드시 물려받아야 했다.

조조는 그런 아들을 보며 생각했다.

'비가 왕재로써, 식이 학문과 예술로써 군주가 되고자 한다면, 너는 무로써 왕이 되겠다는 말이냐, 황수아?'

황수아, 조창은 조조의 자식 중 유난히 무예가 뛰어났다. 그저 실력이 좀 좋은 정도가 아니라, 조조군의 어떤 맹장과 비교해도 손색이 없을 정도였다. 어려서부터 활쏘기와 수레 몰기를 잘했고 근력이 보통 사람을 넘어 맨손으로 맹수를 때려잡았다. 나이 들어서는 여러 차례 정벌에 참여했는데, 원래 조조는 이를 마땅치 않게 여겨《시경》과《서경》 등을 읽게 했다. 학문에는 관심이 없던 조창은 당연히 이를 좋아하지 않았다.

일찍이 조조가 아들들에게 좋아하는 것을 물었을 때, 조창은 장수가 되기를 원한다고 답했다. 이에 조조가 "장수가 되어서 어찌하겠느냐?"고 다시 물으니, 조창은 이렇게 답했다.

"갑옷을 입고 날카로운 무기를 들며, 어려움을 만나도 자신을 돌아보지 않고 사졸들의 선봉에 설 것입니다. 또한 반드시 상벌을 분명히 하겠습니다."

그 답에 조조는 크게 웃고 이후로 더는 조창이 무인의 길을 걷는 데 대해 불만스러워하지 않았다.

"그래, 나 조맹덕의 아들 중에 너 같은 녀석이 하나쯤 있는 것도 괜찮겠구나."

그 조창이 무(武)의 범위를 넓히려 하고 있었다. 조비와 조식이 아연 긴장하는 기색이 느껴졌다.

"좋다."

조조는 이 싸움을 한번 구경해보기로 맘먹었다.

"내어주마, 호표기를."

"…감사합니다, 전하! 절대 실망시키지 않겠습니다."

조창은 넙죽 엎드리다시피 하며 감격했다.

"그리고 자양(子揚, 유엽의 자)을 참모로 붙여주마."

그 말에 유엽이 움찔했다. 그는 본래 조조의 책사 중 가장 열심히 활약하고 있었다. 그러나 원술과의 싸움에서 별 두각을 드러내지 못했다. 하필 그 시점에 화흠, 양수 등 새로 영입한 참모들이 활약하는 바람에, 더 나설 자리가 없었다. 조조는 화흠과 양수를 매우 신뢰하는 듯했다. 또한 조조가 아끼는 장수 주동과 유엽의 사이도 껄끄러웠다. 게다가 어느 순간부터 화흠은 조비를, 양수는 조식을 지지하는 모양새가 되었다. 후계가 확정된 뒤부터 한쪽은 몰락할 것이다. 하지만 지금 당장은 그로 인해 기세가 등등했다. 이래저래 유엽은 벼랑 끝에 몰린 듯 보였다.

'이런 때 나에게 둘째 공자님을 모시라는 것은, 나를 완전히 내치시겠다는 것인가. 아니면….'

조창은 유엽의 앞에 다가와, 호탕한 태도로 그의 손을 덥석 잡았다.

"오오, 자양 님! 아시다시피 저는 힘만 세지 머리는 나쁩니다. 자양 님이 하라는 대로 뭐든 따를 터이니 잘 이끌어주십시오!"

유엽은 그런 조창을 보며 생각했다.

'아니면, 이분을 도와 스스로 최고의 자리를 쟁취해보라는 뜻일까.'

그리고 후자라 생각하기로 마음먹었다. 그래, 이제 어느덧 중년의 나이였다. 인생의 승부수를 걸어볼 때도 되었다. 그 밑천이 되는 패가 조조의 둘째 아들이라면 나름 나쁘지 않았다.

조비는 전전긍긍하는 것 같은 조식을 관찰하며 내심 의아했다.

'늘 생각이 다른 데에 가 있는 것처럼 붕 뜬 녀석인데, 유난히 초조해하는군. 황수아까지 나서자 새삼 위기감을 느끼기라도 한 것인가? 허나 식, 어차피 네 재능으로는 위왕의 유산을 물려받을 수 없다. 문학과 예술은 태평성대에는 나라를 더욱 중흥시키겠지만, 이런 난세에는 사치일 뿐. 너처럼 유약한 자가 후계자가 된다면 조가의 세는 몰락하고 말 것이다.'

자신을 후계로 삼겠다는 말을 조조에게서 직접 들었다. 그렇다고 해서 조비는 안심하지 않았다. '일단은'이라는 단서가 붙었기 때문이다. 또 적어도 후계와 관련해서 조조는 더욱 변덕스러웠다.

'내가 유리한 고지에 섰다고 해서 방심하지 않겠다. 내가 보기에 이것은 십중팔구 적의 함정. 황수아가 위기에 처하면, 유표는 분명 최후의 일격을 가하기 위해 모습을 드러낼 터. 그때 녀석을 구출하는 동시에 유표를 잡아서 후계자 자리를 확정 지을 것이다.'

조비는 이미 두 수 앞을 계산하고 있었다.

조식은 조식대로, 양수와의 대화를 떠올렸다.

이 회의가 열리기 반나절쯤 전이었다.

조식의 거처를 은밀히 찾아온 양수가 말했다.

"공자님, 곧 유표가 퇴각할 것 같다는 정보가 들어올 터인데, 이는 아군을 끌어들여 전세를 뒤집으려는 적의 계략이 확실합니다. 그러니 군략 회의에서 절대 나서지 마십시오."

"뭣? 그럼 아버님께 알려드려야 하는 게 아닙니까?"

"전하께서는 그런 불확실한 정보에 직접 움직이시지 않을 것입니다. 대신 첫째, 아니면 둘째 공자님께서 전공을 노리고 자원하시겠지요. 제가 보기에는 심계가 깊은 첫째 공자님이 아니라, 후계 싸움에 뒤늦게 뛰어들어 마음이 급한 둘째 공자님일 가능성이 높습니다."

"그럼, 둘째 형님이 위험해지는 겁니까?"

"아마도 그렇겠지요. 최악의 경우 싸움터에서 불상사가 일어날 수도 있고요."

"으음."

조식은 신음 비슷한 소리를 냈지만, 크게 안타까워하거나 걱정하는 기색은 아니었다. 무예를 숭상하는 조창은 시와 서예 등에 심취한 조식과 상성이 나빴다. 자연히 서로 사이도 별로 좋지 않았다. 적대하는 정도는 아니었으나 데면데면하다고나 할까. 오히려 조식은 그런 쪽으로도 조예가 깊은 조비와 얘기가 잘 통했다. 그래서 작금의 상황이 그저 안타까웠다. 아버지의 뒤를 잇기 위해 좋아하고 존경하는 큰형을 밀어내야 하는 것이.

천재인 조식은 그 머리를 문학에 대부분 쏟아부어왔다. 하지만 이제 다른 방면에 눈을 돌리기 시작했다. 바로 중원의 지배자가 되는 일이었다.

"그럼, 그 정보를 이용해서 큰형님을 좀 곤란하게 만들어드릴 수 있겠군요. 둘째 형님을 경계한 나머지 사지에 몰아넣은 것처럼 꾸며서 말이죠."

양수는 살짝 허리를 굽혀 감탄을 표했다.

"과연 이 덕조가 택한 분답습니다."

조식은 어릴 때부터 전쟁과 피가 딱 질색이었다. 전쟁하지 않는 나라, 시와 문학 그리고 모든 예술이 꽃피는 나라를 만들고 싶었다. 그러기 위해서는 결국 조식 자신이 군주가 되어야 했다. 형인 조비는 조조보다 더욱 냉혹한 철퇴를 휘두를 게 분명했기 때문이다. 전쟁광인 조창은 더 말할 것도 없었다.

'전쟁이 필요악이라면, 다른 자들이 싸움을 걸어오기에 맞서 싸워야 하는 것이라면, 아예 전쟁할 필요가 없게 만들어야겠지.'

중화에 단 하나의 나라만 존재케 하는 것. 그것만이 전쟁이 사라지는 유일한 방법이었다. 조식 자신이 직접 전쟁에 관여하지 않더라도, 모든 전투를 승리로 이끌 만한 장군과 군사를 부리면 될 터. 그러기 위해서는 먼저 전초전에 해당하는 이 싸움부터 승리해야 했다. 조조라는 사내의 모든 것을 물려받을 권리를 갖는 싸움.

'여기서도 진다면 천하를 놓고 싸우기란 무리야.'

"그럼 군략 회의에서 살짝 연극을 해야겠네요. 일단은 둘째 형님의 참전에 초조해하는 것 같은, 그러면서 큰형님도 신경 쓰이게 하면 되겠죠."

"예, 충분합니다. 이 덕조도 암암리에 손을 써둘 테니까요."

조비, 조창, 조식 그리고 조조의 세 아들을 모시는 가신까지, 각자의 상념이 어지러이 교차하고 있었다.

그렇게 해서 회의는 파하였다. 조창이 새롭게 후계자 후보로서 대두된 회의였다. 그 내용은 진영에 큰 화제가 되었다.

조창은 최정예 부대인 호표기와 원래 조조가 가장 신임하던 책사 유엽을 받았다. 이제 유표를 쓰러뜨리기만 한다면, 단숨에 먼저 후계 싸움을 시작한 두 형제와 대등, 아니 그 이상의 위치에 서게 된다. 그가 이번 임무에 명운을 걸 것임은 당연했다.

사흘 뒤, 조창은 약속대로 군령장을 써두고 출진했다. 조조군 본대는 하던 대로 신야에서 농성을 유지했다. 그사이, 조창과 하후연이 이끄는 호표기는 뒷길로 빠져나와 전속력으로 진군하였다.

"흐음, 언뜻 보기에는 적군의 규모가 줄어든 것 같지 않던데요. 유표의 깃발도 그대로 있고."

조창은 출진하기에 앞서 대담하게도 적 진영 근처까지 말을 몰고 한 바퀴 돌고 왔었다. 그 감상을 말하자, 유엽이 거기에 답했다.

"이틀 전 회의할 때만 해도 긴가민가했습니다만, 유표가 상당수의 병력을 빼낸 건 확실합니다."

"어째서 그리 생각하십니까? 저도 나름 지난 이틀 동안 적진을 관찰했습니다만, 큰 변화가 없었습니다. 밥 짓는 연기까지 그대로 올라오던데요?"

"거기까지 생각하셨다니 훌륭하십니다."

유엽은 진심으로 조창을 칭찬했다. 이 둘째 공자는 무예에는 확실한 재능을 가졌다. 더구나 참모인 자신의 의견을 묻고 따른다. 난세에는 그것만 해도 큰 재산이었다.

"유표가 병력을 조금씩 몰래 빼돌린 건 분명합니다. 아마 며칠 전의 회의가 있기 전부터 이미 시작했겠지요. 다른 건 다 숨겨도 바꾸기 어려운 게 있습니다. 바로 말의 배설물입니다."

"아…!"

"속도가 생명인 만큼 말을 두고 가진 못합니다. 그렇다고 어디서 말똥을 구해올 수도 없고 말에게 똥을 더 싸게 만들 수도 없지요. 유표군이 한데 모아서 치우는 배설물의 양이 꾸준히 줄어들더군요."

"과연, 하나 배웠습니다!"

조창은 크게 감탄했다. 유엽은 말을 몰면서 빠른 투로 조창에게 말했다. 이미 전날 얘기한 바 있으나, 한 번 더 축약하여 상기시키려는 의도였다.

"유표의 본대는 양양성으로 귀환하기 전, 반드시 번성에 들를 것입니다. 양양으로 들어가기 위해서는 크게 빙 둘러갈 것이 아니라면 반드시 강을 건너야 합니다. 아시다시피 시간이 촉박한 유표가 둘러갈 이유가 없습니다. 그러자면 번성에서 강행군해온 부대를 추스른 후에 거기서 도하하는 것이 가장 안전하고 빠릅니다. 아군은 동쪽으로 우회하여 유표군이 번성에 들어가기 전에 측면을 공격합니다."

조창은 문득 떠오른 궁금한 부분을 물었다.

"그 전에 벌판에서 치지 않고 굳이 번성 근처까지 가는 이유가 뭡니까? 그러다 유표가 번성에 들어가버리기라도 하면 일이 어려워질 우려가 있는데요."

유엽은 빠른 말투일망정 차근차근 설명했다.

"아무리 신야를 포기하고 회군하는 부대라 해도 패잔병이 아니라 엄연히 유표의 본대입니다. 평원에서 맞붙었다가는 아군의 피해도 만만치 않을 것입니다. 이 호표기는 장차 공자님께서 도약하실 발판이 되는 소중한 자산이니, 피해를 최소화하는 방향으로 운용해야 합니다. 번성이 가까워지면 유표는 반드시 방심하여 경계가 소홀해지고 병력의 운용도 허술해질 터이니, 그때를 노리는 게 최선입니다."

"과연, 선생의 말이 옳습니다."

조창은 고개를 끄덕였다. 바로 뒤에서 따라오던 하후연이 말했다.

"이 속도라면 우회하더라도 충분히 번성 앞에서 따라잡을 수 있다."

"그래서 숙부님을 모신 겁니다. 고속 기동으로는 중원의 일인자가 아닙니까. 흔쾌히 도와주셔서 고맙습니다."

"난 솔직히 전하의 후계에는 관심이 없다. 허나 황수아 너는 오랫동안 함께 싸운 전우가 아니냐. 그래서 돕는 것이다."

조창은 감격한 어조로 대꾸했다.

"그걸로 충분합니다."

하후씨 일족은 오직 조조에게 충성하며, 후계자 다툼에는 일절 끼어들지 않았다. 조조가 그들을 굳게 신임하는 이유이기도 했다. 그러나 그들도 사람인지라 함께 전장에서 먹고 자고 뒹굴며 피를 흘린 조창에게 마음이 더 가는 것은 어쩔 수가 없었다. 하후연은 노련함에서 오는 직감으로, 이 싸움이 뭔가 미심쩍음을 느끼고 있었다.

'어쩌면 이건 유표의 함정일지도 모른다. 맹덕이 그걸 알고도 황수아를 사지로 보낸 건 아니겠지만, 나를 딸려 보낸 것도 그렇고. 그래도 반쯤 도박인 건 분명하다. 그렇다면 설령 패하더라도 황수아 녀석의 목숨만은 내가 지켜주리라.'

호표기는 중간에 한 차례 잠깐 쉰 것을 제외하면 이틀을 꼬박 달렸다. 그리고 마침내 전령이 달려와 보고해왔다.

"번성 근처에 다다랐습니다. 유표의 본대로 보이는 부대가 번성 북문으로 다가가고 있습니다."

조창의 눈이 번득였다. 그는 즉각 부대에 명했다.

"속도를 차츰 올리면서 이대로 돌격한다. 목표는 유표군 측면이다!"

효표기가 진군해가고 있는 길은 강을 따라 약간 높은 지형이었다. 여기서부터 돌격해가면 최고의 위력으로 유표군의 옆구리를 들이치게 된다. 어지간한 부대는 최초의 돌격만으로도 짜부라뜨릴 만한 위력이었다. 조창은 동물적인 감각으로 그 지점을 짚어냈다.

"가자!"

조창과 하후연을 앞세운 효표기는 무시무시한 기세로 돌격했다. 과연, 잠시 후 유표군의 모습이 드러났다. 마침 번성에 들어가기 위함인지 길게 꼬리를 문 형태였다. 옆을 쳐 가운데를 잘라먹기에 더없이 좋은 모양새였다. 그쪽에서도 효표기를 발견했는지 허둥대는 기색이었다. 사기가 오른 조창은 한층 박차를 가했다.

"하아!"

제일 먼저 이상함을 감지한 이는 하후연이었다.

'왜 가운데가 더 멀어 보이지?'

착각이 아니었다. 멀리서 봤을 때는 그저 기다란 형태로만 보였는데, 가까워지자 유표군의 기묘한 진형이 드러났다. 일렬로 서되, 가운데 부분만 서쪽으로 쑥 빠진 모양새였다. 즉 효표기의 시각에서 보면 적 측면 가운데는 뒤로 물러나 있고 머리와 꼬리가 더 가까운.

'아뿔싸!'

하후연은 눈앞이 아찔했다. 적은 가운데를 그냥 내준 뒤, 양 끝으로 효표기의 배후를 둘러싸듯 찌르려는 게 분명했다. 유표군 후미에 이제는 익숙한 거인의 형상이 등장했다. 유표였다. 그가 후미에서 갑자기 나타나는 걸 보자 추측은 확신이 됐다.

'역시 함정이었나.'

유엽의 얼굴 또한 창백하게 일그러졌다. 조창을 모신 첫 임무가 함정이었으니 그럴 만도 했다. 위험에 처한 걸 아는지 모르는지, 조창만이 유일하게 투지에 불타고 있었다.

"다 쓸어버려라!"

패왕공을 억누르고 있다가 단숨에 발산한 유표가 광소했다.

"하하, 걸려들었구나. 누가 누굴 쓸어버리는지 보자. 조조의 졸개들아!"

직후, 호표기와 유표군이 맹렬히 충돌했다.

16

배신 또 배신

유표 본대의 진형과 후미에서 나타난 유표 자신의 모습을 확인한 뒤. 얼굴이 파래진 유엽이 외쳤다.

"제 실책입니다! 공자, 어서 부대를 우회하여….".

쾅! 꾸득, 뿌드득! 소름 돋는 굉음과 파육음에 유엽은 얼결에 입을 다물었다. 선두의 조창과 최초로 부딪친 유표군 네다섯 명이 피떡이 되어 날아갔다. 엄청난 괴력이었다. 양옆에서는 방향을 튼 유표군 선두와 후미가 둘러싸듯 다가오고 있었다. 한바탕 창을 내찔러 적을 뭉갠 조창은 뒤도 돌아보지 않고 외쳤다.

"아니! 아닙니다, 선생."

"예?"

"비록 함정일지는 몰라도 유표가 실제로 여기 있음을 확인했습니다. 그럼 더는 함정이 아닌 겁니다!"

그 목소리에서 집념과 투지가 느껴졌다. 유엽은 그래서 더 안타까웠다.

"허나 공자, 이러다 포위당하면 큰일입니다!"

"이대로 더욱 속도를 올려 포위당하기 전에 적 대열의 허리를 가로지르고 나갈 것입니다!"

"…그리되면 적에게 후미가 노출됩니다!"

뒤를 공격당하는 일은 기병 부대가 가장 꺼리는 것이었다. 아무리 호표기라 해도 위험했다. 잠시 침묵하고 있던 하후연이 입을 열었다.

"뒤는 내가 맡으마."

"숙부님?"

"황수아, 너는 여기서 쓰러져서는 안 된다."

"숙부님, 어찌하시려고…. 아닙니다! 돌격하다 두 갈래로 나눠서…."

"그때쯤에는 이미 호표기의 피해가 막심할 것이다. 전체를 끌고 나온 것도 아니어서 가뜩이나 수도 부족하고."

하후연의 말대로였다. 조조는 조창에게 호표기를 내줬지만, 얄궂게도 전체가 아니라 그 절반 정도만을 허했다. 아군의 최정예를 완전히 내줄 정도로 인정하지는 않았다는 뜻일까. 아니면 이런 상황을 극복하는 모습을 보이라는 의미일까. 어느 쪽이든 그 탓에 유표가 마지막에 빼낸 정예 근위대보다 머릿수가 살짝 모자랐다. 따라서 기습의 이점을 살려야 했는데, 오히려 대비하고 있던 유표에게 허를 찔렸으니 위기가 아닐 수 없었다.

"너무 걱정 마라. 내 활 솜씨를 잘 알지 않느냐. 후미에서 화살을 날려, 적의 접근을 저지할 것이다. 내 화살 맛을 보면 감히 함부로 덤비진 못할 테지."

조창은 이를 악물었다. 확실히 지금 상황에서는 가장 효과적인 방법이기는 했다. 하후연은 그 자신 외에도 궁술, 특히 기사(騎射, 말에 탄 채 활을 쏨)에 뛰어난 심복 이십여 명을 거느리고 다녔다. 그들이 후미로 빠져 활을 쏜다면, 추격해오던 유표군 선두는 주춤할 것이다. 누가 화살에 맞느냐에 따라 아예 무너질 수도 있었다. 특히, 가뜩이나 전속력으로 말을 달리고 있는데 정면에서 날아오는 화살은 실제보다 더욱 빠르게 느껴져 피하기란 거의 불가능했다.

그래도 조창은 차마 그렇게 해달라고 말하지 못했다. 가장 효과적이지만 가장 위험한 역할이기도 했기에. 그 마음을 짐작한 하후연이 너털웃음을 지었다.

"녀석, 너답지 않게 뭘 그리 망설이느냐."

그는 말을 마치자마자 속도를 늦췄다.

"가거라!"

하후연이 빠르게 멀어지는 게 느껴졌다.

"큭."

으드득. 조창은 다시 한번 어금니를 악물었다. 그사이, 호표기는 허술한 유표 부대의 가운데를 이미 돌파하고 전진했다. 이를 예상했다는 듯 유표 부대는 호표기의 뒤를 노리고 추격해오기 시작했다.

'돌이키지 못할 형세다.'

상황을 되돌릴 수 없음을 깨닫고 오히려 냉정해진 유엽이 옆으로 다가와 말했다.

"묘재(妙才, 하후연의 자) 장군께서 주신 기회를 놓쳐서는 안 됩니다. 적이 느려진 사이, 아군이 선회하여 양옆을 친다면 오히려 반전의 기회가 될 수 있습니다."

"알겠습니다, 선생. 호표기는 전원 눈을 크게 뜨고 나를 따르라! 내 위치를 놓치지 마라!"

조창은 분을 풀어버리기라도 하듯 목청껏 소리를 질렀다.

하후연은 조창의 숨통을 터주기 위해 수하 스물과 함께 자진하여 호표기의 뒤로 처졌다. 적은 방향을 트느라 늦어졌지만, 금세 진형을 가다듬고 다가오고 있었다. 그 가운데쯤에 유난히 거대한 말에 탄 거인의 형상이 보였다.

'유표.'

유표를 쓰러뜨린다면 이 전쟁은 끝난 거나 마찬가지였다.

'흥, 겁도 없이. 워낙 크니 맞히기에도 좋구나.'

하후연은 유표의 미간을 노리고 힘껏 시위를 당겼다.

'무슨 사술을 익혔는지는 몰라도 내 화살을 맞고서 무사하지는 못할 것이다.'

한데 활을 쏜 순간, 그는 눈을 크게 부릅떴다.

'아니?'

화살은 분명히 유표의 미간에 적중했다. 그런데 그대로 관통하여 사라지는 게 아닌가. 유표는 잠깐 움찔했지만, 아무 일도 없었다는 듯 멀쩡히 추격해오고 있었다. 그사이, 하후연의 수하들이 유표군 선두에 선 적병을 쏴 맞혔다.

"큭!"

"크헉!"

그들은 저마다 신음을 흘리며 낙마했다. 그 덕에 추격해오던 기세가 조금 늦춰졌다. 그래도 유표군은 여전히 맹렬하게 달려왔다. 이대로라면 곧 하후연과 조우하게 될 터였다. 한데 정작 하후연은 갑작스레 뭔가 골똘히 생각에 빠졌다.

"장군!"

하후연은 수하의 외침에 퍼뜩 정신이 들었다.

'그래, 그건 나중에 확인해보고 일단 이 상황을 타개하자.'

팟, 팟, 팟, 파파팟! 그의 손이 연이어 보이지 않을 정도로 빠르게 움직였다. 황충의 특기가 한 번에 여러 대의 화살을 쏘는 다중사격이라면, 하후연의 특기는 연사였다. 그의 연사는 두 번째로 쏜 화살이 처음 쏜 화살을 따라잡을 정도로 빨랐다. 더구나 위력도 강해서 순식간에 십수 명의 적이 구슬픈 비명과 함께 쓰러졌다.

"악!"

"으아악!"

유표 부대의 추격 속도가 조금 더 늦춰졌다. 대신, 하후연과의 거리는 더욱 좁혀졌다.

"장군, 이제 퇴각해야 합니다."

수하의 초조한 목소리에, 하후연은 힐끗 뒤를 돌아보았다. 멀리서 호표기들이 막 왼쪽으로 방향을 틀기 시작했다. 워낙 속도를 올려서 돌파한 탓에 확실하게 꼬리를 잡히지 않고 유표군 측면을 치려면 조금 더 시간이 필요했다.

'조금만 더.'

하후연이 다시금 시위에 화살을 얹었을 때였다. 그를 알아본 유표가 앞으로 나서서 무서운 속도로 돌격해왔다. 하후연은 침착하게 유표를 향해서 활을 쐈다. 그러나 이번에도 화살은 그의 몸을 통과하여 지나갔다. 목젖 어림이었다.

'확실하다.'

하후연이 오른손을 화살통으로 가져간 직후였다.

"네놈이구나. 깨작깨작 화살을 날려대는 게."

슈욱! 유표가 공간을 좁히듯 순식간에 가까워졌다. 그는 으르렁대며 들고 있던 참마도를 하후연의 정수리로 내리쳤다. 퍽! 둔탁한 소리와 함께 투구와 머리가 동시에 쪼개졌다. 그러나 희생양이 된 것은 하후연이 아니라, 그의 앞으로 뛰어들다시피 나선 수하였다.

"이것들이…."

유표는 다시 참마도를 들어 올렸다. 하후연은 화살을 꺼내 쏘는 대신, 그대로 앞으로 뛰어들면서 유표가 탄 말 머리를 화살촉으로 내리찍었다. 이히힝! 말이 구슬픈 울음소리와 함께 넘어졌다. 유표는 어쩔 수 없이 말에서 내려 땅 위에 섰다. 다른 유표군 병사들은 관성 탓에 즉각 멈추지 못하고 그를 지나쳐 앞으로 달려갔다.

"주공!"

"쳇."

말에서 뛰어내린 하후연이 그런 유표의 앞에 마주 섰다. 난전이 시작된 가운데 둘만 남겨진 형세가 됐다.

'거대하다.'

유표는 기가 차다는 듯 웃었다.

"네놈의 노림수가 이거였느냐? 나와 단기전을 벌이는 것?"

"걸어볼 만한 도박 아닌가."

"그거야."

부웅! 유표의 참마도가 대지를 가를 것 같은 기세로 하후연에게 떨어져 내렸다.

"네놈이 이길 가능성이 조금이라도 있을 때의 얘기겠지."

"큭!"

정수리가 저릿하고 머리털이 곤두섰다. 하후연은 막는 대신 옆으로 몸을 날려 피했다. 결과적으로 그 선택이 그의 목숨을 살렸다. 콰앙! 참마도의 날이 굉음과 함께 대지를 파고들어갔다. 하후연도 그냥 피하기만 한 것은 아니었다. 그는 몸을 날리는 동시에 특기를 발휘했다. 근거리, 허공 중에서 발동한 연사였다. 파파파파팟! 눈 깜짝할 사이에 다섯 대의 화살이 날아갔다. 그중 셋은 또 유표의 몸을 지나쳐 허공으로 사라졌으나, 하나는 잘못 맞아 튕겨났고 마지막 하나가 퍽 하는 소리와 함께 어딘가에 박혔다. 바로 유표의 발목이었다.

"갈!"

순간 유표는 땅에 박혔던 참마도를 뽑아 들며 그 기세를 이용해 수평으로 휘둘렀다. 몸이 허공에 떠 있던 하후연은 피할 새가 없었다. 그는 다급히 활을 옆구리에 갖다 댔다. 촤악! 퍼석! 우직, 우지직! 참마도가 닿는 범위 내에 있던 유표의 수하들과 호표기 몇이 허리가 양단되어 쓰러졌다. 하후연의 활대가 부러졌다. 그의 몸이 붕 떠서 날아가다가 추락했다.

"커허⋯!"

데굴데굴 구르던 하후연은 쓰러진 채로 일어서지 못했다. 갑옷을 입고 활대로 막았는데도 맞은 쪽 갈비뼈가 여러 대 부러졌다. 무시무시한 위력이었다.

"익!"

그러나 유표도 쓰러진 하후연을 즉시 공격하진 못했다. 발목에 꽂힌 화살 탓이었다. 괴월이 기겁하여 유표의 옆으로 말을 몰아 왔다.

"주공! 괜찮으십니까?"

"괜찮다. 호들갑 떨지 마라."

기어이 먼저 움직인 쪽은 유표였다. 그는 일어나려고 안간힘을 쓰는 하후연 앞에 와서 섰다.

"숙부!"

뒤에서 조창이 목이 터져라 소리를 질렀다. 그사이, 호표기는 선회하는 데 성공, 반대로 유표군을 양옆에서 에워싸 반격하고 있었다. 곳곳에서 처절한 백병전이 벌어졌다. 상황이 혼전으로 치닫자, 개개인의 역량에서 앞서는 호표기가 점차 우세해졌다.

그러거나 말거나 유표는 신경도 쓰지 않았다. 이제 그의 눈에는 오직 하후연만 보이는 듯했다.

"에잇, 비켜라!"

조창은 적병을 마구 쳐내면서 하후연에게 달려가려고 애썼으나 여의치 않았다.

"제법이구나. 내 무공을 꿰뚫어보다니."

유표가 기를 쓰고 하후연을 죽이려는 것은, 그가 패왕공의 비밀을 눈치챘다는 사실을 알았기 때문이다. 그가 가진 거인의 육체는 진짜가 아니라 기로 만들어진 허상이라는 것. 주먹과 둔기, 창칼까지는 마치 실체처럼 막고 부딪칠 수 있으며 마찬가지로 공격을 가할 수도 있지만, 극도로 응축한 기운을 실은 화살은 통과시킬 수밖에 없다는 것 등이었다.

탄로 나지 않기 위해 온 형주를 뒤져 가장 덩치가 큰 말을 구해 탔는데도 들켜버렸다. 하필 하후연이 이 부대에 낀 게 불운이었다. 그런 화살을 쏠 수 있는 자는 당금 천하를 통틀어 넷뿐이었다. 이전까지는 그 넷 중 한 사람인 하후연도 이토록 가까이에서 유표를 쏠 기회는 없었다. 위기를 기회로 살린 셈이었다. 한데 그 기회는 곧 사라질 것처럼 보였다.

"잘 가거라."

유표가 참마도를 막 내리칠 때였다.

"서령!"

좀 떨어진 데서 들려온 우렁찬 외침에, 그는 저도 모르게 움직임을 멈추고 고개를 들었다. 유표의 정면, 유표 부대 입장에서는 뒤쪽이었다. 더는 적이 없어야 할 그곳에서 적군이 달려오고 있었다. 심지어 또 호표기였다. 선두에서는 유난히 살이 찐 장수가 헐떡거렸다. 서령의 이름을 외친 장본인이었다.

"씨익, 씨익. 과연 이 여자가 유표의 약점이라는 정보가 맞는 모양이네. 그나저나 겨우 따라잡았다. 묘재 숙부님은 너무 빨라!"

그를 본 조창이 희색을 띠었다.

"자단(子丹, 조진의 자)!"

장수는 바로 조진이었다. 그가 나머지 절반의 호표기를 이끌고 따라온 것이다. 이곳으로 올 것을 어떻게 알고 찾아왔는지, 신야성은 또 어찌 된 것인지, 의문이 동시다발적으로 일어났지만, 조창은 그런 것들을 한꺼번에 생각할 정도로 머리가 좋지는 못했다. 유엽만이 뭔가 깨달은 듯 가볍게 탄석했을 뿐이다.

"아아, 그랬구나. 결국 우리는 모두 전하의 손아귀에 있었던 셈이다."

조진이 손을 흔들어 보였다.

"어어, 황수아 형. 늦어서 죄송합니다. 빨리 온다고 왔는데."

이어서 땀에 젖은 얼굴로 히죽 웃었다.

"그래도 완전히 늦은 건 아니죠?"

말을 마친 그가 언제 웃었냐는 듯 돌변한 기색으로 준엄하게 명했다.

"호표기, 제2진은 1진과 협력하여 전원 적을 몰살하라."

"존명!"

일방적인 살육이 시작됐다. 유표의 근위대는 이미 양옆에서 공격을 받아 경황이 없었다. 부대 무력 지분의 반 이상을 차지하고 있는 유표가 빠져 있어서 더 그랬다. 거기에 뒤에서 돌격해온 호표기 2진은 치명적이었다. 유표 부대는 급격히 무너져내리기 시작했다.

유표에게는 여전히 그런 것들이 전혀 눈에 들어오지 않았다. 이번에는 다른 이유에서였다. 그의 눈에는 오직 조진의 옆에서 말을 타고 있는 자. 심복인 두 책사 중 하나, 괴량.

"네가."

그리고 괴량이 탄 말 뒤에 묶인 자만 보였다.

"네가, 어째서?"

거기에는 유표가 너무도 잘 아는 이, 가장 그리워하던 이가 알몸으로 결박당한 채 실려 있었다. 양손이 뒤로 묶인 걸로도 모자라 온몸을 두꺼운 밧줄로 칭칭 감다시피 하고 입에도 재갈을 물려놨다. 그것만도 처참한 꼴이었지만, 더욱 충격적인 점은 두 다리가 잘려나가고 없다는 것이었다. 서령이었다. 유표는 괴량과 서령, 둘 모두에게 말했다.

"네가 어째서 거기, 그러고 있느냐?"

신야성 공격을 괴량에게 일임하고 온 터였다. 유표 자신이 미끼가 된 본대가 조조의 자식 중 하나를 유인해낼 수 있다고 확신했기 때문이다. 그 괴량이 배신했으므로 조진이 이끄는 호표기가 자유롭게 신야를 벗어나 이곳으로 정확히 찾아올 수 있었던 건 당연했다.

살짝 묵례한 괴량이 입을 열었다.

"송구합니다, 주공. 허나 강하성에 이어 양양성마저 적에게 넘어갔으며, 총관 서령은 패하여 행방이 묘연해졌다는 정보를 입수했습니다. 지금은 주공께 찾아왔다가 사로잡혀 이런 꼴이 됐지만 말입니다. 돌아갈 곳이 없어졌고 서령도 이리됐으니 저도 살길을 모색해야 하지 않겠습니까?"

"어…."

퍼석! 놀라서 뭔가 말하려던 괴월의 머리가 박살 났다. 유표가 주먹을 휘둘러 단숨에 부순 탓이었다.

"저런."

조진이 작게 중얼거렸다.

지금의 이 계책을 괴월이 내놓았으니, 유표의 생각에는 그도 배신자라 여기는 게 당연했다. 하지만 괴월은 떠오르는 대로 계책을 읊은 것뿐이었다. 그와 생각을 공유하는 괴량이 괴월에게 자신의 사념을 보낸 까닭이었다. 그때부터 이미 조조 쪽과 내통하고 있던 괴량은 괴월이 스스로 떠올렸다고 여길 정도로 약하고 은밀하게 생각을 보낸 것이다. 눈앞에서 괴월이 죽는 꼴을 본 괴량이 노여운 기색으로 말했다.

"제 수중에 누가 있는지 잊으신 모양이군요."

"…그 여자에게 손을 대면 너도 죽는다."

"돌이켜보면 이 계집이 나타난 것 자체가 주공과 형주에게는 재앙이었습니다."

성수의 세뇌 시스템은 나노머신에 의한 뇌의 장악이다. 그 나노머신은 지살위와 천강위에게서 발산되는 기운, '성혼마석'의 전파를 받아 작동한다. 정신력이 약한 사람이나 평범한 백성 혹은 병사들일 경우에는 나노머신에다 최초에 입력한 명령만으로도 세뇌 효과가 지속된다. 하지만 특별한 정신력의 소유자일 경우에는 몇 년 이상 장기간에 걸쳐 세뇌 과정을 거치거나, 근처에 성혼마석의 기운을 발산하는 사람이 상주해야만 지속적인 지배가 가능했다. 개중에는 아예 성수가 듣지 않는 인물도 있었다.

괴량은 양양성 함락이 준 충격과 서령의 부재로 지배력이 상당히 약해진 상태였다. 거기에 결정적으로 나노머신을 파훼한 자가 있었다. 바로 서령과 같은 천강위인 주동이었다. 여러 가지 요인으로 미혹에서 깨어난 괴량은 배신감과 위기감을 동시에 느꼈다. 가뜩이나 유표는 점점 두려운 폭군으로 변해갔다. 이에 조조에게 투항하기로 결심한 것이다. 그 결과가 괴월의 입을 통하여 내놓은 책략이었다. 그것은 조조의 자식 중 누군가를 함정에 빠뜨리려는 게 아니라, 애초에 유표를 잡을 함정이었던 것이다.

서령은 강하성에서 패배한 뒤, 간신히 목숨을 건져 힘겹게 양양성으로 향했었다. 그랬다가 양양성마저 함락된 것을 알고 유표를 찾아가기로 마음먹었다.

'나와 상공만 건재하다면 언제, 어디서든 재기할 수 있다.'

그러나 중상을 입은 몸으로 무리해서 서둘러 신야로 향한 게 화근이었다. 그 상태에서도 일반 병사 수백 명 정도는 거뜬히 감당해낼 수 있었지만, 거기서 주동에게 발각된 것이다. 유표 진영을 감시하던 주동은, 수상한 여자가 접근해오고 있다는 정찰병의 보고에 정체를 직감하고 즉각 움직였다.

아니나 다를까, 여자는 바로 서령이었다. 서령의 강점은 원래 본신의 무력이나 능력보다는 그 능력을 바탕으로 만든 장비였다. 현대식으로 표현하자면, 미국 유명 코믹스의 전투 슈트를 입은 억만장자와 흡사했다. 특수한 갑옷과 무기를 든 그녀는 서열 2위 노준의조차 껄끄러워했던 상대지만—.

"맨몸인 너는 약하구나, 서령."

그걸 벗으면 그저 좀 강한 무인에 불과했다. 퍽! 순식간에 배후를 점한 주동은 검 손잡이로 서령의 머리를 쳐 쓰러뜨렸다. 물론 서령 또한 천강위 특유의 신체 강화로 보통 사람 수십 배의 힘을 발휘했다. 장비가 없어도 일반 병사들이 그녀를 감당하긴 불가능했다. 단, 이는 같은 천강위에게는 통용되지 않았다. 그 상대가 검술의 달인이자, 상위 십 인인 장로 바로 아래의 12위라면 더더욱.

"이러지 마, 주동. 지금 몸담은 세력은 다르지만, 우린 같은 회 소속이잖아."

애원하는 서령에게, 주동은 차갑게 웃었다.

"같은 회?"

서걱! 가차없이 그녀의 한쪽 다리를 잘라버린 그가 말했다.

"같은 회라서, 동지들이 모두 고생할 때 일찌감치 회를 떠나 형주에서 기반을 다지셨나?"

아무리 약하다 해도 상대는 천강위. 주동은 아예 위험 요소를 없애기 위해 독하게 손을 썼다. 그의 개인적인 잔학성과 감정도 섞여 있었다.

"으아아악! 그, 그건 오해야! 먼저 기반을 다진 다음에 모두를 불러오려고….”

썩둑! 주동은 쓰러져 울부짖는 서령의 나머지 다리마저 절단했다.

“닥쳐라. 형주를 중심으로 북쪽까지 평정한 다음에는 네 최종 목표가 익주였다는 걸 이미 알고 있으니까. 게다가 난 원래부터 네년이 마음에 안 들었다. 무력도 약한 주제에, 알량한 몸뚱이와 사특한 무공으로 노준의 님의 눈에 들어, 내게도 하대를 하며 건방지게 굴었으니까. 네년보다 서열이 6위나 높은 내게 말이다.”

“으윽…. 너, 네가….”

두 다리가 모두 잘리자 서령은 독기를 품었다.

“차라리 날 죽여라. 이 피도 눈물도 없는, 악독한 뱀 같은 놈아.”

“안 그래도 그럴 생각이다. 단, 지금은 말고.”

그리고 얼마 뒤, 양양성이 넘어갔음을 알게 된 괴량이 은밀하게 항복 의사를 타진해왔다. 조조가 이를 받아들여 현재에 이른 것이었다.

서령은 다리를 잃고 숨만 간신히 붙어 있었다. 조조는 그녀가 성혼교의 신도임을 듣자, 발가벗겨 말에다 결박하도록 명했다. 오용의 반역 사건 이후로 성혼교라면 치를 떠는 그였다. 유표를 죽이거나 사로잡은 뒤에는, 서령의 팔마저 자르고 장대에 높이 매달아 죽지도 살지도 못하도록 하여 본보기로 삼을 참이었다. 괴량이 바로 앞에 타고 있었지만, 지금의 서령은 더 이상 그를 지배할 성혼마석의 기운조차 내뿜지 못했다.

유표가 길게 한숨을 내쉬었다. 슈욱. 패왕공을 거둬들인 그가 빠르게 작아졌다. 아니, 원래의 모습으로 돌아갔다. 그의 뒤쪽에서 조창이 검을 뽑아 들고 무시무시한 기세로 달려오고 있었다. 유표는 참마도마저 떨어뜨렸다. 그리고 양팔을 늘어뜨린 채 허허롭게 웃었다.

"그대와 함께 천하를 주유해보려는 꿈을 꿨는데, 아쉽군."

그 모습에 서령은 유표가 자신을 진심으로 사랑했음을 비로소 깨달았다. 이 순간, 그녀 또한 그랬다. 서령은 말 등에 묶인 채로 온 힘을 다해 외쳤다. 그런 그녀의 눈에서 어느새 눈물이 흘렀다.

"포기하지 말고 싸우세요, 상공!"

"그대가 그리됐는데, 내 어찌 싸우겠는가."

유표가 말한 직후였다. 스칵! 조창이 달려오던 기세 그대로 그의 목을 베었다.

"죽어라, 괴물 놈아!"

핏줄기와 함께 허공으로 치솟았던 유표의 목이 땅에 툭 떨어졌다. 일찌감치 형주를 평정하고 십 년 넘게 지배해온 군웅의 최후였다.

"아아아! 아아아악!"

서령이 비명을 질렀다. 그 소리가 너무도 비통하고 처절하여 괴량마저 외면할 정도였다.

그녀를 물끄러미 내려다보던 조진이 괴량에게 말했다.

"한데 말이오."

"예?"

푸슉! 괴량이 말릴 새도 없이 조진은 검을 뽑아 서령의 가슴에 찔러 넣었다. 경련하듯 몸을 부르르 떨던 서령이 눈을 감았다. 그녀의 고개가 툭 떨어졌다. 그녀는 이미 이 시대에 완전히 몸담고 이 시대의 인물로 살아가길 원했다. 또한 이 시대의 군웅과 깊이 몸을 섞기까지 했다. 그런 까닭에 시신도 사라지지 않았다. 물론, 조진은 천강위가 죽으면 원래 시신이 풍화된다는 사실을 몰랐으므로 이상하게 여기지도 않았지만.

'전하는 독심을 품으면 무서운 분이오. 차라리 여기서 유표와 함께 죽는 게 그대에게도 나을 거요.'

조진은 입 밖으로 내지 못한 말을 마음속으로 떠올렸다. 순간, 서령이 작게 속삭이는 소리를 들은 듯했다.

고마워.

놀라서 굳었던 괴량이 뒤늦게 입을 열었다.

"아, 아니, 어째서 이러십니까, 장군?"

"이 악독한 계집이 또 무슨 짓을 할지 모르니, 그냥 지금 죽여 두는 편이 낫지 않겠소?"

말하는 조진은 평소의 허술하고 온화한 모습과는 달리 칼날 같은 살기를 내뿜고 있었다.

"히익, 그, 그 말씀이 옳습니다."

"위왕 전하께는 난전 중에 칼에 맞았다고 해주면 좋겠소. 내 그대를 지켜볼 터이니."

괴량이 정신없이 고개를 주억거리며 대꾸했다.

"명심하겠습니다."

한편, 유표의 목을 벤 조창은 서둘러 말에서 내려 하후연을 부축했다.

"숙부님! 괜찮으십니까?"

"아야야, 이놈아. 조심해라. 늑골이 부러졌으니."

"무사하셔서 정말 다행입니다."

"기어이 해냈구나. 장하다."

"저 혼자의 힘이 아닙니다. 숙부님과 자양(子揚, 유엽의 자) 선생 그리고…."

조창은 말을 몰아 천천히 다가오는 조진을 봤다.

"자단의 도움 덕이죠."

조진은 육중한 몸을 말에서 내린 뒤 포권했다.

"감축드립니다, 형님."

"도와줘서 고맙구나. 다른 사정이 있었던 것 같긴 하다만."

"그래도 형님께서 유표의 목을 베어 이 전쟁의 일등공신이 됐다는 사실은 변하지 않습니다."

"한데 넌 자환(子桓, 조비의 자) 형님과 더 친하지 않았느냐? 그쪽을 지지하는 줄 알았는데."

조진이 손을 내저으며 답했다.

"그것과 후계자 문제는 별개입니다. 전 그냥 전하의 신하일 따름입니다."

"그런가…."

"이게 끝이 아니라 진짜 임무는 이제 시작입니다, 형님."

"응?"

조진은 품에서 봉인된 양피지 두루마리 하나를 꺼내 조창에게 주었다. 만약 조창이 유표를 사로잡거나 베는 데 성공하면 전해 주라고 조조에게서 받은 서신이었다. 서신을 보던 조창의 눈이 격동으로 흔들렸다.

그대로 하나가 된 호표기를 지휘하여 번성을 점령하고 도하 준비를 하여 양양성을 압박하라. 양양성은 주인이 바뀐 지 얼마 안 되어 방어 태세가 제대로 갖춰지지 않았을뿐더러, 연합군의 필요 이유가 사라졌으니 필시 제각기 이익을 탐하기 시작하여 적들끼리 분열되었을 터. 그 틈에 호표기와 자단, 묘재, 또 괴량을 이용해 양양성까지 후려 빼앗는다면 후계자는 너다.

"이럴 때가 아니군."
내뱉은 조창이 하후연에게 다급히 물었다.
"숙부님, 움직이실 수 있겠습니까?"
"이런 녀석 보게. 그래, 응급조치만 하면 싸울 정도는 된다. 늑골 몇 대 나간 것 정도야."
"그럼, 숙부께서는 바로 유표의 잔병을 수습해주십시오. 항복하는 자는 받아들여 양양성의 정보를 캐내고 반항하는 자는 죽이십시오. 자양 선생은 번성을 함락한 다음의 도하를 준비해주십시오. 자단, 자네는 나를 도와 호표기를 지휘해주게."
"그러마."
"예, 공자."

"알겠습니다, 형님."

조창은 남쪽으로 고개를 돌리고 결의에 찬 어조로 말했다.

"이제부터 곧장 번성과 양양성 공략에 들어간다."

유표와 서령이 전사하고 조창은 매서운 칼끝을 형주로 돌릴 무렵.

조조의 예견대로 양양성에서는 문제가 발생한 뒤였다.

"…."

성문 앞에 선 용운이 위를 올려다보며 어처구니없다는 듯 말했다.

"이게 무슨 뜻입니까?"

그의 금안과 성문 위에서 자신의 깃발을 올린 채 양옆에 두 장수를 거느리고 내려다보는 사내의 시선이 마주쳤다.

"현덕 님."

손책과 용운의 빈틈을 노려 먼저 성내로 진입한 장비로 하여금 나머지 성문을 닫게 하고 깃발을 올린 유비가 씩 웃으며 대꾸했다.

"몇 달 후면 내 나이가 벌써 쉰일세, 진 군사."

"그래서요?"

"이제 노구를 누일 성 하나 정도는 있어야 하지 않겠나?"

"그게 꼭 이 성이어야 합니까?"

"그리고 약속을 지켜야지."

"무슨 약속 말입니까?"

유비의 얼굴에서 능글맞은 웃음기가 사라졌다.

"이 전쟁에 협력하는 대가로 날 형주왕이 되게 해주겠다던, 그대 총군사의 약조 말일세."

새로 이어지는 인연

"분명, 중달이라는 그대의 총군사를 통해 약조하지 않았나? 이 전쟁에서 이기면 내게 형주왕의 자리를 주겠다고!"

유비의 외침에 유주군 병사들이 동요했다.

"뭐?"

"저게 무슨 소리야?"

그들은 이겨놓고도 제대로 성안에 들어가보지도 못했다. 사린 과 청몽이 남문을 열고 나온 것까진 좋았다. 그런데 안에 남아 있 던 장비 부대와 뒤따라 들어간 유비 부대가 재빨리 도개교를 올 려버렸다. 이에 지친 상태로 어리둥절해서 해자 앞에 도열해 있 던 터였다.

"형주왕?"

"뭔 말이지…. 죽도록 싸운 건 우린데, 현덕에게 형주를 내주기 로 했단 말인가?"

유주군은 워낙 충성도가 높아서 대놓고 불평하지는 않았다. 그 러나 동요가 일어나는 건 어쩔 수 없었다.

'아차.'

용운은 유비가 일부러 큰 소리로 떠들었음을 알아챘다. 예나 지금이나 저런 쪽의 감각은 타고난 듯했다. 그는 서둘러 군사들을 물려 진채로 들어가게 했다. 뒤이어 자신도 막사로 들어왔다. 뒤따라온 사린과 청몽이 더 화가 나서 날뛰었다.

"끄으으! 주군, 저거 그냥 놔둘 거예요? 성문은 내가 다 부쉈는데!"

"제가 가서 조용히 목을 따버릴까요? 암살지정 한 방이면….."

"아니."

용운이 고개를 젓자, 두 여인은 더욱 답답해했다.

"주군, 설마 아직도 예전에 한편이었던 것 때문에 봐주시는 건 아니죠? 저런 놈이 더 나빠요!"

"이번에는 사린이 말이 맞아요."

"이번에는?"

"그래, 뭐!"

두 자매가 또 버릇처럼 티격태격할 때였다.

"그래서가 아냐."

난처해하는 기색이던 용운의 표정이 바뀌었다. 그는 의자에 앉으며 서늘한 미소를 지었다.

"현덕 님이 뭘 믿고 뻗대는지는 모르겠으나 이번에는 실수했어. 하긴, 지금이 아니면 두 번 다시 양양성을 차지할 기회가 없겠지. 우선 백부가 순순히 내줄 리 만무하고 형주왕이라는 자리도 해석하기에 따라 천차만별이니까."

청몽이 조심스레 용운을 불렀다.

"저, 주군…?"

"후후, 중달이 급한 김에 한 말을 빌미 삼아서 날로 드시려는 것 같은데. 어디, 양양성을 내줄 테니 왕이 되어보시라지. 허나 잊고 있는 게, 중달의 말대로 현덕 님에게 형주왕의 자리를 주려면 내게 그럴 권한이 생겨야 해. 즉 형주왕보다 더 높은 자리에 앉거나, 형식상으로라도 천자의 승인을 얻어야 한다는 거."

이번에는 사린이 용운을 불렀다.

"주군…."

용운은 두 사람의 목소리가 들리지 않는 듯했다.

"나는 중달이 한 약속을 진심으로 지키려고 했지만, 천자께서 허하지 않으셨다고 하면 어쩔 건데?"

청몽과 사린은 중얼거리는 용운을 보며 생각했다.

'주군도 사람이구나.'

지금 이 순간, 용운은 속된 말로 꼭지가 돌았다. 살의나 증오와는 좀 다른 것으로, 상대를 죽이고 싶을 만큼 미운 건 아니었다. 하지만 그 직전이 될 지경까지 실컷 두들겨 패고 싶을 정도로 약이 올랐다고나 할까. 돌이켜보면 유비만큼 용운의 뒤통수를 많이 친 자도 없었다. 힘을 합쳐 봉기하기로 해놓고선 자존심 탓에 먼저 떠나버린 게 그 시작이었다. 당시, 함께 모은 병사들과 스승 노식마저 다 데리고 가려 했으나 조운의 저지와 노식의 변심으로 실패했다. 일방적으로 동맹을 파기하고 남피성과 평원성 등을 차지한 일도 있었다. 용운이 직접 싸워서 쳐부쉈지만, 그때도 유비를 해하지는 않았다. 그리고 이번, 일방적으로 양양성을 차지한 게 세 번째였다. 새삼 지난 일들이 떠오르자 용운은 더욱 혈압이 올랐다.

'이번엔 정말 못 참아.'

함곡관 전투 당시, 아직 적이던 지살위들이 용운을 기습해온 것을 유비가 목숨 걸고 구해준 적이 있었다. 그 목숨 빚 때문에, 그리고 이 세계로 온 지 얼마 안 되었을 때 인연을 맺은 군웅이라는 점과 유비라는 사람 자체가 풍기는 매력, 관우와 장비 등의 호걸들과 사천신녀의 인연 등 여러 가지 이유로, 용운은 유비에게 좀체 독해지지 못했다. 순간기억능력의 소유자이자 과다기억증 후군인 그는 원한을 결코 잊지 않지만 은혜도, 좋았던 순간도 세세히 기억했다. 하지만 그렇다 해도 이번에는 좀 다를 듯했다.

"형주왕? 내가 유주왕이 되기까지 얼마나 노력하고 개고생을 했는지 알지도 못하면서! 아주 탈탈 털어드리지."

자매는 냉소하는 용운을 안쓰럽게 바라보았다.

'그간 맺힌 게 많으셨나 봐….'

막사 밖에서 조운이 병사들을 다독이는 소리가 들려왔다.

"모두 쓸데없는 데 신경 쓰지 마라! 애초에 전하께서는 벗인 손백부를 도우러 참전하신 것이지, 성과 영토를 탐낸 것이 아니다! 하물며 손백부의 우의로 강성성을 얻은 데다, 이번 전쟁으로 유주군의 위력을 천하에 떨쳤으니 성과는 차고도 넘친다. 곧 술과 고기를 풀 것이니 푹 쉬도록!"

"와아아아!"

병사들은 금세 의혹을 풀고 사기를 되찾았다.

'역시 자룡 형님. 저 사리에 맞는 말씀이라니.'

그 소리를 멍하니 듣고 있던 용운의 눈이 빛났다.

'가만. 양양성을 차지했겠다? 이제 유비에게는 유표가 이기고 돌아와도 문제고 조조가 이겼다면 더 큰 문제다. 조조가 신야로 남하해온 자체가 원술을 무너뜨린 기세를 이어 형주까지 치기 위한 것이었으니까. 유비가 이런 식으로 양양성에 들어간 이상, 나와 백부는 그에게서 손을 뗄 것이다. 과연 유비가 혼자서 조조를 막아낼 수 있을까?'

유비도 그런 배경은 익히 잘 알고 있었다. 애초에 연합군이 양양성으로 서둘러 진격한 이유가 유표의 부재를 노린 것이기 때문이다. 그런데도 이런 짓을 저지른 이유는 그만큼 절박했거나, 믿는 구석이 있었거나, 혹은 둘 다이리라.

'아무리 관우와 장비 그리고 방통까지 거느렸다 해도 조조에게는 역부족이다. 떠올려볼 만한 방법은 강성한 호족 세력과 손을 잡는 것. 혹시 육가에게 이권을 내주고 지원을 요청하려는 건가? 아니면….'

생각하던 용운이 작게 탄성을 질렀다.

"아!"

한 가지 방법이 더 있었다. 연합군의 수가 늘어나 결과적으로 이 전투를 유리하게 이끌게 한 원동력.

'형주 자체의 힘.'

천강위의 개입과 양양성을 무너뜨리는 데만 신경 쓰다 보니,

중요한 부분을 잊고 있었다. 바로 형주에도 많은 인재들과 세력이 있다는 것을. 실제로 정사에서 유비는 형주를 평정한 뒤 장수로는 황충과 위연을, 참모로는 방통을 비롯해 여러 뛰어난 자들을 등용했다. 그들 중 다수가 촉의 발전에 지대한 공헌을 했다.

'유비는 그쪽으로 손을 뻗으려는 건지도 모른다. 유표와 서령의 폭거에 불만을 품고 협력하지 않은 자들. 초기에는 유표에게 평정당하여 따랐지만, 이제는 생각이 달라졌을 호족들. 그냥 둔다면 그들은 유비가 아니라 조조에게 항복해버릴 수도 있다!'

용운은 갑자기 마음이 급해졌다. 그래도 일단 그날은 싸움에 지친 병사들을 쉬게 하고 용운 자신도 휴식을 취하면서 동태를 살폈다.

다음 날 저녁, 전령이 용운에게 보고해왔다.

"전하, 포로의 처분을 결정해주십시오."

"포로? 포로로 잡은 자가 있었나요?"

"예. 사린 장군이 남문을 열었을 때, 여 대공이 그리로 진입하여 유표의 장남 유기를 비롯, 그를 따르던 상랑, 송충, 장소, 장굉 등 여러 명을 생포했습니다. 이에 어제부터 심문한 끝에 지금 전하의 결정을 기다리는…."

"잠깐, 누굴 생포했다고요?"

"유기와…."

"그다음이요."

"상랑, 송충, 장소, 장굉 등…."

용운은 저도 모르게 주먹을 불끈 움켜쥐었다.

'좋아!'

잔뜩 불쾌해져 있던 그의 기분이 바뀌자, 덩달아 청몽과 사린도 신이 났다.

"얼쑤!"

"많이 잡았네!"

용운은 평소에 신하들에게도 늘 인재의 중요성을 강조했다. 범상치 않아 보이는 자는 함부로 죽이지 말고 되도록 생포하라고 입이 닳도록 일렀다. 단, 본인의 생명에 지장이 없는 선에 한해서. 새 인재를 얻으려다 기존의 가신을 잃으면 시도를 아니 함만 못하니까. 그런 과정을 통해 충신이 된 수하들이 많았기에, 충분히 용운의 뜻을 이해했다. 그 바람에 유주국은 가신들까지 덩달아 인재 사냥꾼이 되었다. 지금 그 덕을 톡톡히 보고 있는 것이다. 전쟁통에 그냥 죽여버렸어도 전공은 마찬가지였기에, 원래라면 더 쉬운 쪽을 택했으리라. 특히, 여포처럼 거친 무장이라면 더더욱.

'여포한테 뽀뽀라도 해주고 싶은 기분이네.'

용운은 서둘러 전령을 따라나섰다.

"좋아요, 지금 당장 가지요."

진채 가운데로 향하자, 포박되어 일렬로 쭉 꿇어앉은 유표의 가신들이 보였다. 캄캄한 가운데 횃불에 언뜻언뜻 비치는 그들의 표정은 하나같이 굳어 있었다. 당장 죽을지도 모르는 일이니 무리도 아니었다. 그 앞에는 여포가 전리품인 듯한 나무 궤짝 위에 위풍당당하게 앉아 있었다. 꼬장꼬장한 인상의 노인이 여포에게 겁도 없이 소리를 질렀다.

"이놈, 여포야! 네가 주인을 여러 번 바꾼 짐승 같은 놈이라는 얘긴 들었지만, 이렇게 도리도 없는 자인 줄은 미처 몰랐구나. 주인이 뻔히 있는 땅에 쳐들어와서 그 주인을 죄인처럼 포박하고 내려다보다니, 그게 어디의 법도냐?"

용운은 마음속으로 진심을 담아 외쳤다.

'그러지 마세요, 어르신! 왜 자살을 시도합니까!'

대인통찰로 보니, 예상대로 그는 장소였다.

장소, 자는 자포(子布). 손책 대부터 손가를 섬겨 손권을 보좌, 오나라의 기틀을 닦은 중신이다. 손책이 문무의 일을 모두 그에게 물어 처리할 만큼 정치, 행정에 능하였으며 학식이 깊었다. 임종 직전, 손책이 아우 손권을 그에게 부탁했을 정도로 신임도 남달랐다. 손권 또한 그런 장소를 신뢰하여 정벌을 나갈 때면 장소를 남겨 도성을 지키게 하였다. 기억의 탑으로 들어가 장소에 대한 정보를 되새기던 용운이 생각했다.

'마치 나와 순욱 같은 관계라고 할 수 있지.'

장소는 성정이 강직하여, 평소 주군 손권에게도 직설적인 간언을 마다하지 않았다. 지금도 그 성격이 여지없이 드러나고 있었다. 용운은 여차하면 여포를 뜯어말리려고 몸을 긴장시켰다.

'최악의 경우 시공권이라도 써야 돼.'

한데 예상과는 달리 여포는 장소의 말을 부드럽게 받아쳤다.

"그렇게 도리를 잘 아는 자가, 어째서 가만히 있었는가? 네 주인이 사교를 섬길 때는."

"뭐, 뭐라고?"

"내가 주인을 여러 번 바꿨다 하나, 정원은 나를 제대로 심복으로서 대하지 않았으며, 동탁은 역적으로 화했기에 내 손으로 죽였다. 반면, 유주왕 전하는 내가 인정한 유일한 강자이자, 진심으로 따를 만한 덕성의 소유자라 나 스스로 가신이 된 것이다."

"…."

"그에 비해 그대의 주인 유표는 사교에 빠져 수만의 백성을 학살하고 마음에 안 들면 가신도 쳐 죽이는 등 폭정을 휘두른 자다. 그대가 어찌 나보다 낫다고 할 수 있겠는가?"

장소는 그만 입을 다물고 고개를 숙여버렸다.

지켜보던 용운은 진심으로 감탄했다. 여포는 예전과 달리 말이 길어질수록 거의 어순을 바꾸지 않고 정확한 화법을 구사했다. 게다가 그 말 또한 조리에 맞으니, 더는 힘만 센 무부(武夫)라 하기 어려웠다.

'말발 는 것 좀 보소. 자룡 형님도, 마초도, 순욱이나 사마의, 장료도…. 나를 따른 자들은 모두 역사나 《삼국지연의》와 다르게 변했지만, 그중 가장 많이 바뀐 사람은 역시 여 대공이 아닐까?'

문득 옆에서 누군가 작게 한숨을 내쉬는 소리가 들렸다. 바로 청몽이었다. 그녀는 양손을 모아쥐고 눈을 반짝이면서 여포를 바라보고 있었다. 그야말로 사랑하는 남자의 멋진 모습을 보는 여자의 눈빛. 이제는 그녀도 여포에게 완전히 마음을 열었다. 그 모습에 용운은 피식 웃었다. 더는 전처럼 쓴웃음을 짓거나 가슴 한편이 아리지 않았다.

'녀석, 좋아 죽네.'

감정적으로 미숙하던 시절, 용운과 청몽은 우정과 사랑 사이에서 혼란스러워했다. 청몽이 혼의 계약으로 묶여 무조건 헌신했기에 더 그랬다. 그러다 이제는 각자 진정한 사랑의 대상을 찾았다. 혼의 계약은 십 년 넘게 함께 싸우면서 생겨난 우정과 믿음으로 대체되어 있었다. 순간, 둘은 화들짝 놀라 서로를 마주 보았다.

"어?"

"아!"

분명 둘 사이에 뭔가 툭 하고 끊겨 나가는 느낌이 있었다. 청몽이 이 시대의 사람으로 살기를 원하면서….

'미안, 엄마, 아빠. 난 이제 여길 떠나서 다시 평범하게 살아갈 자신이 없어. 저 여포라는 남자를 버리고 떠날 자신도 없고. 미안해요. 그냥 삼국시대의 청몽으로 사는 게 더 행복할 것 같아.'

사실 진짜로 죽은 게 아니었던 그녀의 원래 몸이 방금 죽었다.

— 아이고, 민주야!

— 안 된다, 안 돼!

청몽은 부모님의 통곡 소리를 들은 것 같았다. 순간, 그녀의 혼은 비로소 온전히 그녀 자신의 것이 되었다. 완전히 죽지 않고 마치 유체이탈과 흡사한 상태로 혼의 계약을 했던 그녀는, 계약자인 용운보다 여포에 대한 마음이 더 커지고 용운 또한 그녀에 대한 집착을 버리면서 혼이 자유로운 상태가 된 것이다. 원래 그런 상황에서는 영혼이 병마용군에서 튕겨 나가야 했다. 그러나 그녀가 진짜 죽은 것이 아니기에 혼이 명계로 갈 수 없어 그러지도 못했다. 직후, 민주가 '시간'에 순응하여 죽음을 맞는 순간, 역설적으로 그녀의 혼은 완전히 청몽이라는 병마용군에 갇혔다. 이미 계약이 끊긴 순간의 타이밍, 즉 명계로 갈 때를 놓쳐 갈 곳을 잃은 후였기 때문이다. 그야말로 수만, 아니 수억 분의 일의 확률로 일어날 현상. 아마 병마용군을 만든 어떤 존재도 이런 사태는 예상치 못했으리라.

이로써 민주는 청몽이라는 존재로 이 시대를 살아가는 일원이 되었다. 더는 용운에게 계약으로 속하지 않고 자의로 행동할 수 있는. 병마용군은 겉보기에는 완벽한 인간이지만, 생식행동이 불가능한 인공 생명이다. 청몽은 사랑하는 이의 아이를 낳을 수 없는 대신, 영원히 늙지도, 병들어 죽지도 않을 것이다. 만약 목이 잘려나가는 정도의 중상으로 죽지 않는다면, 여포가 먼저 나이 들어가다 눈 감는 모습을 곁에서 지켜보게 될 것이다. 이 운명은 과연 축복일까, 저주일까.

청몽은 한순간에 이 모든 것들을 자각하게 되었다. 갑자기 둥지에서 내쫓겨 차가운 바람 속을 날아야 하는 어린 새가 된 듯한 기분이 들었다. 주르륵. 그녀의 한쪽 눈에서 눈물이 흘러내렸다. 동시에 다리가 풀려 휘청이며 쓰러지려 했다.

"청몽."

당황한 용운이 청몽의 어깨를 잡아 부축했다. 청몽은 그대로 용운의 품에 얼굴을 묻고 울었다. 계약이 끝났다. 이걸 두 사람다 깨닫고 있었다. 이제 둘의 사이는 전적으로 서로의 신뢰에 의해서만 유지될 터. 미안함, 두려움, 불안함, 뿌듯함 등 온갖 감정이 뒤섞여 청몽뿐만 아니라 용운까지 눈시울이 붉어졌다.

"잘되었어."

용운은 청몽의 등을 쓰다듬으며 달랬다.

"잘됐어, 청몽. 네 의지로 너의 영혼을 맡길 사람을 찾았으니까."

청몽은 고개를 끄덕이며 생각했다. 안녕히, 나의 어린 시절. 안녕, 내 첫 번째이자 영원한 사랑—

옆에서 사린도 뭔가를 깨달았는지 울음을 터뜨렸다.

"언니, 언니! 어떻게 된 거야? 분명 언니가 여기 있는데… 방금, 아주 멀리 떠난 것 같은 기분이 들었어. 너무 외로워. 언니, 무슨 일이야?"

"사린아, 미안해. 미안…."

청몽은 이번에는 사린을 안고 울었다.

용운과 청몽은 폭풍 같은 감정에 휩쓸려 있느라, 여포가 사나운 눈길로 자신들을 노려보는 것도 몰랐다.

"오셨습니까, 전하."

목소리를 돋운 여포의 말에, 용운은 비로소 정신이 들었다. 그래, 나는 이제 왕이다. 감정에 휘둘려 허덕일 게 아니라, 내가 해야만 하는 일들이 있다.

용운은 사린에게 일러, 여전히 충격에서 헤어나지 못하고 있는 청몽을 데리고 일단 막사로 들어가도록 했다. 그 여파는 당분간

지속될 터였다. 혼의 계약이 풀린 데 이어 현세의 인연이 끝난 셈이니까. 이어서 마음을 가다듬은 뒤, 여포에게로 향했다.

"정말 잘해줬어요, 여 대공."

여포에게 다가간 용운이 그를 따뜻하게 치하했다. 이제 가장 친했던 친구이자 여동생 같은 여인의 남편이기도 하니, 용운은 마치 여포가 가족 같은 기분이 들었다. 조운과는 또 다른 의미의 가족이었다.

여포는 고개를 깊이 숙여 제 얼굴이 용운에게 안 보이도록 했다. 지금은 도저히 자신의 표정을 보일 엄두가 나지 않았다. 용운은 특별히 이상하게 여기지 않고 여포가 내어준 자리에 앉았다. 그리고 그를 대신해 포로들을 직접 심문하기 시작했다.

'저 사람이 유주왕⋯.'

'들은 나이보다 훨씬 젊어 보이는구나.'

'확실히 소문처럼 아름답다. 아니, 소문이 오히려 실제만 못한 감이 있다.'

멍하니 자신을 바라보는 포로들에게 용운이 입을 열었다.

"여러분."

"⋯!"

"여러분에게는 이제 두 가지 길이 있습니다. 첫 번째는 앞서 여 대공이 말했듯, 사교에 빠져 백성을 학살한 폭군의 가신으로 죽는 것. 그리하여 더없이 어리석은 자로 역사에 기록되는 겁니다."

포로 중 누군가가 거기에 반발하듯 말했다.

"주군에 대한 충의를 지키는 것을 어찌 어리석다 치부하시오?"

"노나라 때 미생의 이야기는 다들 아실 겁니다. 학식이 높은 분들이니."

그 말에 포로들은 그만 입을 다물었다.

춘추시대 노(魯)나라에 미생(尾生)이라는 사람이 있었다. 그는 사랑하는 여자와 다리 아래에서 만나기로 약속하고 기다리고 있었다. 그러던 중 큰비가 쏟아지기 시작했다. 여자는 당연히 비 때문에 오지 않았고 미생도 기다리지 않으리라 생각했다. 그러나 미생은 비로 인해 물이 불어도 끝까지 자리를 떠나지 않고 기다리다가, 마침내 교각을 끌어안고 죽었다(信如尾生 與女子期於梁下 女子不來 水至不去 抱柱而死).

용운이 말한 것은 이 이야기였다. 미생의 이야기는 여러 책에서 '작은 명분에 집착하는 고지식하고 융통성 없는' 예로 삼아졌다. 즉 군신 간의 충성이라는 명분에 집착하여 악행을 저지른 군주를 섬기는 것은 어리석은 일이라고 말한 것이다. 또 그러다 결국 죽은 미생처럼 그런 선택을 한다면 목숨을 잃게 되리라는 간접적인 협박이기도 했다.

잠깐의 침묵 후, 장소가 물었다.

"두 번째는 무엇이오?"

"두 번째 선택은 바로 나, 유주왕에게 항복하여 가신이 되는 겁니다. 아시다시피 나는 폐하를 모시고 있는 신하이자, 폐하께서 친히 왕의 작위를 인정하신 유일한 왕입니다. 나를 따르는 순간, 여러분은 진정한 한 제국의 신하가 되며 폐하의 신민이 됩니다. 무엇보다 유표에게는 더 이상 미래가 없습니다. 침몰하는 배와 더불어 가라앉을 생각인가요?"

포로들이 신음 소리를 냈다. 유생 출신인 그들에게는 이것보다 강력한 회유책이 없었다. 용운이 이런 명분을 내세울 때를 위해서 순욱은 여러 가지 위험과 어려움을 무릅쓰고 황제를 받아들인 것이다.

포로 중 송충(宋忠)이 사뭇 공손한 투로 물었다.

"그러하면 형주는 앞으로 어찌하실 생각입니까?"

송충은 학당에서 유생들을 가르치던 학자였다. 정사에서 그는 유표 사후 후계인 유종을 따르다가 유종이 조조에게 항복하자 조조를 섬겼다. 유종이 조조에게 항복하려고 했을 때, 당시 형주에 와 있던 유비에게는 그 사실을 숨겼다. 반발할 게 뻔했기 때문이다. 하지만 숨기는 데도 한계가 있으므로 유종의 명령을 받은 송충이 항복 사실을 유비에게 전하게 되었다. 유비는 크게 놀라고 분노하여 칼을 빼들고 송충을 꾸짖었다.

"나에게 당신을 죽이는 것은 일도 아니지만, 당신을 죽이는 것 자체가 대장부의 수치요!"

놀란 송충은 그대로 부리나케 달아났다. 이런 일화로 보아 그는 기개 있는 인물은 아니었다. 권력에 순응하는 학자 타입이라고나 할까. 그래서 지금도 용운의 협박과 회유에 제일 먼저 긍정적인 반응을 보였다. 그러나 학문 실력만큼은 확실해서, 고문(古文) 훈고학 연구에 일가를 이루었고 형주의 학자 중 가장 영향력이 컸다. 여러 경서(經書)에 주석을 달았으며《주역》의 주는 명주석으로 평가되어 현대까지도 전해졌다. 심약하다는 이유로 죽이거나 내치기에는 아까운 인물이었다. 또 용운이 건재하는 한 배신하지 못하리라는 말도 되었다.

송충의 물음에, 용운이 답했다.

"유주군을 일부 주둔시킨 강하성 외의 나머지를 손백부가 다스릴 예정입니다."

그 말에 포로들은 또 한 번 수런거렸다. 유표와 손가가 오래 싸워온 만큼 그리되면 그들의 입지는 더욱 좁아지게 된다. 특히, 이중에서 고민이 가장 큰 사람은 유기였다. 유표의 장자로서 용운에게 항복하는 것이 쉽지 않았기 때문이다. 그렇다고 버티자니 당장 죽을지 모를 판이었다.

이때, 모두를 놀라게 하고 상황을 크게 바꾸는 사건이 벌어졌다. 이미 벌어졌으나 이제야 알게 된 사건이었다.

"전하! 급보입니다."

구르듯 달려온 수하가 다급히 외쳤다.

"조조, 조조가 쳐들어왔습니다. 조금 전 번성에 들어갔는데, 장대 끝에 유표의 목을 잘라 매달아 놓았다고 합니다!"

그 말에, 유기는 저도 모르게 벌떡 일어섰다.

"뭐라고!"

병사들이 달려와 유기를 눌러 앉혔다.

용운은 조운에게 사람을 보내 언제라도 부대가 움직일 수 있도록 준비해두라고 일렀다. 그것이 싸움이든 후퇴든. 뒤이어 정찰을 위해 직접 서문 쪽으로 향했다. 그러면서 용운은 유기를 비롯한 포로들도 데리고 갔다. 유표의 죽음과 조조의 침공을 직접 눈으로 확인하라는 의미에서였다. 듣기만 한 것과는 느낌이 크게 다를 터.

서문 쪽 벼랑 끝에 가서 본 결과, 유표의 죽음은 사실이었다. 조창은 번성 남쪽 성벽에 높은 장대를 세우고 그 끝에다 유표의 목을 걸었다. 양양성을 아직 유표의 수하들이 지키고 있다 생각하고 그들을 압박하기 위함이었다. 너희의 주군이 이미 죽어서 이런 꼴이 됐는데, 앞마당에서는 연합군도 공격해오고 있다. 그런데도 끝까지 버틸 테냐? 라는 무언의 압박.

서벽 근처에 이른 용운은 포로들의 결박을 풀어주었다. 주위에 병사를 두긴 했으나 삼엄하게 감시하지도 않았다. 어차피 달아날 곳도 없을뿐더러 그럴 의지들도 없어 보였다. 유기는 유표의 목을 본 순간, 외마디 비명과 함께 졸도하여 쓰러졌다. 장소와 장굉 등도 비통함을 금치 못했다.

"조창, 이 잔학한 놈."

"어찌 저런 짓을!"

최근 들어 포악한 일면을 보였지만, 어쨌거나 유표는 오랫동안 형주를 잘 이끌어온 주군이었다. 설령 전투에서 패해 죽었다 하더라도, 마땅히 그에게 걸맞은 예우를 해줘야 했다. 한데 저런 비참한 모습이라니!

심약한 송충은 얼굴이 새파래졌다. 거대한 산 같았던 유표의 최후를 보자, 자신 또한 금방이라도 죽을 수 있음이 실감 났다.

울고 싶은데 뺨 때려준다고, 정신이 든 유기가 먼저 입을 열었다. 용운은 의생들로 하여금 손발을 주무르는 등 그를 보살피게 했는데, 눈을 뜨자마자 갈라진 음성으로 말해온 것이다.

"유주왕 전하께 여쭤볼 것이 있습니다."

"말하세요."

"조조가 형주를 공격해온다면 어찌하실 것입니까?"

"그야 백부를 도와 맞서 싸워야겠지요. 조조에게 내주려고 힘든 전쟁을 치른 게 아니니까요. 조맹덕은 이미 나와 돌아올 수 없는 강을 건넌 사이이기도 하고."

으드득. 이를 갈아붙인 유기가 용운의 앞에 넙죽 엎드렸다.

"그렇다면 부탁드리겠습니다. 전하께 항복하여 기꺼이 가신이 될 테니, 형주가 조조의 손에 넘어가는 것만은 막아주십시오. 아버님을 저리 욕보인 조씨 일족은 이제 저와 한 하늘을 이고 살 수 없는 원수입니다!"

'되었다!'

용운은 속으로 쾌재를 불렀다. 조조의 손에 유표가 죽었다면, 용운의 입장에서는 그 죽음이라도 최대한 이용해야 했다. 안 그래도 조조에게는 갚아줘야 할 빚이 많았다. 복양성의 대학살, 엽성을 빼앗겼던 일 등. 그리고 어차피 천하를 두고 곧 격돌해야 할 상대이기도 했다. 여기서의 싸움은 그 전초전이 되리라.

용운은 즉시 유기에게 다가가 그의 손을 잡고 말했다.

"그 심정을 다 헤아릴 수는 없으나, 나를 돕는다면 반드시 보답하겠어요. 그게 나의 방식입니다. 조조군을 격퇴하고 형주를 완전히 평정한다면, 번성과 신야, 더 나아가 남양을 비롯하여 원술이 다스리던 다른 땅까지 쳐서 빼앗을 겁니다. 그래야 조조가 더는 세력을 확장하지 못할 테니까요. 형주는 백부와 약조한 바가 있어 어찌할 수 없으나, 그때는 그대를 남양태수에 임명할 것입니다."

"그 또한 조조에게 복수하는 길이 되겠지요. 온몸을 다 바쳐 싸울 것입니다, 전하."

유기가 그리 나오자 얘기는 끝난 거나 다름없었다. 모시던 주군은 죽었고 그 후계는 투항했다. 또 형주가 아니더라도 차후 갈 곳이 생겼다. 장소, 장굉에 이어 송충과 상랑 등 유기를 보좌하던 중신들이 줄줄이 투항해왔다. 모두 유비가 꿈에도 모르는 사이에 벌어진 일이었다. 아마 지금쯤 유비는 번성에 출현한 조창 부대의 일만으로도 정신이 없을 터였다. 이는 용운의 예상보다도 훨씬 빨랐기 때문이다.

'이건 시작일 뿐입니다, 유비 현덕.'

용운은 투항해온 이들의 손을 하나하나 잡아주면서 생각했다.

'당신은 맨 앞에서 조조라는 파도와 부딪치는 방파제가 됨과 동시에, 형주에서 등용할 만한 사람이 단 하나도 남지 않았음을 깨닫게 될 겁니다.'

이미 용운의 명을 받은 수하들이 가깝게는 의성현, 멀게는 영릉으로 출발한 뒤였다. 그는 유비의 입김이 닿기 전에 쓸 만한 인재를 모조리 쓸어갈 생각이었다. 용운 특유의 인재 수집이 형주에서도 시작된 것이다.

18

형주의 주인은 누구인가

형주 양양군 의성현.

의성현은 안륙현과 방향이 달라 황금철기대가 벌인 참화를 피했다. 그러나 대학살의 소문만은 전해져서 분위기가 흉흉했다. 고을의 어른과 식객들은 한 장원 별채에 모여 분분히 의견을 나눴다. 현의 명사이자 유력 호족인 마(馬)씨 가문의 장원이었다.

"강하성은 이미 떨어졌고 양양성도 위태롭다는구먼. 우리라도 병사를 일으켜 주목(유표)님을 도와야 하지 않겠나?"

수염이 허옇고 비쩍 마른 노인의 말에, 젊은 장한이 버럭 화를 냈다. 얼굴빛이 검고 깐깐해 보이는 자였다.

"그게 무슨 말씀입니까, 장 어르신? 어르신은 장릉과 안륙에서 벌어진 일을 듣지도 못하셨습니까? 주목님의 부대를 도우려고 나선 백성들은 물론이고 여자와 아이, 노인까지 불문곡직하고 죽여서 피가 흘러 강을 이루고 하늘은 까마귀 떼로 새까맣게 뒤덮였다 하더이다. 한데 아직도 주목님, 아니 유표 그자를 돕자는 말이 나옵니까?"

그의 말에 몇몇 사람들이 고개를 끄덕였다.

그러나 노인도 지지 않고 장한에게 맞섰다.

"그거 다 꾸며낸 얘기라고 하더군."

"꾸며낸 얘기라고요?"

"그렇네! 황한승이라는 장수가 유주 침략자 놈들에게 붙어, 안류에서 반란을 도모했다네. 안류성이 넘어가고 성의 반란자들이 모조리 유주군에 붙으면 양양까지 위험해지는 건 순식간이기에 어쩔 수 없이 모두 몰살한 거였다고 하네."

노인의 말에, 장한은 콧방귀를 뀌었다.

"안류성에서 반란을 도모했다고? 그런 말도 안 되는 헛소문은 또 어디서 듣고 오셨습니까?"

"그게 아니라면 주목님께서 안류성을 몰살한 이유가 뭐겠나? 가뜩이나 유주 놈들과의 싸움을 앞둔 상황에서 말일세."

"알 게 뭡니까? 서령에게 빠져서 사교를 섬겼다더니 미치기라도 한 모양이지요."

노인은 노인대로, 유표가 학자들을 우대하고 형주를 잘 지켜서 다른 지역들과 달리 전쟁을 피해왔다고 굳게 믿고 있었다. 그런 노인의 눈에도 쌍심지가 돋았다.

"뭐? 미쳐? 자네 말 다 했나?"

"다 했으면 어쩔 겁니까? 어르신이나 정신 차리십시오."

말싸움이 격해지고 주변의 다른 식객들이 둘을 말릴 때였다. 청수한 목소리의 청년이 별채에 나타나 말했다.

"두 분께서는 싸우실 필요가 없습니다."

키가 크고 단정한 생김이라 보는 이에게 호감을 주는 청년이었다. 특이한 점은 아직 젊은 나이에도 불구하고 두 눈썹이 모두 하얗게 세었다는 것이었다. 청년을 본 좌중의 인물들이 반가이 그를 불렀다.

"계상! 왔구먼."

"오셨소, 계상 님."

"어서 오십시오, 계상 도련님."

청년의 이름은 량(良)이요, 자는 계상(季常).

이 장원의 주인인 마씨 집안의 오 형제 중 넷째였다. 마씨 오 형제는 모두 인품과 재능이 뛰어났는데, 이 마량은 그중에서도 으뜸이었다. 여럿 중 가장 뛰어난 사람이나 물건을 가리키는 백미(白眉, 흰 눈썹)라는 고사가 바로 그에게서 비롯되었다. 마량의 목소리는 침착했으나 표정은 어두웠다.

이를 눈치챈 장한이 물었다.

"계상, 무슨 안 좋은 일이라도 생겼나?"

"주평 님… 예, 생겼습니다."

잠시 뜸을 들이던 마량이 입을 열었다.

"조금 전 양양성에 있던 장원의 하인으로부터 급보가 왔습니다. 양양성은 이미 연합군의 유현덕에게로 넘어갔고…."

거기까지 말했을 때, 주평이라 불린 거한과 싸우던 노인을 시작으로 여러 사람이 분노했다.

"유비 현덕! 이 쥐새끼 같은 배신자 놈이."

"갈 곳 없을 때 받아준 주목님의 은혜를 저버리고 반란군(연합군) 쪽에 붙더니, 양양성까지 빼앗아?"

시끌벅적하던 분위기는 이어진 마량의 말에 찬물이라도 끼얹은 것처럼 순식간에 가라앉았다.

"주목님은 조조군에 의해 참수되어 그 목이 번성의 성벽에 매달려 있다고 합니다."

한동안 침묵이 흐른 뒤, 노인이 말했다.

"이보게, 계상. 아무리 자네라 해도 그런 참담한 헛소문은…."

"헛소문이 아닙니다, 장 어르신. 양양에 있는 하인이 직접 눈으로 본 것을 전해온 겁니다. 허튼소리를 할 사람도 아닐뿐더러…."

"주목님께서 그런 일을 당하실 리가 없어! 그분은 살아 있는 신선이야!"

"믿기지 않으신다면 관으로 가보시지요. 이미 관에는 그 소식이 알려져 피난 준비를 하느라 바쁜 듯합니다."

"피, 피난?"

"예. 조조 아니면 유주군, 어느 쪽이든 곧 여기까지 손을 뻗어올 테니까요."

멍해 있던 장 노인이 탄식을 내뱉었다.

"이것 참, 큰일 났구먼!"

이어서 그는 바닥에 엎드려 통곡하기 시작했다.

"아이고, 주목님! 어쩌다가 그런 끔찍한 일을…. 주목님께서 돌아가셨으니 이제 형주는 누가 지키고 돌본단 말입니까?"

노인을 따라 몇몇 사람들이 눈시울을 붉혔다. 그들을 향해 장한, 주평이 소리를 질렀다.

"정신들 차리십시오! 지금이 눈물이나 흘릴 때입니까? 진정 형주의 앞날을 생각한다면, 어느 쪽을 받아들여 협력할지부터 고민해야 할 게 아닙니까?"

그래도 노인들이 듣지 않자 장한은 혀를 찼다.

"쯧쯧, 답답하군."

그의 본명은 최균(崔鈞)으로, 주평(州平)은 자였다. 후한에서 사도를 지낸 최열의 차남이다. 형주에 학문을 익히러 왔다가 마음 맞는 친구들이 생겨 눌러앉았다. 마량 또한 그들 중 한 사람이었다.

마량이 분통을 터뜨리는 최주평에게 말했다.

"주평, 잠깐 저와 함께 가시겠습니까?"

그가 자신에게 따로 할 말이 있음을 알아챈 최주평은 고개를 끄덕였다.

"그러지."

식객들은 두 사람이 별채를 떠나는 것도 모르고, 울고불고 화내고 싸우고 혹은 심각하게 토론하느라 정신이 없었다. 마씨 장원뿐만 아니라 의성현의 상황이 대부분 비슷했다.

"무슨 일인가? 일부러 이런 곳까지."

후원으로 따라온 최주평이 어리둥절해서 물었다.

마량은 앞장서서 걷다 걸음을 멈추고 돌아섰다.

"주평 님은 아시지요? 안륙성의 학살은 일방적으로 벌어졌음이 사실이라는 걸 말입니다."

그 말에, 최주평의 미간이 절로 찌푸려졌다.

"알고말고. 석광원의 지인이 그쪽에 있어, 녀석이 대담하게도 가서 직접 살피고 왔네. 차마 눈 뜨고 볼 수 없는 참상이라 하더군. 알 만한 사람들은 이미 다 아는 일이네."

광원(廣元)은 최주평이 마량 등과 더불어 교류하는 벗 중 한 사람으로, 본명은 석도(石韜)라고 했다. 본래 사마휘에게서 학문을 배우려 했으나, 그가 책상물림인 데다 행적도 수상쩍은 데 실망하여 뜻을 접었다. 그 후로는 형주를 중심으로 곳곳을 돌아다니며 많은 것을 보고 들으려고 애썼다. 본래 석도는 자신이 보고 들은 것만 믿는 성격으로, 의심이 많고 치밀했다. 그런 그가 조사한 뒤 내린 결론이라면 거의 정확했다.

"의아한 것은 수경선생(사마휘)의 태도네. 아까 그 자리에서는 말하지 않았지만, 장 노인이 말한 소문이 수경선생에게서 나온 거라는 사실은 잘 알고 있네. 뜬구름 잡는 듯한 소리만 내뱉는 자라는 건 알았지만, 대체 무슨 생각으로 그런 유언비어를 퍼뜨리는지…. 형주목이 돌아오면 한자리 얻으려는 속셈이었나 본데, 머리만 돌아왔으니 그도 글렀군."

냉소적인 최주평이 성격대로 독설을 해댔다.

듣고 있던 마량은 조심스러운 투로 말했다.

"이제 형주는 무주공산 같은 형세가 됐습니다. 본래 호족들이 힘을 합쳐 외부의 적을 막아내야 하나, 이미 십여 년 전에 형주목이 와해시키는 바람에 그럴 여력이 없지요. 모두 학문을 닦고 선비만 육성했을 뿐 사병을 거느리는 건 꿈도 못 꿨으니까요."

"각 가문의 식객들을 다 모으면 수가 상당하겠지만, 체계적인 훈련을 받은 병사들에 비할 바는 못 되겠지."

"그러하면 최 형은 앞으로 우리가 어찌해야 한다고 보십니까?"

잠시 생각하던 최주평이 입을 열었다.

"지금의 위기는 기회일 수도 있네. 사실 형주는 외부의 적으로부터 안전하다고는 했지만, 바꿔 말하면 고인 물 같은 형세였지. 정세 변화를 외면한 채 형주목과 서령의 권력을 강화하기에만 급급했네. 그나마 그 안전마저도 허상이었다는 게 밝혀졌고."

"수적으로 훨씬 열세였던 연합군에게도 패했으니 말이죠…."

"이번 기회에 적당한 세력에 속하여 천하를 놓고 겨뤄보는 것도 나쁘지 않네."

"그러기에 어느 세력이 적합할까요?"

마량의 물음에, 최주평은 선뜻 답했다.

"그야 당연히 유주왕이지."

의외의 대답이었다. 당장 턱 밑에 칼을 들이댄 형국인 조조나, 오랫동안 형주를 놓고 유표와 싸워 온 손책 둘 중 하나에게 붙는 것이, 어쩌면 더 빨리 더 쉽게 안정을 찾는 길이었기 때문이다. 마량은 의아한지 고개를 갸웃거렸다.

"어째서 그리 생각하셨습니까?"

"자네답지 않군, 계상. 그걸 생각할 필요까지 있나? 당장 조조는 유표와 마찬가지로 복양성에서 대학살을 벌인 자일세. 더구나 번성에서 한 짓으로 보아, 대놓고 양양을 압박하고 있는 게 분명하고. 그를 받아들일 거였으면 굳이 연합군과 싸울 필요도 없었네."

"그럼, 손가는요?"

"손백부는 강남에서 제법 인심을 얻었지. 그리 나쁜 주군은 아니겠으나 이 난세에는 좋은 주군도 되기 어렵네. 일단, 가진 바 힘이 너무 약해. 유주왕을 불러들인 것도 그래서가 아닌가. 유주왕의 성품으로 보아 손백부에게 형주를 맡길 가능성이 크네만…."

마량은 문득 생각났다는 투로 넌지시 말을 꺼냈다.

"참, 유비 현덕도 있지 않습니까? 최근에 기책으로 양양성을 얻은 모양인데요."

"기책?"

조금 전 마량이 했던 것처럼 저도 모르게 고개를 갸웃거린 최주평은 날카로운 눈빛으로 물었다.

"자네, 나한테 뭔가 숨기고 있군."

"갑자기 그게 무슨 말씀이십니까?"

"안 그러고서야 자네 정도 되는 사람이 유현덕이 한 짓을 기책이라고 표현할 리가 없네. 그건 최소한의 신의도 저버린 사기, 협잡이었지. 직전까지 목숨 걸고 함께 싸운 동맹을 배신하는 행위일세. 난 그런 짓을 하도록 버려둔 방사원(방통)에게도 실망했네."

"뭐, 그들 나름으로는 절박하지 않았겠습니까?"

"더 문제는 그런 짓이 처음이 아니라는 걸세. 유현덕은 결코 천하를 통일할 군주 감은 아닐세. 말해보게. 뭘 숨기고 나를 떠보려고 한 거지?"

그때, 후원 안쪽에서 남자다우면서도 맑은 목소리가 들려왔다.

"그건 제가 대신 답해드리지요."

한 줄기 바람처럼 듣는 이를 절로 기분 좋게 만드는 음성이었다. 그쪽으로 고개를 돌린 최주평이 눈을 휘둥그레 떴다. 신비롭게 반짝이는 은발에 투명하게 비쳐 보일 것처럼 백옥 같은 피부. 그린 듯 새빨간 입술을 가진 청년이 후원 안쪽 정자에서부터 천천히 걸어 나오고 있었다.

그를 본 마량이 정중하게 허리를 굽혔다.

"분부하신 대로 최주평을 데려왔습니다, 전하."

전하? 그 말을 듣는 순간, 최주평은 상대가 누군지 깨달았다. 그의 입에서 신음 같은 소리가 새어 나왔다.

"유주왕… 진용운?"

용운은 해사하게 웃었다.

"그래요. 내가 진용운입니다. 본의 아니게 둘의 대화를 엿들은 형국이 되었군요."

"혀, 지, 진짜 유주왕이십니까?"

"천하에 나 같은 생김새를 하고 진용운이라는 이름을 가진 사람이 또 없다면, 그렇습니다."

"여, 여, 영광입니다!"

최주평은 얼굴이 벌게져서 용운 앞에 덥석 무릎을 꿇었다.

'응?'

'으응?'

그 의외의 반응에, 마량과 용운은 동시에 놀랐다.

최주평은 열에 들뜬 사람처럼 앞뒤 없이 주절주절 말을 쏟아냈다.

"오래전부터 조, 존경하고 있었습니다. 예전 형주에 오기 전에

업성을 방문한 적이 있었는데, 그 지극히 실용적이면서도 간결
미를 살린 건물과 도로들, 천재적인 발상이라 할 수 있는 기간 시
설…. 무엇보다 백성이 우선인 통치 방식에 감동했습니다. 그런
성을 우격다짐으로 빼앗아서는 제대로 관리하지도 못하는 조조
놈은 얼마나 악당인지…. 아, 이전 유주목이셨던 백안(伯安, 유우
의 자) 님께서 진용운 님을 친손자처럼 사랑하시고 유주목의 관
인까지 넘겨주셨다고…. 그분의 심정을 백번 이해하고도 남습니
다. 아아, 흑영대라는 정보 조직의 창설과 운용도 빼놓을 수 없지
요. 그 파격적인…. 아 참, 유달리 매운 음식을 좋아하시고 술도
세시다던데, 혹 사천 쪽에서 사셨던 경험이…?"

마량의 입이 점점 더 벌어졌다.

'허어….'

최주평과 교류하고 그가 마씨 장원에서 식객처럼 지낸 몇 년
동안, 이렇게 말을 많이 하는 것을 본 적이 없었다. 원래 냉소적
인 성격이라 입만 열었다 하면 독설이었기에, 이처럼 누군가를
칭송하는 모습도 처음이었다.

용운 또한 그런 최주평을 보며 생각했다.

'내 입으로 이런 말 하기 민망하고 인정하기도 싫지만….'

마량도 뺨까지 붉힌 최주평을 보면서 생각했다.

'허허, 알고 보니 최 형….'

용운과 마량은 동시에, 말은 다르나 뜻은 비슷한 단어를 떠올
렸다.

'내 빠돌이었구나.'

'유주왕 전하의 광추종자였군!'

추종자(追從者)는 좋아하거나 존경하는 대상을 따르는 사람이다. 광(狂)추종자는 거기서 한발 더 나아가, 그 사람에 대한 모든 정보를 수집하고 일거수일투족을 꿰고 있으며 그와 관련된 물건까지 사들이는 사람을 의미했다. 말 그대로 추종 대상에 미친 사람이었다.

용운은 문득 한 가지 일화가 떠올랐다.

'그러고 보니 조선시대의 숙종 임금이 관우를 너무 좋아해서, 신하들과 대화 중에도 늘 관우의 이야기나 일화를 인용하고 걸핏하면 관제묘(관우의 사당)에 참배하러 갔었다고 했지. 심지어 절까지 하려던 것을 신하들이 만류했다고….'

《삼국지》 때문에 특별히 중국사에 빠지긴 했으나, 용운은 기본적으로 역사 자체를 좋아했다. 그래서 《조선왕조실록》을 비롯, 각종 사서에 있는 내용도 한 번 읽은 것은 모두 기억하고 있었다. 용운이 멍하니 이런 생각을 할 때도 최주평은 쉬지 않고 용운에 대한 것들을 줄줄 읊고 있었다. 그 내용이 점입가경으로 치달았다.

"처음에는 사천신녀라 불리는 사매들을 호위 겸 주변에 늘 거느리셨는데, 검후 님께서 영예롭게 전사하셨고 청몽 님은 여봉선과 짝이 됐으며, 성월 님은 부상으로 장준예와 더불어 요양 중이고 사린 님은 육가의 가주와 진지하게 만나는 사이라고…. 아, 전하께서는 놀랍게도 요리에도 일가견이 있으시며, 한번 보고 들은 것은 잊지 않는 총명함을…."

최주평은 어느새 용운에 대한 호칭이 달라져 있었다. 심지어 널리 안 알려진 최신 정보까지 꿰고 있었다.

"아 참, 그리고 예전에는 자룡 장군과 지나치게 붙어 있고, 장연 장군을 미색으로 꼬이기도 해서 혹 남색가가 아닌가 하는 소문도 돌았었지요."

'…적당히 해, 미친놈아.'

최주평의 흥분이 겨우 가라앉고 난 뒤, 용운이 말했다.

"전략, 전술적 측면에서 말해줬으면 좋겠군요. 어째서 나를 택하는 것이 형주에 유리한지. 그 답으로 그대를 등용할지 말지 결정해야 하니 말이죠."

돌연 최주평의 눈빛이 달라졌다.

"답변은 드리겠지만, 임관은 정중히 사양하겠습니다, 전하."

"어째서지요?"

"사실 저는 정치라는 자체가 하늘의 뜻을 거스르는 것이라고 생각합니다. 물론 전하처럼 백성을 먼저 생각하시는 분께서 왕이 된다면, 천하는 평화로워지겠지요. 허나 전하를 그런 왕으로 만들기 위해서는 또 많은 피를 흘려야 합니다. 결국 인간 세상 또한 자연의 법칙 중 일부. 그냥 흘러가는 대로 두는 것이 가장 낫습니다."

"그렇군요. 그럼, 임관을 억지로 권하지는 않겠어요. 그래도 대답은 듣고 싶네요."

최주평은 거침없이 답을 이어갔다.

"크게 네 가지로 답할 수 있습니다. 인(仁)으로써 백성들을 대하시어 하늘이 돕는 게 첫 번째요, 조자룡 대장군과 여봉선 대공,

유주 사천왕과 청광기 등 그 통치를 이룰 만한 무(武)를 가지신 게 두 번째이며, 순문약(文若, 순욱의 자), 공달(公達 - 순유), 사마중달, 제갈공명 등 당대의 재사들을 거느리신 게 세 번째입니다. 마지막으로 천자를 모셔 명분을 갖게 되신 게 네 번째입니다. 형주는 전하의 땅이 되어야 비로소 평안해질 것입니다.”

최주평의 대답을 들은 용운은 그가 마음에 쏙 들었다. 대인통찰로 보니 지력과 정치력도 90대를 상회했고 자신에 대한 호감도도 높았다. 그러나 임관을 거부하니 강요할 순 없는 노릇. 경험상 이런 경우 강요하면 오히려 역효과가 났다.

“좋은 말씀, 고맙습니다. 언젠가 꼭 인연이 되었으면 좋겠네요.”

용운이 손을 내밀었다. 최주평은 저도 모르게 그 손을 맞잡았다. 잠시 후, 용운은 손을 놓고 싱긋 웃은 뒤 돌아서서 걸음을 옮겼다.

마량이 빠른 투로 최주평에게 말했다.

“저는, 아니 제 동생 마속을 비롯한 마씨 가문은 유주왕 전하를 따르기로 했습니다. 어제 친히 찾아오셔서 절 설득하셨지요. 전하께서 형주는 일단 동맹인 손백부에게 맡기신다기에, 가문 전체가 전하를 따라 유주로 이주할 예정입니다. 여기서 헤어진다면 오래 못 보게 되겠군요. 건강하고 무탈하십시오, 최 형. 그간 고마웠습니다.”

말을 마친 마량은 서둘러 용운을 따라갔다.

“전하!”

그때 중간에 마량의 동생인 마속이 어디선가 튀어나와서 용운의 옆에 붙어 섰다.

최주평은 잠시 세 사람의 뒷모습을 바라보다 중얼거렸다.

"최균, 이 멍청한 놈아. 넌 이 순간을 분명 후회하고 또 후회할 것이다. 하지만 어쩌겠나. 추종은 어느 정도 거리를 두고 할 때 훨씬 더 보람 있고 행복한 것을…."

시대를 앞선 덕질을 구사하는 최주평이었다.

최주평은 진정한 덕질을 위해 임관을 거절했다. 하지만 용운은 부지런히 움직여, 단 며칠 사이에 마량, 마속, 맹건, 석도 등의 마음을 얻었다. 마속은 마량의 동생이자 마씨 오 형제의 막내다. 그 또한 형 마량과 마찬가지로 용운을 보자마자 한눈에 반하여 충성을 맹세하였다. 지금도 용운이 잠시 안 보이자, 그새를 못 참고 찾아나서 따라붙은 참이었다.

"전하, 실례지만 최주평과 무슨 얘기를 하셨습니까?"

"임관을 권유했다가 거절당했지요."

"헉, 감히 주제도 모르고…. 그런 수상쩍은 자는 상대하지 마십시오."

마량이 조금 언짢은 투로 말했다.

"주평은 수상쩍은 자가 아니다, 유상(幼常, 마속의 자)."

"비유하자면 그렇다, 이 말이지. 대충 넘어가, 작은형."

마속이 싱글싱글 웃으며 대꾸했다. 마속은 올해 약관이 된 청년으로 재기가 넘쳤으며 야심 찼다. 외모에서도 총명함이 드러나고 귀태가 흘렀다. 다만, 주변에서 칭찬만 해주고 형들한테도 귀여움을 받은 탓인지, 다소 제멋대로고 오만한 면이 있었다.

'정사에서는 그 유명한 읍참마속(泣斬馬謖, 울면서 마속을 베다)이라는 고사의 주인공이기도 하지.'

저 고사에서 비통한 심정으로 마속을 벤 장본인은 바로 제갈량이었다.

"전하께서 우리 마씨 가문을 택해주셔서 저는 얼마나 기쁜지 모릅니다!"

용운은 제 옆에 바짝 붙어 재잘대는 마속을 보며, 저도 모르게 고사의 배경을 떠올렸다.

유비 사후, 제갈량이 위나라를 공격할 때였다. 제갈량의 공격을 받은 조예는 사마의를 보내 막아내도록 지시했다. 사마의의 능력을 경계하던 제갈량은, 누구를 시켜 대응케 할 것인지 고민하였다. 그때, 제갈량의 절친한 벗이자 참모인 마량의 아우, 마속이 사마의의 군사를 방어하겠다고 자원했다. 제갈량은 마속의 재능이 뛰어나긴 하나, 사마의를 감당하기에는 역부족이라 여겨 주저하였다. 그러자 마속은 자신의 목까지 걸어 결의와 자신감을 보였다. 마침내 제갈량은 신중하게 대응할 것을 주문하며 사마의를 상대할 전략을 내렸다. 그러나 마속은 그 지시를 어기고 산꼭대기에 진을 쳤다가 포위당해 전멸에 가까운 대패를 당했다. 그로 인해 제갈량의 정벌은 실패로 돌아갔다. 결국, 제갈량은 눈물을 머금으며 마속의 목을 벨 수밖에 없었다. 엄격한 군율이 살아 있음을 전군에 알리기 위해서였다.

'거기서 비롯되어 읍참마속은 공정한 업무 처리나 법, 규칙의 적용을 위해 개인적인 정을 포기한다는 뜻으로 현대까지도 쓰였지. 지금 봐서는 그 고사가 실감이 나네. 하지만 마속이 그 대형 사고를 쳤을 때의 나이는 삼십 대 후반. 아직 이십 년이나 남았다. 즉….'

용운은 마속을 지그시 내려다보면서 웃었다.

'성정을 바꿔주고, 죽었다 깨어나도 군령에 충실하도록 만들기에는 충분한 시간이지.'

"전하, 그래서 계상 형님의 눈썹이 하얀 게 너무 부러웠던 제가 어떻게 했는지 아십니까? 밀가루를 가져다가 제 눈썹 사이에 솔솔 뿌렸지 뭡니까, 하핫!"

말하던 마속은 뭔가 이상한 기분이 들었는지 멈칫했다. 그러다 용운에게 조심스레 물었다.

"왜 눈을 그렇게 뜨세요, 전하?"

용운의 표정이 미묘하게 일그러졌다.

'이 자식, 어쩐지 마음에 안 드네….'

이후, 마속은 용운의 혹독한 개인지도를 받다가 일곱 번이나 탈주하게 된다. 하지만 그때마다 번번이 잡혀 온 끝에, 읍참마속 대신 '칠종칠금(七縱七擒, 일곱 번 잡았다가 일곱 번 풀어줌. 상대를 마음대로 다룸을 비유하거나, 인내를 가지고 상대가 숙여 들어오기를 기다린다는 말. 본래는 제갈량이 남만의 왕 맹획을 복속시킨 데서 나옴)'이라는 새로운 고사의 주인공이 된다. 그는 용운이 대체 어떻게 자신을 찾아냈고 따라잡았는지 평생 알지 못했다.

마씨 가문을 복속한 용운의 행보는 멈추지 않았다. 의성현과 영릉으로 가장 빠른 흑영대원들을 보내 목표를 찾은 다음, 용운 자신은 의성현 그리고 다른 한 사람은 영릉으로 보냈다. 그는 바로 제갈량 공명이었다.

형주 영릉, 상향현은 장사성의 남서쪽 아래에 위치했다. 양양에서 제법 먼 거리였으므로, 제갈량은 전투가 끝나자마자 제대로 쉬지도 못하고 출발했다. 늘 그랬듯 연청과 마충이 호위토록 하고 준마 네 필이 딸린 마차도 내주었지만 피로한 건 어쩔 수 없었다. 말을 몰던 연청이 투덜거렸다.

"쳇, 진용운 녀석. 잘난 체 이래라저래라 사람을 부리고 말이야."

제갈량이 마차 안에서 조용히 말했다.

"전하께 그런 식으로 말하면 안 돼, 연청. 그분은 나의 주인이니까 그렇게 부리는 게 당연해."

"아주 충신이 다 됐네, 흥. 부군사가 된 지 얼마나 지났다고. 난 그 부군사라는 것도 마음에 안 들어. 네가 당연히 총군사여야지. 사마의 그놈은 맨날 너한테 져서, 나중에는 죽은 공명이 산 중달을 쫓…."

연청은 말하다 말고 아차 해서 입을 다물었다.

제갈량이 의아하다는 투로 물었다.

"중달 형이 뭘 어쨌다고?"

"아니, 너랑 진짜로 대결하면 맨날 질 거라고."

"아닐걸. 내가 형주에서 허송세월하는 동안 중달 형은 책사로서의 수업을 공들여 받고 실전에도 여러 차례 참여했어. 이번 형주에서 올린 전공만 봐도 엄청나지. 반면, 나는 뭐 하나 제대로 한 게 없고."

"아니야! 그냥, 중간에 일이 좀 꼬여서 그래."

제갈량은 기운 없이 웃었다.

"하하, 연청. 넌 예전부터 나를 높게 평가하는 경향이 있어."

연청은 입술을 삐죽거렸다. 후대에 전해진 제갈량을 아는 그의 입장에서는 당연한 일이었다. 특히나 제갈량은 《삼국지》의 인물 중에서 연청이 가장 좋아하는 이였다. 그를 직접 경험한 뒤 곁에서 계속 지키고 싶어져서, 대적이었던 용운을 섬기기로 결심했을 정도로.

"그런데 연청, 우리가 만나러 가는 사람의 이름이 뭐라고 했었지?"

연청은 별생각 없이 대답했다.

"장완."

"그렇군."

'역시.'

연청은 용운이 내린 임무에 불평하면서도, 임무 자체의 신빙성에 대해서는 전혀 의심하지 않았다. 당장 제갈량 자신만 해도 형주에서도 안쪽인 상향현에 장완이라는 사람이 있다는 걸 용운이 어떻게 알았는지, 또 그가 꼭 필요한 인재임은 어떻게 확신하는지 아무리 생각해도 이해가 안 갔는데, 용운은 제갈량을 보내면서 이렇게 당부했었다.

"너와 아주 잘 맞을 사람이고 네 뒤를 이어 유주의 중신이 될 사람이니까, 잘 얘기해서 꼭 데려오도록 해."

용운과 천강위들에게는 제갈량 자신이 모르는 비밀이 더 있음이 분명했다. 연청이 쉬지 않고 마차를 몬 덕에, 제갈량은 그 안에서 먹고 자는 동안에도 이동했다. 그 덕에 사흘 만에 영릉에 닿을 수 있었다.

정사에서 제갈량(諸葛亮), 비의(費禕), 동윤(董允)과 함께 촉의 사상(四相)으로 꼽히며, 제갈량이 제왕의 대업을 보좌할 사람이라 평한 정치의 천재, 장완이 살고 있다는 곳이었다.

그사이, 유비는 번성에서 차곡차곡 정비를 마치고 공격 태세를 갖춰가는 조창의 호표기를 상대할 생각에 골머리를 앓고 있었다. 양양성을 불시에 차지한 것까지는 좋았다. 그런데 그 후로 모든 일이 예상에서 어긋났다. 양양성 일대의 호족들, 일례로 의성현의 마씨 가문이 협력을 거부한 게 그 시작이었다.

손책은 손책대로, 양양성을 가로챈 유비의 처우를 어떻게 할 것인지, 조창군을 맞아 싸울 것인지 아니면 모른 척할 것인지를 놓고 고심했다.

바야흐로 형주 쟁탈전은 새로운 국면에 접어들고 있었다.

19

장안의 암운

210년 봄.

용운이 양양성 공격을 본격적으로 시작하기 몇 개월 전이다. 난세라는 평에 걸맞게, 천하 곳곳에서는 연이어 크고 작은 전쟁이 벌어졌다. 워낙 땅이 넓다 보니 그런 전쟁들이 남의 일인 양 잠잠한 곳도 있고 전쟁보다는 오히려 도적 떼나 자연재해에 더 시달리는 곳도 있었다. 또한 유주국과 비슷하게 마치 다른 세상인 것처럼 평화로운 지역도 존재했다. 한때 동탁의 폭거 아래 시달렸던 장안도 그중 하나였다. 다만, 유주국의 평화가 살기 좋은 환경과 선정에서 오는 여유로운 평화라면, 장안의 그것은 엄정하고 경직된 통제에서 오는 평화였다.

그 장안 도심을 한 청년이 두리번거리며 걷고 있었다. 해가 넘어간 뒤, 통금령을 발하기 직전이라 인적이 드물었다. 그래도 군데군데 밝혀둔 홍등과 횃불 등으로 사물은 판별할 만했다. 청년은 언뜻 소박해 보이는 차림새였으나, 눈썰미 있는 사람이라면 그가 입은 옷감이나 장신구가 모두 고급스러운 재료인 걸로 보아, 꽤 있는 집 자식임을 짐작했을 터였다.

중간 정도의 키에 단정한 얼굴. 영리해 보이는 맑은 눈이 호감을 주었다. 다만, 안색이 창백하고 어깨가 좁아 병약해 보이는 게 흠이었다. 그는 보는 것마다 감탄하며 구경하기 바빴다.

"오오, 역시 제국의 도성답습니다. 뭐든 엄청나게 크고 화려합니다. 게다가 이 깨끗한 거리 하며…."

듣기로 유주성은 이 장안보다 더 잘 가꿔져 있다고 하나, 그런 곳이 있다고는 믿기 어려웠다. 잘 돌아다니던 청년이 멈춰 서더니 별안간 기침을 했다.

"콜록, 쿨럭! 커헉!"

그의 기침 소리가 조용한 골목에 울려 퍼졌다. 지나가던 몇몇 행인들이 놀란 눈으로 그를 쳐다보다가 다시 걸음을 옮겼다. 한동안 기침을 토해내던 청년은 이마에 맺힌 식은땀을 닦았다. 그러다 화들짝 놀랐다.

"앗, 깜짝이야!"

언제 다가왔는지 코앞에서 한 소년이 고개를 갸웃거리며 자신을 들여다보고 있었기 때문이다. 하얀 얼굴에 자그마한 체구의, 퍽 예쁘장한 소년이었다.

"괜찮으세요?"

당황한 청년이 더듬더듬 대꾸했다.

"괘, 괜찮습니다."

"병이라도 나신 건가요?"

"아, 그게, 제 침에 제가 사레들려서 그만."

"네? 아하하! 재미있는 분이네요. 고작 그런 걸로 그렇게까지 위험해 보일 수 있다니."

"사레들림은 의외로 위험합니다, 공자."

"흥, 그리 나약해서야 어떻게 이 난세를 살아갈 수 있을지 걱정이네요."

소년의 말에, 사내는 쓴웃음을 지었다.

"그러게 말입니다."

"어휴….."

다소 건방지다고 할 수 있는 말에도 웃어버리는 사내. 훨씬 어린 자신에게도 정중히 예를 갖춰 대했다. 차림새를 보니, 어딘가 지방의 대갓집 도련님이 장안 구경이라도 온 모양인데 영 위태로웠다. 이상하게 마음이 쓰여 지나치기가 어려웠다. 소년은 뭔가 더 말하려다가, 지나친 간섭이라 여겼는지 입을 다물었다.

"그럼, 조심히 다니세요. 겉으로는 평화로워 보여도 장안은 절대 만만치 않은 곳이니까."

"충고, 새겨듣겠습니다."

"흥!"

소년은 한 번 더 콧방귀를 뀌더니 가버렸다.

그 뒤를 물끄러미 바라보던 청년은 무슨 생각인지 소년을 슬금슬금 쫓아가기 시작했다.

소년을 암중에서 뒤따르던 자들이 속삭였다. 전원 하얀 복면을 쓰고 검을 지닌 사내들이었다.

"이상한 자가 따라붙었다. 제거할까?"

"아니, 잠깐 기다리게. 언행이나 차림으로 보아 귀한 가문의 자식일….."

사내는 말하다 말고 갑자기 눈을 부릅떴다.

"왜 그러나?"

의아한 듯 묻던 동료가 재빨리 검을 꺼내 들었다. 말하던 사내의 흰 복면 입 부분이 피로 시뻘겋게 물들기 시작한 것이다. 검을 뽑은 자는 주저하지 않고 동료의 몸을 찔러 뒤에 있는 적을 공격했다.

"큭!"

나직한 신음 소리가 났다. 검에도 감각이 느껴졌다. 직후, 검을 찌른 흰 복면도 등과 옆구리를 베여 쓰러졌다. 여기저기서 흰 복면의 사내들이 비슷한 방식으로 죽어가고 있었다. 그들도 상당한 실력자였으나, 워낙 갑작스레 기습을 당한 데다 한 명당 적이 서넛씩 붙어 공격해오니 감당하지 못했다. 흰 복면을 공격한 자들은 대조적으로 검은 복면을 쓰고 전신을 같은 색의 무복으로 감쌌다. 그중 한 명이 흰 복면의 시체에 침을 퉤 하고 뱉었다.

"징한 것들, 동료를 눈가리개 삼아 공격하다니."

"그만큼 경호하는 대상이 중요하다는 거겠지. 얼른 따라가세. 이러다 놓치겠네."

슉! 슈슉! 검은 복면의 사내 이십여 명이 지붕이며 담장 위를 비호처럼 달렸다. 그들이 떠난 자리에는 흰 복면들의 시신과 핏자국만이 덩그러니 남아 있었다.

소년은 점차 겁에 질렸다.

'왜 계속 따라오지?'

아까 만났던 병약해 보이는 청년이 쭉 뒤를 쫓아오고 있었다. 느낌이 좋았던 사람이라 별로 경계하지 않았는데 이렇게까지 따라오니 불안하지 않을 수 없었다. 문득 숙부의 말이 뇌리를 스쳤다.

― 내게는 적이 많다. 그렇다 보니 널 노리는 자들 또한 없으리란 법이 없다. 내가 너를 괴롭히고 싶어 엄하게 대하는 것이 아니니 이해하거라.

사람들에게서 피도 눈물도 없는 귀신, 노괴(老怪, 늙은 괴물)라는 등 온갖 소리를 듣지만, 그래도 자신에게는 늘 따뜻한 숙부였다. 단지 혼자 외출하는 일을 금하는 등 지나치게 구속하는 게 답답하여 몰래 한 번씩 빠져나오곤 했다. 그런 외출이 늘 별 탈 없이 지나갔기에 긴장이 풀렸나 보다. 처음으로 낯선 이에게 말을 걸었는데 그만 사달이 난 것 같았다.

'백귀(白鬼)들이 잠잠한 걸로 봐선 악의가 있는 건 아닌가? 아니, 그런데….'

소년은 그제야 문득 이상함을 깨달았다. 호위인 백귀들은 적어도 이 각(약 30분)에 한 번씩은 전음을 보내오게 되어 있었다. 한데 한참 전부터 쥐 죽은 듯이 잠잠했다.

'이상하다. 반 시진(약 한 시간)은 족히 지났잖아.'

마치 모두 곁을 떠났거나 죽어버리기라도 한 것처럼. 그런 생각을 하는 순간, 오싹 소름이 돋았다. 게다가 정신없이 걷다 보니 어딘지 모를 으슥한 골목 안으로 들어와버렸다.

"이런, 이런."

등 뒤에서 예의 병약한 청년의 목소리가 들렸다. 더럭 겁에 질린 소년이 우뚝 멈춰 섰다. 청년은 성큼성큼 다가와 소년의 어깨에 손을 얹었다. 그러자 소년은 돌아서면서 힘껏 따귀를 날렸다.

"윽!"

뺨을 정통으로 맞은 청년이 뒤로 나가떨어졌다.

'응?'

오히려 때린 소년이 어리둥절할 정도로 굉장한 반응이었다. 저 사람, 정말 약하잖아?

잠시 후, 청년은 울상을 지으며 일어나 앉았다.

"아니, 다짜고짜 때리면 어떡합니까?"

하지만 소년은 경계를 풀지 않았다. 일단 의심이 들자 그런 모습마저 연극처럼 보였다.

"당신, 무슨 속셈이죠?"

가볍게 한숨을 내쉰 청년이 획! 손을 움직였다.

"커헉!"

소년의 등 뒤, 골목 안쪽의 어둠 속에서 갑갑한 신음이 들렸다. 분명 벽처럼 보였던 곳인데, 검은 복면의 사내 하나가 천천히 앞으로 기울어지다가 엎어졌다. 그 광경을 놀란 눈으로 보는 소년에게 청년이 말했다.

"눈 튀어나오겠습니다."

"헉, 저, 저, 저기 사람이…."

"사람 죽는 거 처음 보셨습니까?"

"…."

"무슨 속셈이냐고 하셨습니까? 웬 여인이 남장을 하고 다니기에 사정이 있나 보다 하고 모른 척했는데, 수상한 놈들이 쫓아오기까지 하니…. 그런 상황에서 사내라면 응당 구해야 한다고 배웠기에 나선 것뿐입니다."

"…어떻게 아셨죠?"

"모를 수가 있습니까."

사내는 어두운 골목 안에서 하나둘 모습을 드러내는 흑의 복면인들을 응시하며 무심히 말했다.

"남장해봤자 그렇게 예쁜데 말입니다."

어두워서 드러나진 않았지만, 소년, 아니 남장을 한 여인의 얼굴이 확 붉어졌다. 그러나 직후, 사내가 한 말에 상기됐던 얼굴은 금세 희게 질리고 말았다.

"소저는 그 예쁜 얼굴로 오늘 네 사람을 죽인 겁니다. 소저를 암중에 호위하던 이들 말입니다. 제 손에 죽은 저자까지 더하면 다섯 명입니다."

"저, 저는…."

"앞으로 그 생명들의 무게를 짊어지고 사셔야 할 겁니다. 뭐, 그래도 저에 비하면 가볍습니다."

휘릭! 타타탁! 골목 안, 담장 위, 근처 집의 지붕 위. 사방에서 흑의 복면인들이 둘을 에워싸고 달려오기 시작했다.

"꺅!"

남장을 한 여인이 비명을 지르며 사내의 등에 달라붙었다.

"나쁜 기분은 아니지만, 앉아주셔야겠습니다, 소저."

사내는 팔꿈치로 재빨리 남장 여인의 머리를 꾹 눌러 앉혔다.

"제가 뭘 좀 던져야 해서 말입니다."

이어서 연신 품에 손을 넣었다 빼며 휘둘렀다. 반짝거리는 빛살 같은 것이 사방으로 날아갔다.

"큭!"

"껙!"

"끄악!"

한 번에 한 명씩 흑의인들이 나뒹굴어 고혼이 되었다. 몇 명은 재빨리 단도를 휘둘러 쳐내긴 했으나 놀란 기색이 역력했다. 무리의 우두머리인 듯한 자가 외쳤다.

"보통 놈이 아니다. 암기를 조심해라!"

쨍! 그때, 흑의인 우두머리도 다급히 암기를 튕겨냈다. 사내가 아쉽다는 듯이 혀를 찼다.

"쳇, 대장을 잡을 수 있었는데, 아깝습니다."

"…놈!"

흑의인 우두머리는 살기 어린 눈으로 사내를 노려보았다. 사내는 여유로운 척했지만, 벌써 어깨가 들썩이고 이마와 관자놀이에서는 식은땀이 흘러내렸다. 그는 어릴 때부터 선천적으로 허약 체질이었다. 그래도 꿈은 한결같이 무관이었던 까닭에, 제 한 몸 지킬 무력은 있어야 한다 싶었다. 그래서 배운 것이 이 암기술이었다. 대도를 들고 오래 휘두를 체력도 부족해서였다. 처음에는 주변의 비웃음을 샀지만, 그의 암기술은 점차 경탄의 대상이 되었다. 열 번 던져 두세 번 맞히던 것이 다섯 번이 되고 아홉 번이 되었다.

"급기야 지금은 백 번을 던지면 백 번 다 맞히는 실력이 되었습니다. 아, 눈을 가리고 말입니다."

사내의 말에, 남장 여인이 고개를 갸웃거렸다.

"지금 누구한테 말씀하시는 거지요?"

"그야 소저이지 누구겠습니까? 오늘 제게 아무래도 변고가 생길 듯하니, 저의 가문에 그 사실을 알려주셔야 합니다."

"그런 말씀을…."

휙! 파팟! 또 몇 차례 암기를 던져 흑의인들을 쓰러뜨린 사내가 말을 이었다.

"그러려면 먼저 제가 누군지 말씀드려야겠습니다. 제 성은 곽, 이름은 회입니다. 자는 백제(伯濟)를 씁니다. 아버지의 함자는 온(縕)입니다."

"그만하세요. 그런 거 알려주지 마시라고요."

울상 지으며 말하던 남장 여인이 깜짝 놀랐다.

"잠깐만요, 곽온…. 안문태수를 지내신 곽온 님을 말씀하시는 건가요? 그럼, 설마 조부께서 대사농이셨던 곽전 님이신가요?"

"맞습니다. 잘 아십니다."

"어찌 모르겠어요! 그 명문가를…."

흔히 최고의 가문을 일컬어 사세삼공(四世三公)이라 한다. 이는

4대가 연이어 최고의 세 가지 벼슬인 삼공(三公), 즉 사도, 태위, 사공 중 하나를 지냈음을 의미하는 말이며, 원소의 원씨 가문을 나타내는 것이기도 했다. 후에 사마 가문이 중국 최고의 명문가로 올라서기 전까지는 원가가 최고의 명문이라 할 만했다. 이 곽회라는 청년의 곽씨 가문은 그 정도에는 미치지 못했지만, 2대가 대사농과 태수를 연이어 지냈다는 것만으로도 손꼽을 만한 명문가였다.

"그리 말씀해주시니 고맙습니다. 제 대에서 가문의 피가 끊어질지도 모르겠지만 말입니다."

획! 청년, 곽회는 금세라도 쓰러질 듯 휘청거리면서 손을 휘둘렀다. 그런데도 날아간 암기는 어김없이 흑의 복면인 하나의 미간에 꽂혔다. 달려오던 복면인이 몸을 뒤집으면서 쓰러졌다. 이제 흑의 복면인들도 함부로 다가오지 못했다. 막다른 골목 안쪽의 전투는 잠시 소강상태가 됐다. 곽회는 최대한 숨을 고르면서 주위를 살폈다.

'이제 남은 자는 열둘입니다.'

그때, 남장 여인이 뭔가 결심한 듯 입을 열었다.

"저는 왕민이라고 해요."

"후우, 후욱. 네, 반갑습니다. 민 소저."

"선친의 존함은 굉(宏). 자는 장문(長文)을 쓰셨어요. 복양성에서 조조군에 맞서 백성들을 지키려고 싸우다가 돌아가셨지요."

"후욱, 아, 그 대학살 때…. 예? 쿨럭!"

이번에는 곽회가 놀랄 차례였다. 왕굉은 비록 조조군의 공격을 막지 못하고 죽었지만, 마지막까지 백성들을 지키려 한 숭고한 정신은 남아서 아직까지 추앙받고 있었다. 이는 용운이 의도적으로 조성한 분위기이기도 했다.

"그리고 후한의 사도이자 현재 장안을 통치하는 분, 왕자사(子師, 왕윤의 자)께서 바로 제 숙부세요."

"아….."

곽회는 이제야 이해가 갔다. 저 흑의 복면인들이 왜 남장 여인을 노렸는지.

'후견인이 문제였지 말입니다.'

사도 왕윤은 여포와 힘을 합쳐 동탁 및 그의 수하들을 숙청했다. 그 뒤 여포가 장안을 떠나 출진했다가 돌아오지 못하자, 장안 일대는 그의 천지가 되었다. 왕윤은 동탁에게 협력했던 자들이나 자신에게 반대하는 세력을 하나하나 주살하였다. 마침 진용운, 공손찬, 조조, 원술, 원소, 유표, 손책 등 당대의 내로라하는 군웅들이 모두 저마다 싸우기에 바빠, 장안에까지 신경을 못 쓴 것도 천운이었다. 한때 원술이 장안까지 포함한 지역을 지배하에 두긴 했으나, 황제를 손에 넣은 걸로 만족하고 왕윤과 그 세력은 방치했다. 조조와 진용운 등을 신경 쓰느라 거기까지 대처할 정신이 없어서이기도 했다. 그 원술마저 조조에게 패배했을 무렵, 장수, 왕광 등과 협력 체제로 들어간 왕윤은 제법 강대한 세력을 갖추게 되었다. 다만, 그 과정에서 워낙 많은 이들을 죽였다 보니 적이 없을 수가 없었다.

'본인은 자신이 행한 일을 정의라고 굳게 믿는다는 점이 더 문

제였지.'

일례로, 채염 문희의 아버지이자 저명한 학자 채옹을 끝내 살해한 일이 있었다. 동탁의 죽음에 조의를 표했다는 게 이유였다. 왕윤에게 살해당한 자 중에는 나름 명문가 출신이거나 오랫동안 관직에 몸담았던 이들이 적지 않았다. 그렇다 보니 그들을 따르는 식객이나 제자들도 많았다. 가문의 힘도 상당했다. 그런 이들이 암중에서 칼을 갈다가 틈만 나면 눈에 불을 켜고 왕윤과 그 심복들을 노리기 일쑤였다. 곽회 또한 그런 사정을 들어 잘 알고 있었다.

'이제 그 칼끝이 왕윤의 친족들에게까지 향한 겁니까? 그렇다 해도 죄 없는 아녀자를….'

곽회는 그들의 심정과 동기는 이해하나, 방식에는 반대였다.

'문제는 내가 당장이라도 쓰러질 것 같다는 겁니다…. 정의도 실현할 힘이 있어야 하는 법.'

그가 이 난국을 타개할 방도를 떠올리느라 머리를 쥐어짤 때였다.

"…드릴게요."

"네?"

곽회는 생각하고 서 있는 데만도 혼신의 힘을 다해야 했던 까닭에 작게 중얼거리는 남장 여인, 왕민의 말을 미처 듣지 못했다.

"아이참, 제가 혼인해드린다고요! 그러니까 어떻게든 절 구하고 공자님도 살아남으세요."

곽회는 업성과 유주에서 시작되어 이제 후한 전역에 퍼진 감탄사를 내뱉었다.

"헐."

누가 만들었는지 정말 절묘한 단음절의 감탄사였다.

"싫으세요?"

"아니, 아니, 싫은 건 아닙니다."

사실 곽회는 그녀를 처음 본 순간부터 반했다. 어스름한 불빛 아래 남장을 했는데도 그 싱그러움과 아름다움을 숨기지 못하던, 통통 튀는 공 같던 그녀를 본 직후부터. 장안에는 저런 미녀도 다 있구나, 하고 생각했었다.

"후, 정신이 번쩍 듭니다. 좋습니다."

"네?"

좋다는 말에, 왕민이 움찔했다.

곽회가 그녀를 놀리듯 말했다.

"아니, 싫으냐고 물으시고선 좋다고 했더니 왜 놀라십니까?"

"아이, 난 몰라!"

왕민은 양손으로 뺨을 감쌌다. 보고 있던 흑의 복면인들의 우두머리가 분통을 터뜨렸다.

"이 연놈들이 지금 우리를 우롱하는 것이냐!"

"그거 모르십니까? 인간은 죽을 위기에 처하면 종족 보존의 본능이 더 강해진다는 것 말입니다."

"무슨 개소리냐!"

"그래서 말인데, 댁들은 대체 누구십니까?"

잠깐 멈칫했던 흑의 복면인 우두머리가 말했다.

"좋아, 어차피 죽을 거 알려주마. 우린 흑영대다."

"흑영대? 설마 유주왕의 정보기관인 그 흑영대 말입니까?"

"세상에 흑영대가 또 있는 게 아니라면, 그렇다."

"엄청난 분들을 몰라뵀습니다, 라고 할 줄 아셨습니까?"

곽회는 힘겨운 가운데서도 코웃음을 쳤다.

"웃기지 마십시오. 흑영대가 얼마나 대단한 조직인데. 당신들 같은 허접한 분들이 흑영대원이라니 말입니다."

"네놈의 암기술이 그만큼 대단한 것이다."

"어? 얘기가 그렇게 됩니까?"

"아무튼 이렇게 된 이상 둘 다 그냥 죽어줘야겠다. 우리 쪽 피해도 너무 커졌으니."

곽회가 이를 악물었다. 말은 허접하다고 했지만 저들은 정말 강했다. 그의 암기는 모두 정확히 날아갔으나 명중률은 현저히 떨어졌다. 원래 곽회는 이백여 개의 암기를 소지하면 이백 명도 죽일 수 있었다. 한데 오십여 개를 쓰고도 열 명밖에 잡지 못했다. 그나마 그것도 저들이 여인을 사로잡으려고 신경 쓴 덕분이었다. 곽회와 여인이 매우 가까이 붙어 있는 탓에, 함부로 공격하지 못한 것이다.

그런데 이제 자신들의 정체를 밝혔다. 이는 둘 다 죽여서 입을 막겠다는 뜻. 여인을 생포해가서 왕윤을 압박하는 것도 좋으나, 여의치 않으면 죽이는 걸로도 고통을 줄 수 있고 복수도 되니까.

"어디다 한눈을 파는 거냐?"

"헛!"

실수였다. 흑의 복면인 우두머리는 괜히 정체를 드러내고 곽회의 암기술을 칭찬한 게 아니었다. 아주 잠깐, 곽회가 그와의 대화에 휘말려 집중력을 잃은 사이, 숨겨뒀던 경신술로 순식간에 접근해와 곽회의 옆을 점한 것이다. 이어서 가차 없이 검을 휘둘렀다.

'끝입니다.'

곽회는 최후를 직감하면서도 암기를 쥐고 어떻게든 검을 막아보려 했다. 자신이 죽으면 왕민도 죽을 게 뻔하기 때문이었다. 참으로 묘했다. 그저 혼인해주겠다는 말만 들었는데, 벌써 그녀는 곽회에게 가장 소중한 여인이 되어 있었다.

그때였다. 쩡!

"엇?"

"앗?"

곽회도, 흑의인 우두머리도 깜짝 놀랐다. 어디선가 날아온 나뭇잎 하나가 흑의인 우두머리의 검 옆면을 친 것이다. 나뭇잎이라고 믿기지 않는 육중한 소음이 울렸다. 흑의인 우두머리가 휘청했다. 직후, 날카로운 파공음과 함께 짧은 화살 한 대가 날아와 그의 명치에 박혔다.

"킥!"

흑의인 우두머리는 제 명치를 내려다보고 천천히 주위를 둘러보았다. 어느새 수하들은 모두 쓰러져 시체가 된 후였다. 짧은 화살이 급소에 몇 대씩 박힌 채였다.

"빌어먹을, 어느 틈에⋯."

흑의 복면인 우두머리가 털썩 무릎을 꿇었다. 좀 전에 흑의 복면인들이 서 있던 담장과 지붕 위를, 노를 든 병사들이 가득 매우고 있었다. 그 가운데 선 사내를 본 왕민이 반가이 외쳤다.

"오라버니!"

사내의 이름은 왕릉(王淩). 왕윤의 조카이자, 왕윤의 형 왕굉의 차남이다. 복양성이 무너질 때, 형 왕신, 여동생 왕민 등과 함께 구사일생으로 탈출하여 왕윤에게 의탁했다. 당시 왕민은 포대에 싸인 아기였다. 그는 나이 차이가 많이 나는 여동생을 몹시 귀여워해서 놀림을 받을 정도였다.

뿌드득. 왕릉이 이를 갈았다.

"이놈, 감히."

휴, 이제 살았구나, 하고 안도의 한숨을 내쉬던 곽회가 흠칫 놀랐다.

"감히 내 여동생을 꼬여내?"

왕릉의 사나운 눈길이 자신을 향하고 있었기 때문이다.

"오라버니! 이분은 절 구해주셨어요! 제 생명의 은인이라고요."

"민아, 넌 가만히 있으렴. 너는 아직 어려서 사내를 모른다. 이 오라버니가 알아서 하마."

휙, 담에서 뛰어내린 왕릉이 성큼성큼 걸어왔다. 그는 곽회를 향해 똑바로 다가오면서 검을 뽑았다. 그리고 곽회 앞에서 가차없이 내리쳤다.

'아니, 이게 무슨….'

곽회는 눈을 질끈 감았다. 서걱! 그러나 검을 맞고 쓰러진 건 화살을 명치에 꽂은 채로 일어나 등 뒤에서 곽회를 공격하려던 흑의인 우두머리였다.

"함께 좀 가줘야겠네."

왕릉이 곽회에게 나직하게 말했다.

"백제 님."

"…알고 계셨습니까?"

"오라버니! 백제 님한테 뭐라고 하지 마세요!"

곽회와 왕민은 왕릉이 데려온 근위병들의 호위를 받으면서 멀어져갔다. 말 등에 올라 이동하던 곽회가 슬쩍 뒤를 돌아보았다.

'그나저나 나뭇잎을 던져서 날 구해준 사람은 누굴까? 엄청난 암기술이었다. 나 이상의….'

근처의 나무에 숨어서 그 광경을 지켜보던 두 남자가 있었다. 그중 하나가 투덜거렸다.

"나 참, 시커먼 옷만 입으면 개나 소나 흑영대라네. 복장을 한번 바꾸든가 해야지."

그는 조금 전 나뭇잎을 던져서 곽회를 구해준 장본인이었다. 그 또한 검은 복면을 쓰고 검은 무복으로 전신을 가리고 있었다. 그러나 몰살당한 흑의 복면인들과는 뭔가 풍기는 분위기부터가 달랐다. 몰살된 자들이 투박한 도끼 같다면, 그는 너무나 날이 예리하여 그 강도를 짐작하기 어려운 보검 같았다.

그의 옆에 있던 또 하나의 복면인이 말했다.

"그건 안 될 거다. 우리의 묵색은 전하의 그림자로 살겠다는 대장님의 의지의 표현이니까."

"네, 압니다. 그냥 해본 말입니다."

"그런데 9호, 일부러 구해줄 필요까지 있었나? 곽씨 가문은 우리 유주국과 아무 연도 없다."

9호라 불린 자가 그 말에 대꾸했다.

"그냥 우리 흑영대에서는 30번대 중반만 되어도 쓸 수 있는 수준의 암기술을, 무슨 천하제일인 양 여기잖아요. 그래서 시범 좀 보여준 겁니다."

9호가 말끝에 덧붙였다.

"7호 형님."

"형님은 빼라."

"그냥 7호라 그러면 반말 같아서, 헤헤."

"7호 님이라고 하면 되잖나."

"네, 그럼 7호 님."

그랬다. 이들이야말로 진정한 흑영대원들이었다. 7호와 9호. 고작 두 번호 차이였지만, 9호는 절대 7호에게 함부로 대하지 않았다. 흑영대에서는 단 한 번호 차이라도 얼마나 격차가 큰지 너무도 잘 알고 있었기 때문이다.

"흥, 그 곽회라는 자와 소녀를 살려주고 싶어서 그런 걸 누가 모를 줄 아느냐."

"표가 났나요? 죄송합니다."

"쓸데없는 짓을 했다. 사도 왕윤은 형 왕굉이 죽은 일로 전하께 불측한 마음을 품고 있다. 전하께서 복양성을 구원하지 않아서 제 형이 죽었다고 여기는 것이다."

"거 참, 그럼 자기가 구하든가요. 그래도 여자를 구하려는 놈인

데 죽으면 불쌍하잖아요. 곽회와 싸우던 자들이 흑영대를 사칭한 것도 짜증 나고요."

"다음부터는 그러지 마라. 그리고 나도 놈들이 마음에 안 들었다."

"크크, 역시 형님이십니다!"

"또."

짧게 주의를 주었지만, 7호는 형님이라 불리는 게 싫지만은 않은 기색이었다.

"넌 대장께 돌아가서 보고해라. 곽회라는 자가 효렴으로 천거되어 장안에 들어왔는데, 왕윤의 조카를 구하려다 우리를 사칭하는 놈들의 공격을 받았다고."

"옙."

슉! 답하자마자 9호의 모습이 그 자리에서 사라졌다.

그로부터 반년의 시간이 흘렀다.

사주 우부풍 진창현.

진창은 《삼국지연의》에서도 유서 깊은 장소다. 정사에서 유비사후, 그 유지를 이은 촉한 재상 제갈량은 위나라를 정벌하기 위해 출진했다. 이에 위의 대장군 조진이 방어선을 구축한 장소가진창이었다. 이 진창에서 불과 천여 명의 병사로 제갈량의 공세를 막아낸 위의 장군이 바로 수성의 달인, 학소 백도다. 현재 학소는 용운에게 충성을 맹세하고, 여몽과 함께 유주의 서쪽 대문이라 할 수 있는 거용관을 수비 중이었다.

진창에서 오장원, 우부풍을 거쳐 장안으로 이어지는 땅은 표면적으로는 원술의 구역이었으나 실제로는 구황실파라 불리는 자들이 차지했다. 구황실파란 바로 사도 왕윤을 따르던 이들이다. 그들은 황실을 섬겼으나, 황제가 유주로 달아난 뒤에도 따르지 않고 장안에 남았으므로 약간의 비웃음을 담아 구황실파라 불렸다.

　구황실파의 중심인 사도 왕윤은 정사에서 여포와 손잡고 동탁을 제거한 조정의 대신이다. 《삼국지연의》에서는 수양딸 초선을 이용하여 동탁과 여포 사이를 벌려놓은 것으로 묘사된다. 왕윤은 절개가 있어 왕을 보좌할 재목으로 평가받았다. 반면, 지나치게 강직하고 융통성이 없었다. 그 결과, 동탁의 잔당인 이각과 곽사 등이 용서를 청해왔음에도 이를 단칼에 거절, 그들을 궁지에 모는 바람에 오히려 죽임당하고 말았다.

　한데 이 세계에서는 여포가 일찌감치 동탁의 잔당들을 죽여 없앤 덕에 덩달아 왕윤도 무사했다. 그는 장안에서 위세를 떨쳐 조금이라도 동탁에게 협력했던 자들은 모조리 색출해 죽였다. 그 과정에서 앞서 언급했듯 채문희의 아버지 채옹이 옥에 갇혀 죽기도 했다. 양수가 채문희를 데리고 달아난 것도 왕윤의 매서운 숙청을 피해서였다.

　올해로 일흔세 살이 된 왕윤의 밑에는 죽은 형 왕굉의 아들 왕릉, 그 왕릉의 누이 왕민 그리고 우여곡절 끝에 왕민과 혼인하여 왕윤의 조카사위가 된 곽회 등이 모여 있었다.

　구황실파에서 가장 주목할 만한 이가 바로 그 곽회였다. 정사에서는 조조의 아들인 조비 밑에서 문하적조로 처음 임관하였다. 215년, 조조를 따라 한중 정벌에 나서 하후연의 사마가 되었다. 219년에 하후연이 황충에게 패배하여 죽자 장합의 사마가 되었다가, 228년 장합과 함께 제갈량의 부장 마속(馬謖)을 격파, 양무장군이 됐다. 234년에는 사마의를 도와 제갈량을 막아냈으며 240년에는 촉의 장수 강유를 물리치는 등 전장에서 잔뼈가 굵었으며 수많은 공을 세운 위나라의 명장이었다.

곽회는 태원군 진양현 출생이나, 효렴으로 천거받아 장안으로 왔다. 그곳에서 왕민을 만나 함께 위기를 겪은 끝에 그녀와 결혼했다. 그러자 자연히 왕윤을 섬기게 되었다. 왕윤은 젊은 조카사위의 비범함을 알아보고 그를 몹시 아꼈다. 하지만 익주의 성혼교도들을 신경 써야 한다는 곽회의 당부는 늘 흘려버리곤 했다.

"그자들은 그저 험한 익주 땅에 모여서 저들끼리 별을 섬기는 광인 무리일 뿐인데, 그렇게 경계할 필요가 있겠나?"

"그렇다면 하다못해 익주와 인접한 관문이라도 막아야 합니다, 어르신."

곽회는 성혼교의 교조 송강이 스스로를 '성왕(聖王)'이라 공표하자, 그를 더욱 경계하기 시작했다. 아끼는 곽회가 끊임없이 주청하자, 왕윤은 마지못해 천여 명의 병사를 오장원에 배치하였다.

오장원 경비는 병사들에게 노는 자리, 현대의 은어로 표현하자면 꿀보직 취급을 받았다. 지형이 다소 험하긴 하나, 간섭하는 이도 없고 위험한 일도 없어 종일 빈둥거리며 보냈다. 가끔 성혼교의 여인들이 다가오면, 유혹하여 하룻밤을 보내는 특별한 재미까지 있었다.

210년 11월 1일.

천하의 이목은 형주로 쏠려 있었다. 유비가 양양성을 차지하자마자 유표의 목을 벤 조조군이 쳐들어온 까닭이었다. 양양성을 가로챈 유비의 행동에 분노한 손책은 강릉성에 틀어박혀 움직이지 않았다. 또 유주왕 진용운은 형주의 주요 호족과 인재들을 다수 포섭하여 강하성에 버티고 있었다. 하지만 정작 이날은 후일 사가들에게 성혼교의 난이 시작된 것으로 기록되었다.

오장원 경비병인 태문은 늘 그렇듯 졸린 눈으로 익주 쪽을 바라보며 서 있었다. 매서운 바람에 춥고 배가 고팠다. 그는 얼른 근무를 마치고 뜨끈한 국물에 술 한잔할 생각으로 간절했다.

'아, 겁나게 춥구먼. 성혼교인지 뭔지 하는 것들 때문에 내가 왜 이 개고생을…'

생각하던 태문이 눈을 비볐다. 갑자기 오장원에서 멀리 내려다보이는 땅이 움직이는 것처럼 보인 까닭이었다.

"너무 추워서 헛것이 보이나?"

중얼거리던 그의 얼굴이 서서히 경악으로 물들었다. 헛것이 아니었다. 마치 대지가 일렁이면서 움직이는 것처럼 보일 정도로, 헤아릴 수조차 없는 수의 인간들이 저만치서 서서히 다가오고 있었다. 십오만의 성혼교도가 익주를 나와 불시에 오장원으로 쳐들어온 것이다. 동시에 북쪽에서는 한수가 십오만의 대군을 일으켜 병주로 진격하고 있었다. 천하대전의 마지막, 일명 성혼교의 난이 시작되는 순간이었다.

20

북부의 침략자

오장원을 지키던 병사들이 모두 성벽 위로 뛰어올라왔다. 앞을 본 그들은 하나같이 입을 떡 벌렸다. 말은 안 나왔지만, 이 순간 떠올린 생각은 모두 같았다.

'맙소사, 저게 다 사람이야?'

오장원은 험지에 위치하여 천 명이 능히 만 명을 막을 수 있는 요지였다. 그러나 계곡을 가득 메운 채 "성혼무궁(星魂無窮, 별의 정신은 끝이 없다), 성황만세(聖皇萬歲)!" "성혼무궁, 성황만세!" 하고 우렁우렁한 소리로 일제히 주문을 읊조리며 다가오는 인(人)의 파도. 그것은 보는 것만으로도 오싹한 광경이었다. 얼핏 봐도 족히 십만은 넘어 보이는 머릿수였다. 아무리 지형의 이점에 기댄다 해도 도저히 극복할 수 없을 것 같았다.

"달아나세. 이 상황에서 도망친다고 우리를 욕할 자는 아무도 없을 거네."

누군가가 떨리는 목소리로 외쳤다. 성혼교도들의 주문 소리와 발소리가 너무 커서, 이제 가까이 있는 사람의 목소리도 크게 외쳐야 들릴 정도였다. 마치 거대한 폭풍우에 휩쓸린 것 같은 기분. 우릉우릉. 뱃가죽이 떨리고 귀가 먹먹했다. 기분 탓인지 실제로 바람이 부는 것 같았다. 그나마 강단 있는 자가 이를 악물고 말했다.

"달아날 때 달아나더라도 장안으로 연통은 넣어야지. 우리가 여길 지키는 것은 성혼교도들의 준동을 감시하기 위한 백제(伯濟)님의 명에 의한 것. 저들이 스스로 성왕이라 칭했던 성혼교주에게 이제 황(皇) 자를 붙이는 것만으로도 역심을 드러낸 것이네."

동료들이 그의 말에 뭐라고 대꾸하기도 전.

"오오, 장하네."

누군가 그의 어깨에 팔을 척 얹어 어깨동무를 하고 웃었다.

"아하하, 그런데 그거 알아? 영화나 드라마에서 보면, 꼭 너 같은 애들이 일찍 죽는다?"

그 자리에 있던 병사들은 전원 굳어버렸다.

'헉, 어느 틈에….'

'이런 괴사가. 저자는 대체 누구지?'

병사에게 어깨동무를 한 이는 낯선 청년이었다. 옷차림이 생소하여 금세 구분이 갔다. 청년은 키가 작고 호리호리한 편이었다. 처음 보는 형태의, 머리에 착 달라붙는 천 모자를 쓰고 쇠로 만든 신발을 신었다. 특이하게도 어깨에 하얀 족제비 한 마리를 앉힌 채였다. 이 알 수 없는 소리를 해대는 청년이 관문 성벽 위로 올라온 다음, 다가와서 어깨동무를 하기 직전까지 아무도 그를 보지 못했고 듣지 못했다.

겨우 정신이 든 병사 하나가 청년을 향해 창을 내찌르려 했다.

"주, 죽…."

"아 참, 안 움직이는 게 좋을 텐데."

순간, 창을 내밀려던 병사는 평생 처음 들어보는, 그리고 결코 잊지 못할 소리를 들었다. 그래 봤자 그 소리를 기억할 시간은 몇 초 되지 않았지만.

사락, 쓰으윽.

머리 전체를 울리는 그것은 제 목이 미끄러져 밑동에서 떨어져 나가는 소리였다. 세상이 빙글 돌아가는 걸 보는 병사의 귓가에 마지막으로 청년의 말이 와 닿았다.

"이미 잘려서 살짝 얹혀 있는 상태였거든, 네 목. 움직이면 지금처럼 이탈해버린다고. 하하. 좀 더 일찍 말해줄 걸 그랬나?"

"허억!"

기겁하는 다른 병사들에게 시선을 돌린 청년이 말을 이었다.

"너희가 둔한 게 아니야. 내 백서랑(白鼠郎)이 사용하는 바람의 칼날은 소리도, 형체도 없으니까. 몰랐던 게 당연해."

너희? 나머지 병사들은 모두 자신의 목을 확인해봤다. 어느 틈에 목을 빙 둘러 가느다란 실금이 가 있었다. 그 금 사이에서 피가 한 방울, 두 방울씩 흘러내리기 시작했다.

"아, 아아!"

"우아악!"

성벽 위는 순식간에 혼란의 도가니가 되었다. 그들은 일제히 양손으로 자신의 머리를 붙잡고 비명을 지르거나 울었다. 머리가 떨어질까 봐 숨도 크게 쉬지 못하는 자도 있었다. 청년은 그 광경을 보고 재밌다는 듯 웃어댔다.

"하하하! 아주 볼만하네."

조금 떨어진 곳, 오장원의 망루 위에서 남자 한 명과 여자 한 명이 그런 사내를 지켜보고 있었다. 망루를 지키던 곽회의 병사들은 이미 고혼이 된 후였다. 흰색 폴로 셔츠에 눈꼬리가 살짝 아래로 처져 선해 보이는 인상의 남자가 말했다.

"실례지만 대종 님은 그냥 빠르시기만 한 줄 알았습니다. 저렇게 강하고… 위험한 성격이란 건 몰랐군요."

그는 바로 송강의 병마용군 가영이었다. 따라서 함께 있던 붉은 눈동자의 여인은 위원회의 장이자 성혼교의 교주 그리고 익주 성황이 된 송강이라는 의미가 되었다. 송강이 선두에 나서서 병력을 이끌고 있는 것이다. 그녀는 이제까지 한 번도 직접 나선 적이 없었다. 너무도 움직이지 않아서 회의 행보에 무관심한 것처럼 보일 정도였다.

그러던 그녀가 마침내 움직였다. 이는 천하에 거대한 파란을 불러올 것이 분명했다.

"원래 대종이 싸움을 별로 안 좋아한 이유도 제 본성이 나오기 때문이거든. 평소에는 잔잔하던 바람도 한번 몰아치면 뭐든 날려버리니까."

말하는 송강의 모습은 평소와 사뭇 달랐다. 머리 전체를 덮어쓰다시피 하고 있던 두건을 벗고 몸의 곡선이 그대로 드러나는 빨간 무복을 입고 있었다. 붉은색은 황실의 색깔이자, 중국인들이 가장 좋아하는 색이기도 했다. 그 붉은 무복 위로 늘어진, 눈처럼 새하얀 긴 머리카락이 신비감을 더했다. 성황이라는 호칭에 걸맞게 성스러워 보이기까지 했다.

"평소보다 훨씬 보기 좋습니다."

가영의 말에, 송강이 피식 웃었다.

"그런 말도 할 줄 알아? 너희 병마용군은 가끔 사람인지 인형인지 구분이 안 간다니까."

"그야 영혼은 사람의 그것이니까요."

"흥. 아무튼 네 눈에도 좋아 보일 정도라니, 외양은 그럴듯한 모양이네. 영 어색하긴 하지만."

"그런 모습이 동생분의 취향이라서입니까?"

송강의 표정이 순간적으로 굳었다. 그녀가 나직하게 경고하듯 내뱉었다.

"그쯤 해둬, 가영."

가영은 순순히 사과했다.

"죄송합니다. 제가 주제넘었습니다."

그때쯤 대종은 성벽 위에 있던 수비군을 몰살했다. 잠시 대화를 나누는 사이, 수백 명에 달하는 병사를 단신으로 죽인 것이다. 거기에는 냉철한 가영도 혀를 내둘렀다. 그는 냉랭해진 분위기를 전환할 겸 대종에 대한 얘기를 꺼냈다.

"저런 전력을 이제까지 전령으로만 사용한 게 민망해질 정도군요. 어떻게 대종 님의 마음을 바꾸신 겁니까?"

"그야 저자가 원하는 것을 주었지."

그때, 성벽 가운데 버티고 선 대종이 송강을 보았다. 그의 얼굴에 희색이 떠올랐다. 슉! 한 줄기 바람이 부나 했더니, 어느새 그는 송강의 앞에 와서 서 있었다.

"위원장…, 아니 성황 폐하! 어떻게 여기까지 직접 나오셨습니까?"

"그냥 송강이라고 불러, 대종."

"하지만 어떻게 감히…."

우물쭈물하는 대종의 손을 송강이 가만히 잡았다.

"감히, 라니. 우리, 그럴 정도는 되는 사이 아닌가?"

"소, 송강 님!"

대종은 격정을 못 이기고 송강을 와락 끌어당겨 안았다. 그리고 열에 들뜬 사람처럼 정신없이 중얼거렸다.

"아아, 당신은 너무나 아름다워요. 사람이라고 믿기 어려울 정도로. 아니, 정말 사람이 아니라 선녀가 분명해요. 내가, 내가 당신을 지켜줄게요. 아무도 해치지 못하게. 당신 앞을 가로막는 건 뭐든 쓸어버려서 진짜 황제가 되게 해줄 거예요!"

대종에게 안긴 송강의 시선은 어딘가 먼 곳을 보는 듯했다. 그녀가 건성으로 중얼거렸다.

"어머, 말만 들어도 고맙네."

송강은 살짝 웃으며 대종의 등을 손으로 쓸었다. 대종이 더욱 몸 둘 바를 몰라 했다.

가영은 고개를 약간 숙이고 그런 두 사람을 지켜보고 있었다. 그의 눈에 점점 어두운 빛이 드리웠다.

그렇게 천혜의 요새라던 오장원이 떨어졌다. 성혼교도들의 군대, 일명 성혼군이 진군해온 지 한 시진(약 두 시간)도 되기 전이었다.

병주 정양현, 정양성.

현재는 유주국의 통치하에 있지만, 가장 가까운 고류현과도 상당히 먼 곳이다. 그나마도 험한 산길을 지나야 했다. 기후는 춥고 토질은 거칠며 인구도 적었다. 한마디로 영토로는 별 가치가 없는 땅이었다. 그런 사정에 비해 주둔해 있는 부대는 과분하다고 표현해도 될 정도였다. 성주는 학소, 참모 겸 부장은 여몽이었다.

휘하의 병력만 오만 이상. 본래 이만이었던 것을 꾸준히 늘려온 결과였다. 정양성을 학소와 여몽이라는 두 귀한 인재를 박아두고서까지 지키는 데는 이유가 있었다. 바로 마초 일족의 원수이자, 성혼교와 긴밀하게 교류하고 지낸다는 한수의 존재 때문이었다.

본래는 성혼교에 포섭되었던 병주자사 온회의 사건으로, 병주를 통해 성혼교가 준동해올 가능성을 깨닫고 정양성까지 지키기 시작했다. 정양성의 위치가 병주에서 유주로 진출하는 길목에 위치하여, 마치 호리병 입구와 같은 형세인 까닭이었다. 그때까지만 해도 버려진 성이나 마찬가지였던 정양성을 보수하고 병력을 좀 늘리는 수준이었다. 그러나 온회의 상소로 양상이 사뭇 바뀌었다.

"유주국이 진정 경계해야 할 상대는 익주의 성혼교주가 아니라 양주자사 한수입니다."

세뇌에서 풀려난 온회가 처음으로 한 보고였다.

"어째서 그렇소?"

재상 순욱의 물음에 그가 답했다.

"한수는 예전부터 전하께 두려움과 불만을 품고 있었습니다. 바로 마맹기 장군의 일 때문입니다."

순욱은 고개를 끄덕였다.

"그 부분은 나도 알고 있소."

한수는 일찍이 마초의 아버지 마등의 의형제였다. 하지만 그를 배신해 죽음으로 내몬 것으로도 모자라, 남은 일족들을 몰살하는 만행을 저질렀다. 마등과 함께 다스렸던 양주를 독차지하고 그의 세력을 흡수하기 위해서였다.

'맹기 장군은 아버지를 쓰러뜨린 여포와는 오래전에 화해했을 터.'

순욱은 마초의 과거 사연을 떠올리며 생각했다. 같은 주군을 모시게 된 데다, 전투 중 어쩔 수 없이 벌어진 일임을 이해해서였다. 그러나 아버지와 자신의 뒤통수를 친 것으로도 모자라, 어머니와 친족들을 살해하고 동생들마저 죽이려 한 한수만큼은 절대 용서하지 않았다.

'전하께 바란 가장 큰 보상이 복수에 대한 도움일 정도였으니.'

더구나 마초 자신은 물론이고— 전사한 마철을 제외한—마휴, 마대 등 동생들도 기량이 날로 성장하여 요직을 차지하였다. 그런 사실을 전해 들은 한수는 불안하기 짝이 없었다. 놓쳐버린 호랑이 새끼들이 점점 장성해서 그 날카로운 이빨로 자신의 목을 찢어발길 날만을 기다리고 있는 것 같았기 때문이다. 또한 용운이 원소를 격파하고 명실상부한 중원의 최강자가 됐으며 형주까지 손을 뻗친 사실도 그의 불안감을 더욱 부채질했다. 조만간 양주에도 유주군이 쳐들어올 거라는 생각이 든 것이다.

"한수는 성혼교와 손잡고, 병주자사인 저를 내세워 방패막이로 쓰려 했습니다. 허나 성혼교의 장로였던 양웅과 석수의 폭주는 제가 유주국과 싸우게 만들었습니다. 결과는 아시는 바와 같습니다."

"음, 그렇소."

"이제 저마저 유주국의 일원이 된 데다, 그간 힘을 비축할 만한 충분한 시간이 흘렀습니다. 한수가 병주를 거쳐 유주국의 뒷문으로 치고 들어올 가능성은 충분합니다."

순욱의 표정이 심각해졌다.

"듣고 보니 그대의 말이 실로 옳소."

유주국은 언젠가부터 성혼교의 본거지인 익주의 동태를 살피는 일에 소홀해졌다. 그간 많은 일이 있어서 불가항력이긴 했다. 또한 익주는 먼저 침공해 들어가기에 매우 까다로운 지역이었다. 흑영대원을 파견할 때마다 실종되어버리니 정보를 캐내기도 어려웠다. 더구나 지금은 조조와 왕윤의 세력을 익주와의 사이에 두고 있다. 자칫 잘못 움직였다가는 익주, 조조, 왕윤의 장안, 세 세력을 한꺼번에 상대하게 될지 몰랐다.

그렇다 해도 십 년이라는 시간은 지나치게 길었다고 순욱은 생각했다. 적들이 힘을 키우도록 너무 오래 방치해둔 것이다.

'사마 가문을 노려서 무너뜨린 것도 어쩌면 시간을 벌기 위한 것이었는지도 모르겠구나. 유주국의 여러 유력한 가문 중에 사마 가문이 가장 군비 확장에 적극적이었으니…'

그 생각을 떠올리는 순간, 순욱은 오싹 소름이 돋았다. 그간 용운이 비운 자리를 대신하느라 내정 문제 처리만으로도 눈코 뜰 새 없이 바빴다. 가뜩이나 정신없는 와중에 황제의 합류는 순욱을 더욱 진 빠지게 만들었다. 그저 황제 하나만 신경 쓰면 되는 일이 아니었다. 황제에게 몰리는 유주의 선비와 학자들. 황족 출신의 유력한 제후들과 호족들. 그들의 동향까지 신경 써야 했기 때문이다.

거기다 거한회의 일원들까지 몰려들었다. 황실을 부흥시키고 외세를 배척하여 후한의 위광을 되찾으려는 자들의 모임. 용운을 위험한 인물이라 판단하여 제거하려 들었던 조직이었다. 그들이 내세우는 대의는 선비라면 누구나 공감할 만한 것이었다. 그 구성원들도 원가의 살아남은 자손이나 명문가 자제들로 이뤄져 있어 혹할 만했다. 그래서 더욱 위험했다. 한때 제갈량과 방통도 그들에게 협력했었다. 몇 년 전에도 거한회에 소속된 정(鄭)이라는 검객이 용운과 그 가족들의 암살 계획에 가담한 적이 있었다. 그는 성의 혼란을 유도할 목적으로 이규를 풀어줬다가 그 이규에게 죽었다.

'거한회를 일망타진하게 되면 필연적으로 공명에게까지 영향이 미친다. 이에 전하께서 모른 척 묻어두고 자비를 베푸셨지.'

그랬던 거한회는 한동안 잠잠하다가 최근 들어 태도가 달라졌다. 용운이 제갈량을 등용하고 황제를 보호하며 칙서를 받아 정식으로 왕이 된 것이 계기였다. 용운을 두고 황실의 수호자, 일인지하만인지상 등으로 칭하며 복속을 청해온 것이다.

'은마(銀魔)라는 별명보다는 백 배 낫지만….'

완전히 믿기 어려운 조직이긴 마찬가지였다. 그래서 더욱 골치가 아팠다.

사마 가문이 무너진 자리를, 용운이 영입한 미씨 가문이 대신하고 있긴 했다. 가주인 미축 또한 몸이 열 개라도 부족할 정도로 바쁘게 움직이고 있었다. 그래도 아직 사마 가문만 못하니 사마팔달로 대표되던 인재들과 그들의 영향력은 다른 데 비할 바가 아니었다. 순욱은 몰랐으나, 바뀐 역사가 아니었다면 중국사 전체를 통틀어 최고의 명문가가 사마 가문인 것이다. 미축이 부족한 부분만큼 순욱의 부담이 늘어났다.

그러고 보니 황제가 원술에게서 벗어나 도망쳐올 때 성혼교가 개입하지 않은 것도 이상했다. 황제의 숨은 보호자였던 가후는 황실 부흥에 원술과 성혼교의 힘을 빌리려 했었다. 그러기 위해 상대적으로 기반과 정통성이 부족하다 여겨진 여포를 버리기까지 했다. 그랬다가 도중에 성혼교의 위험성을 깨닫고 유주국을 택했다.

가후의 말을 빌리자면, 함께 원술을 섬기다 현재 조조에게 투항한 화흠은 성혼교도였다. 그 화흠이 황제의 일을 교에 보고하지 않았을 리 없었다. 아마 가후와 정립이 황제를 데리고 달아나자마자 그 일은 성혼교 쪽에도 알려졌을 것이다. 그런데도 도중에 황제의 납치를 시도하거나 배신자인 가후를 공격해오지 않았다.

회의 일원이라는 무송과 노지심이 끼어 있어서 그런 것일 수도 있었다. 하지만 황제를 받아들임으로 인해 순욱과 유주국에 가해지는 부담을 노린 거라면? 황제조차 시간을 더 벌기 위한 수단으로 이용한 것이라면? 익주에 웅크린 성혼교와 양주자사 한수가 힘을 더 비축할 시간.

'어디까지나 가정이긴 하지만, 내 추측이 맞는다면 성혼교주는 정말 무서운 상대임이 분명하다. 아니, 이런 것들은 결국 다 핑계일 뿐이다.'

순욱이 뼈저리게 자책하며 온회에게 물었다.

"이제 내가 어찌하면 되겠소?"

"현재 유주국 내에서 한수와 그의 세력에 대해 저보다 잘 아는 이는 없을 것입니다. 제게 적당한 병사를 주시어 고류현으로 보내주신다면, 최선을 다해 근심거리를 없애도록 하겠습니다."

고류현은 정양성과 유주국을 잇는 성이었다. 척박하기는 정양성이나 다를 바가 없었다.

순욱은 공손히 답하는 온회를 가만히 바라보았다. 그는 여전히 자책하고 있었다. 비록 사술에 걸린 것 때문이라 하나, 황실에서 임명받은 관료가 사교의 앞잡이가 된 데 대하여. 이에 스스로 험지로 들어가려 하고 있었다.

"…알겠소. 그리하리다."

"배려에 감사드립니다."

분명히 온회보다 더한 적임자는 없지만, 힘들고 위험한 일이었다. 그래도 보내주기로 했다. 그로 말미암아 온회의 죄책감이 덜어진다면. 대신, 가능한 선에서 최대한 지원해주리라. 그 시작은 권력이었다. 사리사욕을 채우는 권력이 아니라, 유주국을 위해 온회의 역량을 최대한 발휘할 수 있게 하되, 그의 생존 가능성 또한 높여줄 권력.

순욱은 얼마 전 타계한 장막을 대신하여 온회를 아예 상곡군 지사로 임명했다. 전(前) 지사 장막은 양웅과 석수에게 붙잡혀 수모를 당했던 후유증을 결국 이겨내지 못했다. 그는 용운이 용서해주었음에도 시름시름 앓다가 화병으로 죽었다. 온회가 상곡군 지사가 되면서, 그 전까지 범위 밖이었던 대군 및 대현, 정양성까지 상곡군에 포함되었다.

무력으로는 학소와 여몽, 행정으로는 온회. 이들을 바탕으로 북서쪽 방어선을 구축하려는 순욱의 큰 그림이었다. 한데 순욱은 이 일로 뜻하지 않게 황제의 부름을 받게 되었다.

'무슨 일이시지?'

황제가 갑자기 자신을 찾는다는 말에, 순욱은 갸웃거리며 용거궁을 찾았다.

"부르셨습니까, 폐하."

깊이 읍하는 순욱에게, 황제는 대뜸 가시 돋친 말투로 대꾸했다.

"폐하라…. 공이 진정 나를 섬겨야 할 천자로 여기기는 하는 것이오?"

"갑자기 어인 말씀이십니까?"

"만기(曼基, 온회의 자)라는 자 말이오."

순욱은 황제 입에서 갑자기 온회의 이름이 왜 나오는지 내심 의아해하며 답했다.

"예, 폐하."

"그자를 이번에 상곡군 지사로 임명했다고 들었소."

"그러하옵니다."

"그자는 한때 그 무서운 사교인 성혼교에 몸담고서 유주국을 공격해왔다고 들었소. 그런 자에게 중요한 지사 자리를 맡겨도 되는 것이오?"

"…."

순욱은 순간 할 말을 잃었다.

그사이 황제는 무수한 말썽을 일으켰다. 하지만 시녀를 건드리는 등 한심하긴 해도 비교적 사소한 문제여서 수습할 수 있었다. 한데 인사권에 개입하고 나선 건 처음이었다.

'설마 문화(文和, 가후의 자) 그 사람이?'

순욱은 가후의 얼굴을 떠올렸다가 얼른 지웠다. 처음에는 그가 황제의 친족이 됐음을 무기로 권세를 노리는 게 아닌가 의심하기도 했다. 그러나 몇 개월 지켜본 결과, 그런 의심을 완전히 버렸다. 가후는 나서기를 싫어했으며 타인이 자신을 경계하지 않도록 극도로 자중했다. 비록 황제와 황제의 누이이자 자신의 아내이기도 한 내황공주를 보호하기 위해서였다곤 하나, 여포를 배신한 과거 때문에 더욱 그런 듯했다. 그 여포가 이제 용운의 왼팔이자, 대공이라는 유일무이한 관직에 올라 있을 정도로 신임

받고 있었기 때문이다.

　정립(정욱)은 더욱 그럴 가능성이 없었다. 황제와 사이가 나쁜 까닭이었다. 황제는 예전부터 정립을 어려워했고 정립은 황제를 멸시했다. 그런 두 사람이 가까워질 수 없는 건 당연했다.

　'그렇다면 대체 왜 폐하께서 인사권에 관심을 갖게 되셨단 말인가.'

　그때, 퍼뜩 뭔가 생각난 순욱이 좋은 말로 황제를 살살 구슬리며 물었다.

　"소신이 듣고 보니, 과연 폐하께서 우려할 만하옵니다. 혹 마음에 두고 계신 자라도 있사온지요?"

　아니나 다를까, 황제의 얼굴이 확 피어났다.

　"오! 역시 재상이라면 말이 통할 줄 알았소. 실은 유웅이라고 황실의 혈연이자 능력 있는 사람이 있는데…. 마땅한 자리를 찾지 못해 고생하고 있는 모양이오. 재상께서 손을 좀 써주실 수 없겠소?"

　순욱은 공손한 표정으로 듣고 있었으나 내심 고소를 금치 못했다. 황실의 혈연이라 주장하는 유씨는 천하에 수백, 수천 명은 될 터였다. 일례로, 자신이 중산정왕의 후손이라 주장하는 유비만 해도 그랬다. 중산정왕 유승(劉勝)은 300년도 더 전의 사람으로, 한 제국 초기의 황족이자 제후왕이었다. 또한 한무제의 이복형이기도 했다. 그는 주색을 즐기고 첩이 많아, 아들과 손자를 합쳐서 120여 명에 달했다. 그들이 자식을 둘씩만 낳아도 240명이 된다. 성씨가 같은 것만으로 그렇게 몇 대 후의 자손이라고 주장해도 확인할 길이 없었다.

'아마 그자에게서 뭔가 받으셨겠지.'

가만히 살펴보니, 과연 황제의 손가락에 이전까지 없던 굵직한 금가락지가 끼여 있었다. 사치품이 드문 유주국에서는 어마어마한 가치를 지녔을 것이다. 뿐만 아니라, 최근 황제가 총애하는 여인 희(姬)의 목에도 화려한 목걸이가 걸려 있었다.

순욱의 침묵을 달리 해석했는지, 황제는 웃음기 어린 목소리로 말했다.

"내 체면을 봐서라도 잘 좀 부탁하겠소, 재상."

옆에 서 있던 희가 옥구슬 굴러가는 것 같은 목소리로 한마디 거들었다.

"저도요, 어르신."

순욱이 무심한 얼굴로 그녀를 응시했다. 희는 유주국의 홍등가에서 어렵게 찾아내 데려온 여인이었다. 황제가 만족할 만한 미모의 소유자이면서 머리도 나쁘지 않고 어지간한 일은 웃어넘길 수 있는 배포도 가진, 그러면서도 나이 어린 여자가 필요했다. 그런 조건에 맞는 여인을 용케 찾아내, 시녀로 삼아 황제의 옆에 붙여주었다. 그 뒤부터 황제가 말썽부리는 일이 부쩍 줄어서 잘됐다 여겼는데, 천자를 뜻대로 주무른 일이 그녀에게 헛된 야망이라도 심어준 듯했다.

'감히 예가 어디라고….'

순욱은 용운 보기가 부끄럽기 짝이 없었다. 성군이라 불리는 왕이 자신을 믿고 나라를 맡겼다. 한데 황제의 비위를 맞추려다

한낱 천한 홍등가의 여인이 국정에 관여하게 만들고 말았다. 실제 이뤄진 건 없다 해도 이렇게 끼어드는 것만으로도 목을 쳐야 마땅한 일이었다.

그런 생각을 하는 순욱에게서 뭔가를 느낀 것일까. 순욱이 여전히 무심한 표정이었음에도 불구하고, 여인 희는 겁먹은 기색으로 황제의 품에 파고들었다.

"폐하아."

"어이쿠, 시도 때도 없이 어리광이구나. 재상이 흉본다."

황제는 좋아서 입이 헤벌어졌다.

황제의 소매로 얼굴을 가린 희가 눈만 내놓고 순욱을 훔쳐보았다. 그런 여인의 모습은 사내라면 누구라도 넋이 빠질 정도로 귀엽고 아름다웠다.

순욱은 그 시선을 마주 보았다.

"보기 좋사옵니다, 폐하."

입은 웃고 있었으나 그의 눈은 얼음장처럼 차가웠다.

"그 일은 제가 한번 알아보겠습니다."

"오오, 그래. 믿고 기다리겠소, 재상."

순욱은 공손히 절하고 돌아서서 대전을 나왔다. 그는 나온 즉시 주변에 있던 흑영대원에게 명했다.

"국양(國讓, 전예의 자) 공에게 이르라. 최근 폐하와 자주 접촉한 유웅이라는 자가 있는지. 그리고 그가 어디에 사는지 알아보라고. 해서 행적을 알게 되면, 조용히 제거하라고 말이다."

현재 순욱을 경호하는 흑영대원은 4호였다. 예전의 4호 원수

화령의 사후 진급한 이였다. 본래 2호였던 위연이 경호를 맡았으나, 그가 장수로서 용운에게 발탁된 뒤 담당이 바뀌었다. 4호는 순욱을 해치려 한 사마 가문의 반란 이래, 낮이나 밤이나 반경 열 자(약 3미터) 이내에 머물러 있도록 명 받았다.

그는 순욱이 용변을 보거나, 여인과 정사를 갖는 모습을 봐도 아무 감정이 일지 않았다. 순욱 또한 4호가 눈에 보이진 않아도 늘 곁에 머물러 있다는 사실에 익숙해졌다. 자연히 황제와 순욱이 대화할 때 4호도 가까이에서 그 내용을 모두 들었다. 물론 황제는 그런 사실을 전혀 몰랐다.

그런 4호가 반문했다. 그만큼 순욱의 명이 의외라는 뜻이었다.

"제거합니까?"

"그자는 분명 희와 눈이 맞았을 터. 여인과 짜고서 감히 폐하를 농락하여 사욕을 채우려 한 죄인이다. 앞으로는 일일이 설명하지 않는다."

"송구합니다."

사과하는 4호의 등으로 식은땀이 흘러내렸다. 경호를 맡기면서 흑영대장이자 감찰부장인 전예가 당부했었다. 그럴 일은 없겠지만, 사람이 좋아 보인다고 해서 결코 항명하거나 기어오르지 말라고. 그래 봬도 전하와 함께 초창기 유주국의 아수라장을 헤쳐나온 철혈의 재상이라고 말이다. 과연 순욱은 어지간한 장수의 살기에도 꿈쩍하지 않는 4호가 위축될 정도의 냉기를 뿜어내고 있었다. 관록과 경험 그리고 위엄이 만들어낸 기운이었다.

"즉시 전하겠습니다."

4호는 그대로 머물러 있었으나, 또 그 4호의 스무 장 안쪽에 있던 다른 흑영대원이 빠르게 멀어졌다.

그새 4호의 말을 전달받아 움직인 것이다.

왜일까.

1등급 급보임을 의미하는 봉인을 뜯고 서신의 내용을 확인하려던 차에 순욱은 뜬금없이 그때의 일이 떠올랐다. 유웅이라는 자는 사고를 위장하여 죽였다. 선한 백성들이 편안하게 살아가도록 하기 위해 유주국은 악인들에게는 더욱 냉혹한 나라가 되어가고 있었다. 순욱은 본래 온화한 성품이었으나 거기에 대해서는 한 번도 의문을 표한 적이 없었다.

그 일 이후, 황제는 순욱을 한 번도 부르지 않았다. 말은 안 해도 순욱의 짓임을 눈치챈 듯했다. 덕분에 한동안 오히려 마음이 편했다.

'우연치고는 공교롭긴 했지. 그 정도 머리는 있으시다는 건가.'

쓴웃음을 지은 순욱이 서신을 읽어내려갔다. 그의 얼굴에서 점차 웃음기가 사라졌다. 이래서였는가. 갑자기 그때의 일이 떠올랐던 이유는.

서신은 정양성을 지키고 있는 학소가 보내온 것이었다. 그는 담담하지만 다급함이 느껴지는 문체로 구원을 요청해왔다.

양주자사 한수가 병사를 일으켜 병주를 침공해왔습니다. 강족을 끌어들여 도합 이십만의 대군입니다. 신이 최선을 다해 막을 것이나, 오래 버티리라는 확신이 없습니다. 되도록 빨리, 얼마라도 원군을 보내주시면 감사하겠습니다.

이 사람아, 되도록 빨리, 라니. 얼마라도, 라니.

노재상은 분연히 자리에서 일어섰다. 그리고 현재 자신이 쓸 수 있는 가장 강력한 검을 뽑아 들었다.

"당장 관승 장군을 불러라. 그리고…."

잠시 주저하던 순욱이 끝에 덧붙였다.

"즉각 형주로 사람을 보내 전하께 이 사실을 알리도록."

천하대전의 개막

흑영대원들 중 가장 빠른 자는 단연 13호였다. 전투력은 일반 병사보다 조금 나은 정도였다. 싸움 자체를 싫어해서 늘 빠른 발로 도망쳤다. 그런데도 13호나 되는 지위에 올랐으니, 그가 얼마나 빠른지 짐작게 했다. 초인인 대종보다는 못했지만, 아예 무공도 그쪽으로 더욱 수련했다. 그 결과, 타고난 빠른 발에 경신술(輕身術, 몸을 가볍게 하여 속도를 높이는 무공 혹은 그런 수법)까지 더해졌다. 안 먹고 안 자고 꼬박 달리면 하룻밤에 약 오백 리(약 200킬로미터)를 갈 수 있었다.

단, 그런 수법을 쓰는 일은 매우 드물었다. 아니, 지금까지는 한 차례도 경신술을 쓰지 않았다. 자신의 목숨을 갉아먹는 행위였기 때문이다. 정보를 다루는 집단에서 신속성은 핵심이었다. 같은 정보라도 얼마나 빨리 입수하느냐, 또 늦었느냐에 따라 최고 기밀이 되기도 하고 쓰레기 정보가 되기도 했다. 그렇다 보니 13호의 기동성은 매우 유용해서 늘 정신없이 여기저기 불려 다녔다. 그래도 이번처럼 감찰대장이자 정보부장인 전예가 직접 그를 호출한 건 처음이었다.

'무슨 일일까?'

그러고 보니 최근 도성의 분위기가 묘하게 어수선했다. 흑영대 본부로 들어서는 13호는 자꾸 가슴이 두근거렸다.

"부르셨습니까, 대장님."

"오, 왔나."

흑영대원 1호, 전예는 13호와 단둘이 되자마자 대뜸 고개를 숙였다.

"미안하다."

그 한마디에 13호는 즉각 무슨 일인지 알아차렸다. 자신의 목숨을 연료로 달려서 전해야 할 만큼 시급한 일이 벌어진 것이다.

'슬픈 예감은 틀린 적이 없다더니.'

대놓고 수하의 희생을 요구하는 일. 이제까지 전예는 한 번도 그런 적이 없었다. 심지어 왕의 부친인 진한성 공이 사망했다는 소식을 알릴 때도 13호를 부르지 않았다.

'그때는 내가 아직 신출내기라 지금만큼 빨리 달릴 수 없긴 했지.'

그런 만큼 얼마나 다급하고 중대한 일인지 짐작이 갔다. 오히려 마음이 편해졌다. 그는 무덤덤하게 말했다.

"이러지 마십시오, 대장님. 이게 제 일입니다."

전예는 착잡한 표정으로 13호의 목적지와 대상 그리고 그가 전해야 할 말을 알려주었다.

"서량에서 일이 터졌다."

듣고 있던 13호의 눈이 복면 아래에서 점점 커졌다.

전서구는 느리고 전서응은 도중에 가로채이거나 죽임당할 우려가 있었다. 이번 일은 그런 일이 벌어져 연락이 누락돼서는 결코 안 되었다. 돌발 사태가 벌어져도 스스로의 판단으로 대처할 수 있는 수단이 필요했다. 즉 인간이어야만 했다.

"얼마 전, 양주자사 한수의 대군이 정양성을 공격하여 학소가 고전 중이라는 첩보를 입수했다."

전예는 소식을 접한 즉시 순욱에게 그 사실을 알렸다. 이에 순욱은 관승이 이끄는 원군을 정양성으로 파견하도록 명했다. 관승은 이미 함께 출진할 장수를 뽑고 군대를 정비하는 중이었다.

"만약 적이 정양성으로만 공격해왔다면, 설령 백만 대군이라 해도 수하의 명을 깎으라 지시하진 않았을 것이다. 유주성에 남은 전력의 팔 할을 정양성으로 집중하여 틀어막고 전하께서 돌아오시길 기다리면 되니까."

한데 거기에 응하려는 찰나, 문제의 두 번째 급보가 날아왔다. 장안과 낙양, 하내 등이 속한 사주로, 자칭 성왕이 직접 이끄는 십오만 대군이 진격해왔다는 소식이었다.

"이미 오장원은 떨어졌으며, 미오성도 위험하는 전갈이었다. 내가 그 소식을 듣고 있을 때, 연이어 다음 전령이 뛰어들어왔다."

미오성, 미양, 무공, 주질, 네 개 성이 함락됐다는 정보. 왕윤군이 우부풍과 무릉에서 분전 중이지만 위태롭다고 하였다. 그나마 곽회라는 왕윤의 조카사위가 활약하여 버티고 있다고. 여기에는 천하의 전예도 아연해졌다. 그 말인즉 앞으로 장안까지는 우부풍과 무릉, 단 두 개의 성밖에 남지 않았다는 의미였다.

"흑영대원들을 파견하여 왕굉 님의 자식들을 은밀히 돌봐주고 있었다는 사실은 알겠지."

"예, 왕굉 님과 전하의 인연은 특별했으니까요."

"왕신, 왕릉 그리고 왕민, 삼남매만 무사히 유주국으로 탈출시킨다면 왕윤이야 어떻게 되든 알 바 아니다. 하지만 그의 세력이 무너지면 성혼교 부대가 곧장 연진을 거쳐 중원으로 진출하게 된다는 게 문제다."

전략에 어두운 13호도 그건 이해할 수 있었다. 자칫 유주국이 북부의 한수군과 남쪽의 성혼교에 에워싸이는 형국이 되는 것이다. 전예가 더욱 난감해하는 부분은 적의 의도를 정확히 파악하기 어렵다는 것이었다.

'전하와 유주국만을 노린 양동작전인가, 아니면 한수는 유주국을, 성혼교는 조조를 비롯한 중원을 평정하려는 것인가. 혹은 둘 다인가.'

설령 짐작 가는 부분이 있다 해도 전예는커녕 순욱조차 감히 임의대로 대응할 수 없는, 너무도 큰 판이 되어버렸다. 말 그대로 국운이 걸린. 이 사태에는 어쩔 수 없이 부하의 희생을 요구해야만 했다. 전예는 시급한 사안에도 불구하고 사정을 꼼꼼히 알리는 것으로 제 마음을 드러냈다.

"이리된 것이다. 미안하구나."

상황을 설명한 전예가 한 번 더 사과했다. 13호는 충분히 목숨을 걸어야 할 만한 사태임을 납득했다. 그가 사랑하는 조국. 그 조국에 남은 가족과 친인들의 운명이 달린 일이었다. 이미 성혼교의 입김이 닿은 유표가 안륙성 등지에서 저지른 일을 들었다. 오래전 조조가 복양성에서 저지른 학살 또한, 그의 책사로 들어간 성혼교의 장로가 꾸민 음모의 결과라고 했다. 성혼교의 음모가 얽히면 죄 없는 백성들이 만 단위는 우습게 죽어 나갔다. 하물며 성혼교와 원수인 유주국이 놈들에게 넘어간다면? 뒷일은 어찌 될지 불 보듯 뻔했다. 입에 담기조차 어려운 참상이 벌어질 것이다.

"바로 다녀오겠습니다, 대장."

잠깐 망설인 13호가 덧붙였다.

"만수무강하십시오."

전예는 착잡한 눈빛으로 수하를 보았다.

"…우리는 어떻게든 버텨낼 것이다. 너도 반드시 전하께 이 사실을 전하고 무조건 살아라."

"최선을 다하겠습니다."

잠시 후, 한 줄기 바람 같은 인영이 유주성을 나와 남쪽을 향해 달렸다.

자칭 성황(聖皇, 星皇) 송강의 준동으로 온 천하가 들끓기 시작할 무렵.

그런 것과는 무관하게 골머리를 앓고 있는 일행이 있었다. 영릉에 도착한 제갈량과 연청, 마충 이 세 사람이었다. 그들은 누군가와 며칠째 비슷한 대화를 반복 중이었다.

"싫어요."

"…."

제갈량은 용운이 말한 대로 영릉의 상향현에서 장완이라는 젊은이를 찾아냈다. 나이는 대략 열여덟 정도. 아직 붉은 기가 감도는 뺨에 통통하고 귀여운 외모의 청년이었다. 문제는 이 장완이 매우 의심 많고 소심한 데다, 결벽증까지 있다는 거였다. 한마디로 다루는 데 까다롭기 그지없는 자였다.

제갈량은 그를 몇 번이나 설득하여 임관시키려 했으나 번번이 거절당했다.

옆에서 쭉 지켜본 연청은 어이가 없었다. 《삼국지연의》에서 삼고초려(三顧草廬)로 초빙된 제갈량이, 자신의 후계자에게 삼고초려를 하는 상황이 펼쳐지고 있었다.

'감히 나의 공명에게!'

그는 화를 꾹 눌러 참고 장완에게 물었다.

"야, 너. 공염불이라고 했냐?"

"그냥 공염(公琰, 장완의 자)인데요…."

"그래, 장공염. 한번 물어나 보자. 솔직히 지금 세상에서 유주왕만 한 주군도 찾기 어렵잖아. 도대체 왜 임관하기 싫다는 건데?"

"추워요."

"뭐?"

"유주왕을 모셔서 제가 재상이 되면, 결국 유주국의 도성인 계까지 가야 하잖아요…. 거긴 겨울이면 눈이 펑펑 쏟아지고 강물도 죄다 얼어붙는다면서요…. 그래서 싫어요. 추운 건 딱 질색이에요."

연청은 어이가 없어서 할 말을 잃었다.

'뭐 이런 놈이 다 있지?'

그 와중에 자신이 재상이 될 거라고 확언하는 걸 보니 난놈은 난놈인 듯했지만, 짜증이 나는 건 어쩔 수 없었다.

제갈량은 좋은 말로 장완을 달랬다.

"겨울에 좀 춥긴 하지만, 유주국은 정말 살기 좋은 곳이야. 또 다른 성에는 없는 뜨끈한 목욕탕이라는 게 있고 전하께서 해마다 솜옷도 내어주셔서 그리 춥게 느껴지지는 않을 거야."

"으음…."

잠시 솔깃해하는 듯하던 장완이 고개를 팩 돌렸다.

"그래도 싫어요!"

"또 왜?"

"멀어요."

"…."

빠직! 연청의 관자놀이에 힘줄이 솟았다. 그가 제갈량에게 진지하게 물었다.

"공명, 나 이 새끼 베어버리고 지옥 가도 될까?"

"안 돼, 연청. 참아. 전하께서 반드시 데려오라고 하셨다."

마충도 한마디 거들었다.

"그럼, 마충이 살짝 한 대 때려줄까요, 용님?"

"그건 더 위험해, 마충. 얌전히 있어."

그는 금세 풀이 죽었다.

"네. 마충은 얌전이에요."

제갈량은 조금씩 초조해지기 시작했다. 장완이 뻗대는 건 별문제가 안 되었다. 확실히 뛰어난 인재라는 건 조금 대화해보니 바로 알 수 있었다. 특히, 넓은 시야로 대국을 보는 데 탁월했다. 이상한 성격과는 별개로 큰일을 도모할 인재라는 의미였다. 그래서 용운이 더욱 장완을 데려오라고 명했는지도 몰랐다.

'신기할 정도로 인재를 보는 눈이 탁월하시니까, 그분께서는.'

유주왕, 위왕, 성황. 바야흐로 왕들의 시대였다. 앞으로의 싸움은 일개 성이 아니라, 나라 대 나라 간의 전면전이 될 확률이 높았다. 그럴수록 시야가 넓은 인재가 필요했다.

'아무리 그렇다곤 해도 여기서 시간을 너무 허비했어.'

제갈량은 유비가 양양성에서 분전하고 있다는 소식을 들었다. 이곳 영릉까지 전해질 정도라면, 그의 활약이 상당하다는 뜻이다. 유비의 활약은 용운에게 나쁜 쪽으로 작용할 가능성이 컸다. 전쟁이 아닌, 또 다른 종류의 대결. 유언비어, 음모, 중상모략, 여론전. 제갈량이 보기에 자신의 왕은 그런 쪽으로 이상하리만치 약했다.

'그게 전하의 좋은 점이기도 하지만…. 휴.'

한숨 쉬는 제갈량을 장완이 힐끗 보았다.

"이제 포기하시는 거예요…?"

"모르겠어. 솔직히 고민이 된다."

"음, 혹시 강하성에 눌러앉은 유주왕이 곤란한 상황에 처하게 될까 봐 그러시나요…?"

제갈량은 귀가 번쩍 뜨였다. 처음으로 반응이 왔다.

"맞아. 혹시 어떻게 해결해야 할지 너의 고견을 좀 들려줄 수
있을까?"

순간, 제갈량은 놓치지 않고 보았다. 장완의 얼굴이 살짝 상기
되는 것을.

'어라? 혹시 이 녀석….'

장완은 기다렸다는 듯 줄줄 열변을 토했다.

"당연한 결과예요…. 유주왕이 강하성을 요구한 것은, 사실 타
당해요…. 아무 대가도 없이 그 큰 희생을 치른다는 건 말도 안
돼요. 멍청이도 아니고. 그래서야 아무리 충성스럽다 해도 장수
들이 먼저 반발할 거니까요…."

"그런데?"

"일단 강하성을 차지했으면, 형주 출신의 믿을 만한 자로 하여
금 지키게 하고 발을 뺐어야죠…. 괜히 거기에 눌러앉아 있으니,
점점 의혹의 눈초리를 받게 되고 나쁜 소리를 듣는 거잖아요…."

이 자리에 용운이 있었다면, 장완의 말에서 아마 현대의 주한
미군을 퍼뜩 떠올렸을 것이다. 상식적 정의의 표방, 강대한 무력,
견고한 동맹을 바탕으로 천하에 끼치는 영향력 등. 곳곳에 주둔
시킨 군대로 인해 이런저런 말들이 나오는 것까지. 어느새 유주
국은 덩치가 커질수록 조금씩 미합중국을 닮아가고 있었다.

강하성에 주둔하고 있는 것도 형주에서 힘의 균형이 무너질 것
을 우려한 까닭이었다. 설령 양양성이 깨진다 해도 유주군이 강

하에 버티고 있는 한 조조군은 함부로 밀고 내려오기 어렵다. 그러나 용운이 철수한 뒤 유비가 양양성을 빼앗긴다면, 손가와 육가 등이 각개격파당할 우려가 있었다. 생산력이 풍부한 형주의 드넓은 땅이 모두 조조의 차지가 되는 것이다.

"그리되면 그야말로 죽 쒀서 개 주는 꼴이죠."

연청은 감탄하면서 속으로 생각했다.

'맞는 말이긴 한데 역시 얄미워, 이 자식.'

제갈량이 장완에게 반문했다.

"네 말은 잘 알겠어. 한데 그렇게 문제만 제기할 것이 아니라 해결책도 내놔야 진짜 천재라 할 수 있지 않겠니?"

천재! 장완의 얼굴이 조금 더 상기되었다. 그는 애써 심드렁한 척하면서 말을 이었다.

"간단, 간단해요…. 새로 그리면 돼요."

"새로 그린다?"

"여기, 이렇게…."

장완은 나뭇가지 하나를 주워, 바닥에다 형주의 지도를 단숨에 슥슥 그렸다.

마충이 저도 모르게 감탄했다.

"우와! 되게 못 그린이에요. 마충보다 못 그리는 거 처음 봤어요."

"…지도는 원래 알아볼 수만 있으면 되는 거거든요?"

새초롬해진 장완은 강하성 주변을 시작으로 위로는 안륙, 아래로는 장사와 형양, 동쪽으로는 예전 손책의 근거지였던 여강과

단양 일대를 안에 넣는 선을 그렸다. 마치 거대한 울타리처럼.

"이렇게 이렇게 하면 돼요…."

제갈량의 눈이 번득였다. 이런 발상이! 그러나 그는 일부러 이해하지 못한 척 고개를 갸웃거렸다.

"나로서는 도저히 네 머리를 따라가지 못하겠구나. 조금만 알아듣기 쉽게 설명해주면 안 될까?"

"휴우, 어쩔 수 없네요…."

장완은 귀찮은 척하면서도 신나서 설명했다.

"봐요, 지금 이 금 안의 성들은 전부 빈 거나 마찬가지예요…. 유현덕은 양양성 지키기에도 바쁘고 손백부는 강릉 일대를 기반으로 형주에 새로운 세력을 구축하느라 정신 없죠…."

제갈량이 무릎을 탁 쳤다.

"아! 반면, 전하께서는 마씨 가문으로 대표되는 양양의 호족들을 복속시키고 중요한 장수들도 모두 영입하셨지. 강하성은 완전히 안정된 상태나 마찬…."

말하던 제갈량이 말끝을 흐렸다. 장완의 안색이 급격히 나빠졌기 때문이다. 제갈량은 얼른 말하려던 내용을 바꿨다.

"마찬가지라는 것까지는 겨우 머리를 짜내서 생각해냈는데, 그게 이 그림과 무슨 관계인지를 모르겠군. 계속 설명해줄래?"

"후후, 하긴 그 정도도 못 떠올리면 설명하는 제가 너무 답답해지겠죠…. 보아하니 당신도 어딘가의 현령 정도는 되어 보이네요…."

제갈량은 부르르 떠는 연청의 팔을 잡아 누르며 웃었다.

"그래, 맞다."

"그래도 이제 끼어들지 말아주셨음 좋겠네요. 그럼, 하던 얘길 계속할게요."

"명심하지."

"유주왕은 강하성을 새로운 주도로 삼아서 남쪽에다 제2의 유주국을 만들면 되죠…. 이름이야 뭐 남국이든 형주국이든 알아서 하시구요…. 강하성은 정당한 대가로 얻은 것이니 문제가 없고, 빈 성을 차지하는 건 그 사람 마음이죠…. 어차피 놔둬 봤자 조조 아니면 손백부가 차지할 거니까요…. 거기 사는 백성들 입장에서는, 차라리 성군이라 이름난 유주왕의 치하에 들어가는 게 안심될 수도 있죠…. 육가와 확실한 동맹을 맺고 오군, 회계 등을 얻는 조건으로 협력을 얻는다면 더할 나위 없겠죠…."

다 듣고 난 제갈량은 크게 웃었다.

"하하! 과연 내 뒤를 이어 유주국의 기둥이 될 만한 녀석이구나."

장완이 어리둥절한 표정을 짓더니 인상을 썼다.

"네? 현령 따위가 되려고 유주국에 들어가긴 싫은데요…."

기어이 참다못한 연청이 장완을 쥐어박으며 말했다.

"인마, 이분이 바로 유주국 부군사이자 와룡선생이라 불리는 제갈량 공명 님이시다!"

"…."

머리를 어루만지며 잠시 생각하던 장완이 대꾸했다.

"굳이 따지자면, 전 사마중달 님의 후계자가 되고 싶은데요…."

그러자 마충이 큰 소리로 외쳤다.

"용님, 마충이 연청 붙잡았어요! 꽉 잡았어요!"

"잘했어, 마충."

한편, 형주의 유비는 영릉에 알려진 대로 조창의 맹공을 그럭저럭 잘 버텨내고 있었다. 물론 거기에 가장 큰 공헌을 한 것은 관우와 장비라는 두 맹장.

"게다가 새로이 가세한 장수들과 책사도 톡톡히 활약하는 모양입니다."

용운은 사마의와 함께 다실에 있었다. 그로부터 유비의 동태에 대한 보고를 들으며, 짜증스러운 것도, 다행스러워하는 것도 아닌 미묘한 표정을 지었다. 관우와 똑 닮았으며 이제 어느덧 특급 장수로 성장한 범의 아들.

'관평.'

관평은 예전 비슷한 또래였던 마초에게 당할 뻔했던 일로 충격을 받았다. 마초가 올해 서른여섯. 관평이 서른셋이니 세 살 차이가 된다. 그러나 기량은 삼 년이 아니라 십삼 년 이상 차이가 난다고 느꼈다. 절치부심한 관평은 관우에게 혹독하게 단련받아, 이제 멀리서 보면 관우라 해도 믿을 정도로 외모도, 실력도 가까워져 있었다.

또 다른 한 사람은 역사를 아는 용운조차 의외로 여긴 인물이었다.

'유봉(劉封).'

정사에서 유비가 양자로 들인 청년이다. 관우가 위험해졌을 때 구원하지 않은 죄로 밉보였는데, 맹달과 불화하여 그를 위나라로 귀순케 하고 친자인 유선마저 태어나 입지가 좁아졌다. 결국, 자결을 명받은 비운의 인물이었다.

'분명 유비가 신야에 머무를 때, 사십 대 중반의 나이임에도 아들이 없어서 근심하다가 유봉을 보고 마음에 들어 입양한 걸로 기억하는데. 역사가 바뀌어 신야로 간 적이 없는데도 만났단 말인가?'

아마 신야는 위험천만한 땅이 됐을 것이다. 원술과 조조군의 싸움터가 됐다가 곧장 유표와 조조의 전투까지 이어진 탓이었다. 유봉의 일가는 그때 형주로 들어왔다가 양양성이 연합군에게 포위당하여 거기서 발이 묶였을 가능성이 컸다.

'그런 상황에 유비와 만난 거로군.'

용운은 새삼 운명의 강력함을 느꼈다. 원래 이 세계에 있어서는 안 될 자들, 용운 자신이나 회의 인원들이 강하게 개입하지 않는 한 만날 자들은 결국 만나고 말았다. 또한 개입해서 역사를 바꿨다 해도 그 반작용은 언젠가 돌아왔다.

'난 이제 시공의 열쇠인 벽옥접상을 포기하면서 이 시대의 역사 일부로 인정받은 덕에 반작용이 없지만…. 어쩌면 회의 몰락은, 결국 시간의 힘 앞에 굴복한 것인지도 모른다.'

아무튼 유비의 양자가 되어 가세한 유봉은 역사에 기록된 것보다 훨씬 기량이 뛰어났다. 정사에 의하면 유봉은, 유비가 익주에서 유장과 싸울 당시 아직 이십 대의 나이였다. 그럼에도 불구하고 제갈량, 장비 등과 함께 참전하여 '싸우는 곳마다 이겼다'고 기록되었다. 그 공으로 익주가 평정됐을 때 부군중랑장에 올랐다. 무예와 용맹이 뛰어났으며, 제갈량은 그를 두고 그 굳센 용맹으로 인해 유비 사후 제어하기 어려울 걸로 보아 우려했을 정도였다. 그 때문에 사학계 일각에서는 제갈량이 유봉을 제거하도록 유비를 유도했다는 견해도 있었다.

'하지만 이제 유봉을 견제할 제갈량이 내 사람이 된 데다, 유비가 어려울 때 손을 내밀어줬기에 정사에서보다 더욱 신뢰받을 터.'

그사이 장비의 아들, 장포도 태어났다. 장비가 성월을 못 잊어 정사보다 십 년이나 늦게 출생하긴 했지만, 작년에 결국 형주 여인을 만나 혼인하고 아들을 낳았다. 아마 장합과 성월의 관계를 알게 되고 유비가 용운과 완전히 척을 지다시피 하면서 성월에 대한 마음을 접은 모양이었다.

관평과 유봉 외에, 마지막으로 유비에게 큰 힘이 되어주고 있는 것은 역시 그 남자.

"방통 사원이 제일 문제겠지."

"그렇습니다."

사마의가 고개를 끄덕였다.

내로라하는 책사 중 용운이 끝내 손에 넣지 못한, 몇 안 되는 인물 가운데 한 사람이다. 방통으로 인해 용운이 새삼 깨달은 사실이 있었다. 인재들이 원래의 주군에게 가기 전에 만났다면 모를까, 일단 임관했다 하면 마음을 돌리는 일이 극히 드물다는 것이었다. 완벽하게 패배시켜 항복을 받아내거나, 아예 모실 주군을 없애버리는 정도가 아니면 어려웠다.

'제갈량도 내가 어린 시절부터 연을 맺어둔 덕이지, 안 그랬다면 어찌 됐을지 모른다.'

방통은 정사에서 사마휘가 '복룡과 봉추, 둘 중 하나만 얻어도 천하를 손에 넣으리라'고 평했듯 실로 무서운 책사였다. 서령이 죽고 미혹에서 깨어나 제 기량을 발휘하기 시작하자 더욱 그랬다. 조창 부대의 양양성 공략 시도 중 열에 여섯 번은 방통 때문에 실패했다고 해도 과언이 아니었다.

유비와 방통의 머리, 관우와 관평의 통솔력, 장비와 유봉의 무력. 이 세 가지가 더해져 양양성은 조창의 맹공을 매번 격퇴했다. 그렇다 보니 장완이 내다본 대로 용운의 처지가 애매해지고 말았다. 손책은 강릉성에서 세를 불리고 추스르느라 여념이 없었다. 유비는 최전선에서 조조군의 공격을 막아냄으로써 차츰 형주의 수호자 정도로 인식되기 시작했다. 특히, 그가 유표와 같은 유씨라는 것. 방통은 그 점을 이용해 서령의 사후 유표가 유비에게 양양성을 부탁했고, 유비는 어려운 가운데서도 그 유지를 잇는 것이라는 소문을 냈다. 양양성을 가로챘다거나 유표를 배신했다는 악의적인 험담에도 묵묵히 제 할 일을 하는 것이라고.

유주에서부터 손책을 도우러 온 용운은 졸지에 강하성을 빼앗아 눌러앉은 불청객이 되었다. 유주군의 규모가 커진 것도 오히려 문제가 됐다. 황충, 문빙, 이엄 등 형주에서 얻은 가신들은 먼저 손책을 쳐서 강릉성을 얻고 다음으로는 양양성의 뒤를 공격하여 우려 빼자고 간언했다. 그러면 용운은 자연히 형주의 주인이 될 수 있다는 주장이었다. 그들은 형주를 지키고 싶을 뿐, 손책과는 아무런 의리가 없으니 당연했다. 또한 유비가 양양성을 차지하는 바람에 자신들이 오히려 형주 백성들 사이에서 역적이나 배신자처럼 인식되기 시작하는 것에서도 초조함을 느꼈다.

용운은 점차 회의감이 들기 시작했다. 그는 사마의와 둘이 차를 마시다가 이런 속내를 털어놓았다.

"중달, 형주의 일에 내가 괜히 끼어든 걸까? 이렇게 되고 보니 난 무엇을 위해 이 전투를 시작했는지 모르겠어."

그의 물음에, 사마의는 고개를 저었다.

"아닙니다, 전하. 반드시 하셔야 할 일이었습니다."

"어째서?"

"잊으셨습니까? 유표는 이미 성혼교의 장로인 서령에게 심신이 사로잡혀 있었다는 것을요. 전하께서 관여하지 않았다면 손백부는 오래전에 이 세상 사람이 아니었겠지요. 그와 아버지 대부터의 연이 있다고 하지 않으셨습니까."

"맞아, 그랬지."

"뿐만 아니라 전하가 아니었다면 공명 또한 돌아오지 못했을 거고요."

"음, 그래."

"무엇보다…."

차를 한 모금 마신 사마의가 천천히 입을 열었다.

"저는 가문조차 버리고, 전하를 돕기 위해 형주까지 왔습니다.

이제 와 그리 말씀하시면 안 되죠."

"…어, 미안."

용운은 진심으로 사과했다. 정신적으로 지치고 가족들이 그리운 나머지 사마의에게 해선 안 될 푸념을 해버렸다. 그렇다곤 해도….

"그런데 너, 지금 나 혼내는 거냐?"

사마의는 슬쩍 웃었다.

"제가 아니면 누가 전하를 꾸짖겠습니까?"

짐짓 화내는 척하던 용운이 순순히 수긍했다.

"하긴 그래."

자신의 가문 대신 용운을 선택한 것이나 마찬가지인 사마의. 그 앞에선 용운도 약해질 수밖에 없었다. 사마의는 사마의대로, 주군의 이런 부분이 좋았다. 사랑스러웠다.

'만약 다른 주인 밑에 있었다면 난 언행으로 경계를 사거나 비위를 거스르지 않도록 최대한 몸을 사리면서 재능을 드러내지 말았어야 했겠지.'

그러나 용운은 그런 사마의를 조금도 의심하거나 경계하지 않았다. 적군 수천을 태워죽였을 때, 일각에서 오히려 자신에 대한 비난 여론이 일었음을 들었다.

"그럼, 내 백성이나 병사 수천이 대신 타죽었어야 한다는 말인가?"

그때, 이런 말로 몸소 막아준 것도 용운이었다.

'전하의 밑에 있기에 나는 날개를 펼 수 있는 것이다.'

가문의 비극을 입에 올리면서도 가슴속이 따뜻해지는 건 꼭 차 때문만은 아닌 듯했다.

"어쨌든 계속 이렇게 관망만 해서는 안 되겠어. 그렇다고 조조와 함께 유비를 칠 수도 없으니, 뭔가 대책을 마련해야 할 텐데."

용운의 말에, 사마의가 막 입을 열어 답하려 할 때였다.

"전하! 유주에서 사람이 왔습니다. 한데 그의 몸 상태가 매우 좋지 않아, 금세라도 숨이 넘어갈 듯하니 서둘러 가보셔야 할 듯합니다."

다실로 찾아온 수하의 말에, 용운은 안색이 변해서 벌떡 일어섰다.

"뭔가 급한 일이 터진 모양이다. 함께 가자, 중달. 하던 얘기는 나중에 다시."

"예, 전하."

두 사람은 서둘러 강하성 대전으로 발걸음을 옮겼다.

22

두 갈래의 침공

오장원이 허무하게 함락될 즈음이었다. 시기적으로는 순욱이 급보를 받기 얼마 전에 해당한다.

유주 북서부, 본래 병주에 속했으나 이제 유주에 편입된 정양 성에도 비상이 걸려 있었다. 양주에서부터 한수가 이끄는 병력이 출진했다는 첩보 때문이었다. 양주병은 본래 십오만이었으나 그 기세에 눌린 강족과 선비족 등이 속속 합류했다. 그 결과 이십만에 달하는 대군이 되었다고 한다. 마치 산 정상에서 굴러내린 눈덩이가 점점 더 커지고 빨라지는 것처럼 앞을 가로막는 모든 것을 쓸어버리며 기세와 규모를 더해가고 있었다.

마초의 아버지 마등과 동탁도 그랬지만, 서량의 인물들은 늘 중앙정치에서 배제된 데 대한 불만이 컸다. 한수는 그런 민심을 교묘하게 이용했다. 이번 기회를 놓치면, 서량인은 영영 중원으로 진출할 수 없다고. 자신과 손잡으면 정계의 주요 관직을 모두 서량인으로 채우겠다고 장담하였다. 그 결과 돈황, 주천, 장액, 무위 등 서쪽 끝에서부터, 농서와 천수, 안정 등 비교적 큰 성까지의 세력을 모두 일통하는 데 성공했다. 명실상부 말 그대로 서량의 패자가 된 것이다.

그에 반해 정양성의 방어 병력은 단 오만. 오만도 결코 적은 수는 아니었지만, 네 배의 적을 맞아 싸우기에는 한참 역부족이었다. 그렇다 보니 정양성 일대에는 팽팽한 긴장이 감돌았다.

두 사내가 성벽에 올라 주변을 살피고 있었다. 방어 태세에 허점은 없는지 확인하는 중이었다. 둘 중 키가 더 크고 젊은 쪽이 안절부절못하다 입을 열었다. 정양성의 부장 겸 유주국 비장군 여몽이었다.

"우린 망했습니다, 장군. 망했어요. 전하께서는 우릴 잊으신 게 분명해요. 다 무너져가던 성을 장군이 제대로 된 요새로 수리하고 삼만 병사를 온회 님의 도움으로 겨우 오만까지 늘려 자급자족할 수 있게 해놨는데, 이번에는 이십만의 대군을 맞아 싸우라니. 이게 가당키나 한 말입니까?"

"…."

"더구나 양주 기병은 거칠고 날래기로 유명한데, 그런 놈들이 이십만이나 쳐들어온다니 생각만 해도 오금이 저립니다. 아아, 살아서 유주성에 있는 지아를 볼 수 있을지…. 아 참, 백도 장군, 제가 지아를 어떻게 만났는지 말했던가요? 석 달 전, 유주성으로 휴가를 갔을 때 말입니다."

여몽이 '백도(伯道)'라 부른 장군. 정양성의 성주이자, 유주국 서관중랑장. 한때 서관으로 옮겼다가 얼마 전 다시 이곳으로 온 방어의 달인 학소가 입을 열었다.

"자명(子明, 여몽의 자)."

"예, 장군. 역시 얘기했었죠?"

"빈틈이 있네."

"빈틈이요? 그거야 많겠죠. 이렇게 넓은 천지를 달랑 이 성 하나와 오만 병사로 지켜야 하는데 어찌 빈틈이 없겠습니까. 저기도 틈, 여기도 틈이겠지요. 그러고 보니 제가 지아를 공략한 것도 그런 틈을 노린 것이었는데 말입니다. 마침 정인의 변심으로 그녀가 흔들리는 틈을 타서…."

이제 여몽의 수다에 익숙해진 학소는 그의 넋두리를 무시하고 한 지점을 가리켰다.

"저기, 방어선이 교차하지 않는 길목이 있네. 적군이 기병 위주라면 저 길을 통해 치고 들어와서 성을 포위하려들 것이네. 저곳에 함정을 파도록 하게."

학소는 특별한 재능을 가졌다. 바로 눈으로 보는 사물의 빈틈을 찾아내는 것. 처음에는 그 재능으로 정양성의 낡은 성벽을 보수하는 데 전념했다. 그렇게 이 년이 지나자, 성은 규모는 작을망정 철벽의 요새로 거듭났다. 거기다 얼마 전부터 신임 지사로 온 온회가 보급과 행정을 처리하기 시작했다. 정양성은 몰라보게 규모가 커지고 생기가 돌았다. 여몽의 넋두리도 여기까지 키운 성과가 무위로 돌아갈 것이 아쉬워하는 말이었다.

"그리고 포기하지 않으셨네."

여느 때와 마찬가지로 결론부터 툭 내뱉는 학소의 말에, 여몽이 반문했다.

"예?"

"전하께서는 정양성을 포기하지 않으셨네."

"장군께서 그걸 어찌 아십니까?"

"난 전하를 만나기 전까지 농사짓던 촌부에 불과했다네. 그런 나를 발탁하여 장군이 되게 해주셨고 백성들이 살기 좋은 나라가 어떤 것인지 보여주신 분이네."

"네, 저도 뭐… 노숙을 따라왔다가 청무관에 들어가지 않았다면 싸움질이나 하고 있었을 테니까요. 하지만 그건 별개의…"

"이 성은 이제 유주국의 북문이 되었네. 그 수문장을 내게 맡기셨다는 것은 절대 포기하지 않으셨다는 뜻이네. 왜냐하면."

잠깐 입을 다물었던 학소가 말을 이었다.

"어떤 적이라도 내가 목숨을 걸고 막아낼 것이니."

"하지만 병력 차가 너무 크지 않습니까. 듣기로 전하께서는 사천왕을 모두 거느리고 형주로 가셨다 하니, 당분간 귀환하시기도 어려울 텐데요. 솔직히 전하가 계실 때와 안 계실 때의 사기가 천지 차이인데…. 그저 도성에 계신다는 것만으로도 말입니다. 그게 우리 군의 장점이자 단점이기도 합니다만."

학소는 고개를 들어 동쪽 먼 곳을 바라보았다.

"전하께는 나 따위는 비교도 안 될 인재들이 많네. 그들이 이 상황을 예견했다면, 필히 여기에 대한 대비도 되어 있을 것이야. 적이 이처럼 대대적으로 침공해올 줄은 미처 몰랐으니 쉽진 않겠지만…"

한수라는 사내를 너무 얕본 것이었을까. 그는 서량으로 돌아간 이후, 마초와 동탁의 남은 세력을 부지런히 흡수했다. 하지만 그것뿐, 북서쪽 끝에 눌러앉아 전혀 움직이지 않았다. 무려 십 년이나. 그 때문에 조조도, 원소도, 원술도, 심지어 용운조차 그를 크게 경계하지 않은 것이다. 그 십 년 동안 한수는 중원을 집어삼킬 힘을 차근차근 축적해왔는지도 몰랐다. 무엇보다 놀라운 점은 그런 작업을 은밀히 해왔다는 것이다. 힘과 교활함, 끈기를 동시에 갖춘 자였다. 만만치 않은 상대일 거라고 학소는 생각했다.

'그러나 서량과 이곳, 정양성까지의 거리는 상당하다. 도중에 딱히 저지할 만한 세력이 없는 게 마음에 걸리긴 하지만…. 운중현의 병력이 있으니, 아직 이레는 족히 더 걸릴 것이다.'

가혹하지만 운중현을 구원하러 갈 시간도, 전력도 없었다. 그들도 그 사실을 알 것이다. 불행 중 다행인 점은 백성들이 모두 철수한 뒤라는 것. 학소는 남은 시간 동안 최대한 침공에 대비하기로 마음먹었다.

정찰병이 사색이 되어 달려와 적의 출현을 알린 것은 그로부터 나흘 후였다.

"장군께 보고드립니다! 양주자사 한수가 이끄는 적군이 운중현을 함락하고 이곳으로 밀려들고 있습니다!"

학소와 의논 중이던 여몽은 크게 놀랐다. 그 바람에 상관의 앞이라는 것도 잊고 욕설을 내뱉고 말았다.

"뭐야, 씨발! 예상보다 사흘이나 빠르잖아!"

양주와 유주 사이에 위치한 병주에는 정양성에 이르기 전에도 삭방군, 오원군, 대성현 등의 성이 있었다. 그러나 각각의 성이 너무 떨어져 있고 지키기가 어려워 온회가 투항해온 뒤로는 운중현을 제외한 나머지 성을 비워둔 상태였다. 다만, 운중현만은 정양성과 거리가 가깝고 미리 적을 파악하기도 용이하여 병력을 보내뒀었다.

"삼만의 병력이 닷새도 못 벌었다…. 내가 그들을 헛되이 사지로 내몰았구나."

탄식한 학소가 전령에게 물었다.

"구환은 어찌 됐느냐?"

구환은 학소의 부장으로 운중현을 수비하던 장수였다. 그가 동생처럼 아끼던 장수이기도 했다.

전령이 고개를 푹 숙이고 답했다.

"구환 님은 마지막까지 적을 맞아 싸우다가 장렬히 전사하셨습니다."

"그랬구나…."

학소는 한동안 눈을 지그시 감았다가 떴다.

수다스러운 여몽도 이때는 입을 꾹 다물었다. 잠시 후, 그가 먼저 말했다.

"지난번에 가리키신 곳에다 함정은 파놨습니다. 아주 깊고 넓게요."

"음."

학소는 이제 곧 대군의 침공을 맞아 아군을 총지휘해야 할 대장이었다. 감정도 마음대로 표현할 수 없었다. 그는 고개를 힘껏 끄덕이는 것으로 슬픔을 털어내고 본격적인 수성전 준비에 들어갔다. 또한 유주성의 순욱에게 급보를 보냈다.

— 양주자사 한수가 병사를 일으켜 병주를 침공해왔습니다. 강족을 끌어들여 도합 이십만의 대군입니다. 신이 최선을 다해 막을 것이나, 오래 버티리라는 확신이 없습니다. 되도록 빨리, 얼마라도 원군을 보내주시면 감사하겠습니다.

보내기 전에 서신의 내용을 본 여몽은 어이없다는 투로 말했다.
"아니, 이게 뭡니까? 오래 버티리라는 확신이 없으니 되도록 빨리, 얼마라도 원군을 보내주면 감사하겠다고요?"
학소가 담담하게 대꾸했다.
"무슨 문제라도 있나?"
"문제요? 이 서신이 문제 그 자체지요! 오래 버티리라는 확신이 없는 게 아니라, 저는 못 버틴다고 확신합니다! 이십만 대 오만입니다, 장군. 게다가 적은 잔뜩 독이 올라 있고요. 최대한 빨리 원군을 안 보내주면 우린 다 죽게 생겼다, 이렇게 써서도 될까 말까 한 판에. 뭡니까, 이 미적지근한 내용은?"
"재상께서는 그 정도만 해도 충분히 상황을 이해하실 것이네."
고류현의 온회에게도 상황을 알려졌으니, 이제 할 수 있는 일은 다 했다. 남은 것은 온 힘을 다해 적을 맞아 싸우는 것뿐이었다.

사흘 뒤, 예상대로 양주군이 모습을 드러냈다. 성벽 위의 유주군은 쥐 죽은 듯 조용해졌다. 이십만의 대군이라는 것은 그 자체만으로도 보는 사람의 혼이 나가게 만들었다. 정양성 앞의 벌판을 인마와 수레 등이 가득 메웠다. 양쪽 계곡 사이를 꽉 채우고도 끝이 보이지 않을 지경이었다. 성벽 끝에 올라선 여몽은 양주군의 모습에 언짢은 기색으로 떠들어대기 시작했다.

"와, 많이도 몰려왔네요. 빌어먹을. 저 많은 말들이 똥을 싸대면 냄새가 얼마나 지독할 거야? 말만 싸나? 인간들도 싸댈 텐데. 똥오줌으로 아주 벌판이 꽉 차겠습니다그려. 그나저나 그렇게 싸댈 만큼 먹을 건 챙겨 왔을까요?"

여몽의 강점은 일급의 무력과 그 못지않은 지혜 외에도 담대함에 있었다. 저 대군을 앞에 두고도 평소나 다름없이 태연히 수다를 떠는 담력.

학소는 그만 웃음이 비어져 나왔다.

"쿡."

여몽이 그에게로 고개를 돌리며 반색했다.

"헉? 장군, 방금 웃으신 겁니까? 허허, 이거 큰일이네. 장군께서 제 말을 듣고 웃으시다니. 실례지만 너무 큰 싸움을 앞두고 살짝 어떻게 되신 거는 아니지요?"

"자네가 한 말 가운데 중요한 부분이 있기에 기뻐서 웃었네."

"예? 어떤…"

"자네, 온회 님과 싸웠을 때를 기억하나?"

그때를 떠올린 여몽이 저도 모르게 으드득 이를 갈았다.

"그럼요, 기억하고말고요. 그 싸움을 어떻게 잊겠습니까? 하루에 한 끼만 먹어가면서 씻는 건 고사하고 물도 제대로 못 마시며 버텼지요. 정말 그때를 생각하면 지금 온회 님이 우리 편이라고 해도 만나면 한 대 칠 것만 같다는….'"

여몽은 말하다 말고 눈을 둥그렇게 떴다.

"아!"

"그걸 저놈들한테 고스란히 돌려주세. 그 온회 님이 이번에는 우리 뒤를 지켜주고 계시니, 보급이라면 걱정할 일이 없을 거네. 반면, 이 먼 곳까지 원정을 온 놈들은 어떨까?"

정양성에는 이미 오만 병사가 두 달 동안 먹을 식량이 그득히 쌓여 있었다. 또 두 개의 우물을 새로 파고 흑수(黑水, 황하강 상류의 지류로, 내몽골 자치구 중부의 만한산에서부터 발원되는 강)의 물을 끌어들였다. 정양성 일대는 기후 탓에 척박했으나, 유일하게 흑수 변만은 범람으로 인해 토지가 비옥했다. 몇 년에 걸쳐 그 일대를 경작한 다음 수확물을 모조리 거둬들였다. 그런 후에는 땅을 파헤쳐 쓸 수 없게 해뒀다. 즉 양주군은 보급 외에는 식량을 구할 길이 거의 없다고 봐도 무방했다.

"아주 축 늘어지겠군요. 보급선이 말이지요."

학소는 힘있게 고개를 끄덕였다.

"앞에서는 먹을 만한 것을 말려버리고 뒤로는 보급선을 파악하여 기습한다. 또 틈틈이 소수정예로 야습하여 식량고만 집요하게 노린다. 이게 기본 전법이 될 거네."

여몽이 사악하게 웃었다.

"우리가 느꼈던 것의 몇 배로 지옥의 굶주림을 맛보게 해줍시다, 장군. 소수에게는 소수 나름의 싸움 방식이 있는 법이지요."

"그래야지."

양주자사 자칭 서량대장군 서량왕 한수는 높은 전각처럼 만든 의자 위에 앉아 있었다. 일명 좌탑(坐榻)이라는 것이었다. 사다리가 달린 의자는 말 여덟 마리가 끄는 수레에 단단히 고정되어 있었다. 워낙 병력의 수가 많아 전장을 관조하기 위해 고안한 장치였다. 의자 등받이에는 철판을 댄 양산 같은 것이 달려 있었는데, 혹시 모를 화살 공격 등을 막도록 되어 있었다.

한수의 옆에는 참모 겸 비서이자 충직한 수하인 성공영이 나란히 앉아 있었다. 사색이 된 그의 얼굴을 본 한수가 놀렸다.

"여전히 높은 곳은 무서운 모양이지, 영(英)?"

"놀리지 마십…. 아이씨, 흔들지 마십시오!"

"자네, 방금 나한테 욕했나?"

"아, 의자를 흔드시니까 그런 거 아닙니까….'"

"하하!"

한수는 큰 소리로 웃었다. 지금은 한수가 서량의 패자가 되었으나, 그라고 어려운 시기가 없었던 건 아니었다.

서량인들은 거친 대신 의리를 중시하고 호협하는 기질이 있었다. 그들에게, 의형제 마등을 죽음으로 내몬 한수는 더 이상 따르기 어려운 소인배였다. 더구나 마등은 그 인품과 호탕함으로 주변의 존경을 받고 있었다. 다수의 부하와 호족들이 한수를 더러운 배신자라고 욕하며 떠나갔다. 또 마등을 따르던 강족들과 남은 마씨 일족이 힘을 합쳐서 쳐들어온 적도 있었다. 한수는 맨발에 갑옷도 제대로 입지 못하고 달아나 겨우 목숨을 건졌다.

사실 한수에게도 억울한 부분은 있었다. 그의 마음속에 마등에 대한 의심이 있었다 하나, 그건 어디까지나 무의식의 영역. 한수가 마등을 배신한 결정적인 계기는 가후와 주무 탓이었다. 당시 여포를 모시던 가후는 마등과 한수 연합군이 공격해오자 둘을 이간질하여 격파하기로 마음먹었다. 이에 주무에게 서신을 주어 한수한테로 보냈다. 주무는 그냥 서신을 전하기만 한 게 아니라, 자신의 천기 암령인(暗靈印)을 사용했다. 무의식에 암시를 걸어 진실이라 믿게 만드는 천기. 관승의 병마용군 궁기가 가진 심암증폭의 하위 호환이라 할 수 있는 천기였다. 거기 걸려든 한수는 마등이 여포와 내통하여 자신을 배신했다고 믿고 그를 기습했다. 그 공격은 진영이 무너져 달아나던 마등이 여포와 마주쳐 죽게 만드는 결정적인 계기가 되었다.

왕으로 섬기던 여포가 용운의 밑에 들어가게 되자, 주무는 그때의 일에 대해 함구해버렸다. 가뜩이나 여포와 마초가 어렵게 화해했는데, 자신이 한수를 배신케 했음이 알려진다면 둘 사이가 완전히 파탄 날 듯해서였다. 간혹 진실을 밝히지 않는 게 나을 때도 있는 법이었다. 거기에 대한 속죄는 성심을 다해 여포를, 그리고 용운을 모시는 걸로 대신하자고 주무는 결심했다. 정사에서도 한수는 마등과 크게 다투고 서로 원수지간이 되니, 결국 그와 비슷하게 흘러간 셈이긴 했다.

어쨌든 수하들의 대거 이탈과 강족의 기습. 이 두 번이 한수의 최대 위기였는데, 성공영만은 늘 그의 곁에 남아 있었다. 또한 강족을 설득하여 결국 한수와 손잡게 만든 이도 성공영이었다. 마등과의 사이가 파탄 난 뒤로, 한수에게 친구라 할 만한 이는 성공영이 유일했다. 자연히 한수는 그를 굳게 신뢰했다. 아무리 사소한 일이라도 반드시 그와 상의했으며, 어떤 비열한 행위라도 속이는 법이 없었다. 애첩 중 하나가 성공영을 험담하자, 그 자리에서 목을 부러뜨려 죽였을 정도였다. 그 후로는 누구도 한수의 앞에서 성공영에 대해 함부로 말하지 않았다.

한수는 성공영의 어깨에 친근하게 팔을 걸치며 말했다.

"자, 무엇부터 시작해볼까. 아 참, 보급 문제는 해결됐나, 영? 아무래도 그게 제일 걸려서 말이야. 유주국 놈들도 분명 그 부분을 공략해올 테고. 이십만을 먹인다는 게 만만한 일은 아니니까."

"몇 가지 대비하기는 했는데, 잘될지 모르겠습니다."

"누가 생각한 건데, 잘되겠지!"

"그것참, 부담스럽고 좋네요."

"크크, 그래서 어떤 방법인가? 아 참, 그 전에."

한수는 기수에게 일러 깃발을 크게 세 번 휘두르게 했다. 그러자 서량군은 일제히 넷으로 나뉘어 정양성을 사방에서 포위했다. 정면의 서문은 한수가 직접 이끄는 서량군. 남문은 한수의 장수, 염행(閻行)의 철기병. 북문은 강족 족장, 요진타(姚鎭楕)의 강족군. 동문은 또 다른 장수인 성의(成宜)와 관중 일대의 소군벌이었다가 한수에게 가담한 양흥(梁興)의 부대였다. 마치 유주, 손가 연합군이 양양성을 에워쌌을 때와 비슷했는데, 병력은 그 몇 배에 달했으므로 훨씬 두터운 포위망이 이뤄졌다. 다만, 마성현을 거쳐 유주 상곡군으로 이어지는 동쪽 길 한 갈래만은 열어두도록 했다.

"이렇게 사방에서 공격해대면 저런 작은 성 따위 금방이지."

한수의 말에, 성공영은 고개를 저었다.

"그럴 것 같진 같습니다."

"응?"

"알아본 바에 의하면, 정양성은 비록 작은 성이긴 하나 매우 튼튼하고 견실합니다. 또한 첩자를 들여보내려 할 때마다 번번이 실패했으니 단속도 철저히 되고 있고요. 지휘관이 매우 유능한 자임이 분명합니다."

"흐음, 이름이 뭐랬더라. 백소였나?"

"백도입니다. 본명은 학소고요."

"학소 백도라. 처음 들어보는 이름인데…."

한수가 고개를 갸웃거렸다.

학소는 대외적으로 크게 이름을 떨친 전쟁을 치른 적이 없었다. 그나마 맞붙었던 온회도 용운에게 투항하는 바람에 학소의 이름이나 역량이 한수에게까지 전해지지 않았다.

"하긴, 그 유주왕이 이런 중요한 성에다 어중이떠중이를 데려다 놓지는 않았겠지. 그럼, 이동하면서 아까 하던 얘기나 계속해볼까."

한수는 손짓하여 좌탑을 설치한 수레를 전진하도록 했다. 여덟 필의 말이 천천히 앞으로 나아갔다. 성공영은 벌벌 떨면서 보급에 대해 설명했다.

"아시다시피 안정에 보급기지를 설치해둔 상태입니다."

양주 안정군. 서쪽 끝에 위치하여 흔히 서량이라고도 불리는 양주에서 그나마 제일 중원에 근접한 지역이다.

"거기서부터 부시현까지 연결되는 보급로를 만들어두었습니다."

부시현은 병주 남쪽에 있으며, 삼면이 산으로 둘러싸여 지키기가 용이했다. 또 부시현에서부터 정양성의 방패 노릇을 하다 얼마 전 함락된 운중현까지는 비교적 가깝고 길이 평탄했다.

"이제 운중현을 빼앗았으니, 보급선이 완전히 뚫린 셈이군그래."

"예. 보급로 중간중간에 강족 부대를 두어 지키도록 해두었고요."

"뭐, 그 정도면 먹고살 만하겠는데?"

스윽. 고소공포증도 잠시 잊고 주위를 둘러본 성공영이 말했다.

"예상대로 유주군은 일대의 땅을 모조리 뒤엎고 농작물도 싹 거둬갔습니다. 여기서는 식량을 구하기가 어려울 듯하니, 보급기지와 보급로가 매우 중요합니다."

"한 가지 더 방법이 있다."

한수가 스산한 웃음을 지어 보였다.

"애초에 보급 따위에 의존하게 되기 전에 저 작은 성을 밀어버리는 방법이지."

"그렇게 된다면 제일 좋겠지요."

"그래, 어디. 이 정도면 되겠군."

한수는 목소리가 성벽에 가닿을 만한 곳까지 접근했음을 확인하자, 몇 번 헛기침을 했다. 이어서 잔뜩 목청을 돋워 외쳤다.

"나, 양주자사이자 서량왕인 문약(文約, 한수의 자)이 고한다! 순순히 성문을 열고 항복한다면, 내 이름을 걸고 아무도 해치지 않겠다고 약조한다. 그러나 쓸데없이 시간을 허비하게 만든다면…."

한수의 말을 더욱 큰 목소리가 가로챘다.

"니이미 시바아알! 개나 소나 왕이래! 네 이름 따위가 무슨 가치가 있다고 걸고 자시고 하느냐? 그냥 닥치고 너나 죽기 전에 순순히 네 땅, 서량 촌구석으로 꺼져라! 거기서는 왕 놀이를 하든 말든 간섭하지 않을 테니까. 하지만 여기서 더 나아간다면, 진정한 왕이자 천하에 유일한 왕이신 유주왕, 진용운 전하께서 네놈을 도륙내주실 거다!"

"…."

유려한 욕설에, 한수는 그만 말문이 막혀버렸다.

성벽 위에 도열해 있던 유주군 병사들이 와 하고 웃음을 터뜨렸다.

잠시의 침묵 후, 한수는 성벽 위에서 엉덩이를 제 쪽으로 내밀고 두드려대고 있는, 조금 전 욕설을 퍼부은 자를 노려보며 성공영에게 물었다.

"저놈의 이름이 뭔가?"

"아마 여몽이라는 자 같습니다. 자는 자명을 씁니다."

"여몽 자명이라…."

한수가 부득 이를 갈았다.

"내 저놈만은 반드시 붙잡아서 갈아 마셔주리라. 저 엉덩이부터 찢어서."

이로써 투항 권유는 결렬되고 선전포고가 이뤄진 셈이 되었다. 서량군과 강족은 일제히 정양성을 공격해오기 시작했다. 학소와 여몽의 기나긴 사투가 시작되는 순간이었다.

한편, 형주 강하성 대전.

죽어가는 한 사람을 용운이 친히 품에 안고 들여다보고 있었다.

"결국 한수의 서량군 이십만과 송강의 성혼병 십오만이 동시에 처들어오고 있다는 얘기로구나. 각각 병주와 사주를 지나서."

"그러… 하옵니다, 전하…."

사내는 힘겹게 답했으나 표정은 편안해 보였다. 그는 용운에게 이 급보를 전하기 위해 유주에서부터 형주까지 달려온 흑영대원 13호였다. 오는 내내 한순간도 쉬지 않고 경신술을 쓴 탓에 그의 몸은 만신창이가 되어버렸다. 체액은 바짝 말라붙었고 진기가 고갈되었다. 그래도 그 덕에 단지 닷새 만에 형주에 닿을 수 있었다. 인간을 초월한 경이로운 속도가 아닐 수 없었다.

"재상께서… 정양성으로 관승 장군을… 그리고 낙양의 일을, 전하께… 여쭙고… 부디 빨리 돌아오실 것을…."

"알았다, 더는 말하지 마라."

용운은 안타까운 표정으로 그를 말렸다.

옆에 서 있던 사마의가 작은 목소리로 말했다.

"전하, 그만 내려놓으시지요. 이미 운명하였습니다."

"…"

그의 말대로 13호는 용운의 품 안에서 눈을 반개한 채 숨을 멈추고 말았다. 용운에게 마지막 보고를 할 때 이미 그의 육체는 거의 죽어 있었다고 해도 과언이 아니었다. 그래도 자신만이 행할수 있는 임무를 완수하고 경애하는 왕의 품에서 죽었으니, 그에게는 행복한 죽음이었을지도 모른다. 앞으로 다가올 거대한 전쟁을 치러내며 쓰러져갈 이들에 비하면 말이다.

용운은 13호를 가만히 내려놓으며 생각했다.

'편히 잠들게. 진정한 영웅이여. 난 뭐든 잊지 못하는 사람이야. 자네의 희생은 죽을 때까지 기억하지.'

곧 병사들이 들어와 숙연한 분위기 속에서 13호의 시신을 내어갔다.

용운은 그 모습을 보며 입술을 깨물었다. 적들의 대대적인 침공과 동시에 벌써부터 수하들이 희생되기 시작한 것이다. 또 이러는 동안에도 정양성에서는 얼마나 많은 병사가 죽어가고 있을 것인가.

'이러고 있을 때가 아니다.'

떨쳐 일어난 용운은 즉각 대전에서 작전회의를 소집했다. 사마의를 비롯하여 서서, 마량, 장소, 장굉 등 새로이 진용이 갖춰진 책사들, 조운과 여포, 부상에서 회복하여 강하성으로 합류한 마초와 장합 등의 맹장들이 모두 참석한 회의였다.

"이리되어 아무래도 즉시 유주로 돌아가야 할 것 같습니다."

용운의 말에 가신들이 웅성거렸다.

이미 회의가 소집된 이유와 현재 상황은 모두에게 알려진 바였다. 그러나 막상 강하성과 형주를 포기하고 돌아간다고 하자, 일부 가신들은 아깝다는 생각이 든 것이다. 지금 철수하면 언제 또 형주를 도모할 수 있을지 몰랐다. 형주는 그 정도로 멀고 넓은 땅이었다. 더구나 지금 당장 조조가 형주를 노리고 있는 데다, 양양성은 유비가 들어앉아 있지 않은가.

"강하에 병력을 남기고 갈 겁니다. 황충 등으로 하여금 이곳을 지키게 하고…."

장소가 용운의 말에 조심스럽게 반론을 폈다.

"황공하오나 전하, 도성이 공격받을 상황이라 다급한 건 알겠습니다만… 그랬다가는 조맹덕이나 유현덕 혹은 손백부, 어느 쪽이 형주의 주인이 되든 간에 이곳 강하성은 반드시 위태로워질 것입니다. 전하를 호위할 병력과 안륙성에서 재건 사업 중인 병력을 제외하면, 강하성에 남길 수 있는 병력은 고작 삼만 남짓입니다. 또 성혼교 무리의 기세가 심상치 않다 하는데, 그 전에 낙양에서 장안 혹은 기주 전체가 먹혀버린다면 돌아가실 길까지 막히는 셈이니 어찌 그 일이 용이하겠습니까?"

용운은 그답지 않게 살짝 짜증이 났다. 장소의 말에 유주보다 자신이 나고 자란 형주를 더 중시하는 마음이 묻어난 것이다.

"나는 혼자서라도 돌아갈 수 있으니, 공은 걱정 말고 여기 남아서 강하성을 지키세요."

"절대 안 될 일입니다, 전하!"

"강하성을 포기하는 것도 안 되고 여길 떠나는 것도 안 되며, 그렇다고 내가 여기 남아 있을 수도 없으니 어쩌라는 겁니까?"

용운이 날카로운 투로 물었다.

그 물음에 대한 답은, 마침 대전으로 들어선 누군가가 대신하였다. 급하게 온 듯 약간 숨이 찼지만 맑고 청아한 음성이었다.

"거기에 대해서는 제가 한 말씀 드리겠습니다."

그쪽을 돌아본 용운이 반가운 기색으로 외쳤다.

"공명!"

제갈량 공명이 연청 그리고 한 홍안의 청년과 함께 대전으로 들어서고 있었다.

대응을 시작하다

"공명!"

용운의 외침에, 대전에 있던 자들의 시선이 일제히 제갈량에게로 향했다. 제갈량의 오른편에는 갈색 피부의 이민족 소년, 연청이 함께 했다. 왼편에는 평소의 마충 대신, 소년 태를 못 벗은 홍안의 청년을 거느리고 있었다.

청년의 정체는 바로 장완. 용운의 명을 받은 제갈량이 영릉까지 가서 발탁해온 인재다. 마충은 양어깨에 제갈량과 장완을 올린 채로 쉬지 않고 달려왔다. 그리고 강하성에 도착하자마자 혼절하듯 쓰러져 깊은 잠에 빠져들었다. 따라서 이 자리에는 동행하지 못한 것이다.

'저자가 바로…'

'소문의 와룡선생인가?'

'생각보다는 젊군그래.'

용운의 총애를 한 몸에 받는다는 소문과 그의 젊음, 재능에서 오는 질시. 유주 출신으로 형주에 몸담았다가 배신하고 용운에게 돌아간 행위 탓에 보이는 적의. 평범하지 않은 행보와 소문을 듣고 드러내는 호기심 등 다양한 감정들이 담긴 시선의 파도가 제갈량을, 그의 일행을 휩쓸었다. 그러거나 말거나 제갈량은 잔잔한 시선으로 용운만을 똑바로 바라보면서 걸었다.

암살자 속성인 연청은 이런 식으로 노출되는 게 불편했다.

"쳇."

언짢은 듯 혀를 찬 그의 눈이 홍안의 청년, 장완에게로 향했다.

"야, 밉살스러운 꼬마. 너 괜찮냐?"

장완은 어깨를 떨며 식은땀을 흘리고 있었다. 가뜩이나 소심한 성격인데, 수많은 시선을 받자 중압감에 짓눌린 것이다. 더구나 그 시선의 주인들은 저마다 내로라하는 만만치 않은 자들이었다. 연청은 그런 장완을 보며 생각했다.

'야단났군. 기껏 공명이 멀리까지 가서 데려왔는데, 질문에 답하기는커녕 제대로 서 있기도 어렵겠어. 저 자식이야 망신을 당해도 상관없지만, 괜히 공명에게 불똥이 튀면 안 되는데.'

그러는 사이, 제갈량은 용운에게 간단히 인사를 마치고 장완을 소개하는 중이었다.

"전하, 말씀하셨던 자, 공염을 데려왔습니다. 이 공염이 앞으로의 일에 대하여 전하께 간언을 드릴 것입니다."

"오오, 이 사람이…. 수고했어, 공명!"

용운은 앞에 서서 파들파들 떨고 있는 장완을 유심히 바라보았다.

장완은 속으로 비명을 질렀다.

'히익!'

말로만 듣던 유주왕을 진짜로 만났다. 더구나 코앞에서!

'장난 아니에요, 장난 아니에요, 장난 아니에요.'

그가 긴장한 이유는 연청의 예상과는 달랐다. 전적으로 '유주왕과의 대면'이 원인이었다. 다른 가신들의 눈 따위는 안중에도 없었다. 수천, 수만 명이 쳐다본다 해도 마찬가지였다.

사실, 가운데의 용운을 빼면, 장완에게는 모두 동물로 보였다. 장소는 늙고 까다로운 당나귀. 마량은 눈 위에 흰 털 한 움큼이 있는 말. 그리고 용운의 바로 옆에 선 사마의는….

'헐, 저건 뭐죠. 날개에 불이 훨훨 타오르는 새 같은 게 있네요. 역시 대왕이라 거느린 동물들도 예사롭지 않네요. 백룡을 사신으로 보내질 않나.'

그는 혼이 달아날 것 같은 긴장과 설렘 가운데서도 용운을 힐끔힐끔 마주 살폈다. 은마(銀魔)라는 무서운 별명이 붙은 원인이 된, 신비로우면서도 찬란한 은발.

'지, 진짜 은색…. 만져보면 참수당하겠죠?'

사내의 것이라고 도무지 믿기지 않는 백옥 같은 피부와, 섬섬옥수라는 말이 딱 들어맞는 긴 손가락.

'나도 한 미모 하는데 이건 졌네요.'

무엇보다 심연을 꿰뚫는 듯한 금빛 눈동자. 이런 것들이 장완을 더욱 매혹시켰다.

용운은 용운대로, 대인통찰을 발동해 장완의 신분과 능력치를 확인하는 중이었다.

무력 武力 : 38	장완	정치력 政治力 : 92
통솔력 統率力 : 74		매력 魅力 : 80
지력 智力 : 85	언변 言辯 경영 經營 보급 補給 왕좌 王佐	호감 好感 : 75

능력을 확인한 용운의 눈이 빛났다. 무력이 낮아 직접 싸우긴 어려우나 통솔력과 지력이 높고 '보급'이라는 특기를 가졌다. 즉 안정적으로 전쟁을 수행하도록 후방에서 도와주며 자신이 전략을 총괄할 수도 있다. 그러면서 정치력도 높아, 나라 안팎의 일을 동시에 처리하는 게 가능할 듯했다.

'진궁… 의 상위 버전이라고 할 수도 있겠군.'

이제 진궁을 떠올리면 전처럼 가슴이 찢길 만큼 아프지는 않았다. 그만큼 오랜 세월이 흘렀으니까. 그러나 그립고 슬퍼지는 건 여전했다. 용운은 입을 열어 잔잔한 목소리로 말했다.

"먼 길 오느라 고생했어요, 공염."

"네, 뭐…, 아니 그런데 왜 존대를 하시죠?"

"후후, 내 사람을 존중하는 의미죠. 그대는 나의 사람이 될 건가요?"

"일단 그러려고 오긴 했는데요…."

"그럼, 세 가지만 질문하죠."

잠깐 뜸을 들였던 용운이 물었다.

"그대가 나를 택한 이유는 뭐지요?"

"…"

"그간 형주에 쭉 있었다면, 유경승을 모셨어도 충분히 대우를 받았을 겁니다. 한데 그에게는 임관하지 않다가 내게 온 이유는 뭡니까? 공명이 설득을 잘하던가요?"

장완은 우물거리면서도 제 생각을 조목조목 말했다.

"저는 어릴 때부터 누구의 말발에 넘어가는 사람은 아니었거든요."

'그렇겠지. 언변 특기가 있으니까.'

"전부터 유주왕 전하의 소문을 듣고 궁금했어요. 어떻게 한 사람에 대해 이토록 상반된 소문이 돌 수 있나 하고. 본래 소문이란, 조금씩 표현이 다르거나 개인의 성향 차가 있긴 해도 어느 한쪽이 우세하기 마련인데, 전하는 완전히 극과 극이었거든요. 성군 중의 성군이라고 칭송하는 자들이 있는가 하면, 천하를 파멸로 이끌 악마라고 저주하는 자들도 있을 정도로요."

"어허!"

"저자가…."

대전이 술렁였다. 장완의 직설적인 표현 때문이었다.

용운은 손을 들어 소란을 가라앉혔다.

"흥미롭군요. 그래서 그대가 직접 본 결과는요?"

"사실 저는 저 백룡…, 아니 공명 님이 찾아오기 전부터 전하에 대한 정보를 조금 수집했어요. 그리고 나름대로 분석한 결과, 그런 현상이 일어나는 이유를 깨달았지요."

"이유가 뭐죠?"

"그건 전하께서 기존의 것을 파괴하고 새로운 것들을 만들어 내시기 때문이죠. 그럼 기존의 가치를 신봉하는 자들에게 전하는 악마가 될 수밖에 없어요. 그들의 세상을 송두리째 무너뜨리는 것이니까요. 예를 들어 황실이라거나."

쿨럭! 누군가가 기침을 했다. 이는 자칫 용운을 역도 취급하는 말일 수도 있었다.

"내가, 황실을 무너뜨리려는 반역자란 말인가?"

용운은 웃으면서 물었지만, 은은한 한기를 풍겼다. 흠칫한 장완이 고집스레 말했다.

"소, 솔직히! 황실의 통치로 인해 천하가 개판이 된 건 맞잖아요! 그 와중에 제일 피를 보는 건 백성들이고요. 그런데 칭송하는 자들은 대개 업성이나 유주성에서 전하의 다스림을 받아본 자들이고 비난하는 자들은 친(親) 황실 성향의 선비들…. 그럼 답 나오지 않나요? 난, 저는 이렇게 생각했어요. 유주왕을 만나보고, 만약 그분이 새로운 천하를 만들려는 거라면 내 천재성을 그분한테 투자하자. 하지만 그저 단순히 착한 통치자일 뿐이라면, 꼭 내가 아니라 백룡, 아니 공명 선생 정도로도 충분할 거라고요."

순간, 용운은 정수리로 번개가 내리치는 듯한 충격을 맛봤다.

— 저는 업성에서 제가 꿈꾸던 세상을 보았습니다. 황실이 통치할 때는 도탄에 빠져 신음하던 백성들이 주공의 다스림 아래에서는 모두 웃었습니다.

─주공께서 새로운 천하를 만드십시오.

그것은 절대 잊지 못할 누군가의 말. 진궁이 용운의 품에서 죽어가며 마지막에 남긴 당부였다. 용운은 흥분을 애써 억누르며 말을 이었다.

"그래서 나를 직접 본 소감은 어떤가요?"

"아직 잘 모르겠어서…."

히죽 웃은 장완이 답했다.

"좀 모셔봐야 확실히 알 것 같아요."

이는 사실상 임관을 수락하는 말이었다.

용운도 장완을 보며 씩 마주 웃었다.

"좋아요. 그럼, 두 번째 질문을 하죠. 아까 공명이 말하길, 그대가 지금 내가 처한 상황을 타개해줄 거라고 했어요. 내가 어찌하면 될까요?"

장완은 거기서 제갈량에게 했던 것과도 다른 말을 했다. 그 바람에 듣던 제갈량도 깜짝 놀랐다.

"여기 도착해서 새로운 정보를 들었어요. 양주자사 한수와 성혼교주 송강의 부대가 두 갈래로 나뉘어 쳐들어오고 있다고. 그래서 저도 처음에 생각한 것과는 다른 답을 드려야 할 것 같네요."

주위를 한 번 쓱 둘러본 장완이 말을 이었다.

"일단 유비와 화친하세요."

"…!"

"다음은 조조와 동맹을 맺으시고요."

갈수록 태산이었다. 웃던 용운의 얼굴이 굳어졌다. 대전에는 싸늘한 분위기가 감돌았다.

"혹시 현재 나와 유비의 상황, 그리고 나와 조조의 사이를 모르고 하는 말이라면…."

"잘 아는데요? 정보 수집은 책사의 기본이니까."

"그런데 어찌 그런 생각을 했는지 꼭 얘길 들어봐야겠네요."

"그야, 안 그랬다가는 사소한 원한 때문에 큰 낭패를 당하게 생겼으니까요."

"사소한 원한?"

여기에는 마침내 용운도 분노가 치솟았다.

"사소한 원한이라고 했나요? 내 백성 수만과 아끼는 가신들이 죽어간 일을?"

장완은 움찔움찔하면서도 끝까지 할 말은 다 했다.

"안 그러면 수백만의 백성과 훨씬 많은 가신이 죽을 거거든요. 거기에 비하면 사소하죠."

"뭣…?"

"공명 님이 오기 전까지 저는 성혼교주의 행적과 움직임을 분석하고 있었어요. 서령이라는 여자의 일로 그들에게 큰 흥미가 생겼거든요. 특히, 성혼교주 송강은 굉장히 신기한 자더군요. 그의 움직임 양상은 도무지 종잡을 수가 없어요. 허나 결과가 나오긴 했는데, 이해가 안 가는 거라서 말이죠."

장완의 말을 들으며 용운은 한 단어를 떠올렸다. 화났던 머리가 점차 식었다.

'패턴.'

어떤 목표를 이루기 위해 보이는 일관된 반응. 다르게 표현하면 '숙원'이라고도 할 수 있다. 역사적으로 조조는 오직 하나, 패권을 위해 움직이고 유비는 그에 맞서는 형국이었다. 그러다 조조의 위나라를 정벌하려고 끊임없이 시도하는 모양새로 바뀐다. 일명 북벌이다. 그 대단한 제갈량 공명조차 죽기 직전까지 거기서 벗어나지 못했다. 한데 성혼교와 위원회 그리고 송강은….

'나를 패망시킬 것처럼 하다가 나와 맞서고 있는 다른 세력의 전복을 시도하기도 하고, 같은 천강위를 돕다가 자기들끼리 싸우기도 한다. 또 전방위적으로 활발히 움직이다가 몇 년이나 잠잠해지기도 한다. 아버지께서 돌아가신 뒤로 그런 양상이 더 심해졌다. 마치….'

용운은 이때 잠깐이나마 무심코 진실에 가까워졌다.

'매번 다른 사람의 뜻에 따라 움직이는 것처럼.'

그의 생각은 계속된 장완의 말에 흩어졌다.

"그 결과에 따르면, 이번 원정으로 송강이 노리는 건 유주국의 패망도, 성혼교의 교세 확장도 아니라…."

좌중은 저도 모르게 그에게 집중했다.

획. 검지로 허공을 가리킨 장완이 선언했다.

"천하."

"…"

"온 세상을 먹는 거예요. 그 과정에서 막아서는 것들은 모조리

지워버리고요. 이제까지의 기묘한 움직임은 모두 이 순간을 위한 거라고 봐도 되겠죠."

장완의 말은 작지 않은 파장을 불러왔다. 용운이 있음에도 불구하고 큰 소란이 일었다. 용운도 깊은 생각에 빠져 딱히 그들을 제지하지 않았다.

"무슨!"

"어찌 그런 무도한….”

"아니, 전혀 허튼소리라고는 할 수 없소."

"설마 폐하를 유주국으로 보낸 것도….”

"아니, 아니. 지나친 억측이오."

소란 속에서 장완은 생각했다. 왜 송강은 북서쪽 끝의 한수와는 손을 잡았으면서 조조하고는 동맹을 맺지 않았을까? 왜 송강은 같은 성혼교의 장로가 실권을 차지한 형주로 먼저 진출하지 않았을까? 왜 송강은 조조, 유비, 원소, 진용운, 유표 등 여러 유력한 제후들에게 심어둔 교의 장로들이 서로 싸워 죽이거나, 심지어 교를 떠나 다른 세력에 몸담는 걸 방관했을까? 오랜 고민 끝에 나온 답은 놀랄 만한 것이었다.

'힘의 균형을 유지하려고 한다고요?'

누구 하나가 월등히 강해지지도, 약해지지도 않게. 고만고만한 힘으로 서로 계속해서 긴장을 유지하는 것. 그게 목적이라고밖에 생각할 수 없었다.

그는 익주 깊숙이 틀어박혀 천하를 장기판으로, 군웅들을 장기짝으로 쓴 것이다. 그렇게 천하의 제후들이 끊임없이 힘을 소모하면서 긴 시간을 보내는 사이. 익주의 성혼교 본산은 외부의 침입 한 번 받지 않고 신도를 늘렸으며 힘을 비축했다. 무려 십이 년이라는 세월에 걸쳐서!

그런 결론을 도출했을 때, 장완은 모골이 송연해졌다. 모두 각자 당면한 싸움에 바빠서 그들에게 신경을 쓰지 못하고 있었다. 마지막에는 약해진 한두 개의 세력만 남긴 다음 일거에 쓸어버리려는 것이다.

'내 추측이 맞는다면 송강은 완전히 미친 자이거나, 무섭도록 교활하고 끈기 있는 자임이 분명해요. 그 두 가지가 공존한다는 게 여전히 수수께끼지만요.'

그렇게 원소와 원술은 멸망했고 유표도 죽었으며, 유비와 손책은 지지부진했다. 조조는 원술의 땅을 차지하긴 했지만, 곧바로 형주를 공격해오는 무리수를 두었다. 익주의 움직임을 전혀 염두에 두지 않은 행동. 십이 년이라는 침묵이 가져온 결과였다. 고질적으로 책사진이 부족한 조조 세력의 한계이기도 했다. 지금 상태에서 성혼교가 낙양과 하내를 돌파한다면, 조조의 세력은 속절없이 무너지리라.

단 하나, 송강의 의도대로 되지 않은 세력은.

'유주국, 유주왕 진용운.'

장완은 심각해진 용운의 아름다운 얼굴을 마주 보았다.

'바로 이 사람이죠. 천하를 구할 가능성이 있는 유일한 변수.'

그때, 그는 용운 옆에 있던 남자, 불타오르는 날개를 가진 불새에게서 검은 연기가 뭉클뭉클 피어오르는 걸 보았다. 또 뒤에 선

백룡도 연무 같은 기운을 뿜어내면서 동요하고 있었다.

'오호.'

장완은 속으로 웃었다.

'나와 비슷한 예측을 해낸 자가 하나도 아니고 둘이나? 역시, 답은 유주왕뿐이네요.'

비로소 두 사람이 인간의 모습으로 보였다.

"그대의 말에 책임질 수 있겠어요?"

용운이 다시 말문을 열자, 비로소 대전이 조용해졌다.

용운의 물음에 장완은 천연덕스럽게 대꾸했다.

"아마 전하의 총군사와 부군사도 저와 비슷한 생각을 했을 거예요. 전하를 너무 좋아하다 보니 저처럼 대놓고 역린을 건드리지 못했을 뿐."

사마의와 제갈량이 동시에 장완을 노려보았다.

용운은 두 사람에게 조용히 물었다.

"그랬나? 중달, 공명?"

"…송구합니다."

먼저 사마의가 답하고 제갈량이 뒤를 이었다.

"솔직히 현재로서는 그게 최선의 방안이긴 합니다. 무엇보다 전하께서 유주로 향하시는 동안의 시간을 벌 방법이 딱히 없습니다. 조조의 세력을 이용하여 성혼교의 진출을 막는 것 외에는요."

유주국에서 군사를 일으켜 탁군 남쪽으로 진군케 할 수도 있겠지만.

'그랬다간 조조가 가만히 있지 않겠지. 그렇다고 지금 조조와 싸우는 건 성혼교에 좋은 일만 해주는 꼴일 뿐. 더구나 한수가 북쪽에서 치고 들어오는 바람에 어차피 그러기도 어렵게 되었다.'

용운은 잠시 눈을 감고 숙고하다가 말했다.

"좋아요. 유현덕과 조맹덕… 에게 사신을 보내지요."

그 말에, 조운이 깜짝 놀랐다. 두 인물에 대한 용운의 마음을 누구보다 잘 아는 까닭이었다.

"전하!"

용운은 괜찮다는 듯 조운에게 고개를 끄덕여 보였다. 하지만 표정은 쓸쓸함을 머금고 있었다.

장완은 그제야 비로소 용운을 달래듯 말했다.

"걱정 마세요. 유현덕은 양양성에 갇혀서 북으로도, 형주로도 진출하지 못해요. 강릉의 손백부가 그를 견제할 것이고 전하께서는 육가와의 동맹을 공고히 하는 한편, 여 대공과 지살대로 하여금 강하와 합비, 구강을 비롯한 양주(揚州, 한수의 양주와 다른 지역)를 다스리게 하시면 돼요. 여 대공의 전력이 아깝기는 하지만, 훗날 형주 일대를 도모하기 위한 포석이라고 생각하고 포기해야죠."

여포는 무심한 시선으로 장완을 보았다.

"이유가 뭔가? 나를 지목한."

"그야, 전하와 거의 동등한 권한을 갖고 일 개 주에 달하는 넓은 지역을 자체적으로 통치할 수 있는 유일한 가신이니까요."

장완을 보는 여포의 눈길이 달라졌다.

'이 녀석….'

어느새 장완은 용운의 현 상황을 타개할 방안으로 자연스레 화제를 옮기고 있었다. 그의 제안을 정리하자면 이랬다. 유비와 조조를 화해 혹은 휴전시키고 조조와 동맹을 맺어 성혼교가 중원으로 진출해오는 것을 막는다. 일단 성혼군이 하내성을 지나는 순간, 첫 번째 목표는 복양성이 되기에 조조도 거부하기 어려울 것이다. 또 육가와의 동맹을 공고히 하는 한편, 여포를 강하성에 남긴다. 유비도 견제하고 형주를 도모하기 위한 발판으로 삼기 위함이다. 양주 확보는 덤이다.

완전히 결심한 듯한 용운이 말했다.

"추가로 한 가지 방책은 내가 더하지요."

그는 장연을 불러 명했다.

"그대는 즉시 장안으로 가서 왕윤의 조카사위인 곽회라는 자를 찾아 도우세요. 그러면 성혼교의 대군을 끝까지 막진 못해도, 상당한 시간을 벌어줄 수 있을 겁니다."

장연은 약간 어리둥절한 표정으로 물었다.

"왕윤의 조카사위 곽회요? 그자하고는 언제 연을 트셨습니까?"

"그런 거 없어요. 그러니까 먼저 설득해서 친해지세요."

"에엑…."

용운이 곽회의 조력자로 장연을 택한 데는 이유가 있었다. 장연은 무력만 놓고 따지면 유주 사천왕이나 위원회 출신의 장수들에게 한참 못 미쳤다. 그러나 그에게는 오래전부터 함께 행동한 부하들이 있다. 바로 흑산적 출신의 병사들이다. 그들은 긍지나 자존심보다는 '두목'의 말과 재물을 따랐다. 두목이 그러기로 했다면, 생전 처음 보는 애송이의 휘하에 들어가도 불만이 없다. 또한 산적 출신인지라 소수로 대군을 괴롭히거나, 험지에서 싸우는 등의 유격전에 능했다. 여기까지 휘하의 흑산적 대군을 이끌고 오지 못한 게 오히려 신의 한 수가 되었다.

"저는 먼저 출발하고 졸개놈들은 태원과 영안을 통해 남하하여 장안으로 오라고 해야겠군요."

태원군과 영안현은 유주 대현에서부터 시작되는 험한 산지를 따라 쭉 내려오다 보면 나타나는 지역들이다. 이런 경로를 통한 행군도 흑산적 부대의 장기 중 하나였다.

처음 듣는 이름에 장완이 고개를 갸웃거렸다.

"곽회라는 자가 그런 역량이 있나요? 장안으로 별동대를 보내시는 건 나쁘지 않은 생각이긴 합니다만, 자칫 전력을 분산하고 소모하는 결과만 될 수도 있어요."

다시 여유를 되찾은 용운은 가볍게 웃었다.

"아마 그 정도 능력은 될 겁니다. 그대를 알아본 것처럼 곽회 또한 내가 알아봤거든요."

이어서 그가 장완에게 말했다.

"여기까지는 아주 훌륭해요. 그대의 능력을 입증하고도 남을 정도로요. 하지만 내가 세 가지 질문이 있다고 했었죠? 이 마지막 세 번째 질문에 제대로 답하지 못하면, 그대가 아무리 훌륭한 자질을 가졌어도 내 가신으로 들일 수 없어요."

장완은 저도 모르게 긴장했다. 대체 뭐기에?

'종교? 가문? 아니, 그런 거에 연연할 사람은 아닌데요. 설마 나의 미모에 꽂혀서 시중이라도 들라는? 그러고 보니 사마중달과 제갈공명 모두 나보다는 못하지만 미남….'

장완의 망상은 생각도 못 한 질문에 깨졌다.

"그대는 무리하지 않을 수 있나요?"

"네?"

"항상 자신의 몸을 가장 우선으로 생각하고 위험한 일에 끼어들지 않으며 무리하지 않을 수 있나요? 난 과로사하는 천재보다는 딱 성실한 수준의 수재를 원해요. 이게 마지막 세 번째 질문이자 가장 중요한 질문이죠."

긴장이 풀린 장완이 히죽 웃었다. 묘하게 사람을 감동시키는 질문이었다.

"그거야말로 제 특기예요, 전하."

순간, 장완의 호감도가 85가 되어 번쩍이는 것을 용운은 확인했다.

"좋습니다."

용운이 대전에 마련된 누대에서 일어섰다.

"장완 공염을 부군사 공명 직속의 참군으로 임명합니다. 앞으로 공명 옆에서 많이 보고 배우세요. 장연은 아까 명한 대로 곧장 움직이고, 여 대공도 강하성 및 양주 일대까지의 통치를 염두에 두고 부대를 재편해주세요. 문관들은 무리해서 나와 함께 떠나자고 하지 않겠습니다. 강하성에 남고자 하는 자는 지금 말하세요. 마지막으로…"

거침없이 명령을 내리던 용운이 잠시 말을 끊고 대전을 둘러보았다.

"누군가 조맹덕에게 가서 현 상황을 알리고, 나와 동맹을 맺도록 설득해줘야겠군요."

다들 침묵했다. 용운과 조조 사이의 원한은 깊고도 넓었다. 조조가 복양성에서 학살을 벌이고 업성까지 빼앗아 용운에게 큰 타격을 줬다면, 용운은 초창기의 조조를 매번 좌절시켰다. 게다가 그가 연모하여 데리고 있던 채문희를 빼돌려 아내로 삼아버렸다. 사신이라고 찾아갔다가 당장 목이 베여도 이상하지 않을 정도의 사이였다. 쉽게 나서지 못하는 것도 무리는 아니었다. 보다 못한 제갈량이 나서려 했다.

"전하, 제가…."

"아니. 그대는 중달과 함께 날 도와야 해."

그때, 사신의 임무를 자청하는 한 사람이 있었다.

"그 일은 제가 해보겠습니다, 전하."

서글서글하고 단정한 인상에 목소리가 좋은 호남이었다. 최근 마량의 설득으로 용운에게 임관한 유생. 용운이 보니, 그는 바로 이적(伊籍)이었다.

'이적! 그래, 그대가 있었지.'

이적, 자는 기백(機伯).

《삼국지연의》에서는 유표가 유비에게 선물 받은 적로(的盧)라는 명마를 돌려주었을 때의 일화에서 등장한다. 적로의 상이 흉하여 타는 사람을 해친다고 유비에게 넌지시 전한 것이다. 유비는 한낱 말(馬)이 어찌 대장부의 운명을 결정하겠느냐며 묵살했고, 이적은 이에 감동하여 그의 문객(門客, 자주 문안 오는 식객)이 되었다. 그 후 유표의 처남 채모가 연회에서 유비를 암살하려 했을 때, 유비에게 몰래 알려 달아나도록 하였다.

정사에서는 동향인 유표 밑에 있다가 유비가 형주에 왔을 때 그와 연을 맺었다. 유표 사후 유비를 따랐으며, 유비가 익주를 차지했을 때 좌장군 종사중랑이 되었다. 언변이 뛰어나고 성격이 활달하여 외교 임무를 자주 맡았다. 또한 문관으로서의 능력도 뛰어나 제갈량, 법정, 유파, 이엄과 함께 촉나라의 법률인 촉과(蜀科)를 만들기도 했다.

확실히 하기 위해 용운은 대인통찰로 이적의 능력치를 확인했다.

무력 武力 : 34	이적	정치력 政治力 : 88
통솔력 統率力 : 36	언변 言辯　외교 外交	매력 魅力 : 85
지력 智力 : 82	사신 使臣　인망 人望	호감 好感 : 90

'훌륭하네.'

장완과 같은 언변에, 외교와 사신 특기가 추가되어 있다. 지력,

정치력도 준수했다. 특히, 매력은 장완보다 훨씬 높아서 상대를 설득하는 데 도움이 될 터였다. 마량이 잘 설득한 덕인지 용운에 대한 호감도도 높았다. 그야말로 이번 임무에 적합한 인물이라 할 수 있었다.

"좋아요. 그대가 조조에게 가주세요."

"맡겨주십시오."

이렇게 해서 용운은 장완을 임관시키는 데 성공했다. 또한 이적이라는 인재도 합류하여 활동을 시작했다. 용운 자신은 최대한 서둘러 유주로 돌아가기로 하였다. 적의 공격과 내란 등 유주국이 생긴 이래 위기는 여러 차례 있었다. 그러나 이번처럼 심각하고 큰 위기는 처음이었다. 왕으로서 당연히 도성에 머물러야 했다.

'사실 이미 너무 오래 자리를 비웠지. 문희와 서연이, 순욱과 전예도 보고 싶고. 이규 녀석은 말썽 안 부리고 얌전히 잘 있었나 모르겠군.'

외교전, 점령지의 방어, 새 책사의 영입 등 용운의 진영 또한 적의 공세를 맞아 전방위 대응을 개시한 것이다.

(14권에 계속)